あの頃

単行本未収録エッセイ集

武田百合子

武田花 編

中央公論新社

目次

I

一九七七〜一九七九　13

II

装幀 中央公論新社デザイン室

あの頃

単行本未収録エッセイ集

I

一九七七〜一九七九

受賞の言葉
武田泰淳『目まいのする散歩』野間文芸賞受賞にあたって

十一月二十二日が武田の七七日、忌明けです。忌明け近かの日に受賞のお知らせを頂きました。武田は、いま、きっと、とても喜んでいると思います。元気でいましたら、こんなときは、私と娘に一万円札を一枚ずつくれ「晩は鰻《うなぎ》とってたべよう」というのです。

五年前、脳血栓を患いましてからしばらくの間は、何にもせず休養の明け暮れでした。そして、体力と気力と脳の働きを危ぶみながら、手探りのようにしてしはじめましたのが、この仕事でした。「改行。カギカッコして――」口述のときの低い乾いた声を、ついさっきまで聞いていたような気がします。いつのまにか書きたまって一冊の本になりましたとき「していなくては駄目なんだなあ。していれば一冊の本になることもあるなあ」と、両手で出来上った本を持って、嬉しそうに、はずかしそうに、自戒するかのように洩らしました。今年の六月頃のことです。

この仕事をはじめますときの大きな支えと力になって下さいました近藤信行さん、連載や休載の自由、原稿枚数の多少など、わがままを快くいれて下さり、武田の体を気遣って下さいました『海』の編輯部、本を作って下さいました皆様に御礼申し上げます。選者の諸先生方はじめ、連載中、ときおり声をかけて励まし続けて下さいました友人、知人、読者の皆様に御礼申し上げます。ありがとう存じました。武田に代りまして。

武田泰淳『身心快楽《しんじんけらく》』あとがき

二年ほど前から、創樹社の玉井さんとの間に、自伝風のエッセイをあつめて一冊の本に、という約束があった。書いたもののなかから自分でえらんでまとめるという仕事は、病後療養中であるのと、武田の性分からも出来ないことだったので、取捨選択は玉井さんにお任せし、原案が出来たところで眼を通すという形にした。その後、ときどき「頓座している」「時間的経過が錯綜《さくそう》して、整理して編年的に配列するのに難渋している」など、玉井さんから手紙を頂いていた。昨年夏、富士の山小屋に暮しているとき「原案も、ほぼ、まとまった。秋には東京でみせられる。暮までには何とか本に」という手紙が届いた。秋になり帰京したが、おめにかからないうちに床につき、十月初め、武田は死んだ。玉井さんは、その後も何度か編み直されて、このたびこのようなかたちの本が出来上ることとなった。

表題の「身心快楽《しんじんけらく》」は、六章にある、小説『快楽』について語った「身心快楽《しんじんけらく》　如入禅定《ぜんじょう》」よりとった。（註　中国善導大師の発願文〈六時礼讃日没の偈〉の中に「身心快楽にして、禅定に入るが如く、聖衆現前《しょうじゅげんぜん》したまい、仏の本願に乗じて阿弥陀仏国《あみだぶっこく》に上品往生《じょうぼんおうじょう》せしめたまえ」とあるのが、出典である。——編集部）

装幀には、京都神護寺の特別のご好意により当寺所蔵の「高雄《たかお》曼荼羅」をつかわせて頂いた。

「どんな絵が好き?」と問われると「ていねいに細密に画いてある、隅から隅までべったりと。例えば曼陀羅のようなのが」と武田は答えていた。小説『富士』を書いているころ「富士曼陀羅」というものがあるときき、それを観たがって、保存しているといわれるお宮に、遠くまで足を運んだが、首をかしげて断られたりして、一度も観ることなく、残念がっていた。

一章ずつにつけられている見出しの六つの題は、一日を、晨朝《じんちょう》、日中《にっちゅう》、日没《にちもつ》、初夜《しょや》、中夜《ちゅうや》、後夜《ごや》、の六時にわけ、讃偈《さんげ》の文を唱える、浄土宗の六時礼讃よりとった。武田の通夜密葬には、赤ん坊の武田をおんぶして守りをしたり、二十歳ころの武田とスキーや海水浴を一緒に楽しんだりした坊様方が、揃ってお経をよんで下さった。幼名を覺《さとる》といったので「サッちゃん」「覺《さとる》さん」と、いまでも武田のことをそうよぶ方々だった。坊様が泣きながらお経をよむ姿を私ははじめてみた。その有縁の僧侶の方々が、葬儀の折りも集まって、焼香の列が絶えるまで「六時礼讃」を唱えつづけて下さった。

「好きなお経は?」と問われると「六時礼讃。ことに、入り日に向って唱える日没《にちもつ》無常偈が……」と、武田は答えていた。

あつめられたものを整序すると、偶然、六章に分れたので、このような題とした。

これらのことは、すべて玉井さんのお力による。去年の秋より今年にかけて、玉井さんにおめにかかるときが度々あった。そんなとき、私は、供養のための一巻をととのえているような気がした。

序にある「文学と私」は、昭和五十年四月十五日吹込のＮＨＫ〝声のライブラリー〟録音盤より原稿をおこした。作家の自作朗読と話を録音して保存しておく仕事をされるＮＨＫの三沢はまさんからの依頼が以前よりあった。テレビ、ラヂオに出るのも断わっていたときで、そのようなことをするには体調も気分も思わしくなく、もう少し恢復《かいふく》してからと、二年ほど延び延びになっていたが、一昨年春の三沢さんの電話で、武田は承諾した。脳血栓を患ったあとは口が重くなっていたが、自宅の居間で録音したので、気にせずにゆったりとして朗読し、語れたらしい。自作は『森と湖のまつり』の一部を朗読した。録音を終えて、二年越しの約束が果せたので、武田は気分が軽くなったらしく、三沢さんと録音係の男の人と私で、しばらくお茶を飲んだ。三沢さんは、魚の形の焼菓子を珍しいとおっしゃった。武田は、残っていたらそれを包んでお持たせするようにと、私に言った。丁度、窓の外の桜の花が散って、赤い花芯をつつきに鳥が沢山きていて、そのことなども、そしてその桜が咲いているときは、いかにきれいかということなども、武田は機嫌よく話したように覚えている。このあと、テレビ、ラヂオの仕事はせずに終った。

初詣、書初《かきぞめ》、花見、といったことが好きな人だった。昭和三十九年末、富士山麓に山小屋を作ってからの六、七年は、暮から正月を毎年山で暮したので、富士吉田や富士宮の浅間様、一合目近くの御胎内などに初詣をした。四十六年秋、脳血栓を患い、厳冬の山暮しは出来ない体になったので、それからは東京の正月をたのしんだ。破魔矢、お札、高島易断の暦、あれは何というのだろう——千両箱や宝船や金色の小判がキラキラと沢山ぶら下っている枝、などを毎年買った。世界の終りがきたように、大晦日の夕方から急に人や車が消えてしまい、空気の澄んだ元旦の東京の町を「ここに寄ってみよう」「あすこへ行ってみたい」という場所へ、のろのろと車を走らせた。日枝神社、明治神宮、靖国神社、永代橋を渡って清洲橋を戻る、浅草、湯島の聖堂など。或る年、あてどなく本郷へ出た。白山を上ったところに斜めに入る細い道があり「そこを入ってくれ」と、突然言う。低い家並みばかりの商店街の間に、狭まれたようにして小さな寺があった。武田はその門を入り、猫の額ほどの境内に佇《た》ってあたりを眺め、ひき返して車に乗った。「小さいとき、ここにいたんだ」そう言った。通りの商店は、賀正と書いた紙を貼って表戸を閉じ、しめ飾りと竹が風に鳴る、乾いた音がしているだけだった。人がぽつんと歩いてくるのが、遠くからでも見えた。振舞い酒に早々と酔ってしまった男が、電柱にもたれて吐いているのをみて「うちは、お父さんもお母さんも親戚も、誰も酒を飲まなかったからな。酒の匂いがしないうちだったから、正月の酔払いの匂いがキライだったなあ。おれ、酔払いがくると、息をしないで逃げた」と言った。初詣の帰りがけに、その寺に寄ったのは、それから三年ほど続けてだったろうか。いつも、車から降り、門を入り、境内に佇って見まわして、すぐひき返した。黙って、なつかしそうにしている武田は、私をはなれて急にひとりで年をとってしまった人のようにみえた。

歌の上手な人ではなかったが、たまに歌うこともあった。酔うと寝ころんで「どこまで続くぬかるみぞ」という軍歌を、よく歌った。体力があったころのことだ。読経の修練をしたことのある、力の入った、張り上げない、低い声で、くり返し、ていねいに歌っていた。「懐かしのメロディー」などで、どんな歌手が歌うこの歌よりも、武田の歌う『討匪行《とうひこう》』は、本当の兵隊――将校ではなく一兵卒、が歌っているようだった。革臭く、泥臭く、汗臭く、ゲートル臭く、精液臭く、兵隊の苦しさや哀しみがこもっていた。聴いていると部屋の中まで、果てもなく暗く、雨が降りつづいていているような気がした。

第五章にある「娘に答えて」は、昭和四十四年十一月二十日の朝日新聞特集「親子の対話」に書かれた。高校生の娘に問いかけの手紙を書かせ父からその返事を、という形式でとの朝日からの話であった。家庭の事情をそのまま語ることを好まない人なので、断わるとばかり思っていたのに、めずらしく、あっさりと承諾した。当時、学生運動のデモに毎日出かけていた娘も、新聞に出たりするのは羞《は》ずかしくてイヤだと渋っていたが、仕方なく手紙を書き「父と娘の手紙」として載った。娘の手紙には「毎日無事なら幸福？　大人への疑問」と題がついている。

小さいころの娘は世話が焼けて面倒臭いし、大きくなってからの娘は、家の中に異性である女がもう一人いるということで、羞ずかしく具合わるかったのだと思う。娘と二人で歩いたり、語り合ったりすることは殆どなかった。何かをいってきかせる、教える、ということはしなかったし、こうしろ、とか、こういうものだ、ということも言わなかった。娘の方もそれを感じて、訊ねたり教わったり感想をのべたりする態度や、甘えた仕草をみせなかった。向い合って坐っていなければならなくなったときは、二人とも黙りこくっていた。

やたらとお金をやりたがったり、突然、自分の飲んでいる酒をついで、娘に飲ませようとしたり、そんなことを不器用にして、可愛がっているのだということをしめした。

「『――職業的革命家のある者の裏切りと末路について、もし君がききたいなら、君がうんざりするほどいくらでも話してあげる』だなんて――ひどい親だなあ。こういう親を持たなくて、おれは仕合せだったよ」と、新聞の「娘に答えて」を読んで、高校教師をしている人が言った。娘も父の返事を読み、当時は頭をぶちわられたほどの衝撃をうけ、口惜しがったらしいが、少しずつ、少しずつ、わかってきて、いまは、父が向い合って言ってきかせてくれた唯一の大切なものと思っているようだ。

先日「百ヶ日が過ぎるころから、がっくりと寂しくなるものよ」と、高見順夫人がおっしゃった。死んで四月を過ぎたいま、武田が書きのこしていったものを読めば、文章はそのまま声や気配となって涙が湧く。飲みさしのかんビールを手に、咳ばらいなどしながら、二階の仕事部屋から降りてくるのではないかと、ふと思う。

六年前から療養中だったとはいえ、去年の夏は、ビールを飲み、菓子もトンカツも「うまいなあ」といって食べ、草刈りをし、九月はじめまでは仕事を続けていた。急にだるさを訴えて床につき、半月ほど眠ったようにして死んだ人だから「さよなら」とも「じゃ又。いくいく日に来るからね」ともいわずに出て行った人に、ふと思えたりもする。三十年近い昔、一人で間借りして働いている私のところへ、寺住まいの武田は一週間のうち三日ほどやってきて一緒に過し、また寺へ帰って行った。神保町、小川町、中野、天沼、片瀬江の島、と私は部屋を移り、娘が生れてからもしばらくは、いつもそんな風に武田と暮した。そのころのように、すたすたと去ったあとを、ぼんやりと眺めている。

椎名さんのこと

「椎名〔麟三〕さんは女に好かれるね」というと「椎名は女ばかりじゃない。男にも好かれるらしい。そういう話を書いている」武田は教えてくれた。「どれどれ」私は急いでその小説を読んだ。そこにでてくる関西弁のゲイボーイが、椎名さんらしい人に真心をつくすいじらしさは、女もかなわない。

昭和二十二、三年ごろ、神田神保町の冨山房裏に「らんぼお」という店があった。私はそこの女給をしていた。日本酒やビールは金のある人が飲み、ふつうの人はカストリ焼酎を飲んでいたころだ。この店でだすカストリは、元陸軍将校が密造して売りにくる、純度の高い割合と上等な方だったが、「眼《め》ピリ」といわれる密造酒なども町には出まわっていた。酒をついだコップに顔を近づけると、眼がピリピリする。それを沢山飲んだりすれば、翌日眼が見えなくなっているのだ。安酒のときは、皆、片眼をぱっちりとひらいてコップに近づけ「や、眼ピリだ」「これは大丈夫」と、メチル含有の多少を調べてから飲んだ。しかし「眼ピリ」と分ったって、自分の前に酒が置かれれば、たいていは飲んでしまう。危ぶみながら飲んでも、失明したり死んだりすることなく、幸いにして翌日無事に眼覚める頑健な体の人が多かったのだ。昔、わる酒をがぶがぶ飲めた頑健な人は、近ごろ、あちこち痛んだり、死んでしまったりしたな、と今になって思う。

この店で椎名さんにはじめて会ったときのことは覚えていない。扉をあけて、申訳なさそうな顔つきで入ってくる椎名さんは、すでに『展望』に小説が載って、新しい宝石のような存在になっていた。そういえば、赤岩栄という牧師さんも始終きていた。きっと椎名さんとは知合なのだろうと思うが、椎名さんが話していたり、一緒に出入りしていた姿は覚えていない。よく梅崎春生さんと連れだってきた。梅崎さんと一緒のときは、すべてにわたって椎名さんをかばうように、梅崎さんが兄さん兄さんしてふるまっていた。ときどき急に愉快になるらしく、椎名さんが吃《ども》ったまま雄弁になる。すると梅崎さんは、黙って、にこにこ聞いていた。

椎名さんは一人のとき、一番奥の席に前こごみになって腰かけていた。その席は昼でも暗く、夜は灯りが届かず、便所のそばなので、客や店の者がドタンバタン、ザザー、またドタンバタンと、駈けこんでは出てくる音が聞えてしまう。でも、妙に、沈澱してしまうような落ちついた席だった。鳥打帽をかぶった椎名さんは、入ってくると「ボクにウイスキー下さい」と注文してから、いいような悪いような、そこに坐った。

店でだしているウイスキーは、サントリーとオグラウイスキーで、サントリーは寿屋の本物。オグラはオグラさんという理学博士が作っている、眼などつぶれない大丈夫のものだった。ここでウイスキーを自前で飲む人は原稿料が思いがけなく沢山入った人か、家にある何かを売りとばして金を作ってきた人か、だった。「椎名さんはいつもウイスキーを少しずつ静かに飲んである。金持なのね」と武田に話したことがある。武田は「椎名は金があるからってウイスキーを飲む奴じゃないだろ。体を大切にしてるんだ。子供のときから苦労したらしいからなあ」と言った。

毎週水曜日だかに「ドストエフスキー研究会」という集会があった。隣りの画廊（これも「らんぼお」と同じく、昭森社の森谷均さんの所有で、近代文学の事務所にもなっていた）に、その日になると十人位の人がやってくる。埴谷雄高さんや思索社の片山修三さんも、この会で話をしていたのだと思う。店の女主人は四十近い文学好きの人で主催者側だったらしく、熱心に肩入れしていた。その日、バーテンや私たちは、狭い画廊にギュウギュウ詰めて腰かけた人たちに、灰皿や用意したお茶を運ぶ。どんな人が会員だったのか、どんなことをしていたのか、私はいまも知らないが、ドストエフスキーの研究をしていたらしかった。椎名さんは女主人に好かれた。

ドストエフスキー研究会には、お茶だけでなく、メリケン粉のうす焼きを作って、女主人は振る舞った。当時は、うす焼きパンなど大御馳走《ごちそう》のうちである。女主人は毎週水曜日のその時間になると台所に現われ「皆さんにお茶を!!　それからパンを焼いてね」と、張りのある喜ばしげな声でいいおき、ノートと筆記道具を抱えて隣りの画廊に出かけてゆく。そのうちに「皆さんにパンを!!」といったあとに「椎名さんだけお砂糖入れてね」と、つけ加えるようになった。毎週水曜日のドストエフスキー研究会のうす焼きパンは、椎名さんのだけ、お砂糖を入れて焼くことになった。お砂糖は貴重だったから、ほかの人のには一粒も入らぬよう、椎名さんのには、多過ぎぬよう、少な過ぎぬよう、私たちは念を入れて焼いた。運ぶのだって難かしかった。よくよく見れば、砂糖入りはほんの少しだけだがツヤもあって、ほかのより透明度があるが、大きさも形も色も厚さも同じだから、運んでいるうちには判らなくなってしまう。私は椎名さんのパンにフライ返しで×点をつけて見分けることにした。いつも×印のパンが椎名さんの前にいくようにした。ほかの人も椎名さんも、同じようにおいしそうにパンを食べた。店に戻ってからも、パンを焼いた匂いが袖口や指先から抜けないうちは、隣りの画廊の会のことが、特に砂糖入り×印パンを食べている椎名さんの姿がちらついた。私はいつも大へん空腹の人だったから。

ドストエフスキー研究というような題の本をみかけると思い出す。このようにもてたのよ。と、椎名さんに話す折りもなくておわった。

椎名さんの死の知らせは、武田と二人の朝御飯のときにうけた。「椎名がねえ。とうとういけなかった」夫人の低い静かな声に、胸一杯の歎きがこもっていた。夜半、お嬢様と二人、抱くようにして臨終をみとられたあと、起してはわるいと遠慮され、朝食どきまで待って電話なさったのだと思う。埴谷さん御夫妻と一緒に椎名家へ伺うことになり、すぐ吉祥寺の埴谷さんのところへ向った。甲州街道から水道道路へ入ると、道路工事のため、長い距離が片側通行になっていて、車は渋滞し続けた。三月の末、生《な》まあたたかい、南の風が荒れ気味の日だった。一寸刻みにしか動けない、まだるっこい車の窓から見える薄陽の空に、黄塵がときどき大きく渦を巻いて舞い上った。人家の垣根越しに、遠い二階家の屋根越しに、白い木蓮と白い辛夷《こぶし》の花が満開の極みだった。車の進み具合に焦《い》ら焦《い》らしていた私に、助手席の武田はぼんやりと「キリストの死んだ日みたいだなあ」と話しかけてきた。

葬儀のあと、締め切りの迫っている追悼原稿を口述筆記でした。口述の間、二度ほど武田は絶句した。ふらふらと立上って窓のそばにゆき、裏の神社の森の木のあたりをしばらく見ている恰好をしていたが、机に戻って、また口述を続けた。そして「美しい女」から、夫婦の会話を引用し、そのあと「――こう書いたとき『神様』ではなくて、神がその哀れな会話にまぎれて、椎名氏の身近に降りてきつつあったのかもしれない」と、震えてきた声で口述し終ると、涙をたらたらとこぼした。鼻水も長くひいて垂れ放題となり、半開きの口の中に一緒くたに入った。立て膝に首を落したまま「椎名はよくやったなあ」と言った。

椎名さんの熱心な愛読者で、親しい友人の一人だと、いつも思っていたけれど、いまになって気がついた何かがあって、その永い間の自分の不明を恥じ、詫びているように、椎名さんの仕事への惜しみない拍手のように、それは聞えた。

椎名さんも武田もいない。淋しい限りのことだ。

卒塔婆小町

「Kさんのときもきましたよ。Tさんのときも。男のと女のといます。新聞に葬儀の日どりや場所が出るとやってきます。顔も有名になってますから、眼配せして警戒態勢をとれば、焼香しただけで手ぶらで帰るということも多いですね」

これは香典ドロについての話。

知人の葬儀の折り、その有名な香典ドロの、女性の方がきているという囁きが、受付から下足番へ、接待係へと、小波の如く流れた。台所を手伝っていた私も、寺の玄関内の広間へ覗きにいった。黒服の葬儀委員の男の人たちに混じって、七十歳位の小さなお婆さんが、喪服の手に数珠を提げ、敬虔な面持で佇《た》っている。

「あのお婆さん？」眼で訊くと、男の人たちはうなずいた。お婆さんは、焼香代や塔婆料を出し入れする受付窓口を背にしていたので、私は窓口の中がわにまわって、気づかれることなく、後向きの上半身をみた。

首すじはしわ深く疲れ気味だが清潔で、黒々と染めた髪をふくらませて結い、ネットがかけてある。ゆるく抜いた半衿は真白い。もののいい黒羽二重の紋も黄ばんでいない。

二度めの情報がやってきた。「今日の香典ドロは女二人。一人は若い。新人です」三度めの情報がきた。「二人ではなかった。やっぱり旧人だけ。新人と思ったのは御遺族の身内の方《かた》らしい」仕事をし易くするためにだろう。お婆さんは御遺族の身内の若い女の人に親しげに話しかけ、若い女の人は、参列者だと思って、ありがたく、鄭重なお悔みのあいさつをうけていたので間違えられたのだ。

住所は架空のものだったらしいが、受付で記帳も済ませていた。お婆さんは今回ついに仕事が出来ずに終ったが、最後まで諦めず、警戒と好奇の眼配せがちらちらするなかで、悠然とたじろがずに、出棺をそこに佇って見送っていた。

プロなのだなあ。

お婆さんは、時間になると染めた髪を結い上げ、喪服を着付け、仕事場の告別式場や通夜の席に出かけてゆく。バスに乗ったり、地下鉄を乗り継いだりして。雨の日や寒い冬は楽ではない。たとえ仕事の数が多くても、告別式は時刻が前後しているから、そうそう掛け持ちは不可能だ。注意深いところでは、お詣りしただけで帰らねばならぬこともある。お婆さんは、バスに乗り家へ戻る。仕事着の埃を払って鄭重に畳む。衿を拭く。今日は駄目だったねえ。晩酌はやめとこう。節約して石焼き芋と牛乳で済ませるか。夕刊がきたな。どれどれ。次の仕事はのっているかな。寝る前に足袋を洗って、明日の仕事先までの地図も研究しなくちゃ——。落胆せず、失望せず、いそいそと、お婆さんは明日に備える。

麻布J温泉という銭湯に行くと、お婆さんの天下だ。九十三歳のお婆さんが、七十歳の娘ときている。お婆さんたちは洗い場で蛇口をゆずり合い、昔かたぎの抑制のある仕草で体を洗い合い、心からの会話をしている。

「ほら、いまお湯につかっている人ねえ、首に金のネックレスしたまんま。あの人三度結婚したんだって。七十五だってよ。あたしの方が一つ若いね。三度めの人がこないだ死んだから、また一人になったんだって。三度めの人がいい人でねえ。あの金鎖買ってくれたんだってさ。仕合せだったらしいよ。あたしも金のネックレス持ってるのよ。あれとおんなじの。三年ばっか前に自分で買っちゃった。しまってあるけどさ。そうだ、今度っから、あたしもしてこよう」

「そうだよ。しておいでよ。あんた洋服似合うからいいよ。あたしも欲しいねえ」

さっき洗い場に入ったとき、入れちがいに上っていった、やっぱり七十歳位の、髪を夜会巻風にしたお婆さんは、私が上ると、鏡に向って長い化粧の最後の仕上げをしている。白い花が袖と下半身に散っている濃紫の、雪之丞変化のような訪問着に、光る緑色の帯を締め、髪をなでつけた後姿は、前かがみに出ていった裸のときとは別人で、しゃんとしている。濃く塗りこめた白粉の奥から、眼を細め凝らせて、口紅を引く作業をしている。出来上った。大きなハンドバッグを持ち、前後左右斜、それぞれの姿を鏡に写し、帯の胸を一つ叩いて立ち去った。

これから出勤だ。飲み屋かしら、小料理屋かしら、民謡踊りの出張かしら。夜の灯りなら、四十五、六にみえるもの、大丈夫。

これらのお婆さんたちの後姿に拍手を送る。私もガンバラナクッチャ。

今年の夏

東京のアパートは陽がよくあたらないから、十五年ほど前に富士北麓に山小屋を建てた。毎年春になるのを待ちかねるようにして出かけ、秋まで、一年の半分ちかくを夫とここで暮らしていた。去年の秋に夫は死んだ。夫の身の回りのものや本などを東京の家へ持ち帰りたくて、今年は八月の半ばになって、はじめて娘と山の家へ出かけた。

一年ぶりで鍵をあけると、閉じこめられていたカビ臭い冷たい空気が、少しずつ台所の戸口から表へ流れていった。

食堂のストーブに寄せて、枯草と泥がついた男物の黒い雨靴がそろえて脱いである。草刈りから戻った主人が上靴に履きかえたまま。長椅子に作業ズボンと木綿の兵隊靴下が、蛇のぬけがらのように脱いである。ズボンにも枯草と泥がついている。

仕事部屋のこたつ机の上には、筆入れと原稿用紙。筆入れから出してある赤えんぴつと4Bのえんぴつ。富士山の絵葉書。大明解漢和辞典。鼻をかんで丸めたちり紙。灰皿に吸いさしのタバコ。封を切った箱からセブンスターが二、三本ころがり出ている。底に二センチほど飲み残してある酒瓶。九月八日の新聞。

そうだった。去年の九月九日だった。颱風が北上してくる先ぶれの風雨の激しい日「雨が降ってイヤだ。一日でも早く東京へ帰りたい」と、突然夫がいうままに、台所のゴミの始末などだけして急いで山を下りたのだ。お彼岸のころと紅葉のころにはまた来るつもりで。「おとうさんて、ここに来て家の中に入るとすぐタバコを吸ってたね。去年の古いタバコを平気で吸ってたね」と、娘がおかしそうに言った。「そうだったね。もったいながり屋だったのかしら」「そうじゃないよ。とにかく早くタバコが吸いたかったのよ」

よろよろと無器用な後ろ姿をみせてストーブのそばの雨靴にはきかえ、ゴムののびたあご紐をたらりとさせて麦わら帽子をかぶり「草刈りでもしようっと」と、さも嬉しそうに陽が射してきた庭に出て行った人。その人があらわれたら「あら、とうちゃん、どこにいたの。ずーっと二階で昼寝してたの？　あんまり静かだったから、死んじゃったのかと思ってた」「そうです。一寸死んだふりをしていました」私たちは、いつものようにそんなことを言ってふざけるだろう。娘と二人で去年のタバコを吸ってみたら、びっくりするほどまずかった。

文鎮をのせたコクヨの二百字詰原稿用紙にメモのようなものが書いてある。

『九月八日。冬か夏かの議論が、永いあいだなされていて、いまだに決着つきませんでした。ネコ語については、ネコにしゃべる（鳴く）チャンスをあたえなければ永久にわからないとわかりました。語彙がふえるかふえないかは、ここにかかっているのです。ネコが人間を支配する方法はたくさんあるが、言語こそ直接的に我々ニンゲンに影響をあたえるのです。ネコは自分のナキ声が、通じることもあり、通じないことが大部分だということも知っている。したがって〈通じなくてもしゃべる言語〉をたえずしゃべることになる。しかし〈通じる〉とは何か。相手の中にいくらか入りこむこと。ニャー、ニャンニャンと、人間の耳にいれて置く。人間にその習性をあたえること。たまたまネコが存在するがためにネコを可愛がるのであって、ネコモドキが存在するとすれば、ネコなしでも充分すまされる。』

判読しにくいおどるような文字で書いてある。晩年は右手に力がなかったから、4Bのえんぴつを使っていた。東京にいても山にいても早寝の夫は、夜中に起き出して明け方まで、少しずつ酒を飲みながら、本を読んだり仕事をしたりしていた。飼猫のタマは、夫が起き出すと、必ずやってきて机に上り、真向かいから凝視して話しかける。ときには原稿用紙の上に坐りこんで、しゃべり続けた。ネコを叱ることの出来ない人だったから、ネコがうるさくなってくると、総入歯を口から出して、獅子舞の獅子頭のように両手でパクパクと音をさせた。ネコはこれが何よりもイヤで机からとんで逃げた。去年の夏の終わりにも、とりとめもなくこんなことを書きながら、早く東京へ帰りたいと思いながら、キライな雨の降る夜中、夫はネコと遊んでいたのだ。

翌日、庭をまわって茂りすぎた木の枝や草をはらう。陽が射してくるとうぐいすが啼いた。耳をすませば、かすかに聞き馴れた鎌の音がして、その方角へ草をわけて行けば、しゃがんだ後ろ姿がありそうだった。何もかもいつもの年と同じなのに、ひと一人、足りないことがふしぎだった。どうしていなくなったのだろう。東京の家で初七日、三七日、五七日、忌明け、納骨と、ようやく納得させられて暮らしてきたのに、ここにきたらまるでちがう。隠れているみたいだ。ふっとあたりを見まわしてしまう。

東京へ帰る日、台所の窓の戸袋から、今年かけた四十雀《しじゅうから》の巣をとり出した。来年巣づくりにくる四十雀のために。とっくに巣立っていったあとの巣とわかっていても、毎年これをするときは、何かわるいことをしているような気分だ。怖ず怖ずと土の上にひろげると、一つ残っていたギンナンほどの小さな卵は、陽にさらされてすぐに割れ、黄身が流れ出た。巣は杉苔のほかに、兎の毛、黄色や赤の毛糸屑、木綿糸、格子縞の洋服布のキレハシなどで出来ていた。夫の髪の毛がひとつまみほど混じっていた。五センチ位の長さで黒くツヤツヤと光っている髪の毛は、去年、夏の盛りの風のある暑い日、テラスに椅子を出して私が刈ったのだ。「とうちゃん、こんなところにいたの」あのときよりも少し剛《こわ》く乾いた手触りになっていた。

「もうじき一周忌ですね。早いものですね」と、人はいってくれる。「はい」と応えているが、早かったのだか、遅かったのだか、私にはよくわからない。体の中の蝶番《ちょうつがい》がはずれてしまっているのだ。相続などの手続き事務はひと通り終わった。道を歩いていると、夫や私より年長の夫婦らしい二人連れにゆきあう。私はしげしげと二人の全身を眺めまわす。通りすぎてから振り返って、また眺めまわす。羨ましいというのではない。ふしぎなめずらしい生きものをみているようなのだ。

私の住んでいる町

乃木坂通りの肉屋の店先に大きな鏡がある。今朝、通りすがりにうつった私の顔が老婆に見えた。いつ、こんなになったのだろう。赤坂に住んで十八年になる。始終、この店の前を通っているのに。ついこの間まで、こんな風にはうつらなかったのに。

杉並からここに越してきたころ、鉄筋コンクリートの高い建物は、氷川神社の森の崖下にあるこのアパート（私の家はこの中にある）と、氷川坂を上りきったつきあたりのアメリカ大使館員宿舎と、氷川小学校だけだったような気がする。東側の窓からは、夜になると、銀座のネオンとネオンに染まってとろとろしている紅紫色の空が見えた。いまは見えなくなった。西隣りの氷川様の森には、夏近くなると、そびえ立つ老樹の洞に青葉ずくがやってきた。晩御飯のあとかたづけが終るころから夜半まで、休み休み、くぐもった声で鳴いた。アパートのどこか留守の部屋にかかってきた電話のベルが、いつまでもいらいらと鳴り響いている。森に向って明け放された部屋部屋から、テレビの音や人の笑声が流れ出る。

「天皇陛下のうちの森がすぐそこにあるじゃないか。そこにいけば仕合せなのに。毎年ここにくるなんて、甲斐性がないやつだねえ」青葉ずくに言ってきかせてやりたいが、それは出来ないことなので、代りに夫に向って言った。夏が盛りを過ぎる頃、声だけだった青葉ずくは姿を現わす。崖下の灌木の繁みに、漂うように暮している生き餌を食べに降りてくる。木下闇に低くさしのべ合っている枝から枝へ、音も立てずに一羽が舞い移ると、すぐ次の一羽、遅れて小さい一羽が追っていって同じ枝に並んでしっかりつかまる。まんなかに小さいのを挟んで、しばらくは置物のように動かない。廊下の手すりにもたれて見惚れているわれわれの真向いに、赤く金色に光るまん丸い眼を据えて並ぶときは、猫が三匹いるようだった。今年と去年と一昨年、青葉ずくはみえない。

TBSの建物が出来ると、食堂やすし屋やナイトクラブが増えてきた。「昔陸軍、今テレビ」と、そのころ町の人たちはいった。山王下から乃木坂へ抜ける通りの木造の低い家並みは、歯を抜いて入歯するようにビルになってゆく。並び二、三軒が揃って雨戸を閉じつづけていると、やがて一気に押し倒され、障子や羽目板や便器や庭木のあじさいやいちじくが、一緒くたにすくい上げられ、トラックで運ばれて行く。「あの下駄屋のおじいさんおばあさんは、こんな模様の襖の部屋で寝起きしていたのか。お妾風のおばさんの家は、こんな便器の便所だったのだな」と、トラックに積まれるのを眺めている。そのあとには、たちまち細長いビルが建って、焼肉屋や麻雀屋や芸能プロダクションが看板を出した。

野菜の名前を一寸でも間違えると「ふうん、これが里芋だって？　そんなことという人にゃ売りたくなくなるねえ」と、いや味を言う狷介な八百屋のおじいさんがいて、私は怒られてばかりいた。その八百屋も店閉いした。或る朝、八百屋跡のビルの前を通りかかると、ゴム長を履いたおじいさんが、泥ぬぐいのゴムマットを何枚も並べてホースで水をかけていた。コバルト色のマットを裏返しながら「こんなかの掃除の仕事をやってるよ。こういうもんは青物とちがって腐らないから気楽だよ」と私に言った。守衛風のモダンなりをしていたが、あまり似合わなかった。おじいさんにも、このごろ会わない。

それでも、いまでも、まるきり変らない人だっているにはいるのだ。赤坂へ移りたてに会ったときから、その人はおばあさんだったが、二十年近くも、そのおばあさんぶりは衰えないのだ。白髪をきちんとひっつめに結んだ丸顔の小柄なおばあさんは、春夏秋冬、和服の上に洗濯のよくしてあるかっぽう着、下駄を履いた姿で、真直ぐ首をたて、わき目もふらず、風を切って、いつも歩いている。雨の日は嫌いらしく、雨の日にはみかけない。おばあさんは寒くも暑くもないらしい。冬の朝でも真夏の昼日中でも、同じ姿勢、同じ速さ、同じ身なりで歩いている。ゴムの入った袖口が少したくし上って、そこから出ている手首は陽にやけている。おばあさんは角々が気になるたちらしいが、ゆるやかなカーブや斜めの曲り角は無視する。直角だけだ。直角の曲り角にくると、ぴたりと停って一踊りする。一寸いったところにすぐまた曲り角があったって、直角であれば手を抜かずに、一踊り、踊り納めて歩いて行く。遠征することもある。渋谷の広い交叉点の角々を、踊っては渡って行く姿をみたことがある。直角の辻には、おばあさんにだけ見える神様（わが国には八百よろずの神様がいるのだ。便所の神様だっているのだから、直角の神様がいたっていい）が待っていて、おばあさんは毎日せっせと踊りをお見せしては、次の神様のところへ、先を急いで歩いている。そんな風に見える。

「このすぐ近くの人。ずっと前からああしてますよ。家はあるんですよ。家の人がよく面倒みてるらしい。毎日ちゃんとした恰好させてるでしょ。息子が一人戦死してからだっていいますよ。息子はいくたりかいるらしいのに」古くからいる乾物屋のおかみさんがそう言っていた。

立派な老人福祉会館が建って、町内の老人たちは集まって、小唄や民謡踊りを盛んに楽しんでいるけれど、ひけてめいめいの家へ帰って行くときは、のろのろとした後姿だ。おばあさんは、いくつになったのだろう。私の夫はずっと若かったのに、去年死んだ。

二、三日前の夕方も、TBSの丁字路におばあさんはいた。芸能関係らしい派手やかな男女の群れに混って、信号を待ちながら踊っていた。青になると渡りながら、途中で向きを変え、軽くバックで踊ったりして消えて行った。

（住み馴れたから、先行きはここで商売でもしようか。腐らないものが気楽だから、麻雀屋か下着屋がいいな）などと思っている。思いあぐねたとき（面倒なことだな。そんなことをすれば年とるばかり。あのおばあさんに随いて踊って暮すのはどうだろうか）ふっと誘われる。

絵葉書のように

小説『富士』を書きあげたあと、武田は脳血栓を患った。昭和四十六年の末だったと思う。幸い軽くて、日常生活に支障はなかったが、右手の力がよわくなり、判読しにくい文字を書くようになった。それをイヤがって、自分用のメモ以外、人様にみせるものは、ほとんど私が清書、または口述筆記をするようになった。まだ口述筆記に馴れないころのことだ。ふきだしてくる蜘蛛の糸を頭の中で撚《よ》り紡いで文章にし、それを口までもってきて発音しようと、絶句したままの人の顔を（自身の手で文字を綴るより、はるかに不確かでまどろっこしい作業だ）、机に原稿用紙をひろげ、差し向いから不思議そうにみつめていたら、「そんなにみるんじゃない。そんな眼で人の顔をみるな」と、ひどく叱られた。一つ家に寝起きし、同じものを食べ、身のまわりの世話をしたからといって、口述筆記など手伝ったからといって、ものを書く人との間には千里のへだたりがある。

ものを書く人、絵を描く人、ピアノやヴァイオリンを弾く人、踊る人、そういった人たちは、自分とは縁のない遠い世界に住んでいると、小さいころから思っていた。文章は自分で書くものでなく、本で読むもの。ピアノは切符を買って聴きにいくもの。文章や絵や音楽の製造元の人になりたいと思ったことはなかった。趣味で文章を綴る、趣味で絵を描く——そういうことも出来ないような気がしていた。製造元の人と一緒に暮すことになってから、その気持はますます堅固になった。

さきごろ上梓された私の『富士日記』上下二巻は、富士北麓に山小屋を建てた昭和三十九年から、夫が死んだ五十一年秋までの山暮しの記録だ。十三年の間に日記帳は十二冊になり、山小屋の押入れの段ボール箱に入っていた。夫が死ななければ、いまも押入れの奥に入っているはずのものだ。

「長い間、あきずに書きましたね。よほど書くことが好きなんですね」。よく人に問われる。二冊の本を眺めて、私だってキョトンとしているのだ。よくまあ、この私が書き続けたものだ。

山小屋が建ったとき、もらいものの日記帳を私の前に置いて夫は言った。「百合子にこれをやるからな。日記をつけてみろ。山にいる間だけでいいから。俺もつけるから。代る代るつけよう。な？　それならつけるか？」。私が首を振ると、「どんな風につけてもいい。何も書くことがなかったら、その日に買ったものと天気だけでもいい。面白かったことやしたことがあったら書けばいい。日記の中で述懐や反省はしなくてもいい。反省の似合わない女なんだから。反省するときゃ、必ずずるいことを考えているんだからな。百合子が俺にしゃべったり、よくひとりごといってるだろ。あんな調子でいいんだ。自分が書き易いやり方で書けばいいんだ」と、重ねて言った。

そういえば、名所写真絵葉書が好きで、東京タワーや明治神宮のまで買ってしまう夫は、私が絵葉書をまだバカにしてもいないのに、先まわりしてたしなめるのだった。「絵葉書の写真をバカにしてはいかんぞ。泥臭くて野暮臭くて平凡さ。しかし隅々まではっきりていねいにうつしてある。それだけだって大したもんだ」。

山暮しの夕飯はいつも早々と終った。(ながいことタダで食べさせてもらってるもの。それじゃ、日記ぐらいつけてみようか)私は毎晩、日記帳をひろげた。書くことをしぶっていた私が、平凡なくり返しの日々を、あきることなく書き続けてきたのは、折り折りの夫のこうした言葉があったからだ。「つけているか。つけるのだぞ」と声をかけてはいたが、面倒くさがりの夫は、私の日記を仔細に読んだりしてはいなかったようだ。ほめもけなしもしなかった。夫がいなくなったら、一日も日記はつけていない。

○自分に似合わない言葉、分らない言葉は使わないようにしたいと思っている。例「時点」「接点」「原点」「次元」「問題点」「私にとって――とは」「あなたにとって――とは」「――的」「出会い」など。

○キライな言葉は使わないでいようと思っている。例「ビューティフルに生きなくては」「ビューティフルな関係」「ビューティフルな生きざま」「ヤングたち」「とんでる女」「とべるでしょうか」などなどの、女性週刊誌やテレビその他で流行《はや》らせる言葉。流行語がすべてイヤというわけではない。「たたりじゃあ」「よっしゃといきましょう」「頑張らなくっちゃ」などは、ちっともイヤではない。ひとりごとで言っていることだってある。

○美しい景色、美しい心、美しい老後など「美しい」という言葉を簡単に使わないようにしたいと思っている。景色が美しいと思ったら、どういう風かくわしく書く。心がどういう風かくわしく書く。くだくだとくわしく書いているうちに、美しいということではなくなってきてしまうことがあるが、それでも、なるたけ、くわしく書く。「美しい」という言葉がキライなのではない。やたらと口走るのは何だか恥ずかしいからだ。

山で日記をつけたほかは、文章をせっせと書くこともなかった私だ。私には日記を書くことも、話をすることも、手紙葉書を人にだすことも同じだった。自分の気持や用件をあらわしたい、伝えたい——と一生懸命なだけだ。難しい用語を知らないから、自分が話すときの言葉でしか私は書けない。

「とうちゃん。無量庵の電信柱のところに真白な犬の糞がある。何食べるとあんな真白なのが出るんだろう」。外から帰ると、いましがた見てきたこと、あったことを、気分の照り降りのままに夫に告げるのが私のクセだった。私はおしゃべりなのだ。きいてくれる夫がいなくなってから、手紙葉書のほかに、ときたま、こうして文章を書いている。もう夫としゃべったり喧嘩したり出来ないので、その代りのように原稿用紙に文字を書いている。それに、こうして原稿用紙に文章を書くとお金が頂けるのだ。よいとまけに出かけていって頑張って働いているみたいな喜びもあるから書いている。

録音した自分の声をきくと、隠していたイヤらしさを固まりにしてみせつけられたようで、いたたまれない。自分の書いた字が活字になり、はじめて見るときの怖れもそれに似通っていると知った。

先日、酒席で愉快になってしまった私は「女港町」を歌手の如く歌った。あらためて録音テープから出てくる自分の歌声をきいたら、間抜けてだらしがなかったので、心底がっかりした。しかし、翌日、私は「女港町」のレコードを買いに出かけた。くじけることなく、毎日ひとり練習している。次にはカラオケレコードも買いたい。歌だとこうして精進に励むのに、文章修業は何故か心臆してしまう。「ものを書く」という作業が、体にわるいというか、縁起わるいというか、恥ずかしいというか、一種暗ぁいことのような気がするからだろうか。

好きな本を一冊、といわれれば『黒い雨』(井伏鱒二著)。山小屋の夫の書棚に置いてある本だ。七月がくると山暮しがはじまる。梅雨があけて土用に入る。真夏の大気、森羅万象にうながされるように、『黒い雨』を読みはじめる。涙ぐんだり笑ったりして読みおわる。毎年くり返して、あきることがない。

サム　サンデー　モーニング

「わしは小説家はイヤじゃ。心中しよるから。この家で心中されては困るんじゃ。御主人の面通しを一度せにゃ、部屋はお貸しできませんなあ」

周旋屋の紹介で訪ねてきた私の話に機嫌よく肯いていた女主人は、一緒に暮している男の職業をきいたとたん、血色のいい平べったい童顔をしかめて渋りはじめた。梅雨どきのついこの間、小説家が心中したばかりだったから。

大柄ないかつい相撲取りのような胴体に、着物をゆったりと無造作にまきつけた白髪の女主人は、笑い声にも話し声にも張りがあってカン高い。高血圧なのか、そのあとさきに体をはずませて息をしゅっしゅっと洩らす。肯いても、しゅうっと洩れる。すぐに汗ばんでくるらしく、赤味のあるころころの掌で、眼と鼻のあたりを始終撫でまわしている。六十歳は越えているようにみえた。

私鉄N駅に近いK旅館は、女中を相手に暮していた身寄りのない官吏未亡人が、敗戦後、焼け残った自宅に看板を出している素人旅館だった。部屋のしきりは、すべて障子や襖だから、宿屋向きではない。二階の二間と階下の一間を客部屋にあててはいたが、客のないときの心細さから、一間を間貸しに出したところだった。

年寄りを扱うことの上手な武田（泰淳）は、女主人の面通しにたちまち合格した。私たちは、二階の一部屋に引越してきた。

「おい、おい、おタミ。百合子サマがお出かけじゃ」女主人は女中と見送ってくれる。午後、私はN駅から電車に乗り、二度乗り替えて、神田神保町のS酒房へ出勤する。店が退けると、また二度乗り替えてN駅へ降りる。百合子サマの私は、たいてい酔払って終電車で帰ってきた。「百合子サマか？　御無事でよう戻られた。早うお休みなされ」床に入っている女主人は、襖越しに声をかけてくれる。

起きている間中、相手かまわず、西国なまりの男言葉を張りあげて、大仰に躁いだり怒ったりして暮している人なのに、床に入れば何か思いあぐねるのか、夜更けの襖越しの声は湿って気弱かった。

一晩に一組の客があれば女主人は喜んでいた。薬屋、布地屋、筆屋、砥石屋、日本語のうまいヤンさんという中国人、李さんという朝鮮人――行商の男客たちは、一人で来てひっそりと泊り、翌朝、ひっそりと食事をして出て行った。毎回ちがう男を連れてくる常連の女たちもいた。食事もせずに男が帰ったあと、女主人と朝食を済ませた女は、そのまま昼過ぎまで女主人の居間で遊んでいる。柱にもたれて、ぐったりと陽を浴びたりしていた。

「あんたも男好きじゃねえ。昨夜の男はタダにまけてやった？　宿賃も半々で出した？　もっと商売気を出さねばダメじゃ。年とることを考えよ」そんなことを女主人は言いきかせているが、女が玄関を出るとすぐ「おーい、おタミ。Uちゃんのあてとった座布団、すぐ陽に干さんかい」と大声で女中をよび、まだその辺にいるかもしれないU子さんに聞えてしまうのではないかと心配な私に向って「あの女のあてとった座布団には、すぐ坐ってはなりませぬぞ。男からうつされた病は、座布団からもうつりますのじゃ」などと注意してくれるのだった。

色が黒くてずんぐりとした、無表情で無口なおタミさんは、いくつぐらいだかわからない。二十五歳位に見えたり、五十歳位に見えたりする。「忠婢おタミ」そういうよりほかに、いいようがない。

夜中、おタミさんが男女の泊り客の部屋の前に佇《たたず》っている。厠へ通り抜けてゆこうとする私を、ピカピカ光る狸のような小さな奥眼でチラッと見ただけで、また部屋の中を、景色でも眺めているように覗いている。

或る朝のこと、洗顔に下りてきた私を、女主人はいそいそと居間に招んだ。

「百合子サマ。昨夜は面白いことがありましたぞ。夜中に何やらヘンなのじゃ。眼をあくと、ヤンさんが蚊帳をかいくぐって這い寄りおるのですわ。ふいと、その気になったのじゃなあ。あの、おとなしい人が。わしは断固として断わりましたぞ。『ヤンさん。折角じゃが、わしのところへきても無駄じゃ。亭主が死んだ日から、このわしのアナというアナには全部セメントがつまっておりますのじゃ』ヤンさんはなあ、また蚊帳をかいくぐって戻っていきよりました。何とのう具合がわるいのですかなあ。ヤンさんは早目にお発ちじゃ」女主人は愉快そうに笑った。

武田のいない或る晩のこと。額のあたりにかぶさってくるもの――どこからか視られている重たさで眼が覚めた。

枕元の襖が、人の体の幅だけ開かれて、ユカタの男が佇っている。いましがた開けたのではなくて、大分前から、そうやって見下していた気配で、ぼーっと佇っている。

「どなたでしょうか?」眼が覚めてそのままの、仰向けの恰好で、ふとんの中から私は訊いた。

「………」

「私に何か御用でしょうか?」

「……いま何時ごろかと思って」

「私は時計を持っていません」

「眼覚し時計もありませんか?」

「眼覚し時計もありません」

「……十二時ごろでしょうかねえ……」

「十二時ではないと思います。私がねたのが十二時でしたから。いまは夜中でしょう」

「………」

「私はまた眠りますから、どうぞそこはお閉めになって下さい」

それからも一寸の間、黙って佇っていた男は、そろりそろりと襖を閉め、閉めぎわに「お休みなさい」と言った。私も「お休みなさい」と言った。言ったあと、急に眠りにおちて朝になった。男は発ったあとだった。砥石屋だった。

私は誰にも話さなかったような気がする。女主人の武勇談のようではなかったから。そのうちに忘れてしまって、いまごろになって思い出している。

私の部屋の窓からは、広い空と焼け残った郊外の庭木の緑が見渡せた。電車がN駅にとまり、発車し、踏切りがテンテンと鳴る音が聞えた。店を休んだ日の真昼、油揚げの入った味付け御飯を炊いた。あちこちに霞んで咲いている桜を眺めながら、武田とゆっくり食べた。

両親と寺に住む武田は、この部屋と寺を往復していた。高田馬場から出るガランとした終電車の一番隅に、武田がぽつんと腰かけていることもあった。もうろうと駅の階段を上り下りして終電車に乗り込むと、私は酔眼をすえて、その席のあたりをいつも確かめてしまう。いると嬉しかった。

そのころは「サム　サンデー　モーニング……」というアメリカの歌が流行っていた。陽が一杯あたっていて、かったるいような――その歌を私はよく歌っていた。N駅に降りて、真暗な道をK旅館まで帰ってくるとき、よく歌った。

開高さんと羊子さん

一、一度筵《いーとういえん》 菜単《さいたん》
一、錦綉《ちんしゅう》 拼盤《ぴんばん》
一、紅扒《ほんちゃぁ》 八珍《ばぁちぇん》
一、五穀豊穣《うーしぇほんじゃん》
一、蟹花草茹《はぃほわさおるう》
一、清蒸《ちんしょん》 芙蓉《ふうるん》
一、冬虫《とんちゅん》 夏草《しぁさお》
一、紅糟《ほんちゃぉ》 子鶏《つうちぃ》
一、竹《ちゅう》 節《すん》元《ゆ》盅《あん》
一、木樨腰花《むうちぃやおほわ》
一、蛋餃《たんちゃぉ》 子湯《つうたん》
一、魚包宝糸《ゆぃばおばおすう》
一、冰糖銀耳《ぴんたんいんある》

小心《しゃおしん》
一、政治と告白話おことわり
一、もっぱら軽薄の言動を愉しむこと
一、ウソでもよろしいコックの腕前をほめること
請帖銀《ちんていえいん》 鞍公子和銀鞍公女的宴席《あんくんつうはいいんあんくんにゅいでぃあんし》
昭和四十七年五月二十七日下午六時敬
備菲酌恭請
台光
牧羊子謹訂
席設　一度筵　Ｏ宅
二度筵　本宅（有趣）

流麗な筆書きのこの招待状は、開高夫人羊子さんがよこされたものである。仮名も羊子さんがふられたものである。

「うちとこよりお庭が広くて清々してるの」親しくしているすぐ近くのＯ家の座敷を拝借するという、二次会は開高家で趣の有ることを催すという。

はじめての道を二、三度迷いながら車を走らせて行くと、生垣の四ッ辻に開高さんが交通巡査の如く、うっそりと佇って待っていた。夏が間近い、明るい夕方だった。

この日の銀鞍公子は、平野謙さん、埴谷雄高さん、辻邦生さん、武田。銀鞍公女は、埴谷夫

人と私であった。

O家の応接間には、平野さんが待ちかねていた。客が揃うと、とろんとした布地の中国服を着た羊子さんが、中国茶と中国菓子を運んで嫣然とあらわれた。どうしたわけか、平野さんは二時間も前に来てしまったらしかった。そのせいか、平野さんは中国菓子を手にとって口まで運ぶ途中で、一部分をO家の美麗なじゅうたんに落してしまった。アメ状の菓子はなめくじみたいにべっとりとくっついた。「あ‼」平野さんは声をあげ、あわててつまみとって、とても羞ずかしそうにした。

庭がよく見える座敷で晩餐会がはじまった。開高さんの背後の襖があいて、O家の夫人と令嬢が、羊子さんとともに、料理の大皿などを運んであらわれる。われわれは挨拶して、庭や家をほめた。辻さんは「お綺麗な方ですね」と令嬢のこともほめた。

料理にはモツが入っている。羊子さんの料理のモツはおいしいので有名である。皆、箸をのばして頂いた。羊子さんたちは襖の向うへひっこむと、それから長いこと出てこなかった。次の料理の仕度にかかっているらしかった。もうあらわれるかな、と思ってもあらわれなかった。開高さんは、われわれに酒をすすめ、刻をはかるような面持ちで、ゆっくりとふらんす艶笑小咄をした。ゆっくりと一つしても羊子さんはあらわれないので、その二をした。

山盛りの大皿と羊子さんが、やがて襖の向うからあらわれた。羊子さんの顔はずい分蒼くなっている。珍しい料理。羊子さんはあれこれと料理の説明をする。待っていた皆は喜ぶ。モツが入っていておいしい。羊子さんはすぐにひっこむ。それから長いこと出てこなかった。開高さんは小咄その三をした。やがて山盛りの大皿と、前よりもっと蒼ざめた羊子さんがあらわれる。息遣いがはげしくなっている。

出てくる料理、出てくる料理、どの皿も絢爛としていて、私は生れてはじめて食べる料理ばかりである。鶏のおなかがふくれていて、切ると香料の効いた御飯がつまっている料理。竹筒に茶わんむし風のものが入っているのは、青竹の匂いが口中にひろがった。その竹筒は、今日のために羊子さんが香港（台湾だったかもしれない）で求めてきたものだった。

栓抜きをとりに襖の向うへ行ったら、道子さん（開高さんの令嬢）が、息をせいせいいわせて勝手口へ駈けこんできたところだった。私が想像するには、羊子さん母娘は開高家とO家の台所を走って往復し、鍋だの材料だの忘れものだのを運びながら、料理をととのえている様子だった。もしかすると、開高家はそんなにすぐ近くではないのかもしれない。

われわれがうっとりと満喫してくるにつれて、襖の向うから山盛りの大皿とあらわれる羊子さんの顔は、そのたびごとに蒼さが増している。痩せてもきたようだ。息だって肩でついている。私ばかりにそう見えたのではない。

「僕はさっきから気になって仕方がない。どんどん憔悴されてくるようです。もう、どうかお坐りになって下さい。十二分に頂きましたから」平野さんが中腰になって羊子さんを制したけれど、羊子さんは次の料理のためにひっこんでしまった。

にぎやかにしていた会話がふととだえたとき、地虫が鳴いているような低いテレビの音と、息をひそめてそれを観ているらしいこの家の御主人と息子さんの気配が、隣室から伝わってきた。十二時になっていた。

「いま頂いている料理は、メニューのどのあたりでしょうか」と、平野さんが訊ねた。われわれは、頭がぼんやりするほど満腹してしまっているのに、メニューは半ばまできたところなのだった。メニューにしたがえば夜明けになる。O家を辞して、夜の道をぞろぞろと開高家へ移った。

二度筵は、ブルーフィルム三本立大会であった。この三本を精選するのに、昨日は一日中、借りてきた沢山のフィルムを試写しつづけ、眼と脳がすっかりくたびれた、と映写係兼弁士の開高さんが言う。最初の一本目の主演男優は埴谷さんによう似てまっせ、と言う。ジャック・パランスと埴谷さんと三遊亭円生を混ぜた感じの神父様（私の記憶ちがいかもしれない。もしかすると看守だったかもしれない）が出てきて、精力絶倫の大活躍をした。二本目のときだったか、O家とを往復して後片付けをしていた羊子さんが途中から入ってきて立見をしていたが、けろりとした声で

「この女の人、百合子さんに似てはるやんか」と言って、また後片付けに出かけていった。私はぎょっとなって応接間をぬけだし、水を飲みにいった。

大晩餐の下拵えを、いく日もかけて羊子さんはここでしていたのだろう。ほの暗い台所は、床上浸水のあとのように騒然としていて、流しには水を張った大きなボールに、使われなかったモツがぽっかり浮かんでいた。食卓の下の大鍋の中にもモツがぽっかり浮かんでいた。

映画が終ると蛇酒が出た。平野さんが突然、老後と老人ホームというものについて、しみじ

みと話しはじめた。

前年の暮に脳血栓を患ってから口重くなっていた人は、帰る車の中でも眠らず、家に着いてからも食堂の長椅子に横になったまま、いつまでも眼をあけていた。御馳走でふくらんだお腹を大切そうに軽く叩きながら、いつになく躁ぎつづけていた。

「面白かったなあ。開高夫婦はああいうとき、徹底して客につとめるな。いっしょうけんめいだ。気持よかったな」

今年の四月、平野さんの御葬儀があった。御焼香をすませた開高さんが、ベソをかいた餓鬼大将の横顔をみせてすれちがった。

徹底サービスの合間に、鬼が呟くようなことをちらっと洩らされたりするお人だけれど、泣虫なのだ。おととしの武田の葬儀のときには司会の役をひきうけて下さったっけ——酷なことだったな、と思った。

サービスされっ放しの私たちだった。武田がいたころの楽しかった思い出がいっぱいある。

二年目の夏

二年ぶりに、富士の山小屋で夏を過した。

遅い夕餉の半ばに、花火の揚る音が聞えた。そうだった。湖上祭だった。夜になりかかっている庭を上って門まで出てみる。樹間をすかして河口湖の方角の赤紫色の空に、音と合わない遠い花火が開いては消えていた。

S荘のおばさんが白い簡単服を着て、やっぱり道に出てきている。

「東京の人はきゅうりとわかめの酢の物なんどあがるかねえ」
二、三日すると持主が東京からやってくるので、そのときの食事のことを考えると気が気でない、という。人恋しかったのか、おばさんは私の側に来て石垣に並んで腰かけた。
山荘の留守番という仕事ははじめてで、いままではずっと病院で付添婦をしていた。病人の体をさすってやる位で、この歳になってもいい料理一つ出来ねえ、と打明ける。

「わたしとこは代々機業で食ってきたですよ」

いまは嫁が家業をとりしきって、息子は会社づとめをしている。最近はネクタイ専門。ネクタイというものには柄があって流行があるから困る。柄を変えるたびに機の仕組を変える。仕組を変えるのだけは男衆を頼まねばダメだ。男衆を頼めば金がいる。戦後ひところは何を織っても夢みたいに売れたときもあった。

「いいことばかりはないねえ。ネクタイは一日に何度も機の仕組を変えるですよ。機をやめて働きに出たいと嫁はいうけんど、わしがとめてるですよ」

亭主が戦死してから働き通しだったから、外に出ているのが自分の性に合っている。もう長いこと付添婦をつづけている。病人が退院すると、ちょっと家で休んで、また病院に行く。

おばさんはそんなことをぼつぼつと話す。

「よくなったで退院するじゃねえ、死んだで退院する人に付くこともあるね」

「旦那さんが死んでから、どの位経てば平気になる？」

「なかなか馴れんもんだなあ。いやなもんだ。十年はかかるね。十年経つと何ともなくなるですよ。奥さん、一人でこんなところにいて怖かないですか。わたしらこの近くの人間だけんど、こんな暗いとこははじめてだ。病院の夜も暗いけんど、人の息は聞えるだから。ここは自分の息しか聞えねえ。まったく墨を流した闇んなって……早く夏が終るといいね。秋からは病院の仕事に戻るですよ」

昨日からの気がかりなことを何だか私も話してみたくなる。

「なかなか、ないこんだで。蝙蝠《こうもり》が入ってくるちゅうのは。縁起がいいじゃん」

おばさんは羨し気に眼を光らせた。

「そのまんま、好きにとばしておかっしゃい。蝙蝠は人なつこいちゅうか、人を恐れんだで。

仇もせんもんで」

　昔、夕方、蝙蝠傘をひろげてこんな風にすくったら、ふいっと一匹入ってきた、と暗くなった道で、おばさんは民謡踊風に恰好をしてみせた。

　昨日の夕方、食堂にいたとき、黒い大きな影のようなものが、暗がりから暗がりへよぎった。大きな蝶や迷い込んだ鳥は狼狽したはげしい羽音を立てる。よぎる黒いものは、ものの間を縫ってやわやわととび、音を立てなかった。そして舞い移った瞬間、逆さに吊り下るのだった。蝙蝠はいつからいたのだろう。戸を開け放してやっても出て行こうとしない。夫が寝起きしていた部屋の梁の上の暗がりを気に入っている様子で、とびまわっては当然のようにそこへ戻る。落ちついた振舞いを眼で追っていると、ひょっとしたら実際にこの眼で見ているのではなく、私の頭の中の影が動いているのではないか、それは頭の中に悪性のおできがあるからではないか、などと不安にさえなってくるのだった。餌を漁るのか、足にくもの糸などからめている蝙蝠のために、私は思いついて蛾や虫を部屋へ誘い入れてみた。夜になると硝子戸の向うにはりついて、肥った腹を見せているおびただしい蛾や虫は、戸を少し開ければ粉を散らして争って流れ込んできた。食べているかしら？　夜更け、私は隣室で蝙蝠の気配に息をひそめている。とろりとしたものがこみ上げてくる。　蛾や虫が、ことに肥った大きな蛾が、栄養あるおいしそうなものに私にも思われてくる。

　二日目の夜には、私の顔や肩を巧みに掠めて床に下りた。椅子の脊もたれにぶら下った。どこへぶら下っても、そのたびに、注意深く私へ向ける顔。わざとらしいほど大きな、学芸会の扮装みたいな耳を絶えず微妙に震わせている。その様子からすると、ふしぎそうに私を見ている丸い黒い眼は実は見えないのかもしれなかった。

煤を水に浮かせて作ったような薄黒い柔かそうな羽。その羽は、ものにとまったとたん、細い黒い骨の間に、それこそ蝙蝠傘をすぼめる具合に、実にすばやく畳まれる。鹿爪らしいその動作。

三日目の夕方、食卓にきた蝙蝠に布をかぶせて庭へつれだした。

「出て行くまで一緒に暮らせばいいじゃん。猫にとられてもいいじゃん。そんときはそんときのことよ。そんときは猫がうんと喜ぶですよ」

昨日、おばさんはそうも言っていたけれど。

力を抜いてじっとしていた蝙蝠は、布をはぐと、黒い紙片のように、近くの松の木へまつわり上っていった。そこから夕方の空へ、今度ははっきりと蝙蝠傘をひろげた形になって低めにとび、見えなくなった。


白い桔梗が咲いている。数えると十二輪の花。奉書紙に鋏を入れて切りとったような花。淡緑の蕾《つぼみ》を無数につけて一夏を咲きつづけるつもりなのだ。この花、一昨年の夏、私が植えた。夜も花を閉じないから、庭を下りてくるときの目印に植えたのだ。これを植えているとき、夫は庭においた籐椅子で見ていた。掌にのる小さな株だったのに、今年は一抱えもある、肩までの株になっている。夫の籐椅子は同じところにあって老猫がねている。蝙蝠を放したいまも、猫はそこから、もの憂さそうに片眼をあけていた。

「玉。お前が今度はいなくなるか?」

猫は愛想笑いなんかしない。不承不承、椅子から下りて歩いて行きながら、旗本退屈男そっくりの大真面目な美貌で振り返る。

「そんなこと、わかるはずがないでしょ。おばさん、あんたかもしれないでしょ」私の軽々しさを咎めるように。猫がいなくなった籐椅子に坐り、夫の真似をして私は脚を組んでみる。空を見て、それから眼を閉じてみる。

よしゆき賛江

本屋のビルの小部屋にいると、昇降機の上ってくる音がして、とまる音がした（昔の古い昇降機は大きな音がした）。やがて黒い学生服の人が肩をかしげてするっと入ってきた。なんてきれいな人だろう、そのとき茫然《ぼうぜん》とした。

大学生姿を見たことがあるのだけれど……その記憶をたしかめてみたら、着るものがなかったからね、いや、まだ学生だったのだ、と吉行〔淳之介〕さんはいっていた。

昭和二十二年か、三年ごろだったと思う。その小部屋は吉行さんたちの作っている雑誌の編集所になっていたらしかった。カストリ焼酎や密造ウィスキーなど持ちこんで飲む場所にもなっていたらしかった。酒盛りに一度私もまぜてもらったことがあった。遅れていったので、みんなに追いつこうと精出して飲んだのがいけなかった。くらくらに酔ってしまった私は、窓ぎわの吉行さんめがけて、机上の缶詰のあき缶（だと思う。中身が入っているのは投げなかったと思う）を投げつけた。投げつけたらとまらなくなって、どんどん投げた。何がきっかけでそんな酒乱になったのか――大人びた美男の吉行さんに無視され、くやしくてひがみくり返ったのだ。ボクサーが顔面をガードするように肘をあげて巧みに避けながら、吉行さんは落ちつきはらって酒を飲んでいた。ビルの何階だったか、高みにある小部屋は窓があいていて、投げたあき缶のいくつかが、空をきって落下していったような気がしている。

神田神保町の酒房に働いていた私は、店がひけると御茶ノ水駅から電車に乗って帰る。或る晩、看板までいた吉行さんたちと一緒になった。あのころは自動車など少なかった。敗戦後の色が濃く漂う町には「バタバタ」とよぶモーター付きの輪タクが走っていたが、みんなそれにも乗ることなどなく、どんなに大量の酒を飲んでも駅の階段を上り下りし、電車で帰った。金がなくて、若かった。駿河台坂の明大の前あたりを歩いているとき、どうしたわけか、いきなり力まかせに吉行さんの顔を叩いた(ぶっ叩いた)ことを覚えている。向い合って「やい、よしゆき」と果し合いのおサムライみたいにいってからぶったような気がする。それからまたみんなで御茶ノ水駅へ向って歩いて行ったような気がする。

別の或る晩、御茶ノ水駅のホームで吉行さんたちに出会った。四、五人の仲間とごそごそ相談していた吉行さんは、離れて立っている私のところへやってきた。

「これからうちへ遊びに来ない? 寄っていかない?」吉行さんの家は市ケ谷にあったと思う。

「行かない」と断わると、くるりと向きを変えて戻っていった。次に会ったとき、どうして来なかったか、と訊かれた私は

「みんなでワルいこと相談していたんでしょう。毒牙にかかるのイヤだもの」と答えた。すると吉行さんは「そんなことはないよ。それは君の意識過剰というものだよ」と、真顔で私をたしなめた。たちまち私は反省して、これからは人に誘われたらハイといって遊びに行かなくち

ゃ、と思った。

肩を斜めにして、まるで片腕がない男のような姿勢で、吉行さんは向うから近づいてきた。そのときの歩き方と、はじめて会ったときの、部屋へ入ってくる入ってき方は、いまも眼の裏に鮮やかだ。なうてのポン引、なうての女衒《ぜげん》というのは、こんな風なのではないかしら。普通のポン引しか見たことのない私は想像をめぐらす。

思い出せばどれもこれも、キャッというほど恥ずかしい話。生意気で粗暴な小娘であった自分が恥ずかしい。

近ごろは宴会場などで、誰彼と談笑している吉行さんの立姿を遠くから眺めている。頑なほどに変らない人だなあ、と敬愛の念をこめて眺めている。ちょっとだけ挨拶したいな、そのときには上品なやさしい声を出さなくちゃ、と心しながら眺めている。

「お岩の旦那に似ているのね」いつかそのような折にいったら

「ああ伊右衛門ね、誰とか（名前を忘れた）にもいわれたことがある」と当り前の顔をしていっていた。もしも私の住んでいるアパートの隣り部屋に吉行さんが越してきたら、私は困ってしまうだろう。隣りに住んでいると思っただけで、気になって気になって、お岩になってしまうのではないか。

歯医者で読む

母親が早く亡くなりましたし、父親も外で働いていましたから、絵本を買ってもらったという記憶はあまりありません。むしろ、シュークリームを買ってもらって、うれしかったという記憶があります。ただ、グリム童話の本を貰ってうれしかったという思い出はあります。そのころ絵本を買って貰えたのは、知識人とか文化人の家で、普通の家庭ではあまりなかったようです。私についていえば、よその家にいって見たことの記憶があります。たとえば歯医者には、絵本とか『講談倶楽部』とかグラフ雑誌がおいてありました。

その後、大きくなってから、武井武雄さんの絵と名前を知りました。『赤ノッポ青ノッポ』などという名前はいまでも覚えています。物語の筋などはまったく覚えていませんが、西洋人というのは、赤ノッポ、青ノッポみたいだ、と思ったことを覚えています。それから「コドモノクニ」でも見ました。ただし、武井さんの絵がいいとか、芸術的と思ったのは、もっと大きくなってからです。子どもの時には、全然気にしませんでした。大きくなってから、ああ、あの人が絵を書いていたんだ、と思い出しました。

そういえば、もっと大きくなってからですが、「講談社の絵本」の記憶があります。桃太郎とか八幡太郎の絵本がありました。その絵にもいろいろあって、今、考えると高級なんでしょうが、簡単な絵で線が太いのは面白くなかったです。そのほかに日本画風の、髪の毛とか着物の模様が細かく書いてある絵には、とても感動しました。『カチカチ山』の絵でも、ウサギが、眼がまっ赤で、いかにも、ウサギさん、ウサギさんというように可愛く書いてあるのはつまらなかったです。何かごまかされたようで。本当のウサギは、コワイ顔をしています。

少年雑誌では、『少年倶楽部』とか『新青年』とか『譚海《たんかい》』とかを兄が購読していましたから、兄の部屋にころがっていたのを、よくみました。『新青年』などよくわかりませんでしたけれど、とても面白かったという記憶があります。

紙芝居は、毎日、欠かさずみました。「黄金バット」を必ずやっていました。あと、貧しい母親と女の子の悲しい物語とか、漫画がありました。それから宮本武蔵のものもありました。ソースせんべいを食べながら見ました。そのころ紙芝居の食べ物を食べると伝染病になるといわれていました。

紙芝居にも教育的なものがあって、それはつまらなかったけれど、「黄金バット」など絵が強烈でした。それから、紙芝居のおじさんの声が独特でした。

あと思いつくままにいうと、『講談倶楽部』とか『少年倶楽部』の山口将吉郎とか樺島勝一、高畠華宵の絵を覚えています。今みると、確かに丁寧に書いてはあるんですけれど、上の方と、下の方のバランスが悪くて、本当は下手のように感じます。

ギョッとする会話

食堂で、隣席から男女の話し声が聞こえてくる。外国旅行の話をしているらしい。ヨーロッパもなかなかいいと思うけど、と男がいっている。

——ヨーロッパねえ。ヨーロッパというところは傷つくべきところね。

私はギョッとして、その女性の顔をぬすみ見てしまう。どんなところなのだろう。傷つくべきところね、というところは。若い女性はふざけているのではない。

——人間の原点にたちかえるということがすべてよ、私の旅の。

つづけて感想をのべている。

町を歩いていると、うしろの話し声が聞こえる。

——あなたの生きざまと私の生きざまのちがいね。

——私って抽象的に生きているのよ。

——そういう時点に於てはユルせない。潔癖なの。

——結局、私って悪い女ね。

——つくづくと業を感じるわ。いや、情念の問題よ。

銀座でも新宿でも渋谷でも、このような言葉のまじる会話が耳に入ってくる。映画や芝居（ことに新劇）を観に行くと、開演前や休憩時間に、隣やうしろから聞こえてくる。何度聞いたって、やっぱりギョッとする。顔を見てしまう。

会話の主の大方は、短大生風か会社づとめ風の若い女性たちである。流行の最尖端をいくというのではなく、流行に遅れず、流行のまんなかあたりをいっているらしい同じような服装、同じような所持品。どことなく顔つきも似かよっている。

テレビのメロドラマの女主人公がこのような言葉を使っているのだろうか。それとも愛読する本に書いてあるのだろうか。

言葉ばかりではない。声の出し方も、早口の抑揚も、笑い方も、びっくりし方も、同じようだ。似たもの同士が、めまぐるしいほどの滑らかさでやりとりしている。

もしかしたら、テレビやラジオに出てくる、或る種の男女司会者、レポーター、評論家、芸能人などのそらぞらしい話しぶりが伝染してきているのかもしれない。

普通の言葉を使って話せばいいのに。自分にも相手にも分かり易い言葉を使って話せばいいのに。

どうしてもこのような言葉を使って話したい趣味があるのなら仕方がない。もう少しゆっくりとしゃべってみたらどうだろう。むきになっている可愛らしさも出るし、一種のおかしさも出ると思う。

でも、私がめくじらをたてることはないのだ。あの人たちは私に向かってしゃべっているわけではなく、気分の合う同士で会話しているのだから。

夫を亡くしてまもないころ、知り合いの主婦がやってきて、

——これからのあなたの人生は自分自身の人生よ。自分自身の人生を生きて行く自覚を持たなくては。

と励ましてくれた。あれえ？　いままでだってずっと自分の人生だ。いつだって自分の人生と思っていたがなあ。けげんな顔の私に、

——趣味に生きるのよ。あなたも趣味を持たなくては。お茶とか文化講座とか旅とか。老後を美しく生きるために。

と、まだるっこそうにその人はいう。老後を美しく生きなくては、とくり返して帰って行った。それからあとも、中年過ぎた家庭婦人のいくたりもが、そっくり同じことを私にいってきかせてくれる。

ありがたいとは思うけれど、私はうんざりしている。心の中で呟いている。美しくなく生きたっていいじゃないか——。

ゆきずりに聞く若い人たちの会話をいやがることはない。このての方をいやがらなくちゃ。このての声を聞かずにすむような暮らしをしなくちゃ。

晴れた日

おおい。そこの（何とか）もっとひいてひいて。まだまだまだまだ。――晴れた日、裏のお宮の木立をとおして、若い男たちの声がしてくる。テレビの野外撮影である。私はサンダルをつっかけ、前掛をかけたまま出かける。歩きながら前掛を外す。

やっている。やっている。鳥居をくぐって三十段ばかりある石段の横の石庭。しゃがんだり立ったりして撮影隊の男たちが遠巻きに見守っている。箱庭の橋みたいな赤い欄干の小橋を背景に、袴をみじかめにつけたザンギリ頭の若い男が佇んでいる。石段には休憩中の袴姿の若い男が二、三人腰かけている。着流しのヤクザ風のもふらふらと歩きまわっている。明治時代の書生ものか偉人ものらしい。石庭の男の顔が見えないのが残念だ。沢田研二だといいけれど、沢田研二ではないにきまっている。

男はうつむき加減、途方にくれているところ。抱えている猫を地面に落す。また拾って落す。それをくり返している。そうではない。哀れな野良猫を拾い上げて抱える場面をくり返しているのかもしれない。

「何の撮影ですか」

セールスマン風の見物人はカップラーメンをすすりながら首を振った。老婆に訊いても、さあねえ、という。

テレビ局の人ならたしかだ。ガリ版刷の脚本らしいものを手にしている男に訊いてみる。

「何の撮影ですか」

男は顔をまっすぐに立てて貧乏ゆすりをしている。聞えないのだろうか。もう一度訊いてみる。知らん顔している。

「何の撮影ですか」

ガリ版刷を持ったためがねの女は黙って石段から立上り、斜めに三、四段下りて離れたところへ腰かける。私はますます知りたくなる。手摺りに凭れてガリ版刷をひろげている男。男は私が近寄ると、ガリ版刷を丸めてしまい、それでこめかみを掻く恰好をはじめる。私はもういわずにいられない。

「姿三四郎でしょう？　姿三四郎ですよね？　もしもし」

男はうんともちがうとも返事をしない。

おおい。その猫に逃げられると困るよ。誰か猫をおさえて。石庭を見下ろす高みから声がかかると、三、四人の男が動いて石庭の隅で猫をおさえた。

どんな猫が出演しているのか、顔が見たい。

いつも境内のつつじの根元なんかにうずくまっている、顔見知りの猫だった。

子供のころ

兄が『小学六年生』私が『小学四年生』弟が『小学二年生』。毎月、本屋が届けてくる。四月になると一年上のがきた。母が早くに死んでいたから、父がそうしておいてくれたのだ。届いたその日の明るいうちに読んでしまう私は、晩には兄のをひったくって読んだ。自分が読みおわらないうちに兄は貸してくれ、その代わりに、私の付録を丹念に組み立てていた。正月号は厚ぼったく付録がつき、表紙の男の子と女の子の衣裳や背景に金色がふんだんに使われていて、こすると指の腹に金粉がついた。すぐ読んでしまったのはつまらなかったからだ。表紙の男の子と女の子の顔が大嫌いだった。級に一人か二人いる模範生の顔だった。兄は中学に入ると『少年倶楽部』や『譚海』をとった。羨ましかった。上の兄は『新青年』をとっていた。兄の留守に部屋に入り、ころがっている雑誌に読み耽った。

地球が冷えて黒い球になる日が訪れる、という空想科学宇宙ものを読んだあと、父が食事をしたり、植木に水をやったりする姿を、この世の別れのようにひそやかに眺めた。

「フランダースの犬」や「軍用犬、金剛と那智」や教科書の「獅子と武士」。動物ものを読んだあと、ライオンや犬に生まれてきたヒト（子供のときはそう思っていた）の運命が可哀そうで途方に暮れた。

近所のFさんのお屋敷に帝大生の息子がいた。自宅の一間に子供向の本をたくさん並べて、子供たちをよんでは貸してくれた。『毬の行方』『絹糸の草履』など、題だけおぼえている。Fさんはバカににこにこして、貸し出す本について説明してくれたり、返しに行くと感想をきいたりする。感想をきかれるのもいやだったが、これから読もうとする本について説明されるのは、もっといやだった。

Fさんは卒業すると女学校の先生になり、子供たちを見ても誘わなくなった。まもなく婦人雑誌のさし絵そっくりのお嫁さんを貰ったら双生児が生まれた。乳母車を押し、Fさんとお嫁さんが散歩する。Fさんは遊んでいる私たちに笑いかける。私たちは笑い返さない。そして後姿を卑猥な数え唄ではやして散った。

夕暮、見そこなった紙芝居の一幕が見たくて、大きな茶色の箱がゆれる自転車のあとを、次の上演場所の空地まで追って行く。あの、あそこに見えてきた染物工場の橋のところで、自転車に乗ったまま、紙芝居のおじさんは黄金バットになる――駈けながら、そのことを友だちも気がつく。みんな来た道を駈け戻る。「ハーメルンの笛吹き」まだらな派手な服を着た、約束を守る無口な笛吹き男。読んでしまっても、いつまでも読みおわっていないような、ふしぎで怖い話。鮮やかにおぼえているのは、この話だけのような気がする。いまも、この話が好きだ。

あの頃

武田の七七日をすませた頃、竹内好さんの病状が重くなっていった。十月初旬の武田の葬儀には葬儀委員長の役をひきうけて下さったけれど、すでに病を抱えておられる身であった。十二月と一月と二月、週に一度、吉祥寺のM病院へ伺った。今度は見舞う側の者となって井頭線の吊皮を握っている。線路工事だろうか、電車がとき折り速度を落す。冬の陽がいっぱいあたった庭先の洗濯物や垣根にしがみついて咲く山茶花や菊の花が、車窓をすれすれにのろのろとよぎっていく。垣根をすかせて硝子戸の奥に起《た》ち居《い》する家族の人影がやわらかく動いて見える。――暗いお湯（こんな言葉あるだろうか）が肋骨の裏を流れ、急に逆流して眼球からふきこぼれた。

病室の扉をほそめに開ける。竹内さんの大きな頭がふとんの向うに見える。寝台のすそ近くの椅子に埴谷〔雄高〕さんがいる。眼をつぶって肩を落した埴谷さんは石と化してしまったかのよう、この世の人とは思われない土気色の顔だ。埴谷さんがこのような状態にあるのは、竹内さんが眠りにつき、そうして辺りに誰もいない、ほんの短かい間のことらしかった。晴れている日の病室は汗ばむほどの暖かさだった。桜が咲く頃には、この世の人ではなくなるかもしれない竹内さんは、キューピイさんみたいに顔と頭を上気させて眠っていた。

竹内さんがぽっかりと眼をあける。その気配で埴谷さんは化石から人となる。竹内さんの水分を湛えた大きな両眼に、みるみる光が宿る。と、埴谷さんはのりだして耳を傾ける姿勢をとる。異様に力強い口調で竹内さんが語りはじめる。

いましがた見ていた夢の話。少年のころの話。兵隊のときの話。武田の話。……病臥の人に聞かせるため、声を明るく張って埴谷さんはうけ答えする。ひとしきりののち、再び竹内さんは眠りの中へ漂いおちて行く。埴谷さんもまた椅子に体を埋めて眼をつぶる。

毎日々々、ここに来て埴谷さんはこうしているのだ。そんなに毎日来なくても大丈夫ですよ、宿題や予習があるでしょうに、と諭されても、一日だって病気の友達のところへ来ないでいることは出来ない中学生のように。来る途中の本屋で買ってきたのであろう、病人の面白がりそうなグラフ雑誌を「どうかね。こんなの見てみるかね」と遠慮がちにひろげてみせたりしているることもあった。

たまに埴谷さんと一緒に病院の門を出る日があった。(今日の竹内さんの様子を早くうちへ帰って報告しなくちゃ——)と、ひとり気が急ぎ(あ、うちで待っている人は、こないだからもういないんだった)と、ひとりおかしくなりながら、空と道だけがどんどん暮れてゆく商店街通りを、埴谷さんのあとから随いて行く。吉祥寺には、何て果物屋さんが多いんだろう。水銀灯まばゆい店はみかんだらけだ。山積みされたみかんは、うんざりする位みかん色みかん色している。何てわざとらしい色なんだろう。重病の人を見舞って病院を出てくると、往来に叩きつけられたように放り出されたように、どうしていいかわからなくなってしまう。まだまだこのまんま、ぼんやりと歩いていたいような気分と、何かうんと凄い面白い話を聞かせてもらいたいような気分がいりまじっている。コートを着た埴谷さんの後姿から、えがらっぽい焦げくさい煙がたちのぼっているみたいだ。私の後姿からもたちのぼっているのだろう。

「うちへ寄っていくかね。とし子（埴谷夫人）と話でもして晩飯でも食べていくかね」

今日は寄らないで帰る、というと、じゃコーヒーでも飲んでいくか、といって下さる。

駅ビルの中の喫茶店は満員である。つとめ帰りの若い男女や学生の間に入って、コートを着たまま腰を下ろす。埴谷さんはレモンスカッシュ、私はコーヒーをとる。埴谷さんは薄切りレモンの上にのって浮いているぐにゃぐにゃの桃色さくらんぼをストローでよけながら、汁だけ吸っている。

ついこの間のことだ。G病院の食堂の隅で、埴谷さんと私はチョコレートのかかったアイスクリームを前にして向い合っていた。あれにも缶詰の桃色さくらんぼがのせてあった。アイスクリームをなるたけのろのろと舐め、さくらんぼも食べてしまい、生ぬるいコップの水も飲み干してしまってから、「武田はガンなの」出来るだけそーっと夫の病名をいった。いくら目立たない普通の声でいっても、あれはやっぱり目立ってしまう発音の言葉なのだ。ガという音が私の口から出るや、埴谷さんは両掌でぱっと顔を押えてしまった。声を殺して、そのまましばらく泣いていた。形のいい長い指の間から洩れてくる大量の涙が、鼻と口からも垂れてくる水分と合わさって、手の甲と手首をつたい流れて行く。男の人のこのような泣き方を生れてはじめて見た。私は消音拳銃で埴谷さんを射ってしまった気がして、じいっとしていた。埴谷さんのアイスクリームの皿に桃色さくらんぼが残っていた。もう、すぐそこまできていて、私を待ちうけている黒い大きな雲のような洞穴のようなもの――埴谷さんの泣く姿を見ていると、それが途方もなくふくれ上っていって、もっと真黒なものになっていった。

「くたびれたでしょう？　こんなことばかり続いて。追悼文もたくさん書かなくちゃならないし」

「うちにいるときは、ふとんの中で眼をつぶっているよ。食事や用足しにそーっと起きて、また抜けがらの恰好になってるふとんにそーっと入って、じっと眼をつぶってるよ」

「みんな、病気したり死んだりしないようにしなくちゃ。埴谷さんが仕事出来なくなるものね。でも、これからは、ますます病気したり死んだりするばかりよ。『死靈』のつづきがなかなか書けないわね」

「そういうことかな。困りましたね。弱りましたね」うなずくでもなく声も立てず、埴谷さんは笑っている。

思い出

三十年も昔のこと。

私は神田神保町の「らんぼお」という酒房で働いていた。二階にある出版社の社長が経営主で、その出版社に矢牧一宏さんがいたから「世代」の一部の人たちは、この店を溜り場にしていた。ごくたまだけれど、遠藤〔麟一朗〕さんも姿をみせた。糊とアイロンのきいた純白のシャツをいつも身につけていた。背広の前をわって長い脚を投げだすように腰を下ろすと、大人びた瀟洒《しょうしゃ》な美男ぶりは辺りを払って、客もバーテンの少年たちも、はっと眼を遣ったものだ。

テーブルをまわって註文をうけ、運ぶのが私の仕事だった。黒いハイヒールに素足をおしこみ、板ばりの床をずかずか歩きまわる。冬も夏もそうで、一足しかない古靴は汚れに汚れてツヤが失せ、湿ってゴム製に見えた。履いていると重かった。「汚ねえパンプスだなあ」と、私の靴のことばかり言って酔払っている客もあった。

遠藤さんの美意識では見ていられなかったのだろう。ある日、店の近くの小さな靴屋で靴を買ってくれた。新しい靴に履き替えているとき、顔見知りの靴屋のおやじは「男前だねえ。あの人、あんたの旦那?」と、顔の下から訊いた。「ちがう。店のお客さん」「そりゃ、そうだろうなあ」。表に佇って待っている遠藤さんと私とをもう一度見くらべて、至極当然という風におやじは肯いた。古靴を棄てて靴屋を出ると、陽がさんさんと射していたのをおぼえている。新しい靴は黒い靴ではなかったような気がする。灰色の靴だったような気がする。靴は私の給料二ヶ月分ほどであった。

その日だったろうか。別の日だったろうか。遠藤さんと都電に乗って窓ぎわにたっていた。ところどころ窓硝子のない電車は、疎開跡や焼け跡がまだ残る神田の町を、風通しよく揺れて走った。四ツ角に出来上りかけている、めずらしく立派な建物を指して、

「あれは何だと思う？」と遠藤さんは言った。

「銀行」

「そう」と、遠藤さんは何だか嬉しそうだった。

一昨年の六月、「世代」の集まりに昔なじみの私も招かれた。三十年ぶりに会った遠藤さんは、少しやつれ、赤黒い顔色に見えた。内臓手術をされて、酒は余り飲めないのだ、ということだった。二次会の席で燥《はしゃ》ぎつづける私のうしろに、いつのまにか遠藤さんがいて「君はよくしゃべるようになったね」と耳元で言った。ギクリとして酔が醒めた。靴と同じだ。見ていられなかったのだ。

それから半月ほど経った夏の朝、電話のベルが鳴った。「富士日記」というのは何という雑誌にのっているのか、という問合せだった。嬉しかった。

「十月には本になるから、そのときお送りします。昔買って頂いた靴のお礼に」と答えると

「いや、ぼくは金を出して本屋で買いります」くっと斜《はす》にあごをひいている――それが、受話器の奥からごろごろごろした低い声とともに伝わってきた。「それでは買って下さい」と私は言い直した。まだ陽盛りにならない裏の林で、かなかな蟬が鳴いている。何か話をしたい。何の話をしようか。

「早起きですね」と言うと、

「早起きなどという言葉を使う時間ではないよ。ぼくは会社から電話をかけています」と言った。

急逝されたのち、死に到るまでの生活や人となりを、遠藤さんと親しかったいくたりかの人たちから伺った。私の知らなかった胸に沁みる話ばかりだった。

映画俳優Nは『仁義なき戦い』その他の名作ヤクザ映画に、縞の背広に白コートをひっかけて、あるいは和服を着流して、登場する。先日は『柳生一族の陰謀』で公卿に扮した。公卿姿が似合う映画俳優など、Nしかいない。公卿烏丸少将は、薄化粧までして優雅この上なく、権謀術数に長け、文武両道に秀で、柳生忍者と互角にわたり合うのである。映画やテレビにNが出てくるたびに、あの、美意識の権化であった人を思い出す。

Nに似ている、と言ったら、まるで似ていない、まるでちがう、と言った人があったけれど、かまわない。

梅崎春生さんの思い出

「……隣りのその女性が『わたし、これが気分わるくて怖くてだめなんです。すみませんが手を握っていて下さい』なんて言うの。しようがないから、ぼくは飛行機がちゃんと降りるまで、ずっと接吻しつづけてたんだ」中村（真一郎）さんは、そこで席を立った。ジェット旅客機で洋行したときの話である。何だか、しんとしてしまった。中村さんが階段を上っていって、二階の便所に入って、扉が閉まる音がしたとたん、

「彼の言うことはウソです。あんなこと、そんなに長く出来るはずがない。窒息してしまう。出鱈目です。彼の言うこと本気にしちゃいけませんよ」梅崎さんは目を伏せたまま、ひと息に弱々しく言った。悲鳴のようだった。皆、また、しんとしてしまった。鼻の孔があるから、と考えを述べようとした私も、やめた。あさって会の人たちが揃って、お酒を飲んでいた。寝椅子に横になった椎名さんの足先に、夫が腰を下していた。十七、八年前には、足場のいい赤坂のわが家で、あさって会の集まりをすることがあった。

十四年前の——五月末だったと思う。座談会に出た夫が、野間さんと埴谷さんと梅崎さんを誘って帰ってきた。玄関を入るなり「肝臓は全快しました」と梅崎さんは挨拶された。埴谷さ

んはウイスキーの瓶を膝の間に抱え込んで管理し、自分たち三人のコップには沢山つぎ、梅崎さんのコップには一たらしほどずつついだ。梅崎さんは三人の会話には、あまり加わらなかった。前の年から病気療養中であった梅崎さんは、久しぶりに会えた三人といることが、ただ嬉しいらしかった。私を話相手に、ほとんど水であるコップを傾けていた。

「知生はいい子でしょう？　あの子はほんとにいい子ですよ。この頃ぼくは知生が可愛くてしようがない」知生さんは長男で、うちの娘とおない年である。

十二時をまわって、梅崎家へ電話をした。

「え、お酒飲んでるんですか⁉」

一瞬、声をのんだようになってから、黒い受話器の奥に、澄んだ、か細い、虫の鳴くような声がした。「……梅崎、死んでしまうわ……」

恵津夫人のその声は、忘れられない。

帰るとき、足がもつれたのか、梅崎さんは体を泳がせてカウンターに突進し、上半身を投げだした。コップや水差しがなぎ倒されて、残らず砕け散った。い──ん、と音叉のように尾を曳いて、──その音も、忘れられない。

それから梅雨に入り、梅雨があけた。真夏の大快晴の日の午後、富士の山小屋で、梅崎さんの急逝を知った。庭で草刈りしている夫に告げに行く。夫は黙って草の中にぽいと鎌を投げると、明け放した家にすたすたと入って行き、仕事部屋の襖をたてきった。夕飯に出てきて、のみ込むようにして食べ終ると、また、仕事部屋に入り、次の朝まで出てこなかった。

眼医者へ通う道

塀越しに、粒のようなものが、絶えまなく、音もなく、降りかかる。

最初、眉間《みけん》をやられた、という匂い。深く吸い込んだら、それは鎖骨に沁みてから、頸《くび》すじをくすぐったくまわって、ぼんのくぼがくらくらしてしまう。

いいぬぶな科の大樹の黒々とした木立に、淡白い若葉と同色の房状の花が、少しうなだれて、びっしり付いてる。

ここ半年余り、眼医者へ通う道。坂を下り坂を上って、赤坂から六本木へぬけて行く。

夏も間近となった。

坂の上にある呉服屋の飾り窓のあじさい模様の着物は、この間、水色の朝顔の着物に替った。

枇杷の木のある家が多いこと。二十年住んでいて、いままで気がつかなかった。

外国銀行寮の枇杷の大木は、針金入りみたいな暗緑色の葉を、鳥の翼のように拡げている。

男子修道院の枇杷の木は、更紗模様そっくりに、白壁に倚《よ》る。

「志賀直哉居住の跡」

と立札のある石塀。

囲いの中の小さな平屋は、ずっと前から、昼も雨戸をたて、廃屋である。

枇杷の木が二本、低い軒と塀に垂れかかっている。

その奥の平屋にも枇杷。もっと奥の平屋にも枇杷。廃屋の隣りの平屋にも枇杷の木が二本。

その家には白と茶の老犬が、あおきの根元を居場所と心得て、陽の当らぬ湿った地べたに窮屈そうに丸まって、いつも居る。裏口の金網垣から、犬と同じくらいにしゃがんで声かける。

「お前、つまらないの？ そうか。つまらないか。困ったねえ」

首だけねじ向けて、犬はひからびた大きな梅干みたいな鼻を金網からつき出す。眼をどんよりとうるませて、わずかに尾を振る。すると、ぴしゃりとひどい音がした。閉っていたはずの硝子《ガラス》窓を、誰か、わざわざ開けて閉めた。

どの家の枇杷の木にも、怪しむばかり、うっとりするばかり、沢山の枇杷の実。

町なかの白っぽい陽の下で、色を濃くしながら、静かにふくらんでゆく。毛の生えたカビ色の果柄《かへい》も、重みでぐんなりしてきた。

何年に一度くる、なり年なのだろうか。そういえば、うちの庭の桜も、おびただしい実だ。葉の奥で、無数の眼の玉のように光ってる。

今日、眼医者への往き、測量道具を抱えた男三人を見た。帰り、男たちはいなくて、石塀のところどころに、新しく白い大きな告知板がかかっていた。

〃建築のお知らせ〃

この辺り一帯――志賀直哉居住の跡にある平屋の群れ――は、近くすべてとりこわされて、鉄筋高層の大きな建物に変るらしい。

〝物喰う男〟の巨きな繭
――堀切直人『日本夢文学志』

昨年の夏、蓮の花の咲いている極楽の池の底を覗きこんだような美しい日本画の表紙の本が送られてきた。『イメージの文学誌　紅い花　青い花　吉行淳之介監修』。そして夏の終りに北宋社の堀切直人さんから手紙がきた。「イメージの文学誌第三弾〝物喰う女〟(仮題、あるいは――の饗宴)という風な題で、食べることをテーマとしたものの企画を進めています。つきましては監修をひき受けていただきたい」、私はすぐ断りの電話をした。堀切さんという人は、会って説明したい、といった。

夏の間、私は『紅い花　青い花』を大へん楽しんだ。挿画が、昔の日本の屛風絵もあるし、昔の西洋の絵もあるし、明治大正昭和の日本の西洋画もある。それらの花の絵は、ずっと前に見た、もしかすると生れる前に見たことがあったのではないか、と考えこんでしまうような花の状態の絵なのである。花のイメージ三十八篇、夏目漱石も寺田寅彦も小川未明も中勘助も江戸川乱歩もつげ義春も唐十郎もある。収録しきれなかった作品も題と名前が載っていて二十八もある。堀切さんという人は、古今東西の本や絵を沢山知っているにちがいない。このような人はどんな人だろう、五十過ぎていて、洒落《しゃ》れたレインコートを着て、レインコートを脱ぐと、下に洒落れた背広を着ているような人かな、と一寸想像したりしていた。

呼鈴が鳴ってドアをあけたら、想像していた高さのところに顔がなくて釣鐘形の厚ぼったい胸があった。六尺位の若い人である。大きなスリッパのような靴を簡単に脱いで、クーラーかテレビの故障を直しにきてくれた人のように、ふたふたふたふた入ってきた。集金鞄の下げ輪を手首にはめたまま、紙袋から書類をとり出して、早速、抑揚をつけない口調で説明する。

食べることに執着を持っているように見受けられるから、この企画の監修者に、といわれたって、そんなこと難しくて到底出来ない。それに近頃は肝臓もわるいし眼もわるいし、食意地も衰えたから不向きです。それから一番ダメなのは、あたしの名前じゃ雑誌が売れない。食通で有名な人がいるでしょ。そういう人が監修しなくちゃ。お宅のお店がソンするの、みすみすわかっていてやるなんて。

堀切さんは「いいんです。いいんです。好きにやりたいんですから」ばかりいって、平然としている。折角、食べることを話しにきたのだ。ビールを出して、冷蔵庫にあるものを出すと、堀切さんはクイクイクイクイと一息にコップをあけ、つぐとあけ、畏まってすぱんと箸を割り、皿のものを丸々とふくらんだ小麦色の頰ぺたの中へ造作もなくしまいこむ。冷蔵庫のものがなくなったから「お寿司か鰻とるけど、どっちがいい?」と訊ねると、背すじと首をのばして「うなぎ」といった。

「ええと……」と私が感想をのべると「これこれこういうことでしょう。それは……」と私の感想を長くひきのばして解説してくれるので、あれえ？　あたしはそんなこと思ってたのかなぁ、と自分が高級になったようで、いい気持になった。西洋や日本の沢山の本と、その本を書いた人が、その本のほかに書いた本のこともよく知っているので、びっくりした。堀切さんはおいくつ？　と訊くと、二十七といったので、一層びっくりした。二階にいた娘（二十六歳である。堀切さんの声も私の声も大きかったので、ずーっと聞えていたのである）も、そのとき、びっくりした、とあとでいっていた。

私監修と印刷された『物喰う女』は売れなかった。堀切さんが精選した中味は『紅い花　青い花』に負けない面白さで『紅い花　青い花』より六十頁も多くて同じ値段なのに、やっぱり売れなかった。「どんな？　売れてる？」怖る怖る訊くと「売行きわるいです。第一弾吉行さんのが一番売れました。島尾さん（第二弾『水底の女』）のは一寸落ちました。第三弾百合子さんにきてガクーッと落ちました」、堀切さんは正直な人だから、その通りいう。

申し訳なさもあって、堀切さんが来れば、せっせと食べさせてしまう。堀切さんが来るといって来られなくなったときは困ってしまう。わが家は次の日一日中、用意したものを食べ続けなくてはならないのだから。

「うちにいた犬がねえ……」私が話し終るのを待って「犬というものは……」と堀切さんは話しだす。舌なめずりして、犬を丸ごと食べてしまう感じだ。「時計というものは……」時計は「11《イレブン》ＰＭ」に出てくるぐにゃりとした時計となり、はぐって嗅いだりした揚句、のみこんでしまう感じだ。

顔が上の方にあるので、はじめのうち、よく見なかったが、何度か会ううちに（ときどき、安くてうまくて量の多いモツ煮込屋などを奢ってくれる）、眼鼻立ちが、昔の武者絵や絵双紙の金太郎桃太郎にそっくりなことがわかった。私は山姥になったような気がしている。

今年の六月だったか、西洋人の人間ポンプみたいなのをテレビで見た。コップはどんな味？　胡桃とピーナッツの味がします。日本のコップはおいしい？　とてもおいしいです。今回は十日間にわたって自転車一本にしぼって食べます、といって、順ぐりに少しずつ静かに食べだし、九日目には空気入れまで食べてしまった。自転車の味は？　ゴムの部分はイヤ、鉄の部分は好き。食べられないものは？　何でも食べるが、バナナだけはどうしてか食べられない。生れたとき未熟児だった。偏食で虚弱な子供時代を過していたるときつよくなりたいと思っていた。二十九歳でラテン系の蜂蜜色のつやつやした顔をしている青年は、荒々しいところがない。質問に、ゆったりとものやわらかく答えていた。マザー・コンプレックスのつよい人らしいです、と解説者がいっていた。

「その人、どことなく堀切さんに似てたのよ」、テレビやテレビタレントの話をまるでしない堀切さん（テレビを持ってないのかもしれない）に、くわしくこの話をしたら、私の軽率な判断が不服らしく、ふくれっ面をした。

今年になって堀切さんはつとめ先の北宋社を辞めた。前も貧乏だったけど、もっと貧乏になったので、電車賃が勿体ないから、たいていのところは自転車で行ってしまうことにした、という。真白塗りの自転車を漕いで、駒形茂兵衛のような堀切さんが向うから一生けん命走っているのを見た人が、白い羊のような自転車が強姦されながら青梅街道をよこぎっていました、と教えてくれた。

この間、堀切さんは本を持ってやってきた。箱に入った素晴らしい本をくれた。枕のように大きい本。

『日本夢文学志　堀切直人著』

六、七年前から、ゆっくらゆっくらと巨きな見事な繭をひとりつくりつづけていたのだ。序文に種村季弘さんが、この本について綿密に書かれている。うちへくる堀切さんのことしか私は語れないので、圧倒されている。

一九八〇〜一九八四

ばんめし

記憶の底を望遠鏡で覗いてみる。育った家の茶の間を覗いてみる。ピンポン台より一寸小さめの食卓に、父、兄二人、私、弟二人、家事をとりしきる遠縁の老婆が坐っている。母は私が七歳のとき病死した。父と上の兄が、ばんごはんどきに帰っていることは稀れだった。弟たちは食卓のとがった角に坊主頭や頬骨をぶつけて、よく泣いたので、父は鋸を持ち出して角を切り落した。すると角の数が増したので、ぶつける回数も多くなった。父は綿のつまった三角ぶとんを作って、腹立たし気に四隅に釘でうちつけた。

味噌汁、コップの水、牛乳、かき玉つゆ、子供って、何であんなにあっけなくこぼすのだろう。あっと走って、ふきんがくる前に、四隅のいずれかの三角ぶとんに沁み込む。やがて醱酵する。ばんごはん、ことにすき焼のときなど、じぶじぶ煮えつまる音と匂いと、たまにいる父とに緊張して、代る代る盛大にこぼした。縮れ丸まって震える肉片がほんの少し混じった汁を、ごはんにたっぷりかけてもらう、その茶碗をうけとりながら、もうとり落している。山の手風小綺麗な奥様である姉が、ときどき遊びにきて「へんな匂い。それに暗くてうっとうしい。よくこんな部屋でごはんが食べられること」茶の間へ足を入れず、縁側の柱に寄りかかって言った。暗くてうっとうしいのは、軒にかかる古い藤棚のせいだった。――

いま、私は娘と二人暮しである。下の弟がくるというので、久しぶりにすき焼をした。弟は娘への結婚祝のオーブントースターを抱えてやってきた。鳥肌立って磨硝子色に茹で上った銀杏大根の山盛りを見て「や、大根がある。俺、これ、子供のときから好きだったんだ」と燥いでみせた。「いくら言っても女房のやつ、そんなすき焼きいたことないって、入れないなあ。俺んちはもやし入れるよ」「大根は邪道よ、きっと。あたしもお姑さんにイナカモンていわれたもの。でも、うまいものはうまいからね、平気で入れてた」

いつになく、子供のころの話ばかり出て、遅くになった。弟が、わざわざ、そうし向けているように思えた。こんろの火は、とっくに落した。眠たそうに控える娘へ膝を向けると「ねえ、――ちゃん。俺、この人の癖、わかってるんだ。あんたたち夫婦に会うまい会うまいとして暮す人よ。別に住んだら、精出してばんめし食べにやってきてくれないか」と低声で弟は言った。そろそろ帰るかな、と呟いて急に立ち上った。

晩春のお寺

得度をうけるため、僧侶である父親につれられて、京都の知恩院へ上った十九歳のときの思い出を、夫はよく語った。

夫の骨を両手に抱えたとき、朝昼晩、読経の声の聞えてくるところに埋めてやりたい、と思った。何故って。――これから私は、どんどん年とって、どんどん頭がぼけていって、一緒に暮した男のことも忘れはててしまう日がくるような気が、ふっと、そのときしたのだ。

ひっそりした隅っこの方でよろしいのですが、とお寺に願い出ると、山の中腹にある昔からの墓地、その奥まったところの大きな樹の下を選んで下さった。

夫が死んで半歳経った五十二年の四月の末、朝から雨が降っていた。午《ひる》近く、傘をさした私と娘は、知恩院の若緑に染まる奥庭から、墓地への近道の、急な石段を上った。私たちの先を、うぐいす色の衣をつけた坊様は、一点のはねもあげずに、真白な足袋と真白な裾を、雨足に閃《ひら》めくようにさせて上って行かれた。

おむすびに似た恰好の黄土色の自然石が、楠と思われる大樹の下に置かれて、雨に濡れていた。その下のカロートに骨壺を納めるとき、「分骨にしては、ずい分大きな骨壺だね」と、おかしそうに坊様はいわれた。「あたしの入る分もあけてあるので」と、私はいいわけした。

線香の煙は、揺れ崩れながら、雨の中をやっと立ち昇っていった。黄緑、銀緑、白緑、紅みを帯びた緑、葉をほどきひろげはじめた木立。眼の下に見え隠れする、魚の脊のような瓦屋根。「ここに立てば、京都の町が一望でしょう。しかし、さっちゃんのお墓は、それを脊にして山の方を眺めている。さっちゃんらしくて、いいじゃありませんか」幼名を覺《さとる》といった夫は、身内の者からは、さっちゃんとよばれていた。夫が少年の頃から身内同様に親しい間柄であった坊様は、低く読経を終えられると、そんな風にいわれた。

振り向くと、山には葉隠れに、点々と、或いは、かたまって、白っぽく苔むした小さな墓が見える。傾いたり、倒れ重なったりしているのもある。ずい分昔の人の墓で、ほとんど無縁墓であるらしい。この辺りで討死した人を葬った墓が多い、ということだった。

雨は夜通し降り続き、翌朝は晴れわたった。宿の人にすすめられて、いまが満開の極みであるという長谷寺の牡丹を観に行くことにした。

京都から乗り継いだ電車は、事故なのか、線路工事なのか、駅でないところで長々と停り、のろのろ動いては、また停った。散り残っている桜も見えた。気がつかないうちにきて、もう去って行こうとする春を、窓から、眺めていた。午近くなると、電車は空いてきて、閉めきった車内は温室のようにあたたかすぎた。たいていの乗客は眼をつぶって、ぐんなりとしていた。老婆が三人並んで、脚を八の字にひろげて腰かけ、話し通しに話している。老婆たちの声だけが、芝居のように聞えてくる。

うちとこは、あんた、十六年の七月にとられましてん。大阪城ですわ。十九年になあ、満洲で戦死ですわ。三十七歳。大阪城に面会に行ったのが、最後ですねん。いまでも、よう、はっきり、大阪城で会うたときのこと、覚えてますねん。昨日のことのようですわ。元気が一番どっせ。何というてもなあ。

ほんま。何ぼ死にとうのうても、死ぬ人は死にますえ。

ほんま。あっという間ですなあ。この年になるのんが。えらい早う日が経ちましたなあ。実は、うち、この年になっても主人がいてます。ほんまに、もう、お恥ずかしいことですねん。

駅から長谷寺まで、延々、上り坂の両側には、土産物屋や名物を食べさせる食堂が並び、その間に雑貨屋や種子苗屋やガソリンスタンドやパン屋が混っていた。土産物屋には、布製の実物大の牡丹の造花を売っていて、種子苗屋には、蕾《つぼみ》がほころびかけたほんものの牡丹に根がついているのを売っていた。立止まって眺めると、これより先には、これ以上の牡丹は売っていない、と声が掛った。

境内一円に満開であるはずの牡丹は、昨日の雨で、くちゃくちゃになっていた。とんでいた鳥や蝶の群が、いきなり、ばたばたと死にかけているような、どきりとする光景だった。不機嫌な参詣客は、すれちがうとき、お互いに意地わるい眼つきをして境内を巡り、それでも牡丹の前で写真を撮ったり、撮られたりしていた。

私の買った本

『麻雀放浪記』　阿佐田哲也　角川文庫
『小説 阿佐田哲也』　色川武大　角川書店
『少年ランボオ』　粟津則雄　思潮社
『ランボオの生成』　粟津則雄　思潮社

このところ目が悪くなって、買った本というと、実は『麻雀放浪記』ぐらいしかありません。私は賭け事はまったくダメで、麻雀パイを握ったことすらありませんが、色川さんから『小説阿佐田哲也』をいただいてとても面白かったものですから、買って読みました。

粟津さんの本は、前からランボー（特にそのアフリカ時代）に興味がありましたので、ある会合の席で粟津さんに「読みたい」と申しましたら、送ってくださったものです。そのほか、やはりいただいた本で申し訳ないんですが、唐十郎さんの『調教師』（中央公論社）、堀切直人さんの『日本夢文学志』（冥草舎）も印象に残りました。

私が最近買った本

テレビで「南米大陸の昆虫」という番組を見た。蟻《あり》、ツノゼミ、ナナフシ、ハムシ、蝶《ちょう》、蜂《はち》など、どんなこん虫も全く古臭いところがない。感動してしまう。未来の生物を見せられているようだった。こん虫図鑑が欲しくなって本屋に出かけたが、図鑑を買わないで、ジュール・ミシュレ著『博物誌　虫』（石川湧訳、思潮社）を買った。蟻の章は「ある種の蟻は奴隷を持っているというこの奇怪なおどろくべき事実を、ユベールを読んで初めて知ったとき、私は大いにびっくりした」ではじまる。今年の夏の終わりは、表に出てしゃがみ、蟻の行方を追いながめた。この次は顕微鏡を買いたいと思っている。

尾辻克彦『少年とオブジェ』解説

「地上、六十センチほどの高さの体」（これは幼稚園児のころ）、「地上一メートルくらいの高さの体」（小学生徒のころ）の上に、いぶかる、不安がる、引込み思案の頭をのせた尾辻少年が、中学生となり高校生となるころまで、交際しなくてはならなかった物品の数々。その物品類にかかっている錠前を、レーザー光線機械でも使用したかと思うほどの鮮やかさで外して、中味を見せてくれる。

「――世の中には、ことさら幼児の体験をもち出すことによって、自分が自然のままの、文明に毒されない手作りの人間であることを示そうとする、自然食品のセールスマンのような人がいる。だけど自然食品て、うまくないんですよね。まずい……」（『飛行機』）ちゃんと、こう、この本の中に書いてある。中味は、自然食よりもっと濃密な味と匂いがする。

尾辻さんは、ごく普通の、難しくない言葉を使って、物品類の中味を解きあかしてくれる。だから、よくわかる。私の眼からウロコがぽとりととれたような気がする。ほどかれたり、ちわられたりした物品類の、はるか向こうの方、地平の果ての向こう側で、ごろんごろんごろん、と宇宙の回転（世界の動静ではありません）の音が、かすかにしている。それが聴きとれるような気がしてくる。

「本質というものは、なかなか知ることができないものです。頭の働きだけではとても知ることができません。手、足、腹、尻、首、足の裏、頬、爪、その他まだまだたくさん無数にありましょうが、そういったいろんな肉体の部分の後押しがなければ、とても知ることができないものです。だから私が水道の蛇口の本質を知ることができたのは、私にとっては私の肉体をたっぷりと夜尿症にひたしていた長大な時空間によるものと考えています。私の肉体の本質は夜尿症によって煮つめられてきたのです。……」(『蛇口』)

でも、肉体といったって——と私は思う。男の頭と心と体でないと、この本のように物を感じ、物を記憶することはできないな、と思う。凸ゆえに抱え込んでいる敏感微妙な恐怖心と羞恥心。重症のオネショ少年は、その原石みたいなものだ。凹(女、私)にも恐怖心と羞恥心はある。あるにはあるけれど、質がちがう。困ったりなど、あまりしない。鈍感だ。

十歳ぐらいのとき、兄や弟たちと野原で兵隊ごっこをやって遊び呆けていた。ちくちくする草の上に犬ころみたいに腹這っていて、オヤこの中で自分だけ女の子、と、ふっと思ったことがある。『飛行機』を読んでいると、置いてきぼりにされたような、その五秒ぐらいの間が浮んでくる。

北宋社版『少年とオブジェ』を、北宋社の堀切さんから貰ったのは、二年ぐらい前のこと。以来、くり返し愛読する本になった。

その後、やってきた堀切さんは「『赤瀬川』原平さんの本は六百部しか売れなかったです」と、困った顔もしないで言っていた。六百人という人間が、ずらりと整列している有様を頭に浮べ、とても大勢の読者だと私は思ったが、本六百部というのは売行きがわるい方なのだそうであった。私は何となく嬉しくもあった。いい景色の場所や、いい食堂は、内緒にしておきたい、ケチな気持である。今度、角川書店の文庫本となる。大勢の人に読まれる。めでたくて嬉しいことだが、何となくつまらなくもある。

一年に二度ぐらいだろうか。尾辻さんや、片山さんや、堀切さんや、五、六人で飲んだり食べたりすることがある。

「……あっ」尾辻さんが、いままでは眠っていて、いま眼がさめたかのように、口の中の声で「……あっ」と発してから、

「……細川俊之に似てるっていわれたけど、細川俊之ってどんな人か知らなかったのね。そういわれてからテレビ見たら、強そうな偉いおサムライになって出ていて。あれに似てるのかなー……」ふわりふわりと、もの静かな口調で言いだした。

細川俊之は舞台俳優で映画にもテレビにも出る。時代物にも現代物にも出る。たいていは女蕩《おんなたら》し風のニヒルな二枚目になる。でも、大杉栄にもなった。あのときはよかった。ラジオの深夜放送にも出ている。などなど、ほかの人たちは知っている限りのことを口にする。そう言われてみれば、似ていなくはない。声と声の出し方も似ていなくはない。

七、八年前、中華料理屋で、細川俊之を見た。食事を終えて、連れの女性が手洗から出てく

るのを勘定台のそばに佇《た》って待っていた。紅味のあるスミレ色のビロードの背広を着た細川俊之は、とろんとした眼を天井近くの壁のあたりに這わせ、少し反り身になっていた。右手の小指をピンと立てて、テーブルに置いて。キザなど通り越して、あいたいとした空気が漂ってい る。女性が手洗から出てきて、気忙しく手提をひらいて金を支払っていても、全くその姿勢をくずさず、うっとりと天井近くを見ていた。以上、実物を見たことのある私が、得意になって長々と話したら、「あっ……ねー……スミレ色のビロードねー。いいなー。ぼくも、それ、練習しなくちゃ。小指、こう、かな……」口をすぼめて、きょとりとして、尾辻さんは右手の恰《かっ》好《こう》を工夫していた。

無口な人──原民喜さんの思い出

すずらん通りの上の空から朝陽が矢のように外食券食堂の窓へ届いている。窓ぎわの席に腰かけて原さんが、一人で朝御飯を食べている。窓に色硝子がはめてあるから、丼御飯と原さんの白い顔と細長い指に、赤青緑の光線がもろに降りかかっている。「あ、原さん。お早うございます」黒ぶち眼鏡の奥の円い黒い眼を見張って、声をかけた私と隣りの武田を見ると、原さんはそそくさと立ち上る。すれちがうとき、そっぽを向いて出て行ってしまった。おかずも御飯も半分ぐらい残したまま。

その頃（昭和二十三、四年頃）の私は、神田神保町の酒場で働き、店の二階に寝起きして、三食を外食券食堂で食べていた。神保町の能楽書林、丸岡明さんの家に下宿している原さんは、御近所の人なのだ。晩になると、丸岡さんが店にやってきて「今朝、泰淳さんと朝御飯食べてたんだって？　原さんがつんのめりそうな勢で帰ってきて報告しましたよ。あっちこっちに、いそいそと電話もかけてたよ」と言った。

原さんが店にくるときは、いつも誰かと一緒だった。極度に無口な原さんは、連れの誰からもかばわれて、かばわれたまま、静かにきょとんと、お酒を飲んでいた。

一度だけ、銭湯帰りらしい原さんが一人できたことがある。お客が一人もいない晩だった。入ってきた途端に帰りたくなったらしいが、帰ることが出来なくて腰かけてしまった。居心地悪そうに黙りこくって、お酒を飲んだ。そして、目の前に腰かけて、窓に垂れた赤いカーテンなど眺め入っている私を、占師みたいにじっと見つめて「こういう場所にいつまでも働いているのはよくないですよ」と言った。しばらく黙っていてから「あなたは見る度にがっかりするほど悪くなってます」と言った。また、しばらく黙っていてから「それに口紅が濃すぎます」とつけ加え、あとは、ずっと黙ってしまった。進駐軍の闇の口紅を後生大事に持っていて、日に何度か塗り直しては嬉しがっていたのだ。私は口惜しくて泣きそうになった。

それから一年余り経った春先の暮れ方、――新宿だったと思う。町角で信号を待つ間、向うの建物にかかる電光ニュースを見るともなく見ていた。ぴろぴろ震えて青白く光る文字が、横ずりに尾を曳いて消えて行くのを「バッタの肢みたいに……」と傍の武田に話しかけていたとき、原さんの「国電とび込み自殺」が光る文字で現われてきて、横ずって消えて行った。次には天気予報の文字が現われて消えて行った。信号が変ったので、私たちは風に吹かれるように向う側へ渡った。そこからは武田は何かの会へ出かけて行き、私は電車に乗った。つわりのひどいときで、途中で乗りついだりして家に帰った。

待ち兼ねていた遠足に出かけるようにして、原さんが逝かれて今年で三十年になる。三十年にも――。花幻忌に集まる人は年とって行く。つやつやした黒い木の実か、服ボタンのような眼をはめ込んで、原さんは四十五歳の白皙のままだ。

わが友　深沢七郎さん

武田の初七日が済んだばかりだというのに、『文藝』の（いまは作品社の）寺田〔博〕さんにつれられて、私は対談をしにラブミー農場へ行った。通夜の日、遅くになってから、シビンとバケツと一緒に車に乗って、埼玉から赤坂まできてくれた深沢さんは、歩くこともやっとで、玄関から奥まで這いずって入ってきた。ぱんぱんにむくんだ脚を触らせて貰ったら鉄の硬さだった。この次は深沢さんがいなくなってしまう、そんな気がして、もう一度会いたかったのだ。

何にもいらない、何でもある、と極力断わる深沢さんのいうこともきかずに、何か役に立つものを、と腰掛式ポータブル室内おまるをあげることに勝手にきめて、車に積んで行った。

家に入ると、寝台が廊下にはみ出しそうになって置いてある部屋があって、寝台のあしもとに、私の持ってきたのと同じ室内おまるが、もっとはみ出て置いてあるのが見えた。深沢さんは「ほらね」といい発作が起るといつも入る病院にも同じものを専用に預けてあるのだ、と説明したけれど、（その頃の）私は、何故かへんに気分が昂ぶり放しになっていて「もう一つあったっていいじゃない。各部屋に一つづつあれば、もっと楽じゃない」と、ちっとも恥ずかしくなく平気なのだった。（その上、そのおまるは武田のために買って二回位使ったものなのに）

深沢さんと話していると、次第に明るい柔らかい気分――家に帰れば武田がちゃんといるような――になってきて、私はアハハハなどと笑ったりした。ミスターヤギのこしらえた、揚げたての香ばしい大トンカツと雲のように盛りつけたせん切りキャベツを沢山食べて、ぶどう酒を沢山飲んだ。炊きたての白米御飯と大きなお椀の味噌汁も。私は酔払って、しまいには笑ってばかりいたようだ。帰りぎわ「俺、今日は女言葉でしゃべっちゃったよお」と深沢さんが寺田さんにいっていたので、私は靴を履きながら「マイッタ」と思った。

わが友　島尾ミホさん

ミホさんの本『海辺の生と死』を読んだ晩、私の夢に、船型星のような形をしたマーラン船が出てきた。この本の中の「旅の人たち」の章でミホさんが語っているその通りに「大きな白い帆に風を孕ませ滑るように」「南国の太陽が群青の海に眩しく油照りしている真昼間なのに不思議な妖気さえ漂わせ」て、多勢の船子たちが漕ぐマーラン船が、夢の中の沖合を白波をまき上げ、ゆっくりと通過して行った。こんなに極彩色の夢は滅多に見ない。とびきり上等なお酒をうんと飲んだ晩に、こんな具合の夢を見た記憶が一度あるだけだ。

この本が田村俊子賞を受けたとき、鎌倉本慶寺で行なわれた授賞式に、風邪をこじらせたミホさんは出席できなかった。丁度、武田の付添運転手としてきていた私が、友だちだから代理を、といわれ、ごほうびを頂く役になった。麗らかな四月の青空の下、八重桜が満開の鐘つき堂の前で、得意満面、揚々と進み出て、賞状と万年筆と花束を頂いたのだ。

ミホさんからはじめて貰った手紙を覚えている。マヤちゃん（嬢ちゃん）にあげた赤いぽっくり下駄の御礼状だった。マヤちゃんも私の娘も、表を自由にうまく歩けるようになった四歳位の頃だったろう。便箋の罫など無視した達筆の、簡潔な文面の行間に、哀しさみたいなものが奔っていたので、私は読んでいて、ぼんやりしてしまった。ミホさんが入院先の病院から出されたもののようだった。あれから三〇年近く経つ。

武田が死んでからは、ミホさんは私に会うと、すぐ涙をいっぱい眼にためてしまう。話していて急に細い勁《つよ》い声となって、端然と座った姿勢のまま泣き出したことがあった。私に代って泣いてくれているのだ、という気がする。ミホさんが席を外したとき「ミホさんは、よく泣かれます？」と訊いたら、椅子の腕木に両手をだらりと預けた恰好をしていた島尾さんは「そう、ですね。よく、泣くほう、ですね」と、つっかい、つっかえ、返事をした。

わが友　山福康政さん

おととしの暮「はじめまして」という書き出しの手紙と、黄色い表紙の『付録』という題の本が、山福康政さんという人から届いた。

一九三〇年、満二歳の山福さんをねんねこ伴天《ばんてん》でおぶった日本髪のおかあさんと、鳥打帽をかぶりトランクを提げた三二歳のおとうさんが海を見ている「関門 海峡 冬景色」で始まる、山福さんの絵草紙風年代記である。家の羽目板一枚一枚の木目や、タタミの編み目まで丁寧に精しく描いてある。絵も文章も、ロットリングというペンを使った手書きである。しみじみとした、ふしぎなおかしさが伝わってくる。

終りの絵は「脳血栓発作」（一九七六年一月のこと）。寝台の上の縞パジャマの山福さんが、左手に握ったサジで病院食を食べかけているところで、われとわが身に起った状態にびっくりしているところ。頭から体のまんなかを黒い点線が走り、それにシビレラインと説明の矢印がついている。舌が見えるほどガッと開けた口が「ひょられぐあう……」と声を発している。それは（ヨダレが……という意）なのだと、そばに小さく註がある。何故かおかしさが滅茶滅茶にこみ上げてきて笑いだし、そのあと涙が噴き出た。

お元気ですか、と、ときどき、山福さんから葉書や手紙をもらう。愛用のロットリングというペンで書かれているらしく、そのせいもあるのか『付録』の続きを読んでいるような気がする。粒うにと海苔の小包も貰った。海苔巻の作り方が絵入りで書いてある手紙がついていた。私はその日、夕飯に海苔巻を、その通りに作って食べた。知り合いになって嬉しい。山福さんは北九州若松の印刷屋さんである。まだ会ったことはない。

三本立映画を観た日など（映画館に入るときは昼間だったのに、出てきたら真暗）、地下鉄を降りてわが家まで、こころもち勾配のある夜道を一人くらくらと帰ってくるのだが、頭の中で「タマゴ一つ雪の夜道を登るかな」と呟いてみることがある。『付録』の中の山福さんの俳句である。「曇り日はキリンのまだら忘られず」も好きだ。

ひろがる歓楽街　港区赤坂六丁目

世帯を持ってから八度、住居を移した。七番目の杉並高井戸で二年経ったとき「東京のまんなかへんに一度すんでみてもいいなあ」と、夫が呟《つぶや》いた。で、ここに移った。昭和三十五年だったと思う。防衛庁を回って国会議事堂へ向かうのか、乃木坂から山王下へかけて（近頃この通りを赤坂通りとよぶ）、安保反対のデモがしきりに通った。まだ馴染まない家の湯舟に浸っていると、夜のデモ隊のあげる声がどーっと近づき遠ざかった。

ＴＢＳ局の新築落成の祝賀会があったのも、同じ頃だと思う。ランドセルを背負った学校帰りの娘を連れて、きょときょととテレビ局の中に入り、焼鳥だのサンドイッチだのチーズだのを御馳走になった。山王下から乃木坂へかけて並んでいた低い木造建ての商店やしもたやが、一軒二軒と立ち退く。庭樹も、昔風の藍色模様の瀬戸便器も、一緒くたにとり壊されてゆくのを、名残惜しく眺めているが、新しいビルが出来上がれば忘れてしまう。そこに何があったか思い出そうとしても、おかしな位思い出せない。ひところは、「昔陸軍、今テレビ」（防衛庁のある場所には、敗戦前は第一師団歩兵第一聯隊があった。朝夕軍隊ラッパの音が聞こえ、町の人は兵隊邸とよんでいたそうだ）といわれたが、歓楽街の拡がりぶりは当たり前になってしまって、もう誰もいわない。

赤坂六丁目は、赤坂三丁目の歓楽街と六本木の歓楽街の間にある。元は赤坂氷川町といった。この近くにも景気が飛び火してきて路地の奥に金色に輝くドアなどはまった店が突然出来たりするが、夜になれば道の幅ばかり広く思える、しいんとしたところなので、いつのまにやら廃業してしまう。

氏神様の氷川神社の崖に面したアパートに私は住んでいる。崖一帯を大樹が掩《おお》い、湿った木下蔭に実生の灌木がはびこり、真夏は蟬《せみ》が鳴きしきる。元気だった頃、夜中から朝までが夫の勉強時間だった。午前二時、夫が起き出して仕事部屋の電灯をつけると、夜明けと間違えてか、崖上の神主さんのにわとりが、必ずコケコッコオと、丁寧に思いっきりの声をあげた。にわとりが鳴いてくれるのは「嬉しいような、具合がわるいような。……人が寝静まるのを待って、こっそり灯りをつけて、一枚一枚小説の原稿を書いているのは、ニセ札を作っているのと似てるな」と、夫は苦笑していた。

大晦日《おおみそか》、テレビで除夜の鐘の中継がはじまると、私はお財布を握って、氷川様へ初詣でする。冷たい暗い境内に、お化粧なしの待合の女将、商店の旦那、板前風の若い男などが、ぽつりぽつりとやってくる。犬を連れた人が多い。きゅっと口を結んで、拍手《かしわで》をうち、おみくじをひいて、黙々と帰って行く。今年も私は末吉だった。「人のおだてに乗るな、自主性を持て」などと書いてあった。「夜昼もなく暁もなし」という下の句の和歌がついていて、あまり縁起がよくなかった。選挙のときは氷川小学校へ投票に行く。すると初詣でで会った人に会う。犬を連れてきている。

たまに、美容院と赤坂図書館に行く。この間の午後、借りた本を返していたら、白い服に白い前掛け、縮れ上がったパーマの頭に剃り込みを入れた若い男が、いそいそとやってきた。『人を見抜く方法』という本と『昆虫大図鑑』を借り、実に嬉しそうに帰って行った。

午後二時頃から四時までの間に、板前さんの休憩時間があるらしい。その時間の氷川公園や檜町公園には、白い服の若い男たちがいて、球投げしたり、サンダルを脱いでベンチにねころび、私より白い足の裏をひらひら陽に干したりしている。

今は一人暮らしになったから、少ししかいらなくなった日常のものの買い出しは、出先のあちこちで気儘に済ませてしまう。八番目の仮の宿と思って移ってきたはずが、二十年余り暮らしている。地下鉄千代田線の赤坂駅で降りて、夜遅く出先から帰ってくる。賑やかな通りを横切って、元日大三高の角を曲がると、真正面の氷川坂の上の空に、全身に灯を滴らせた東京タワーが浮かんでいる。何だか月よりも懐かしい。九番目に移る場所も、東京タワーがこんな風に見えるところがいい、と、そのとき思う。

青色の帙の本

「机の上に置いてある漢籍。あれ、武田君が近頃読んどったものですか」書斎の戸が開いていて、廊下から見えたらしい。増田（渉）さんは手洗から戻るなり、そう訊ねられた。

その日は、竹内（好）さんを見舞うために大阪から上京されて、病院の帰りに私の家に立ち寄られたのだった。夫（泰淳）が死んで二ヶ月余り経った師走半ばの午後のことだった。

見せて欲しいな、と増田さんは言われ、もどかし気に手にとると「や。『六臣註文選』じゃないか……武田君、これ読んでたか……」思いがけなかった、という口調でつぶやかれた。

死ぬ半年ばかり前のこと、「全部で四つある。青色の帙《ちつ》に入ってる。書庫から探してきてくれ」といいつかり、本の名前を紙きれに書いてもらって、離れた場所にある書庫へ私は走って行ったのだ。

「すごーいポルノか何かでしょうか」と畏まって質問すると、増田さんは眼がねを押えながら顔を上げて「ずっと昔のね。実に美しい文章が集めてあるんですよ」と言われた。「そうだ。今日は時間がないが、この次に上京したとき、この本の話しましょう。ちょっと難かしいかな」と、いくらか楽しそうになられた。涙でのどが詰ってしまうから、いましがた会ってきた、死病の床にある竹内さんのことは、口に出さないようにしておられる風だった。

この次の上京、は、三月、竹内さんが亡くなられたときだった。そして、増田さんは斎場で倒れて亡くなられた。

夫がこの本をはじめて勉強したのは、二十代の半ば頃だったらしい。余白に朱筆で書き込まれてある夫の文字は、小虫の肢みたいに弾みがあって細かい。ときどき、私は青色の帙をほどいてみる。この本には実に美しい文章が書いてあるらしいのだぞ、と眺めるばかりだが。

富士山麓の夏

いつの夏だったか。大学が休みになって山へやって来た娘をつれて、大岡山荘の玄関先へ伺うと、ちょっと、ちょっと、と紙きれを手に持ったパジャマ姿の大岡〔昇平〕さんが、斜めにかしいだように出てこられて、「この中で面白いのある？」と娘に訊かれた。大岡さんは山へ来ると、富士吉田にある三本立（二本立のときもある）映画館にかかる七月八月分の映画の題名と上映時間割を、映画館に電話して、すぐ調べてしまわれるらしい。

「あ。この『悪魔のいけにえ』、これが名作です。是非おすすめします。私ももう一度観たいぐらい」紙きれを一覧した娘が自信をもって答えると、大岡さんは「よし」と、そこのところに印をつけられた。

『悪魔のいけにえ』は、田舎のおじいさんの別荘へ行って遊ぶつもりの兄妹とその友だち五人の青年男女が、車を走らせている途中で、次々と怖い目にあう。やっと目的の別荘に到着したら、何と隣家には殺人鬼家族が暮していて、もっとひどい目にあう……というあらすじのアメリカ映画である。

大岡さんのお役に立ったので晴れがましい気分になり、スキップしそうな足取りで、私たちはうちへ帰ってきた。「大岡はいたか。どうしてたか」と、いつものように武田が訊いた。この報告をすると、何だかつまらなそうな顔をした。

それから十日ほどして伺うと、大岡さんは玄関へ出てこられるなり、「おいおい。よくもあんなもん、すすめてくれたなあ。何が名作なもんか。ありゃメチャクチャな映画だよ。シャクだから観てたけど、とうとう我慢出来なくなって途中で出てきた。ほんとにひでえなあ。いま思い出しても気持わるい」と頭をふるって憤慨されたので、私は驚いて、すみませんでした、と恐縮するばかりだった。「大岡はいたか。どうしてたか」涼み台にひき出した椅子に腰かけていた武田が、いつものように訊いた。今日の大岡さんについての報告をすると、歯のない口をぽっかり開けて、ああいい気味!! という風な笑い方をした。

うちの庭から野原一つをへだてて西の方角に、大岡山荘の玉虫色に光る青い屋根が見える。大岡さんのお宅へ私を使いに出すとき、「玄関で失礼してくるんだぞ」と武田はいった。二人で出かけるときには、「あんまり飲んじゃいかんぞ。行儀よくしなきゃいかんぞ」といった。


昭和五十一年の夏は、大岡さんがなかなか山へやって来られなかった。八月五日の晩、湖上祭の遠花火の音を、雨戸をたてた家の中で聞きながら、「大岡のやつ、あしたは来るかな」と武田はいった。心臓の具合をわるくされたので、山へ来ても大岡さんは出歩かれなかった。あの年は、雨の日が多く、いやに夏が短かかった。武田は二度、大岡さんのお宅へ伺った。二度目は、九月に入ってからだった。石油ストーブを焚いた食堂で、「もう帰るよ。前は寒くなればなったで、ダンロに火なんか焚いて楽しんだけど、寒いの我慢するのなんか、バカバカしくなった」と、大岡さんはいわれた。二、三日して私は肉まんをこしらえた。大岡と大岡の奥さんに二つずつやりたい、と武田がいうので、ふかしたてを持って行くと車がなく、玄関の前の凸凹した火山岩の石畳が、露でじっとり濡れていて、階下にも二階にも黒い雨戸がたてまわしてあった。その晩、「こんなに寒くてはバカバカしい。俺も帰る」と、武田はいいだした。そうして、東京に帰るとまもなく寝込んで、十月はじめに死んでしまった。

このごろの夏も、私はときどき大岡さんのお宅へ行く。お上り下さいな、と奥様がいわれる。それでは、とすぐサンダルを脱いでスリッパを履き、五、六歩歩いて食堂の椅子に腰かけてしまっている。そして、奥様がつがれるビールを、するすると飲んでしまっている。以前には、食堂の大きな窓の右下の方に、空の色と似ているので目立たないが、河口湖が平たく遠く見えていたのである。夜になれば湖畔の灯りが、キラキラした首飾りを放り出したように、闇に浮んでいたのだけれど、いつのまにやら見えなくなっている。裏庭の木立の背が高くなったからだ。その向うにひろがる村有林の背も高くなったからだ。デデという、薄茶色のつやつやした長い毛がぺったりと体にくっついて生えている犬がいた。よその人が大好きな犬で、食卓の下の四人の膝の間を、触ると妙に温かい大きな背中をくねくねさせて、出たり入ったりした。躁ぎ過ぎて、くおん、くおーんと吠えたりして、大岡さんに叱られたのである。デデには、八年ぐらい、毎年山に来ると会った。武田が死んだ翌《あく》る年に死んだのではなかったかしらん。

大岡さんはぎっくり腰で、階下の和室に寝ておられる。ラクダ色のいい毛布を頭からかぶって寝ておられる。昨日、田貫湖の鱒料理を食べに行ってる間も、少し様子がおかしかったが、帰ってきたら本格的に痛くなったそうなのであった。食堂との境の障子をあけて、大岡さんは寝たまま奥様に命令し、奥様が厚い大きな本を持ってきて私に見せて下さる。富士吉田市のおもいでシリーズ写真集で、その中に井伏鱒二先生と天下茶屋の主人と武田が並んでいる写真があった。大岡さんは毛布から顔だけ出して、今年は富士山の研究をするぞ、とおっしゃった。二言、三言話すと、毛布をかぶり、しばらくすると毛布から顔だけ出して、「ああああ、ああああ、いやんなっちゃうなあ」といって、また毛布をかぶられる。奥様はまったく取り合わず、静かに私のコップにビールをつがれる。

「『二百三高地』は観た？　面白いかね」

「はい。観ましたけど、面白くありませんでした」

「そりゃ、そうだろ。当り前だ」

「でも、ずいぶん混んでました」大岡さんは返事なんかしないで、毛布をかぶってしまわれた。

五年目の夏

沖縄へ台風が近づいている由。そのせいか、黒みがかるほど青い空。波の音に似た風の音。管理所へ電話を借りに行く。坂の上の四ツ辻までくると、そこの上の空だけに赤蜻蛉が高く低く異様に群がり、大きなかたまりになって旋回していた。赤い肌の富士山が全身見える。何だか窶《やつ》れて見える。西へ一本のびた広い道の果てから、今にも解体しそうに揺れながら一台走ってきたトラックが、すれちがいざまに急ブレーキをかけて停った。運転台の扉をいいから加減に閉め、ズボンのポケットに両手をつっ込んで、外川さんがゆらゆらとこっちにやってくる。「五年位。七年位会わなかったかしら」「皆さんお変りない?」「ときどき思い出して――」私は嬉しくなって、立て続けに声をかけた。外川さんは、ただ、しきりににこにこして、そばへやってくる。右手を出して、手のひらで口の辺りを撫でこすり、その手をポケットにしまうと、次にズボンごと上半身をゆすり上げる。うす赤いメリヤスシャツの胴体が窮屈そうにふくれている。前より肥ったみたいだ。麦藁帽子の奥の小さな吊り眼が光って充血しているのは、前と同じだ。

「へえ。変りは、まあ、ねえです。娘を嫁にくれて、息子が嫁とって。孫も出来たで」「奥さんは？」「ええとお……かかあの方は死んだです」外川さんは恥ずかしそうに小声になる。「いつ？」「えっとお……三年ぐれえ前かな。四年ぐれえかな」なおさら小声になる。外川さんは、うちが二十年前、ここに山小屋を建てたとき、土留めの石垣と石門を作ってくれた石屋さんである。湖上祭の花火見物や正月には、よく外川さんの家に招ばれて行った。元気のいい子供たちが、猫を奪《と》り合ったりして縁側でふざけていた。奥さんが重箱だのアジシオの瓶だのを持って、恭々しく出てきた。外川さんの持っている石山で、ダイナマイトを仕掛けて石を切り出すところを見せて貰ったこともある。

　あの石山も根こそぎとり切った、もう石のタネは近くにない、と言う。「主に土木の方を下でやってるけんど」外川さんは財布から名刺を出してくれた。土木一式工事、石工事、造園工事、××土建と刷ってある真白な名刺を私は財布にしまった。

「武田が死んだもので、あたし一人だから、前みたいに長くはいないの。あのー。武田は五年前に死んだのよ。外川さん知らなかったでしょ」外川さんはギクッと体をかたくし、小さな光る眼を狼狽したように伏せて「俺《う》ら、知ってるですよ」と言った。図体や顔つきに似合わない、静かなものの言い方をする人だけれど、一層やさしい声になった。私は、外川さんに会ったら言わなくては、と幾年もにわたって思っていたことを言った。「あのー。武田が死んだあとで、あたしが山でつけてた日記が雑誌に載ったことがあるの、もう大分前のことになるけど。その日記に外川さんのことが沢山書いてあるのよ。それなのに挨拶もしないで載せたから、ずっと気になってた——」「俺《う》ら、知ってるですよ。『海』っちゅう、あの本。役場の先生が教えてくれたで。ここらの本屋にゃねえで、毎月東京の親戚に買わせて送らせてたですよ」「……怒ってたんじゃない？」「怒ってなんどいねえです」明後日はまだ山にいるか、と訊く。明後日はまだいると思う、と答えると、じゃ、と体をゆすり上げ、すたすたと道の真ん中に停めたトラックの運転席に乗り込んだ。私は管理所へ向って歩きだした。かーんと陽が照り渡っている。土埃りにまみれたヨモギの花に黄色い蝶がしがみついている。遠くの方で鉄パイプと鉄パイプがぶつかり合うような音が二度した。

どうしたんだろう。不意に涙が出はじめ、どんどん流れて、一向にとまらないのだ。

一日置いて、暴風雨の日。雨戸をたてきって、電気をともした部屋の中にじっとしていると、くぐもった声と足音が、きれぎれに聞えた。外川さんは、車からとび出して庭を駈け下りてくる間に、ずぶ濡れになったそうだ。下はこんな嵐ではない、おだやかな天気だ、と言う。畑からもいできたもろこし五本と小さな南瓜をくれた。わかさぎも頼んだが、いまは獲れないといわれたから、今度持ってくる、と言う。缶ビールが一本あったから出すと、何も構わんでくだせ、と言いながら、椅子に腰かける。あちこち探すと、さきいかが缶に入っていたから皿にとると、三本ばかりくしゃくしゃと口に入れたが、まずかったようで、あとは食べない。そして、ビールをちょこっとすすって、眼を吹き抜けの天井の方に浮かせ、しばらくしてから、俺《う》らが思うには、全国的に考えてみて、この治安の行き届いた我が国で起る犯罪のうち、一番バカなのはユーワク事件（誘拐のことだと思う）である。銀行強盗の方がマシである。何となれば……と、せんだって山梨県で起った主婦誘拐殺害事件に関連して、ここのところ考えていることを、先ず話してくれた。その話が終ると、土地の値上りや娘さんの嫁ぎ先の工場や東京で道に迷ったときのことなどを、次から次へと話してくれた。私がおかしがると、外川さんも猿蟹合戦の栗の勇士そっくりな顔を真赤にし、ほころばせるだけほころばせて、きゅうきゅうと声を押し殺して笑った。

話がとぎれて、しんとした。奥さんのことを訊いた。生きてれば六十七歳だ、と言った。六十一だか二だかで一週間患って死んだそうだ。「先生より、ちっとばかし前に死んだかな」外川さんは、先生、と言いかけて、言ってはいけないことを口走ったように眼をうろうろさせ、あとは大急ぎで呟やいた。「だから、あの頃、外川さんを山で見かけなかったのかしら」と言うと「そうかもしんねえ」と、ぼんやりして言い、右手の甲で右眼をひっこすり、人さし指と中指と薬指の三本を眼蓋にあてて、眼尻から眼がしらへ、ほじくるようにぬぐった。左手で左眼を同じようにした。

外川さんは、いきなり立上って外へ出て行こうとする。帰るの？　何？　と訊くと、便所しに、と言う。中にあるのに、と言っても、松の木の向うまで出て行き、あらためてずぶ濡れになって戻ってきた。二度、便所しに行った。

雨が上ったので、外川さんを門まで送って行った。家の中では、これから夕方になり、夜になるような気がしていたが、外は正午を少しまわったばかりだった。厚い雲がきれて、驚くほど青い空が、深い井戸の底を覗いたように見えた。庭の坂道をせっせと上りながら「あのー。武田のセーターかなんか、一枚カタミに貰って頂きたいから、今度東京から持ってくる」と言ったら、前を歩いていた外川さんが直立して向きなおり「ありがたいこんで……」と、思いつめたような声で返事をした。外川さんが、あんまり突然立止ったため、すぐ後を歩いていた私は、外川さんに衝突した。

マイ・ドッグ

ロスアンゼルスの空港から、大型バスで随分長く走った丘の上にホテルがあった。ホテルへくるまでの間、中心街の免税店や土産物店の前にバスは停り、乗客は先を争ってバスを降りて買物をしたりしたから、ホテルへ着いたときは暗くなっていた。一人旅の私以外の日本人客は、全部新婚旅行の若い男女だった。航空賃を節約して、サンフランシスコで用足しをしようとしたために、こんなことになった。ワアーッ。ホーントニイ。ウッソオ。ヤンダァ、モー。ひらひらした若い声がとび交う。成田空港では、千羽鶴のレイなど（私は千羽鶴が嫌いである）、男女とも首にまき、便所へ行くにも手を握り合って一緒に行っていた。

七階の私の部屋の硝子窓から、眼下の中庭に、中を毒々しいコバルト色に塗ったプールが水を湛えて光り、四本の噴水が水をどろどろと白く噴き上げているのが見えた。プールサイドは真紅に見えた。夜中に眼が覚めて、窓からプールを見ると、噴水は止んでいた。

翌朝、六時頃、窓の左手の空が赤く染りはじめたので、その方角が東と判った。広い道路をへだてた向いは丘で、丘の中腹には樹に囲まれた住宅が散らばっていた。その中のピンク色に塗った一軒の家の窓硝子だけに、真直ぐに朝陽が射して、金色にキラッキラッと光っていた。

プールサイドは、普通のコンクリートの色だった。真紅に見えたのは、中庭を照らしていた光線の具合らしい。

食堂へ行こうとして、エレベーターを待っていると、やっときて、ゆっくりと開いた箱の左の隅に、きっちりと寄って男が一人乗っていた。私が入って扉が閉る。右の隅から私が体を向き直すと、その男は、刑事コジャックだった。どきんとして、首から下の体中がむず痒く熱くなった。エレベーターは、ときどき停って、ゆっくりと開き、開いたまま、しばらくして閉る。アメリカのエレベーターはせかせかしていない。どうしたことか停っても誰も乗ってこなかった。誰も乗ってこないといい。コジャック刑事も食堂のある地下まで下りるのだろうか。ベンガラ色のシャツに同色のズボンのコジャックは、少し反り身になって、ズボンの前明きのあたりに両手を組合せて立っている。サインをして貰いたいけれど、いま私は財布しか持っていない。こんなところでコジャック刑事のナマ物に会えるなんて。コジャック刑事の本当の名前は何と言ったっけ。そうだ、テリー・サバラスだ。

(私はテレビでコジャックを欠かさず見ていました。去年のお正月の元旦の夜の〃コジャックスペシャル　クライム80　コジャックは鬼か仏か?〃は、ことに好きです)と、目の前に息をして立っているコジャックに言いたいけれど、英語ではどう言うのだろう。ジス、イズ、ア、ペン。イズ、ジス、ア、ペン? 西洋人に話しかけられれば、だいたい何でも、サンキューと答えている私である。

富士吉田の映画館で、テリー・サバラス主演の『オフサイド7《セブン》』も見た。サバラス扮するプレイボーイ風のレジスタンスの頭目が大活躍。最後にはダンスまで踊った。あれは駄作だから、見ました、と言わない方がいいかしら。でもテリー・サバラスは、出てくるたびに衣装を替えて、旗本退屈男のようだったから、本人は気に入っている映画かもしれないから、言ったっていいのではないかな。——何秒間かのうちに頭の中を、いろいろな考えが駈けめぐり、どきどきする。

もうじき着いてしまう。どうしようもなく、ついに私は、コジャックの大きな横顔に「マイ・コジャック」と言った。掠れて、いい声でなかった。テリー・サバラスは、大きな眼でぱっと私を見返し、大きな禿頭を少し傾けて「オー、ユア・コジャック」（と言ったのだと思う）と、にっこりした。

ひょっとしたら、あれは、そっくりさんではないか。ハリウッドの町のホテルだもの。そっくりさんを雇って、エレベーターやロビーを徘徊させ、観光客にサービスしてくれているのでは——と思った。そうして、いやいや、そっくりさんというのは、どんなに似ていても、どこか元気のないところがある。しかし、いまのテリー・サバラスは、禿頭のフチのフチ、指先の輪郭の部分まで元気が漲っていたから本物だろう、と、満足したような心残りがあるような頭の隅で思った。

エレベーターを待っているとき、コジャック刑事が一人で乗っているといいな、と、それからはいつも思ったが、たいていはカラで私の前に扉を開いた。三日目ぐらいに、エレベーターが停って扉が開くと、大きな禿頭の、コジャックに似た感じだが一回り体の大きい老紳士が一人乗っていた。耳の垂れた茶色い中型雑種犬が、ぴったり足許に寄り添っている。大きな眼を開いているが、この人は盲人で、この犬は盲導犬なのだ、と思った。犬は身じろぎもしない。磨いた床に毛を落さないように、お行儀よくしている。毛足は長いが、毛は少なくツヤがなく、大分年とっているらしい。痒そうな犬の頭を、しゃがんで撫でてやると、こっちに顔を向けた。白く濁った硝子玉を二つはめ込んだみたいな眼だった。私は自分の眼を指さしてからつぶり、頭を振って（眼が見えないのですか？）と手真似で訊ねると、大男は（そうだ）と肯いた。

エレベーターが一階に着くまで、精出して私は犬の頭を撫でた。撫でていると、この犬にまた会うことなんてないだろうな、という気がした。「マイ・ドッグ」と、犬に言ったら、「サンキュー」と、大男が上の方で答えた。しゃがんだまま見上げると、大男が毛の生えた太い大きな指先をひろげて、両方の眼をこすった。

大男と犬はエレベーターを出ると、玄関へ出て行った。植込みの前に立っている。陽射しを眩しそうにしている大男のそばで、犬も陽が射してくる方角の空へ顔を上げている。

ユーカリの大樹が、だらりと白い葉裏を見せて茂っている向うに、だだっ広い空がかかり、その下に高層建築がでこぼこと密集している中心街が、骨細工のように白々と遠くに見えた。人声もしない。人が歩いていない。車だけが走っていて、車の音がしない。ただただ、隅々にまで陽が当ろうとしている。広い道路にびっくりするように大きな紙屑が散らかっている。何だか、東京の元旦の朝のようだと思った。

色川武大さんのこと

数年前、寄り集まって飲食をたのしんでいた折り、丁度夏場所中のお相撲に話が及んだとたん、中年や中年になりかかった男の人たちが眼を輝やかして乗りだし、「俺さあ」「俺はさあ」と、それまでとは言葉つきまで変って、忘れられない好取組、少年時代にひいきした力士、現在この力士をひいきしている理由など、自分とお相撲の関係について、代り番にしゃべりはじめ、女など仲間にいれない朗らかさとなったが、「あした蔵前に生れてはじめてお相撲を観に行く」と、私が言ったら、しんとなり、ぴたりと口をつぐんだ。俺たちでさえテレビでしか観たことがないのに、と心外なのだ。全員弱弱しく淋しそうな顔になってしまった。男の人たちのお相撲の好きさ加減に、私は呆れた。

「お相撲界にくわしい色川武大さんという人に招ばれたから行けるのだ」とつけ加えたら、さらに深くおし黙って、もう息をするだけになってしまった。男の人たちが、いかに色川さんを好きか、わかった。

それは当然なことだ。色川さんは、或る種、男の原型みたいな人だもの。

自分の家の前に、全然自分の家の前にいるのではないような顔で佇っている色川さんの写真を、この間、雑誌か何かで見た。

その家の中には、夫人が居られる。はじめてお目にかかったとき、あまりに若く美しいのに驚いて、次にお目にかかったとき、「ずっと前から奥様？　二度めの奥様？」と、夫人に訊ねずにはいられなかった。

もう一つ、私は感心している。色川さんは、いろんな人と友達だ。友達や知り合いの多い人はいる。でも、あんなに、いろーんな人と友達になれるなんて、そういうことの出来る人は少ないと思う。

蔵前夏場所——色川武大さんの横顔

一昨年の五月、『海』の村松〔友視〕さん（今はプロレスの村松さん）から、色川さんが相撲を見ませんかということですが、と電話がかかってきた。色川さんと村松さんと私と娘が、枡席《ますせき》で見物するのだという。這《は》ったって行くぞ、と私は喜んだ。

お茶屋の男衆さんのあとを、心細く（こういう伝統ある場所にくると心細い）随《つ》いて行くと、遠くからでも色川さんと村松さんはすぐわかった。アラビアの石油王がおしのびで見物にきたつもりが、もうすっかり、だらだらに散らかってしまったという風体で、色川さんは坐ってい た。

「まず、はじめにビール二本、日本酒二本、おつまみ見つくろって」と、色川さんは男衆さんに注文した。茹《ゆ》でそら豆四箱、焼きとり四箱、品川巻四袋、餅菓子四箱、二重弁当四箱、種々おつまみ四箱が、すぐさま運ばれてきた。色川さんはうしろから、手をひっこめ加減に、なるたけ見せないようにして注いで下さるので、蛇口があってそこから自然にすうすうとビールや酒が私のコップに流れ入ってきている風な案配だった。大天井近くまで詰まった、お相撲さん以外の男女、誰も彼もが酔払って、ぐわーんと薄桃色の湯気を立ち昇らせているかのように見えてきた。ひいきのお相撲さん（私の知らない名前）が負けると、色川さんは席を外し（会いに行ったのだと思う）、また戻ってきた。歩き方が自由自在、国技館の主みたいであった。横綱とか大関とかの取組のときは眠っていたらしい。

帰りにお茶屋で貰ったお土産袋には、あん蜜、煎餅、甘納豆、焼きとり、相撲のれんが入っていた。雨上りの国技館の前はタクシーがなかなか拾えなかった。急に大切な用件を思い出したように向き直って「あん蜜は食べない方がいいかもしれない」と色川さんはいった。銀座へ向う車の中で、色川さんは殆んど眠っていた。「ついこないだ引越したばかりなのに、もう引越したくなった――」眼が覚めると、そんなことをいって、また眠ってしまった。

村松友視さんのこと

直木賞受賞に寄せて

雑誌『海』に武田が小説を連載することになったときの係が、村松さんだった。二十九歳で独身の村松さんは、私の料理を何でも感心して、よく食べ、よく飲んで下さった。ときどきは朝早くきて、朝食も食べて下さった。風のようにドアをあけて入ってきて、おかしいことを気難しく語り、風のように帰って行った。ちっとも原稿のことなど口にしない。おしまいになる頃、とうとう武田は「村松君。一度でいいから、僕の原稿欲しそうな顔してみてくれないかなあ」と、笑いながら原稿を渡していたが、村松さんは爽やかに笑って、やっぱり欲しそうな顔をしてみせてくれなかった。

途中でやめたがる、休みたがる癖のある武田が、「富士」を二十一回連載する間、一月も休まず、締切りにも遅れなかったのは、村松さんの剛情な魅力のおかげかもしれない。以来、ずっと知り合いである。

私が『海』に文章を出すときも、村松さんが係だった。原稿を読み終った村松さんに「へんじゃない?」と、怖る怖る訊く。「大丈夫」と答えてもらえると、安心した。黙って帰ってしまわれると、いく日もくよくよした。

去年の正月、吉祥寺の村松さんの家へ、はじめて遊びに行った。家には、髪の毛の長い清艶な美人の範子夫人とトラ猫がいた。私は田舎から上京してきた親類のおばさんのような気持がした。

村松さんと範子夫人が席を外すと、コタツの中から首や背中をのばし、あっちこっち見回した。鴨居に紫式部の歌らしいものがくずし字で書いてあるのが掛っていた。

テレビが三台もあった。一番小さいテレビがコタツの部屋に置いてある。あとの二台は廊下に放ってある。こわれているからだそうであった。村松さんに過激に見潰された代々のテレビなのだな、と、私はガラス障子越しに廊下の二台のテレビを、何度もこっそり眺めていた。

おめでとう。

思い出すこと

荻窪駅から北へ真直ぐに歩いて行く。途中に八幡様だかのお社があった。お社を過ぎれば、あと少しで矢牧〔一宏〕さんの家だった。戦争に敗けて二、三年経つか経たないかの頃である。空襲で焼けなかった矢牧さんの家へ遊びに行くのが私は好きだった。いつもいいお天気の日の昼間だったような気がする。

旧制高校を中退してヒマそうな矢牧さんは、象牙のようなツヤの青白い顔をして、癇癪持ちの若殿みたいで、明るい広々した二階座敷を占有していた。イッコちゃん、と尻上りに小さな声をかけ、おかあさんは階段の踊り場にお茶や御馳走のお膳を置いて行かれた。正月の元旦か二日に、もう遊びに行ってしまったことがあった。おかあさんはいつものように、ひっそりと声だけかけられて、障子の外に何か置いて行かれた。蒔絵の立派なお屠蘇道具一式と三ッ重ねのお重詰だった。海軍少将だか中将であられたおとうさんの咳が階下から聞えてくることがあったが、お目にかかったことはなかった。

世代の同人に加わることになった八木（柊一郎）さんにつれられて行ったのが、矢牧さんと知り合いになるはじまりだったけれど、はじめて会ったのがどこでだったか、どんな風だったか、忘れてしまった。ただ、すぐ、ずっと前からの友達のように親しくなったように思う。二階座敷に世代の仲間の人たちがきていることもあって、次第にその人たちとも知り合いになった。世代編集部が使っている駿河台の目黒書店の小部屋にも遊びに行った。世代の人たちが夢中になってしている政治や芸術の話を、みんなマセていて頭がいいんだなあ、と聞いていることもあった。聞いていたのではなく、声を出しているあの人やこの人の顔を、味噌っかすの私が、ぽかんと眺めていたのだ。一億総闇屋の感があった頃で、世代の人たちの中にも学生服のポケットの中に、ズルチンやサッカリンなどの見本を忍ばせてくる人があって、夢中の話の前後に、放出物資闇ルートの情報交換をやったりしていた。

矢牧さんは、私には文芸の話はせず、耳寄りな闇の話をいろいろしてくれた。それで、玉チョコを仕入れて行商することが出来た。中味はぶどう糖、表皮を進駐軍のハーシーチョコレートの粉でくるんだ玉チョコの製造元は浅草田原町で、何でも矢牧さんの遠い親戚にあたるおじさんの家だとかいうことであった。アイスクリームも売ることが出来た。禁制品であったから、クリームというとつかまるので、アイスクリン、といって売り歩いた。大分あとになってからのことだが——高級風ビスケットも売ることが出来た。このビスケットは武田にも売ったことがある。

武田と結婚して天沼に引越したら、矢牧さんの家が思いがけない近さだった。生け垣の続く狭い横道を走って、よく金槌や電話を借りに行った。私が出先から戻ると二階から笑い声がしている。矢牧さんと武田がぶどう割り焼酎を飲んで、留置場の話なんかしているのだった。娘が生れたら、早速見にやってきた。赤ん坊の枕元に、とんび足をしてぼんやりと坐っている私を、つくづくと眺めたあげくに苦笑し、「君はもうダメになったね」と、にべもなく言ったので、私は顔のまん中をいきなりぶたれたようで、実にくやしく思った。

間もなく私は片瀬江の島に引越し、それからずっと顔を合わす機会がなかったけれど、乾物屋で「ヤマキの花鰹」というのをみかけると、矢牧さんを思い出していた。出版業界で奇名勇名をとどろかせはじめた矢牧さんの噂が、その頃からときどき耳に入ってきた。

「……私が戦後、小説家の卵になりかかっていた頃、知り合いになった文学青年仲間、矢牧一宏さんが私のためにこの一冊の本をつくりあげてくれた。……彼のあまりの熱心さと好意にほだされて、ついにまたしても、私の中国ものが生まれることになった。彼に対する限りない感謝の念とともに……」昭和四十二年五月三十日の日附で、『揚子江のほとり』のあとがきに武田が書いている。その年の前半は冬から夏にかけて、天沼以来、十数年ぶりの矢牧さんが、何度かわが家を訪れた。仕事の打合せが済むと、三人でひとしきりお酒を飲んだ。少し頭の毛が薄くなってはいたけれど、象牙のようなツヤの皮膚と、白眼の部分が時計の文字盤みたいに真白な特徴のある眼は、若い時分と変っていなかった。何の話からだったか、うっすらと笑いながら、「夜中に眼を覚ましたときなんか、はっと気がつき、あらためてうつ伏せになってから眠ります」などと言うので、女に恨まれるドラマチックな生活をしてるのかな、と私は想像した。

綿密で的確で迅速で、矢牧さんの仕事ぶりは眼をみはるように鮮やかだった。矢牧さんが帰ったあと、武田は歎息して「あれだけの才能を、垂れ流しみたいに使っちまっちゃ、勿体ないなあ」と言うのだった。

昭和四十九年の末だったか、五十年に入ってからのことだったか。脳血栓を患ったあとの武田が、私の口述筆記で「目まいのする散歩」を雑誌に連載しているときだった。夜、新宿で矢牧さんにばったり出くわした。久しぶりに矢牧さんとしゃべっているうちに、ここずっと一人で心の中で考えていることを口に出して訊いてみたくなった。「小説の口述筆記を女房がするなんて、ほんとはよくないことだろうねえ」矢牧さんは首をたて直し、天の一角を睨み上げ、一寸考えてから言った。「あれは、花ちゃん（娘）とあなたにあてた泰淳さんの遺言だと思うよ」私は何だかさっぱりと気が落ちついて、その後も口述筆記に励んだ。

五十一年の秋に武田が死んで、数ヶ月ほど経った頃、矢牧さんと三津子さんが私を招待してくれた。麴町のホテルの食堂で夕食を御馳走になった。「富士の山荘はどんな事情があったって人に貸したりしちゃダメだよ。泰淳さんが暮してたまんまにして置くべきだ。廃屋廃園にすべきだ」矢牧さんはだしぬけに、それが癖、——天の一角を睨み上げる眼つきをして言った。その、いやに腹立たし気な調子にひき込まれた私は、事情がまだ何も発生していないのに、

「うん」と、深刻な気持になって肯いた。

その晩は、三人で新宿へまわった。機嫌よく飲んで遊んでいたら、隣にいた中年男が仲間に入ってきた。はじめのうちはどういうこともなかったのだが、その男が自分の家庭と子供の人数について、得々と人生論風にしゃべり出すや否や、それまで穏やかにしていた矢牧さんが、天敵に遭遇したかのように、みるみる青白いこめかみをひきつらせ、「赤ん坊なんてものはだね。みーんなロッカーに押し込んじまえばいいんだッ」と、歯がみしながら声を震わせて叫んだ。

ロッカーベビー殺人事件が、東京のあちらこちらで立て続けに起っていたときで、薄暗い向うの隅にいた客が二人、顔をねじ向け、矢牧さんの首すじあたりに、ギラギラ光る眼を、じいっと据えている。地味な背広をきちんと着た、実直そうな会社員風の人たちだったから、却て怖《おそろ》しかった。あんな凶暴な眼つき、めったに見たことがない。

「いまにきっと袋叩きにされて、手足ボキボキの目に遭うよ。死んでしまうよ」通りに出てからそう言うと、「こないだ前歯を折ったばかりさ」暗い地面を、ふらつく長い脚で踏んばりながら、矢牧さんは前のめりになって薄く笑っていた。

去年の十月半ば、一度めの入院中に、いいだ（もも）さんと本田（喜恵）さんと落ち合って見舞に行った。矢牧さんは寝台の上に、背すじをのばして端然と坐っていた。「もうじき退院だ。退院したら、日本飛行機界の草分け、滋野〔清武〕男爵のことを書きたい」と、愉しそうに語った。滋野男爵に縁のある屋敷がすぐ近くにあった……という少年の時分の思い出話の中に武林無想庵の名前が出てきたので、「うちには『むさうあん物語』という自伝三十冊本があって、それは、いいださんにあげる約束になってるけど、まだあげてない」と言うと、「ふうん。……そんな本が出てるのか……知らなかったなあ」と、顎をひき、天井の一角を睨んで、くやしそうな顔をした。

三津子さんが洋菓子の箱をひらき、一個ずつ、寝台のまわりに腰かけている私たちに配り、矢牧さんは寝台の上で、三津子さんは私たちより一段と低い小さな簡便椅子に腰かけて、皆で食べた。矢牧さんは節の長い指を動かして、ぱくぱくと、すぐに食べてしまった。一番早かった。私の眼には元気そうに見えた。退院したら禁酒禁煙、しっかりと洋菓子や御飯を食べて、滋野男爵のことを書くのだ。きっと、どんどん書けてしまうだろう。そう思った。

矢牧が昏睡状態に陥って再入院した。今度はもうダメだな。黙っていたけれど、本当は肝臓ガンなのだ、といいださんから電話があったとき、私はテレビの深夜映画で『ロング・グッドバイ』を見ていた。電話が終って、まとまりのない気持のまま、テレビの続きを見ていると、私立探偵フィリップ・マーロウが、昇って行くエレベーターの中で、行方をくらました古い友達からの手紙の封を切って読みはじめた。ロンググッドバイ、探さないでくれ、――そういう書き出しの手紙。そこまで見たら、映画の筋といいましがた聞いた電話が一緒くたになって、急に涙が湧いた。

お通夜の晩は、黒い洋服を着て集まった昔からの友人たちが、お通夜が終っても帰らずに、蜿蜒《えんえん》とお酒を飲んだ。

「横浜の南京町で、矢牧が背広の上衣を売って酒を奢ってくれたね」二十何年ぶりに会った八木さんが言った。玉チョコの行商をしていた頃、商売かたがた三人で南京町まで出かけたのだ。路ばたのあちこちで開かれているルーレット式の簡単な賭博に人だかりがしていた。白米（銀米といった）やアルコール類、そのほかの禁制品が自由自在に流通し、低い軒先から揚油の煮立つ匂いが漂い出ていた。金がなかったが、ここでどうしても遊んでいたかった。矢牧さんが青い色の背広の上衣をぱっと脱いで売った。私は、当時どこにもなかった本格的な車海老の天丼を光り輝やく思いで食べた。あのときは酒じゃなくて天丼を奢って貰ったのだ、と言うと、「そうかな。酒じゃなかったかな」と、八木さんは言った。

亡くなる前の幾日間か、昏睡から覚めた矢牧さんは、驚くほど明晰な意識を取り戻し、縷々と語って止まなかったそうだ。三津子さんが隣りにきて、そう語った。

「そのときに、こんなことも言ってました。『むさうあん物語をいいだが貰ったら、ぼくはすぐに借りて全部コピーするんだ』って」

悲しいような、たのしいような（こんなときに、こんな言葉を使ってはいけないと思うけれど）、さっきから妙に上ずった気持でいた私は、しんとした静かなものに襲われて、少し笑った顔のまんま、どんどん真面目に、きりもなく真面目な気持になっていった。

お湯

　一日中、ほとんど家に籠って、本を読んだり、原稿用紙に向って咳払いなどしたりしていた夫が、寝ついたと思ったら半月余りで死んでしまったので、初七日、二七日、三七日と、そのことを順々に確かめてゆきながらも、家の中を見まわすと机や座布団やハンコはあるのに、持主だけ虚空へかき消えてしまったことが、何ともわりきれなくて、当分の間はキョトンとした心持だった。畳に虫が這ったり陽があたってきたりするのを、キョトンとした心持で見ていると、不意に涙が出てきて、やっぱり悲しいだけだあ、と思う。そんなときは、お風呂にそそくさと入った。丸まってお湯に浸《つか》り、ケッと泣いた。

　朝浸る。昼浸る。夕方浸る。夜と夜中に浸る。今日、お悔みの電話をかけてくれた親切な誰彼のことを、その人が男であれば（丈夫だなあ。何故死なないのだろう）と、女であれば、（あの人のつれあいだって、いまに死ぬぞ）と、湯舟の中で思ったりなどもする。

　だらだらと回数が増えてきた。脱ぎすてたものを身につけてゆき、一番外がわのエプロンまでかけ終ったとたんに、もうお湯に浸りたくなり、再びエプロンを外し、靴下を脱ぐ。

　とうとう、うちのお風呂だけでは物足りなくなり、電話帳を繰っては、渋谷、目黒、麻布、巣鴨と、料金の安いサウナを、せっせと試し回った末、東京駅構内の地下にあるサウナ浴場が気に入った。

お昼前にここにやってくるのは、大方が水商売のおねえさんたちだった。私などサウナ部屋の中ではくらくらになって、字など読むどころではないのに、おねえさんたちは至極丈夫だ。二日酔の体から塩と脂をしぼり出しながら、持ち込んだ女性週刊誌やマンガ本（規則では飲食物雑誌類持ち込み禁止なのだ）を読み耽り、読み飽きると何故だかお尻に敷き、今度は蜜柑などむいて、やったりとったりする。コーヒーまで飲む。単行本専門の人もいて、遠藤周作著の細かい字の本を読んでいる。水風呂とサウナ部屋をひとしきり出たり入ったり繰り返したあとは、脱衣場の板の間に手拭一枚の裸で寝そべり、自動販売機の缶ビールを飲みながら、灰皿をひきよせて煙草をふかす。昨日易者にいわれた男運について、きっと買わずにはおかぬ四十万円のワニハンドバッグについて、お互いにつっけんどんな調子で、しかものんびりとしゃべっている。

毎日か隔日、私は洗面道具を抱えて東京駅行のバスに、いそいそと乗った。年中無休であったから、大晦日にも元旦にも行った。元旦はひっそりしていた。掃除のおばさんが、丁重な新年の挨拶をするので、喪中ではないような顔をして私も挨拶した。サウナ部屋に先客が二人いた。汽車で田舎からいま駅に着いた母娘らしかった。怖わ怖《こ》わ《ご》、隅の方にくっつき合って腰かけていた。ごろんごろごろごろんと大きなものが転がって遠ざかる音が、頭の真上でしていることに、はじめて気がついた。汽車の音だとすぐわかった。

未亡人になりたての、六年前のあのひと頃は、体力がおちた分だけ、気分をやたらと昂揚させて暮していたのだと思う。昂揚しっ放しだった。一足ちがいでバスに乗り遅れると、次の山王下バス停まで、洗面道具をふりたくり、髪ふり乱して追い駈け、追いついて乗った。知人や友人にねんごろにいたわられると鬱陶しく、あたりかまわぬ気迫に充ちたおねえさんたちに混っていると心地よかった。

ニカウ氏のこと

評判の映画だった『ブッシュマン』に主演したニカウ氏が、桜の咲きそうな頃、カラハリ砂漠からやってきた。

大きな人だと想像していたが、日本の芸能人たちと並んでテレビにうつると、小柄の人だった。後頭部の形がよく、ニスをかけたような襟足がほっそりしている。感激した若いカメラマンは、ニカウ氏をそっと触ってみて嬉しがった。ビートたけしは、どうしていいか分らず、しきりと羞ずかしがって笑ってばかりいた。ニカウ氏はよだれが多い体質らしく、ときどき横なすりをしては、落ちついた眼差しでにこにこしている。

テレビは、それからの毎日をうつした。東京のホテルでの朝、ニカウ氏は苺をフォークとナイフで丁寧に食べる。生れてはじめて歯医者へ行く。歯医者なんか知らないのだから、ニカウ氏が望んだわけではなく、テレビ局が勝手に連れて行ったのだろう。虫歯は一本もなく、磨り減っているだけだったので、歯医者は歯石をとった。

遊園地で海賊船に乗る。何よりも高いところが嫌いだというのに、こんなものに乗って、——我慢しているのかもしれない。キャアキャア群がり写真を撮る女子供に向って、豆汽車から手を振る。どんな気持だろう、こんなところに連れてこられて、動物と同じ、一人ぼっちの気持でいるのだろうか。のろのろと上下動する、豚ぐらいの大きさの電動象にまたがると、安心したような笑みを浮べる。お土産にセルロイドのお面を買う。

ホテルでの夜、浴衣がけとなり、煙草を一服。「松竹梅」を飲む。テレビ局の人に、ライオンの歌を歌ってきかせる。次に象の歌を歌う。二つともほとんど同じである。女性のお話もする。女の話は、やっぱり好きだ。とたんにすっかり愉快になる。飲み屋で燥いでいる日本のおじさんと同じ顔になる。

別の日、ゴルフに行く。ボーリングに行く。和服を着て茶の湯。

また別の日、コックの恰好をさせられて、河原で餅つきをしたり、卵焼を作ったりする。ずいぶんと色々なことをさせられた。タケちゃんマンの衣裳を着たときは老けて見えた。何だか、ふっと、一瞬淋しそうな顔になったのは、まるで似合わない衣裳だと感じたからだろう。

どんどん馴れて行く。何でもすーっと抵抗なく出来るのだ、子供みたいな人だから。その上、すぐ上手くなる。怖いようだ。一ヶ月も東京にいたら、へーんな人になってしまいそうな気がする。

一週間ぐらいして、まだ桜が咲かないうちに、ニカウ氏は帰国。成田空港までの車中で、一人口笛を吹き吹き、お土産を出して、ひろげてみてはしまい込んでいる。

以前『ルーツ』を書いた小説家が日本に来たときと帰るときにテレビにうつったが、一週間ばかりのあいだに、黒くたくましい全身に疲労がにじみ出て、色つやも失せているのに驚いた。

ニカウ氏も大へん繊細な人柄だけれど、小説家でないから元気でいられた。カラハリ砂漠で日本のことを思い出すだろうか。滅多にない事件として、ごくたまに思い出すかもしれない。

飛行機が飛び立って行くところがうつる。ニカウ氏がいなくなったので、何だかほっとした。

北麓の晩夏から秋

河口湖の湖上祭が終われば、すぐ立秋。立秋がきて過ぎる。この間まで、しぶきをあげる勢いで青黒くのび盛っていた庭の草が、黄みを帯びてきた。その中で、秋に花の咲く草だけが花茎をもたげて蕾をふくらましはじめる。いま咲いているのは撫子《なでしこ》、姫しゃが、ききょう、赤い百合。ぎぼしはタネを結びかけている。

抜けるような蒼天の日が毎日続き、富士山は朝から夕方まで、赤い溶岩の肌の全身をあらわしている。晴れている夜は、夜鷹が鳴く。ここずっと毎晩、同じ時刻にひとしきり鳴く。同じ夜鷹が鳴いているらしい。

玉（うちの猫）は今朝、暗いうちから外へ出かけていたが、鶯をくわえて大急ぎで帰ってきた。そして朝ご飯を食べている私に一目見せてから、平らな土の上へ放し、じゃれて遊ぼうとした。鶯は、まだ飛べるくらいの元気はあるのに、あまりの恐ろしさに動転しているらしい。パタパタと派手にはばたいて這いずるだけで、すぐつかまり、再びくわえられて振りたくられる。くわえられると目をひらいたまま、じっと息をしている。三度、そんなことを繰り返されたあと、くわえられたまま、細い嘴《くちばし》を開いて、ホォーと、大きな丸みのある、それはいい声で一声鳴いた。それから死んでしまった。

河口湖の町へ買い出しに下る。お盆で閉まっている店のほうが多い。八百屋兼荒物屋兼菓子屋兼乾物屋（スーパーマーケットではない）のおばあさんが、お盆で野菜が値上がりして売りづらくて困る、といいわけしながら、ぶどう六房を大きな新聞紙にくるんでくれる。このおばあさん、二十年前からこの程度のおばあさんだったが、その後はほとんど年をとらない。勘定も話の受け答えもしっかりしている。

昨日、山の林に沿った道に、地元のバイクや四輪車が何台も並んで乗りすててあり、林の奥から子供や女の笑い声がしていたが、間もなく赤い百合、白い百合、黄色い花、紫の花を、めいめい胸いっぱいに抱えて出てくると、車に乗り込んで下って行った。麓では、どの家でも庭や石垣沿いに、たちあおい、コスモス、ダリア、百日草、グラジオラスなどを、上手に大きく咲かせているのに、お盆の入りには、わざわざ山へ登ってきて、仏様の花を摘んでゆく。昔からの習慣なのだろう。

夕方、沢の向こうのK寮では、研修にきた社員たちが、庭の木から木へ紅白の電球をかけまわし、野天バーベキューとカラオケ大会をはじめた。暗くならないうちに針金を分けてもらいにゆくと、管理人のおじさんは玉ねぎの皮を手伝いの男衆と二人でむいていた。「いそがしそうですね」と言うと、「大していそがしくもないんですよ」とおじさんは小声で言った。

夜、山ねずみの子が二匹、台所の流しにいる。玉にみつかると食べられてしまうから、つまんで表に出してやる。もう夜は冷え冷えしている。星が出ていた。ねずみの子は寒いのか、コンクリートの張り出しの上に散らばっている火山礫に小さな前肢《まえあし》をかけてしがみつき、動かない。

雨がぱらつき、風が吹く。八月の二十六日、富士浅間神社の火祭りである。夏の富士山は今日でおしまい。五合目から頂上までのあらかたの山小屋は閉じられて灯《あかり》が消える。夕方、六時になっても雨風はやまない。火祭りに下るのはやめて雨戸をたてる。七時半、ゴミを捨てに表へ出ると星が満天に出ている。これから全速力で車を走らせて下れば、吉田の通りの大タイマツの火はまだ半分くらい燃え残っているかもしれない。急いで支度をして扉をあけると、星はすっかりかき消え、風が吹き、雨が降っている。やっぱり出かけるのは諦める。

河口湖の町を歩いていると、あまり明るくて、ふっと目まいがする。火祭りが終わって、登山遊山の客が減り、しいんとして白く乾いた通りに濃い秋の日が照りわたっている。洋品雑貨屋の前の電信柱に、水色の目かくしをあて、白い耳袋をはめた茶色の馬が、頭を垂れてつながれていた。鞍下に敷いた黒い布に「河口湖……」と染めてある。後脚の上のほうまで、泥が鱗のようにこびりつき、おなかの血管が太く浮き上がっている。馬の固い顔をさわっていると、店から出てきた長靴の男が、「乗ってみるかね。安くするよ」と言った。

夕方、娘が庭を駆け下りてきて「すごい夕焼けだ」と言う。私も台所で、血のような夕日だ、と思って見ていたところだ。「門まで上がると、もっとよく見える」と言う。早く行かないと沈んでしまう。色が変わってしまう。駆け上がって門のところで見る。「広い道まで出れば、もっと見える」と言う。駆けて行く。真っ黒い樹海の果てに垂れ下がった、血膿を流したような西の空が、橙色になり、黄色になり、浅黄色にさめかかり、左の端の大室山の上に、銀紙を切り抜いて貼りつけたような宵の明星が出た。

Ｋ寮のおじさんが焚き火をしている。「静かになりましたねえ。お茶でも飲みに来て下さい」と遠くからおじさんが言う。がらんとした寮の食堂で、おじさんはコーヒーに大きな角砂糖を三個も入れてくれる。粉ミルクの大きな空き缶をもらった。これに古い食用油を五センチほどの深さに入れておくと、ねずみが匂いにつられて飛び込み、つるつる滑って上れず、ついに溺れ死ぬ。去年仕掛けたら十匹くらい入っていたそうだ。「あたしゃ、そのとき、おかしくて一人で笑ったねえ」と言う。おじさんは紅葉のころ、ここに一人で座ってお茶を飲みながら、庭の紅葉を一日中酔ったように眺めているのが好きだそうだ。その楽しみがあるから、こんな山の中で一人で留守番しているのだそうだ。

秋、十月、快晴の日。富士山は五合目まで冠雪。麓のガソリンスタンドに寄る。次女のタツエさんが店番をしている。おじさんはペンキ塗りの指図をしている。弟は今日、消防団の仕事で樹海へ行ってる、とタツエさんは言う。

毎年、日を定めて、この辺り五湖一帯の消防団が一日出勤、青木ヶ原樹海へ死体を探しに行くのだそうだ。なるたけ行き合わないように薄目をして歩く者もいるらしいが、そういう人に限って行き合ってしまうのだそうだ。

増水した西湖の水ぎわに、忍野《おしの》村の消防自動車が二台止まっていた。赤いドアを開け、編み上げ靴をはいた足を外につき出して、消防団員が仮眠をとっていた。かけ放しのラジオから歌謡曲が小さくもれている。どの民宿も釣り宿もカーテンを閉め、人影がない。表に並べた自動販売機には、コバルト色のビニール袋をかぶせて縄をかけまわしてある。キノコ採りの男が、落葉の斜面を横ずりに下りてくる。

帰りに、またスタンドに寄る。タツエさんの弟は戻ってきていた。今年は六百人出動し、八体みつけたそうだ。探すほかに自殺防止箱を木の幹にとりつける作業もする。この箱には、やっぱり死ななくてよかった、という自殺をとりやめた人の感想文が入れてあるのだそうである。

二十年前、山小屋を建て、スタンドのおじさん一家と知り合いになったばかりのころ、タツエさんは小学生で、タツエさんの弟は小学校に上がるか上がらないかの子供だった。テレビで人気の怪獣ものかなんかの帽子をかぶって遊んでいた。いまは姉弟二人でスタンドをとりしきって働いている。この間、タツエさんは書道会だかの団体で、中国へ行ってきたそうだ。

夏の終り

九月×日　懐中電灯を提げてO家へ行く。O家の右の林の中の家も、左の林の中の家も灯りがない。O家だけ、台所の四角い小窓から灯りが洩れている。

奥様は、何か口に入れたものを飲み込みながら玄関に出てこられた。コードを低くおろした蜜柑色の電灯の下で、Oさんと奥様が向い合って食事中だった。小さな皿二枚と中皿一枚の食卓。

「明日、東京へ帰りますので御挨拶に」「わたしたちも明日帰ります。いま有り合せで食べていたところ」「わたしも納豆だけで済ませてきました」

暖かそうな赤いカーデガンを羽織ったOさんは、珍しい酒飲まそうか、と言われる。富士吉田の菓子屋が自家製自家用の酒をわけてくれたのだそうだ。コケモモの酒。秋、富士山の五合目辺りまで上って摘んできた実を漬けて作るのである。私は体をこわして此の夏は禁酒していたのだけれど、赤い実の浮いた赤い酒をコップに一杯、すーっと飲んだ。

これも、これも、これも、と着ているシャツとパジャマとカーデガンをひっぱって「明日みんなひっくるめて下の町の洗濯屋に出して、来年の夏のはじめにとりに行くんだ」Oさんは機嫌よさそうに言われる。去年もそうしたそうである。夏のはじめ、とりに行くと「一年経つのは早いですねえ」と、しんみり言いながら、渡してくれるのだそうである。

Oさんは私の懐中電灯に気がついてほめた。夫が生きている頃、ここはよく雷が落ちて停電になるから、停電中でも原稿が書けるようにと、富士吉田で特別明るいのを買ったのだ。「武田は死ぬ前まで、仕事をよくしたなあ。俺もこういうの買おう。来年来たときに買おう」奥様は、来年もコケモモのお酒を貰ったら、来年は氷屋さんで使う柄の長いアルミの柄杓を買いたい、と言われた。

夜露のおりた真暗な道は、そっと歩いても、じくじくと虫の鳴くような音がする。富士山が眼の前に真黒にそそり立っている。送ってこられた奥様に「今日はすごい夕焼でしたね。血の玉のようなお陽様が、――」と、思い出して言うと「わたしは富士山が桃色になったのを一寸見ただけ、西の方は見ないで家の中に入ってしまったから」と言われた。夏なんてすぐ終りますね。一年なんてすぐ経ちますね。また来年までお元気で。そう言い合って、おじぎをした。真暗闇のこの道で、去年も一昨年も同じことをしたように思う。

九月×日　朝、台所の扉をあけると、コンクリートの張り出しに、おびただしい蟻の死骸があった。昨日の朝は、黒いつやつやした胴体に陽を浴びて、一心不乱に肢を動かし、瞬時も休まず右往左往していたのである。それがそのまま死んでいる。

隣りの会社寮の管理人のAさんが、裏庭の浄化槽の前に佇ずんで茫然としている。いま気がついたのだが、糞尿がこなれない形で溢れ、林の中へ幅広く流れ出しているのだそうだ。「この四、五日、ずっと女の子ばかり三十人ぐらい泊り続けたからなあ」と呟やく。

「いまの若い人はどういうのかねえ。勝手でねえ。涼しいわ涼しいわって嬉しがるのは結構だけど、あっちでもAさん、こっちでもAさんで、こき使われてくたびれちゃった。いつまで山に居られます？　今日お閉めになる？　奥さんとこが帰られると、どっとさみしくなるねえ。わたしゃ、つくづく疲れましたよ。お宅の旦那さんがお元気な時分から、こうしてますから。かれこれ十年だもの。来年はもうお目にかかれないかもしれないねえ」Aさんは去年も同じようなことを言った。Aさんは七十三だか四だかになるそうだ。夫も生きていれば、そのくらいになる。Oさんは三つか四つ上だろうか。

クリスマスケーキ

新宿の地下商店街のどの店にも、ポインセチアの鉢植が置いてある。あふれて表にまで並べてある。葉だか花だかわからない赤く染まった部分が、人いきれでしおれている。

ひとところ、特別に人だかりがしている。五千円、または一万円札を一枚握った片手を、ヒラヒラと人よりも高くつき出して、オーバーコートの男たちが、われ勝ちにクリスマスケーキを買おうとしているのだった。

「三千百円のそれ、生《なま》チョコデコの方、俺の、俺のだよ。そっちへまわって買うの？　うん、わかった。そっちへ行く。行くから、それまで顔覚えていてよ。ヒゲ、このヒゲが目印。ヒゲのおじさんだよ」

こんなにも男たちが執着している生《なま》チョコデコとは、どんなのかと、かきわけて覗いてみると、チョコレートを塗りこめた台の上に、バラの花、サンタクロース、長靴、鐘、西洋館、もみの木などが飾ってある、べつだん変ったものではなかった。花やかで、少々野暮ったいものであった。ただ、ほかの店のより、台が腰高でたっぷりと大きい。ほかの店のは同じ値段でも、一種類か二種類、飾りものが足りない。この店のは、パンダまで忘れずにちゃんといる。

葉茶屋も靴屋もカメラ屋も海苔屋も、今日はさびしい。大福餅や串団子を売る店もさびしい。売り子は下を向いている。洋食屋と中華料理屋は混み合っているから、これも今日はさびしそうにしている、そば屋に入った。先客の男二人がお銚子とそばをとって向い合っている隣りのテーブルで、私はかき揚げそばを注文した。すぐあとから、髪の毛の乱れた病人みたいな和服の女がふらりと入ってきて、私の向いに腰かけると、きつねうどんを注文した。常連らしい口のきき方をした。

先客の若い方は背広、中年の方はジャンパーを着ている。若い方がしきりに話しかけている。ときどき声が低くなって聞えなくなる。中年の方は口数少なく、どんどんお酒を飲んでいる。

急に中年の男が大きな声を出しはじめた。

「お前の言ってることは、みんなわかったよ。言いたいこともわかったよ。で、結局、俺に何かして貰いたいんだろ。え?」

「……………」

「いいよ。俺だって来年は四十五さ。何かしなくちゃ、と思ってたんだ。このままじゃな。だけどお前、俺の年になって女房子供抱えててみろ。お前のその話だけじゃ、ああそうですか、一肌ぬぎましょう、なんて言えないぜ」

若い男が小声で何か言うと、中年の男は一段と大きな声になった。

「お前、この前もそんなこと言ってたぜ。あの仕事ダメになったんじゃねえか?」

若い男は不動産屋の事務所を出したがっているらしい。お金がないから、この中年の男と組んで、男の家を事務所にして、その代り、自分は男の下で働く、と話をもちかけているらしかった。

「はじめは二十万か三十万、月に貰えればいい」と、口ごもりながら言っている。

「二十万と三十万じゃ、お前、十万もちがうぜ。はっきりしろ」

と言われると
「四、五十かな」と言い直した。

「四十万と五十万じゃ十万ちがうじゃないか。二十万とは倍ちがうぜ。だいたいお前の話は、甘くてはっきりしないんだよ」

平手でテーブルを叩いた中年の男は、こぼれていたお酒で濡れた手を、気持わるそうに振い、袖口も少したくし上げた。するとシャツをきているみたいな藍色の刺青のヘリが見えた。

中年の男が立上り、クリスマスケーキの大きな四角い箱を抱えると、若い男も立上り、クリスマスケーキの四角い箱を抱えた。中年の男が勘定をすませ、若い男があとに随って出て行った。

「クリスマスか。今日はどの男もどの男もケーキ買って帰るよ。ありゃあ、男が買うものなんだねえ」

煙草を一服していた和服の女が、半分は店のおかみさんに、半分は私に向って話しかけて、人なつこそうに笑った。

地下鉄に乗ると、網棚にケーキの箱、包装はとりどりだけれど、大きさは同じ位の箱が並んでいた。男たちが、めいめい自分のケーキの前の吊り皮につかまって揺すぶられていた。

寺同士の付合いのある大磯鴫立庵の坊様が俳句をよくする人で、その人の手ほどきをうけてからだとかいう。目黒長泉院住職である武田の父と母が俳句作りをはじめ、深川の寺の叔母（母の妹）や従兄も作り、弟子筋の横須賀や茅ヶ崎の寺の住職や夫人も作り、一時期、やたらと法類や親類の寺々に俳句作りが流行した。鴫立庵の坊様が独身僧で、住職夫人の間に人気が高かったせいもある。五十年昔、二・二六事件のあった頃のことである。

昭和六年、十九歳のとき、左翼運動で何度か留置場に入れられ、大学を中退した武田は、翌年幼名覺《さとる》を泰淳と改名、頭を剃って行をうけ、僧の資格をとった。父の代理として檀家や近隣の家へ読経に赴き、包まれたお布施を頂き、父とともに薪わりや畑仕事に精を出していた。寺には父母兄妹のほか、いく人かのお所化さん（弟子僧）がいた。四つほど年のちがう兄は大学の水産学科の学生だった。

水車小屋と小川の絵が表紙に刷ってある、とう写版刷り二十数ページ、藁半紙の俳句同人誌一号が、昭和十二年一月一日に発行された。「草屋」という誌名である。

一号の巻頭には厳かに宣言されている。

一「草屋」は同族、親類の句集である。

一「草屋」は老年から少年まで年齢順に十句づつの句をおさめる。

一「草屋」は人生のやうに一つの主張をもつにはあまりに複雑である。

親類同族ばかりでやっているのに、こんなことわざわざとりきめなくたっていいのに――編集発行人の名は武田の従兄になっているが、ひょっとすると武田が先に立って、とりきめを言い張ったのかもしれない。そうだったとしたら、はずかしい。

従兄は武田と同年配ながら、書道の先生も出来るような、明るい器用人だったらしい。叔母の一人息子である。

障子張りて　ただ春を待つ山の寺　　空方

空方とは父の俳号。体が大きく肥っている父が、ところかまわず、おならをおとす自分に名づけたのだそうだ。虚空といった言葉なども好きであったにはちがいない。うまく作ってやろうという息苦しい気持のない父は、ずらずらどんどん、家計簿か日記をつけるように作っている。

五十年の幸暮れんとす　冬空に　　都留女

母（つる）の句。父とは逆に、人を感服させたいと始終思っているような、派手好きで不平不満の多い美女であった母には、美女故の素直なのんきさもあって、年の暮れに、こんな句をよんでいる。はじめて私が会ったとき、母は七十に近かったけれど、九条武子夫人そっくりだった。

冬の灯にビフテキ厚く血のにじむ　　嘉命女

叔母（かめ）の句。若くして未亡人となり、一人息子を抱えて寺を守ってきた叔母さんは、一をきいて十を悟る機敏と落ちつきのある賢こい人だった。愚痴をこぼすのを聞いたことがない、と誰もがいう。叔母さんは観劇やシャンデリヤやメロンなど、ハイカラな豪勢なものを入れた句を作る。ときには、ビフテキを食べなくても、ビフテキの句を気張って作ってしまったのかもしれない。

ドブに落ち枯木浮かざる街に住む　　沙通

幼名覺《さとる》をもじった武田の俳号。生意気な子供が作ったという感じがある。作ってから、どうじゃ、とあたりを見回している感じがある。何となく子供っぽいように思う。一号だから張り切りすぎたのかもしれない。「枯木君師走の塵の味よきや？」というのもある。（私ははずかしい。）

桜島の裾へしみ入る冬の川　　まゆり

二つちがいの妹真百合さんは、この年の前年ごろ、埼玉県の寺に嫁入りし、僧侶兼歴史教師である夫の勤務地鹿児島の新世帯から投稿している。真百合さんの夫も、編集発行人の、おそらくしつこいほどの熱意に、仕方なく投稿している。

二号から編集発行人は武田に代り、一号にはなかった編集後記がつく。

●第一号と比べると顔ぶれは著しく変化した。年齢順にならべた事は変りないが、新しく銀行、実験場、学校などからの句が加った。逐号各方面から玉稿を頂戴して愈々盛大にしたい。

●更に「草屋」の同族の作風も変化しつつある。今後も草屋はカメレオンの如く変化するかもしれない。混乱し変化する雑然たる句集こそ電子にも似て自由に存在しうる。

初代以上のしつこさで、親類縁者及びその配偶者、その仲人、気の弱そうな自分の友人にまで、投稿を要請している。「生みの親探す気もなき蛙の子」と、一生懸命になって作って投稿した親類縁者の田舎の坊様は、自分のだけでは少なくて申しわけないと思ってか、檀家の老人や近所の米屋などにも作らせて投稿させている。

フラスコに海老の脚浮く冬の昼　　魚棚子

兄は大学を卒業して海岸の実験場に勤めていた。結婚したばかりであった。嫂は当時を思い出して言う。「そういえば、あの頃、嫂さんも俳句作って投稿してくれなくちゃって、覺さんにずいぶん言われて、いやだから逃げてまわって小さくなってた。そんなこと、実家じゃしたことないですもの」

山神の怒る叫びぞ猛吹雪　雪嶺
救援の力もむなし猛吹雪　同

スキーが趣味の初代編集発行人従兄の句。迫力があるようで、全く迫力がない句だ。こういうのは、はっきり下手だなあ、と私にもわかる。武田とは仲のよい遊び友達で、リンデンスキークラブという同好会をこしらえていた。五、六人の会員のほとんどが坊様なので、リンデンと名づけたのだそうだ。

テント垂れてテント落ちたり古桜　沙通

こういうのは、うまいのだか下手なのだか、さっぱりわからない。「ブランコはトコロテンよりよく揺れる」というのもある。素直なようでもあり、ひねったようになっている。わざと、そういうのを作るのだろうか。

日盛りや蜥蜴ふりむく脊の光り　まゆり
隣家には蚊帳たたむ音ひそかなり　同

真百合さんの句は、毎号ぬきんでて光っている。こけ威しのところがなく、ひっそり、ふっくらしている。

敗戦間近な頃、二人の幼児を残して真百合さんは若死にした。

「男に生れていたら、兄貴も俺もかなわなかったろうな」、そう武田が話していた。

長泉院のこたつのある部屋には、娘時代の真百合さんが縫いとりした藤の花と鳥の日本刺繡の額や、誰に教わったのでもなく、一人で考え、木を削り布を染め紙を煮てこしらえた歌舞伎十八番豆人形が、いくつか飾られてあった。マッチの頭ほどもない小さな白いだけの顔をつけた、指先ぐらいの人形なのに、一つ一つ異なった風情が漂っていた。

七月末に発行された四号で「草屋」はお終いになる。十月、赤紙がきた武田は、日の丸の旗を背景に、輪げさをかけた僧服姿で出征記念の写真を撮った。兄と親類縁者の男たちが、九段の近衛連隊の、黒い乳鋲を打った城門の前まで見送って行った。

しばらくあとから応召した従兄は戦病死した。従兄のお嫁さんも同じ頃に病没した。真百合さんの夫が敗戦後まもなくの頃、事故死したが、少し経って、父も肺炎で死んだ。

「草屋」四冊は、昭和三十年前後、私たち一家が寺に入って母と暮していた頃、風呂場の脇の納戸で見つけ、私が母から貰った。たまに虫干しかたがたひろげては、五十年昔の東京の寺に住んでいた人たちの、招んだり招ばれたり、配ったり配られたりしているような、のどかな暮しぶりを、かいま見る。

心身に烈しい癇癪と鬱積したものを持ち抱え、寺の二階に一人こもって勉強するときは、中国文学者となろうか、僧侶となってめとらずに、生涯を大蔵経を読んで送ろうか、と、小作りな坊主頭が痛んでわれそうになるまで悩んでいた人も階下におりてきたときは、父母の前でやさしい気持になった。どれ、景色でも見てやるかな、と思って景色を見、少し子供っぽい俳句を熱心に作った。

菓子喰ひてやや喜びし冬の象　沙通

長篇怪奇冒険譚『世界黒色陰謀物語』を二十一歳のときに書き、はじめて活字になった。そのときの筆名は狐塚牛太郎である。蛇以外の動物は、たいてい好きであった。「草屋」にのっている武田の俳句のなかでは、動物をよんだ句が好きだ。ことにこの句が好きだ。

そういえば、晩年、私の様子を、トラのように喰う、トラのように吠えたてる、トラのように咬みつく、と笑って「おい。トラ」とよんだ。そして「俺は、象さ」と言った。西へ向って歩いて行く象の足もとで、何もわからないトラがせかせかと足のまわりにじゃれつき、吠えまくっていたのである。

やや喜びし冬の象。――うんとは喜ばなかったのだな、と思う。

一九八五〜一九八九

動物園の午後

「コアラに人気が集中して、上野のパンダが、かわいそうなことになってるそうですよ。パンダが、ひねくれてるそうですよ」と、うちにきた人が言った。

コアラは多摩動物園にきたのだから、上野のパンダが、そのことを知る筈がない。上野のパンダ舎の向い側にでもコアラが住むことになって、いままでおしかけていた人間たちが、いっせいにお尻を向けて、向い側ばかりにたかっているのを見たなら、おや、ヘンだぞ、と何とはなしに淋しく思うだろうけれど。いや、そうではなくて、やっぱり元気をなくしているかもしれない。見物人が以前よりぐんと少なくなって、一挙手一投足に、わあっと喊声《かんせい》が上がらなくなってくれれば、パンダの方にも緊張感がなくなって、下り坂のかげった印象を漂わせはじめたかもしれない。

「同じ動物園にコアラがこなくて、まだしも、よかったですね」「ほんとにそうです」と、その人も肯いた。「こういう話をきけば、瞬間的人気だったエリマキトカゲなど、この寒空に生き残ったものは、もっとみじめになってると思うでしょう。ところが熱海の親切な人が、ちゃんとひきとってくれたので大丈夫。都落ちはしたけれど、いま温泉のある暖かい熱海で仕合せに大活躍しているそうです」と、その人はつけ加えて教えてくれた。

一代目のランランとカンカンが死んでしまったとき、中国が怒って、もうパンダをくれないのではないか、と（私は）思っていたら、怒りもせずに、二代目のフェイフェイとホアンホアンを贈ってくれた。

いつだったか、中国の宝物の展覧会で、へんな人が兵馬俑にとびついて押し倒してしまったことがあった。あのときも、日本側は真蒼になった。大へんな宝物をこわしてしまって、どうか、ぶってください、叩いてください、と平伏する気持だったが、中国側では、ああいうものは、うちには沢山あるのよ、と寛大にゆるしてくれたのである（へんな人をかばうわけではないが、あの大ぶりな等身大の兵馬俑の質感や量感や曲線は、抱きつきたい、とびつきたい、という気持を人に起させる）。

パンダがかわいそうではないか、中国にわるいではないか、という気持と、いまこそがパンダの見どき、という気持とで、木曜日の今日、魔法水筒にお茶をつめ、お握りをこしらえて、私は上野動物園へ出かけた。ほんもののパンダに会うのは、はじめてなのだ。

池の端の通りを、おびただしい数の自動車が懸命に走っている。動物園の中は噴水の音が大きく聞え、銀杏の大樹の総身から輝く真黄色の葉が、ひっきりなしにはがれて舞い落ちている。銀杏の葉は、ことにキリンの柵の中に、いっぱいにつもっている。一週間のうち、今日が一番すいている日らしい。乳母車を押し、幼児をもう一人つれて、若いかあさんがくる。今日、子供を肩車してやってきている若いとうさんなんて、どんなところへお勤めか。とうさんと子供は、一つ動物の前に長く立ち止って、指さしなどしているが、かあさんと子供の組は、たいてい、ただ、すっすっと通り過ぎて行く。サル山のサルと、ゴマフアザラシと、印度からきたばかりの二頭の子供象を除いては、ほとんどのどの鳥や獣も、あまり動いたりしないでいる。頭をもたげて、一声二声吠えるぐらいである。ライオンとアシカが吠えた。

二匹（頭《とう》と数えるのだろうか。熊は頭が合うが、パンダには、大きい動物でも匹が似合う）のパンダは、煉瓦作り、正面硝子ばりの別々の部屋の中で、床いっぱいに笹を貰って、散らかした笹のまん中にどっかりと肢《あし》を投げ出し、右手に握りしめた笹の匂いを嗅いでは食べ、左手に握りしめた笹の匂いを嗅いでは食べ、食べつくさないうちに、あっちこっちの笹に手をのばし、よく選んでから匂いを嗅いで食べ、急に放り出して、別の笹に手をのばし、――好き勝手に食べ続けていた。

無料休憩所で遅い昼御飯をひろげていたら、妙に色白の年寄りの男ばかり十人ほどの一組が、風に吹かれるような足取りで入ってきた。隣のテーブルの前までふわふわと歩いてくると、ひっそりかたまって佇っている。セーターや開襟シャツの上にジャンパーという身なりで、安物らしいが色とりどりの真新しいものを身につけている。野球帽をかぶっている人は、その野球帽も真新しい。写真機を首から下げている人が一人もいない。何となく体つきや顔に力がないので老人に見えたが、近くで見ると中年青年である。付添人風の元気のいい若い男女二人が、一人ずつに話しかけ、言いきかせて、一人ずつ腰かけさせる。野菜サラダなんとか……と話しかけている。皆、腰かけたのに、柿色のジャンパーを着た角刈りの中年の人だけが、どうしても腰かけないで、天井の一角に視線を漂わせ、直立不動の姿勢をとり続けている。その人には、いつもそういう癖があるらしく、ほかの皆は平気な知らん顔をしている。右はじの網状の帽子をかぶった人は腰かけるなり、動物園の入口で貰ったパンフレットをひろげ、パンフレットに書いてあることを、右にひろげた白い紙に書き写す作業を、猛然と一心不乱にやりはじめた。その人にも、そういった癖がいつもあるらしく、皆知らん顔している。そして、皆は、南側の硝子窓の表の方を、ぼんやりと見ている。陽のあたるその方角には、シロサイの住む柵が見える。コンクリート色のシロサイの背中の向きが、のろのろと変ってきて、真正面こちら向きにお尻がきたとき、弾丸のようなうんこを大量にした。もの静かな人たちは、全く笑いもせず、めいめいに、考えている風だった。

西京元日

元旦。薄晴れの青い空。日の丸の小旗をたてた自動車が一台、滑るように走って行くのが見える。ホテルのスリッパが馬鹿に大きいので、子供になったような気持がする。昨日の夜、新幹線でやってきて、年越しのおそばは、三条橋のたもとでにしんそばを食べた。錦小路でコロッケを買った。鴨川にかかるどんぐり橋をわたっているとき、除夜の鐘を一つ聞いた。私はこれから奈良の大仏様へ初詣に行く。

昨夜、テレビニュースで、郵便局の窓口に果物ナイフをつきつけて百七十万円奪い、表にとまったタクシーで逃げた男のことを話していた。その男は郵便局へくるのにもタクシーに乗ってきたそうだ。大晦日の夕方、強盗になるなんて、よほど切羽つまっていたのだろう。タクシーに乗って、大急ぎで借金返しに行ったのだろうか。もう、つかまってしまったろうか。

京都駅から電車に乗る。「いなり」という駅で、どっと人が降りてしまう。降りた人たちは駅のそとに見える赤い大鳥居の方へ、四角いかたまりとなっておしかけて行く。「ももやま」という駅で、終点だからと降された。電車を間違えたらしい。こんもりした竹やぶと大きな森が東の遠くにある。畑と原っぱの中の一本道を、桃色の光る振袖、二つ揺れる白足袋、頭にリボンをつけた女の子を背負って走ってくる背広の男、その後から白い肩掛の女が走り、その後から着ぶくれたコバルト色ジャンパーの男の子が走ってくる。ホームに到着して女の子をおろした男は、三人を別々にしたり一緒に並べたりして写真を撮ってから、一服する。ずいぶん、元気そうな人だ。赤と黒の格子柄の背広、紺色のYシャツに銀色のネクタイをしめている。「これに乗ると、みんな行けるんや。お寺さんも祇園さんも行けるんや」と、男が言うと、「モゾーヒン（多分、模造品のことだろう）のナギナタボコ売っとるとこ知らへん？」と、女が言った。「知らへん」と、男が言った。ホームには陽がたっぷり当りはじめたが、吹いてくる風が冷たい。ベンチに腰かけて風を避けていると、ずーっと前、どこかの駅で、こんな風になっていたことがあったな、と思う。ずーっと前がいつだったか、どこかの駅がどこだったか、思い出そうとしても眠くなってくる。

奈良駅からバスに乗った。十分で十メートルぐらいしか進まない。渋滞。とうとう金看板のかかった墨屋の前で動かなくなってしまった。犬を連れた毛糸帽子にズボン姿の主婦、耳まで赤くなった顔に白マスクをかけた勤め人風の男、家族連れに混って歩いて行く。

大仏様の門前に並ぶ土産物屋へ、ナンカ買イタイ、と、財布を握りしめて私は入る。大仏と鹿のいる置物。大仏の顔の刺繡壁掛（これには「古都の美」と、わざわざ題文字も刺繡してある）。鹿のブローチ。鹿の鉛筆。鹿のネクタイピン。ビニールの鹿。鹿の輪投げ。鹿笛。そのほか「大仏ッ子」「大仏のへそ」「大仏物語」「やっぱり奈良ね」など（これらは瓦煎餅、饅頭、ゼリー菓子類につけられた名前である）。——何だか、買う力（買おうとしていた力）がなくなって、私は財布を握りしめたまま出てくる。

参道の脇の公園みたいなところのベンチで、私は東京から持ってきたふかし芋を食べる。土塀の色や枯草の色と似通っているので、沢山いるわりには、それほどは目立たない鹿が、両耳を寄せ加減に頭を立てて、駈け出す寸前の速あしで、遠くからやってくる。向うのベンチにも二頭きている。食べすぎて菱形に張り出た固そうなお腹を抱えているのに、めざとくせがみまわっている。ナンカチョーダイ。センベカナンカチョーダイ。イモ？　イモナンカモチョーダイ。ア、タベテル、ソレナニ、ナンダ、弁当折ノフタナンカクレテ。——

澱んだ川のふちに下りて二頭、落葉にくるまるようにして眼を閉じている鹿は、ただもう、ひたすら眠いらしい。突然、大声をあげて、屋台のアイスクリーム屋が、そばにきた鹿をいくつも殴る。

「柱のほれ、どこかにあるぞ。大仏様の鼻の穴の大きさはな。その柱の穴の大きさだ。人がくぐりぬけられるんだ」老若男女が、ごった返している大仏様のお膝元で、とうさんが子供に教えているらしい声が聞える。「大仏様はどこにいるの？」「バカ。上を見よ、上を。もっとずーっと上だ」

大仏様、眼をよくして下さい。肝臓も。と、私は拝んだ。職人風の老人が、私の隣りで、「えー、どうかひとつ。何とかひとつ…………」と、深い吐息のような声で手をすり合せていた。

帰りの電車の中では、赤ん坊を背負った母親も赤ん坊も、子供も父親も、白羽の矢を持った年寄りも、死んだみたいに眠りこけていた。平城京跡で、少年が一人、暮れ残る空に凧を揚げているのが、右の窓から見えた。ぜんまい仕掛のように一心不乱に揚げていた。本年の初日が、大きな真赤な入日となって、黒い山の向うに落ちてゆくところが、左の窓に見えた。

四季　私の赤坂

一ッ木通りを左折、円通寺坂へ抜ける道の途中に、ＴＢＳテレビ局の建物のある（昔は近衛歩兵三連隊の兵隊屋敷があった）丘へ上れる近道の急坂があって、坂の上り口に児童公園がある。砂に埋まりかけたコンクリート製の赤い河馬などある。中年すぎたセールスマン風の男が二人、ベンチに腰かけて静かに話をしている。丁寧にたたんだ背広の上衣と、平べったい四角い鞄を横に置いて。二人とも黒靴がよく磨いてある。昼食のあと一服しているらしい。

「丁度、今頃ですかな、大阪の通り抜け。去年いきましたな」「あの桜もきれいだけども、何というかな、ああ沢山人がきちゃ。一回通り抜けたらおしまいだからな」「えーと。わたしは記憶にあるのは苔寺と三十三間堂ぐらいなもんですな」「ぼくは紀三井寺。奈良は秋篠寺。よかったな」「唐招提寺に行ったら夕方で閉まっちゃってたな。あのときは野村さんと組んでたから、彼と行ったの。やっと探して行くと閉まっちゃってるんだから」「それから、あすこ行きました。りょうあん寺」「京都はほんと行くとこいっぱいあるんだけどね。女房と行ったのは長谷寺。好きなのは浄瑠璃寺、いいですよお」「こんどもね、広島から乗ったでしょ。京都で降りようかなあ、どうしようかなあ、と思ってるうちに、あー、いや、また来ることもあるだろうと思って東京まで来てしまいました」
北斜面の暗い近道の急坂を上りきったところに、十本ほどの太い桜がわっと満開で、その下に十五台ばかり、ナナハンのオートバイが、黒光りする胴体の腰をひねって駐めてある。そのまわりに茹で卵の殻が散っている。誰もいない満開の桜の下は甘い匂いがする。かすかに人臭い、何というか、お尻の匂いというか、——花は生殖器なのだから似ていたって、おかしくはない。

丘の上の一番見晴らしのいいところにあるTBSゴルフ練習場とTBS別館の間の道には、たいてい車が駐っていて、トランクからフィルム缶を抱えて、さも忙しそうに別館の暗い奥へ運び入れたり、運び出したりしている。いつだったか、あれは二階の窓があいていたのだから暑くなる頃だ。窓ぎわで志村けんと加藤茶が、ひっそりと将棋をさしていた。その先き、道は丘の南斜面で行きどまり、南斜面につけられたゆるい坂道を右に降りて行くと乃木坂通りに出る。行きどまりを左に、草むらをわけて辿ると、国際芸術家センターの建物が——まだ国際芸術家センターなのだろう、とりこわさないでいる間は——草に埋れたようにある。つる草が這い上り絡まったパイプは銹《さ》びて腐り、窓硝子は破れ、出入口には板がうちつけてある。焼け焦げたシャツ、銹びた車のチェーン、花柄の毛布などが、蛇苺や豆科の雑草やハコベの生え出たそのあたりに棄ててある。潮騒のように風が吹きわたり、完成直前のビルの窓に貼ったビニールがふくらんでバサリバサリと鳴る。規則正しく五回叩いては休むコンクリートをこわす音。ゆるい坂道を乃木坂通りに降りて行くと、乃木坂通りで食事をして仕事場に戻る人たちが上ってくる。喜劇役者やお笑いの芸人にもすれちがうことがある。彼らはひどく浮かない顔つきをしている。元青春映画二枚目、いまは中年紳士の役で結構テレビに出ている役者が、この坂を一人淋しそうに上ってくるのに出会ったことがあるが、それは、お笑いの人たちの暗い顔つきとはちがう、自分自身の顔や演技のつまらなさに淋しくなっているといった風だった。

＊

今度、新しく開店した喫茶店C屋に、はじめて入る。赤と黒のだんだらの床。しきりの硝子には葡萄と鳥の模様。天井から一個ずつ形のちがうシャンデリヤ。手すりにまで花の形の電気。マンドリン伴奏のシャンソン。ここはパリみたい、――パリって行ったことないけど。こういう店の飾り、お金がかかってるんだろうなあ。案外、かかってないのかもしれないなあ。シャンソンが終って、プーっという音の楽器の、歌のない音楽にかわる。いいんだか、わるいんだか、わからないふんい気。三原じゅん子（？）をシカゴにつれて行ってどうとかするというコマーシャルの企画打合せを、黒ずくめの服のキャリアウーマンが男三人を相手にやっている。彼女が連れてきている後輩の男子新入社員が、「ぼくは川崎に住んでまして未だに東京に憧れを持ってます」などと、すっかり安心して、のんびりとしゃべるので、キャリアウーマンは焦ら焦らして横眼でにらんだりしている。

黒い、つるつる光った彫刻（女の裸）を飾った、黒いつるつるのビルがある。いつ出来上ったのだろう。はじめて見た。ここに、前はどんな家があったのか、思いだせない。卵と豆と鳥の餌の店だったように思うが、はっきり思いだせない。

この辺では文房具屋の建てたビルが一番立派。魚屋ビルも少し小さめだが劣らない。魚屋は、二階建木造家屋をこわしてビルに建て替える間、しばらく休業していたが、ビルの地下に潜って店を開いた。うぐいす豆となまりを包んでくれながら、魚屋の若主人は言う。

地下の魚屋なんて商売にならない。前はいまごろの時間、混んで死にそうだったけど、こんなでしょう（客はわたし一人だ）。人手が足りないから、この方が楽でいいけど、魚屋は一階でなくちゃね。でも不動産屋が、一階で魚屋やると、喫茶店出したい客がきても二階借りてくれない。そういうのよ。匂いはするし蠅はくるからね。あたりに嫌われるから。いまの御時世は、この辺で魚屋出せなくなった。でも魚屋しか俺たちやれないからね。仕方ないから地下に店出したんだけど。ビル建てて人に貸すのも気ィ使っちゃう。入ってくれないと借金返せないし。そうかといって、やたらの人を入れるわけにゃいかないの。銀行と不動産が間に入って管理してるから。

ものすごく太い排気パイプを奥につけて裏山へ匂いを吸い出しているそうだ。うちが赤坂に引越してきたのは二十五年ほど前で、丁度、ＴＢＳのビルが新築落成するころだった。昼も夜も、安保反対のデモ行進が、防衛庁から乃木坂通りを国会議事堂へと、絶えることがなかった。デモ隊の喊声を、夜遅く湯舟につかって聞いた。引越してきた翌日、一番はじめにベルを押して御用聞きにきたのが、長靴をはいて経木の品書きを手にもった、ここのおかみさん（若主人のおかあさん）だった。

＊

「ゴミを棄てる人におねがい。ビニールプラスチックは月曜だけ。火木土は台所のゴミです。きまりを守らぬ人は出すべからず。ビニール袋に入れて出してはいけない‼　それから、エスを出した人、至急持帰る事‼」あんまり腹を立てたので、イをエとお国訛り通りに書いてしまったのだ。赤いマジックインキで書いたベニヤ板が、うちの前の坂の途中、ごみ置場に貼ってある。貼ってある下には、肘掛椅子が雨にあたってふくらみきっている。そこを左に曲った路地は、靴墨のようにいつも地面が湿り気を帯びている。路地の住人が、めいめい好き勝手に植えた沈丁花、あじさい、たちあおい、ひまわりが代る代る開く。毎年同じ場所に、大男が三人位うずくまったほどの嵩にひろがって咲くおしろい花の茂みの下には、夏の夜、あちこちから猫が集まってきて涼む。人がきかかると、近まの闇へさっと四散し、通り過ぎるのを窺い待つ。二軒並んだアパートの綺麗な一軒の方には、軒先に月経帯やら肌襦袢やらが干してあったりする窓があり、暗くなってくる時刻に路地を通りかかると、人力車が出入口の引戸へ向けて梶棒を降しているのを見かけたが、しばらくすると引越したらしく軒先の洗濯物も人力車も見なくなった。十幾年か前の或る日、じっとり濡れた坂のアスファルトから水蒸気が立昇っている、なまあたたかい午前中だった。路地の入口に七、八人、人だかりがしていた。人だかりから少し坂を上ったところに救急用らしい車が後部の扉を開いて停っていた。薄茶色の毛布と白い敷布で掩われた担架が低くになわれて路地から現われ、車にさし入れられ、扉が閉まり、車は坂を上って左折し、すぐ見えなくなった。掛けた布の皺の寄り方が、木で作ったものにかぶせてあるような按配だったのと、ちょっとはみ出ていた足先が妙に扁平であったので、もう死んでいるのだとわかった。車が見えなくなると、人だかりが散りながらしゃべった。

この奥のアパートの人。ひとりっきりで死んでたんだって。何でもジャズの作曲だかして、ドラムも叩く天才みたいな人なんだって。知らなかったねえ。ほら、MYの娘と結婚して別れた。結婚するときも別れたときも週刊誌に出てたじゃない。

二人残った水商売風の女の人たちが奥のアパートの方へ戻って行った。おとなしい人だったね。男だったんだってねえ。あたしは女だとばかり思ってた。

私は家に帰ると夫に話した。翌日もまた、その話をした。すると、そういう話を二度も三度もするもんじゃない、と夫が言った。

＊

六月三十日は氷川様大祓の日。形代に名前と年を書いて持って行く。形代に三度息をふきかけてから左の眼と左の頸をさすり、片方だけよくなっても、と思い、右の眼と右の頸もさすり、ぼけないようにと頭もさすり、こうなったら全部おねがいしようと、手も足もお腹もお尻もさすって、千円とともに納める。紅白のお供物を頂いて、おみくじをひく。私が吉、娘が凶。吉も凶も言いまわしがちがうだけで、よく読めば同じ。心を固くもって一時の不運にあわてさわいではいけない、とある。心を固くもって——だ。本殿の裏手の斜め崖下、境内の林の葉洩れ陽の網目模様の底に坐礁沈没しかけている古大型船のような鉄筋アパート、三階の左から四番目のテラス、あれが私の家だ。気のせいか、あすこには体臭のようなものが燻っている。眺めていると、くすぐったくなる。

晩年、夫は出不精となり、外出した私は家が近くなると駈け出して帰るのが癖になっていたが、突然、ふと回り道して、ここから崖下のわが家を眺めることがあった。四番目の手すりの奥に、昼間も緑黄色の電灯をつけて、前かがみに机に向った男が、髪の毛をひっぱったり、眼鏡を拭いたりしているのが、操り人形のようにギクシャクと見える。無限大の距離に目盛を合せて、写真機のレンズを覗いているような、「見も知らぬ、とても懐かしい人」の気がした。

また、冬など、障子が閉め切ってある中から、あたりの静寂をつき破って、くしゃみが鳴り渡る。夫のくしゃみははじまったら立て続けに出て、何としても止まらず、しまいは身も世もない悲鳴に似た音となって終る独特のものだったから、「おや、とうちゃんのくしゃみ」と、すぐ判別出来るのだった。私は切株など探して腰かけて、くしゃみが終るまで、耳を傾けて聞いた。

午前四時半、雪が降ったようにテラスの手すりが白く明るくなる。裏の崖上の林の高い遠くで、かなかな蟬が一匹、息の続く限り鳴いて止む。そのあと、しんとしてしまう。氷川様の神主さんの家のにわとりが、ときをつくる。別のかなかな蟬が、離れたところの樹で鳴く。消えかけたその声にかぶせ繫いで、じいーっと気のないような鳴き方で、別の種類の蟬が鳴きはじめ、ひとしきりして止む。止むのを待って、離れたところの同じ種類の蟬が鳴き、ひとしきりして止む。三匹めが鳴きはじめると、一匹めと二匹めも重唱、だんだん調子が出てきて、馴れきって、空気みたいに鳴き出す。しゃおんしゃおんと鳴く蟬も混り、もう林全体が蟬の声となる。手すりがいよいよ真白く見えてくる。林の向うの空が赤らんでくる。今日も快晴。五時、氷川様の太鼓、一つから十《とお》まで、ゆっくり。十一から十五まで普通に、あとはドロドロと流れる。正午過ぎ、氷川小学校の方角から、拡声機の女の声が流れてくる。

「あれ、何を言ってるのかわかる?」「わからない」「光化学スモッグが発生したから、子供は長く表で遊ばないようにといってるのよ。日本語でしゃべったあと、英語でもやるの。この頃、この辺、外人多いからね。国際的になったからね」

*

一年余り、幕ですっぽり隠して工事をしていた建築現場の囲いが外され、殆んど完成した建物が姿を見せた。全身つるつるの白タイル煉瓦、巨大な便所といった感じである。夜になると向いの連れこみホテルのネオンに染まり、病気にかかっているように見える。暑いさなか、買物に出てウソの道を通る。元からある道や路地ではなくて、新しくビルが建つとき、敷地の一部を削って作ってくれた、地元民も通り抜けてもいいことになっている新しい道のことを、私と娘はウソの道とよんでいる。煉瓦を敷いたり植込みをあしらったりした新しい道には、京都風の竹やぶや北欧風の白樺も植えられている。ぼんやりして太い柱に顔をぶつけた。しかし、あまりに暑いため、ぶつかっても痛くも何とも感じなかった。煉瓦のウソの段々までくると、私の先を、セールスマン風の男が固い四角い鞄を提げて、がくがくと一段ずつ降りて行くところだった。あと七、八段のところで、突然に横倒しとなって、ころころと下まで転がり落ちた。男の人は起きると別段痛そうにも恥ずかしそうにもせず、前と同じ調子で、ぼーっとアスファルトの本当の道へ出て行った。私も驚くことなく、おかしくもなく、見下していた。そしてアスファルトの道へ出て、男の人のあとから歩き出した。

「まだ三日あるな」夜遅く、元・日大三高の正面玄関の石段に、丸坊主や短かい刈り上げ頭の若い男たちが集まり、股を開いて腰かけ、よく透る声でふざけたり話したりしている。八月の十三日から十七日まで、飲み喰いの店もそのほかの商店も、大方はお盆休みに入る。郷里に帰らない板前さんたちが集まって涼んでいるのだ。空のタクシーが二、三台通ったあとは人もめったに歩いていない。正月の三ヶ日と旧のお盆は、道の幅や曲り具合、坂の勾配や家のたたずまいが、ぐんと濃くなって、東京の町なかにいることが、ふつふつと嬉しくなる。夕方、大きな虹がかかったこともある。

　連れこみホテルSから二人連れが出てきた。二人は、出てすぐの電信柱の蔭に行き、男が女を本気の勢いで三つ殴った。それでも女は、男がどんどん先に歩いて行くあとから、少し離れて随《つ》いて行った。

＊

濃密な秋晴れ。

おーしいつくつくが鳴いている。九月十五日、氷川様祭礼。境内におみこしが出揃い、段ボール箱に入った祭り半纏が、衣裳を持たない若い衆たちの間に配られる。「俺、これ着ると、いつもだんだんだんだん嬉しくなってくるんだ」弱々しい体格のパンチパーマのおにいさんが、半纏をひろげながら、そんなことを言ってる。おみこしのあとを追って、一ツ木通りまで行った。肌の綺麗な男。バンドエイドを背中に貼った男。パンチパーマの背の高い若い男は左耳に光る耳輪をつけていた。片肌ぬいだ恰幅のいい男は腕輪をしていた。地べたに半纏をのばし、あらためてたたみ直して腰にきっちりと巻く刺青した男。その男たちが、おみこしをサスときの、掌の白くて形のいいこと。

一軒だけとり残された（昼間もほとんど雨戸が閉まっているので、すでに立退いて廃屋かと思われていた）木造家屋の、表に面した窓がめずらしく開いている。窓ふちに小座布団をおいて、その上に白い小さな顎をのせて、顔にガーゼを巻いたお婆さんがおみこしの通るのを見ている。お婆さんの顔は普通にしていると、すぐうなだれてしまうので、おみこしを見るため、ガーゼを顎にかけて、上の方から吊って貰っているのだ。

おみこしが通ったあとは、水が撒かれ、再び蟬の声が聞えてくる。あたりが暮れてくると、ミカドの前でイヨオーという声が掛り、手じめの音のあと、ばらばらと半纏の男女が散り、駐めてあった車に分乗して立ち去る。それを見送って、ビルの間の路地奥へ入る褌姿の男と子供をおぶった若い奥さん。テレビ局の前でも一組、手をしめている。新国際ビルの植込みの前で、一升瓶をかついだ揃いの半纏の男女が十人ぐらいで輪になり、まんなかの一人が、サセサセの音頭で五合升をだんだんに傾け、ついに仰向けとなって酒を飲みきると、わっと声が上る。代って輪の中に次の一人が入って飲み干す。三人目の男は飲み干すと、ふらふらと辺りを見回す。立ち止まって見物していた六十前後のおばさんを、「今度《こんだ》、おかあさんの番」と指す。陣羽織みたいなレース織のチョッキを羽織ったおばさんは、悪びれることなく、まんなかへ進み出て、ふくらんだ手提を片腕に抱えたまま、ズボンの足を踏み鳴らして調子をとりながら、五合升を一息にあおった。次第に一同はくたびれて騒がなくなり、煉瓦タイルの壁に凭れて、がっくりと首を落したり、地べたに両足投げ出し、空の方を見たりしていた。空は青空のまま暗くなって、濃い白い雲がゆったり動いていった。また来年か。一人がそう言っても、誰も返事しなかった。

芸者衆の踊りは夢のようだ。かずみさんにかおるさん、さわ子さんに玉千代さん。夕闇の一ツ木通りを、みすじ通りを、田町通りを、トラックの荷台にのせた踊屋台の中に、菊人形のように居並んで団扇を斜めに構え、肩先と頭をゆらゆらがくがくとさせながら巡回する。そして、定められた角々で車が停ると、お囃子につれて短い踊りを、立ったり坐ったり、扇をかざしたり手拭をくわえたりして、何曲か踊ってくれるのだ。再び、のろのろとトラックが動き出すと、殿様の蛍籠のような踊屋台のまわりにとりついて、私たちは半分夢見心地で随いて行く。要所要所では踊り終ると手拭を投げる。背広の男たちが争ってうけとる。部長、とりましたな、お見事。などと嬉しがって、私の足など踏んづけても踏んづけたまま平気である。あまり何度も踊るので、縮緬や絽の単衣の裾が吸いついたようにまつわりだし、踊りにくそうになった芸者衆は息をはずませ汗ばんでくる。検番の前が終点。踊屋台から降りてきて検番へ入って行く後姿まで見送る。ずいぶん背が大きいんだなあ、と男のおとなしい声がする。

＊

雪が降りだしてきたら思い出し、図書館に本を返しに行った。廊下のベンチで、古い『オール讀物』の中の「サドの女にひっぱたかれて」という題の文章を読んでいると、黒い割烹着のような服、黒い頭巾をつけた聖パウロ女子修道院の尼さんがきて、『朝日ジャーナル』を見たい、と係員に言った。係員は奥から一抱え運んできて、これ以前のものはおいてない、と言った。尼さんは私の隣りで立ったまま選りわけ、二冊を探し出すと腰かけ、黒革の筆入から、きれいに削った鉛筆をとり出し、つやのある青白い指で大学ノートに写しはじめる。六十五、六に見える厚化粧の元気なおばさんがきて、『佐川君からの手紙』っていうの読みたいんだけど、と係員に言う。今日、どうしても読みたい、と言う。係員が、貸出中だから、返ってくるまで、ほかの本読んでたらどうです、と言っても、ほかの本なんか読みたくないの、と言っている。もう一脚あるベンチには、新人の浮浪者が腰かけている。ベンチの背に片手をながながと伸ばしているので、その範囲内には誰も腰かけない。騒ぐわけではなく、静かに新聞や雑誌をひろげている。いつも見かける旧人の方は、足取りも軽く本棚の間をまわって、本を撫でたりしている。お互いに口をきかない。お互いに出来るだけ離れ離れに腰かけて、相手を見ないようにしている。しばらくすると旧人の方は、窓ぎわに行って紙袋からクリームパンをそーっと出し、天から降ってくる雪を見上げながら、口の中に押し込んでいた。

すいとん

私の本『富士日記』には、夫と私、ときには娘も入れて過していた富士北麓の山小屋での暮しが書いてある。朝昼晩、何を食べたかが書きとめてある。それを読んだ人が、「お宅はたいしていいもの食べてなかったんですねえ」と、しみじみした口調で言った。また、こんなことを言う人もあった。「八月の十五日には往時を忘れないように、すいとん作って食べてるんですね」その人は左翼のまじめな人で、いたく感心されているようだったので、私は恐縮して打消した。

梅雨があけ、土用に入り、あちらこちらの垣根越しに、夏休みの花、さるすべりがゆらゆらと咲きはじめると、私ぐらいの年齢の者には、敗戦の年の真夏が重なり合わさって思い出され、ふだんの暮しはぐうたらな癖に、八月の旧盆が過ぎるころまでは、何かにつけて正気に返るというか、気持がしんとなることが多い。しかし、それはそれで、当時を偲ぶために、すいとんを食べようなどとは、思いついたこともなかった。

夫の歯がどんどん抜けてきて、しまいに一本歯となり（全部抜けたらば歯医者へ行って入歯を作るというので、私は待ちわびていたのだけれど）、その最後の一本だけが妙に丈夫なので、ずい分長い間、一本歯のままで食事をとっていた頃、おかゆとか、わんたんとか、そばがき、すいとんなど、歯ぐきでくいちぎれるものを、お膳に出していた。すいとんは作りたてを食べるのが勿論いいのだが、時間をおいて温め直しても、うどんとちがい、ぐだぐだになることが少ない。それに、うどんより「食べた食べたした感じ」がある。

世帯を持ったのは敗戦後まもなくの頃であって、間借りの畳にねころんで、夫はよく私に言ったものだった。「粉とな、油さえあれば大丈夫だぞ」輜重《しちょう》兵として従軍したときに中国大陸の人たちから教えられた知恵なのだろう。豚すいとん（豚肉とねぎと大根又は蕪の汁に小麦粉団子。ごま油少々落す）、すいとん甘辛煮（汁なし。小麦粉団子のみを煮つめた砂糖醤油でからめたもの）、この二つは夫から習った。大へん簡潔な調理法なので、おそらく軍隊の献立ではないかと思う。

すいとん、を国語辞典でひいたら、「水団『とん』は『団』の唐宋音。小麦粉を水でこねて適当にちぎり、野菜などとともに味噌汁やすまし汁に入れて煮たもの」昔の中国語辞典でひいたら、こう出ていた。「水団 Shui-t'uan ウキフ又ハ白玉ノ類ヲイフ。冷シ団子、又梨ノ実ノコト」

台所にある有り合せの野菜を入れた普通のお汁に、耳たぶ位の硬さにこねた小麦粉を、おしゃもじの上にのせて、箸で二口ほどの塊に切り込む。冬は野菜を油で炒めると体が温まる。肉を入れたければ、とりや豚を。でも極め付きは、あくの強い夏茄子と出盛りのみょうが汁のすいとん。茄子は、あまり栄養がないのですよ、という人があるが、そんなことかまわない。茄子のおいしさは、ほかの野菜のおいしさと、まるきりちがう。動物性のものを口にした舌触りがある。茄子が実《な》っているときの様子だって、色だってつやだって、ほかの野菜とまるきりちがう。

暑さのために食欲なく、ないのではなくて、内臓は空いているのだが、何を食べていいのやら、何が食べたいのやら、脳の方のまとまりがつかないとき、作る。みょうがをたっぷり散らす。

「ああ、うまかった。俺、こんなにみょうが食って大丈夫かな。頭ん中のもん（多分、原稿のすじみちのことだろう）、忘れちゃうんじゃないかな」眼鏡をとって、眼のふちにふき出てくる汗をこすりこすり、夫は言うのだった。

Nさんへの手紙

この間はお電話下さり、しめ切りをのばして頂きましたのに、あれからずっと、(家にいるときは)机の前にじっと坐っていたのですが、出来ません。

「去年の秋のこと、或る会が終って、SさんとSさんの友だちのSさんと三人で、聖子さんのところへ行こうと、新宿の夜の町を歩いて行きました。すでに私は相当飲んでいたので、花園神社の西側の方から上って、夜目にも真赤な、酔眼にも真赤なお社の正面を通り抜けるときは、どんどんどしどしと石畳も本殿も踏み鳴らし踏み破らんばかりに、気持も足どりも昂揚していたようです。犬も猫も誰もいない、しいんとした夜遅い本殿の前で、そうそうわたしは今年還暦だったたっけと、ついぞ思いもしなかったことを、何故か突然思い出しました。Sさんが、よしこれからお祝だ、わたし奢っちゃうといって、風紋へ行こう風紋へと、どんどん歩き、花園まんじゅうのところの信号を渡りました」

ここまで書いてきて、ふと私は自分のことを書いていて、聖子さんのことを書いていないのに気がつきました。

このあと聖子さんにもお酒を一本奢られて、大はしゃぎにはしゃいで、眼が見えなくなるくらい酔払って、あなたと松山さんに送られて、——（ここから先のことはあとでわかったのですけれど）タクシーの中では、あなたの掌をいれものにして、ゲロを吐いてしまったのでした。

次の日、眼がさめて窓から見える景色が、水をぶっかけたように鮮やかで濃く見えるので、わるくなっている眼が急によくなったか、それとも眼玉がいれ代ったのかと一瞬思うほどでした。ゲロを吐きに吐いて（吐いたのは朧気にわかっていました。でもまさか、あなたの掌の中とは、このときは知りませんでした）、軀の中のへんな煤みたいなものがすっかり出つくしてしまったので、眼までよく見えるようになったのだ。最高のホンケガエリ祝賀会だったなあ、昨夜のことは死ぬまで、といってもボケてしまうと忘れるかもしれないから、ボケて忘れる日まで覚えていようと思ったのでした。だいたい、このようなことを書きたかったのですが、途中で自分のことを書いているだけなのに気がつき、そのあとをつづけて書くと、あなたの手の中にゲロを吐いたことなども書くことになり、二十五周年のお祝いの文章には、全くふさわしくない文章であることがわかり、元気がなくなりました。

どうかおゆるし下さい。聖子さんにもおゆるし下さいとお伝え下さい。長々といいわけがましく、手紙をしたためましたのは、今年の末、二十五周年のお祝の会のとき、文章が書けなかった私は、招んでもらえないのではないかと、心配になったからです。文章が書けなかったけれど、どうか御案内下さい。招んで下さい。支離めつれつな手紙、御判読下さい。

灰皿と猫枕

この灰皿は、主人の勉強机の上に、常時、置いてありました。主人は、ピースの青い丸缶を服の上着のポケットにつっこんでいるほどの、たいへんな煙草のみでしたから、吸いがらで盛り上ったその上に、また吸いがらをねじりさして、山あらしの背中状になった灰皿を、一日に何度も台所で洗いました。主人はまた、つばきや痰《たん》の多い人で、それらもこの中にしましたから、洗うさいの感触はとくべつでした。そのことは自分でわかっているらしく、私以外の人に洗ってもらうのを、大へん遠慮しました。派出婦のおばさんとか、来合せていた兄嫁などが、灰皿をさわろうものなら、狼狽した声をあげて私を呼びつけました。

敗戦後、父母の住む寺に中国から引揚げてきた主人は、寺の二階で小説を書きはじめました。そのときから、原稿用紙の斜め右上に置いて使っていました。まもなく私と所帯を持つと、本と勉強机と本箱と灰皿を、自分の持物として寺から運び出してきました。以来、引越しを重ねる間に、わが家の家財道具は、こわれたり、紛失したり、新しく買い足したりしながら、次第に増え、家の中の様子も変りましたが、本と勉強机と本箱と灰皿は丈夫で変りがありませんでした。

九年前の秋、主人がひどくだるさを訴えるので、医者の往診をたのみました。診察を済ませた医者は、表に送って出た私に、手術不可能の死病だと言いました。家へ戻って二階に上ってみると、主人はもう起きて、明るい電灯をつけ、勉強机の前にいつものように坐り、片膝立てて、おいしそうに煙草をふかしていました。そして、毛沢東の話などして愉快そうに笑ったり、灰皿をひきよせては、泡のつばきを丸く落したりしていました。その晩、台所で灰皿を洗ったときの気持を、ふっと思い出すことがあります。

いまは客間に置いてあります。

こういう模様の灰皿、ぼくの田舎の親の家にもありました。なつかしいな。そうですよね。昔はどこの家にもありましたよね。コップなんかも、この模様のが。子供の時分、お中元にきたシロップやカルピスは、この模様のコップに冷たい井戸水を汲んで、ひとたらし垂らしてくれるのを飲みました。——来た人とそんな話をします。

この陶枕は、一昨年、浅草の蚤の市の古道具屋で買いました。ほこりまみれの古レコードや香港フラワー、福沢諭吉の教訓が印刷してある額や牛の置物などの間にありました。私は、お社のこま犬も肥満体で口をつむっているのが好きです。デブ猫がむっとしたまま眠ってしまっている恰好が気に入りました。中国製の枕だから、と古道具屋はウーロン茶も一袋、おまけにつけてくれました。去年の夏は猛暑でしたから背中のはしにあいている孔から冷たい水を入れ、ずいぶん愛用しました。この猫、どこかで見たような顔、と思いながら、思い当らないでいたのですが、最近、私の娘に似ているのだと気がつきました。

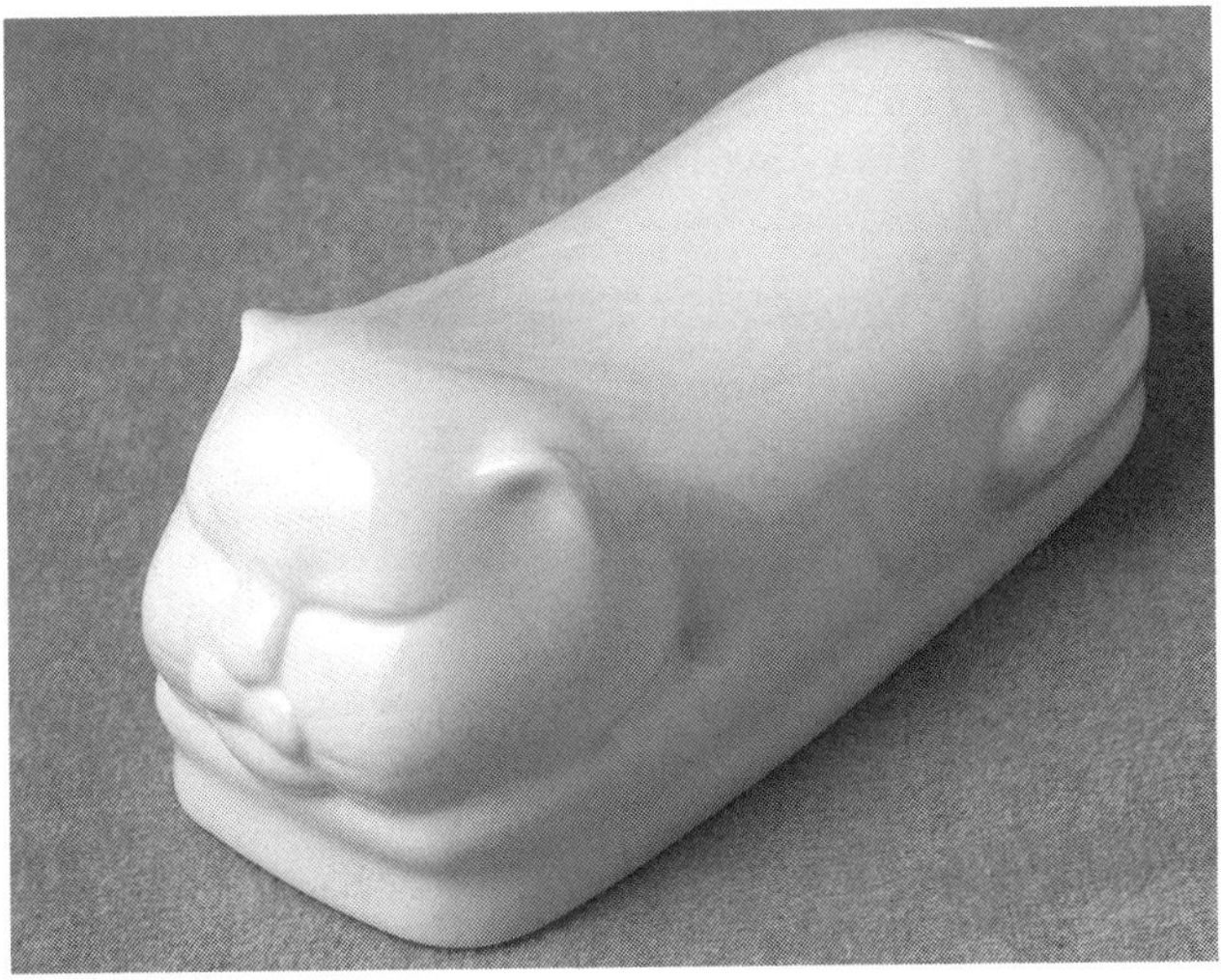

アメリカ人の手紙

昭和五十一年九月初め、富士の山小屋で過していた夫あてに、付箋が何枚も貼られたニューヨークからの航空便が届いた。大学院で中国現代文学を研究しているアメリカ人の男からであった。――支那事変、太平洋戦争中に活躍していた中国作家に関する論文を書いている。論文の一部で、日本人が中国作家の間に日本びいきの文学をどのように促進したかについて論じたいので、知っている限りの日本語の資料を集めたけれど、何の端緒も得られなかった。あなたの『異形の者』『ひかりごけ』を読み、ひきつづき「中国文学」などで戦争中発表された論文を読み、自分の研究問題について文通して教えを乞いたいと思い立った――。前置きにはざっとこのようなことが（原文はもっと丁重な）日本文で書かれてあった。質問のくだりは原文のままひき写す。

『㈠、太平洋戦争以前は中国に滞在していた日本人の中には劇団や映画や新聞などを利用して日本びいきの宣伝を行なった人がいましたが、これは専ら、その地方の軍人や一般市民によって考案されたのでしょうか。或いは日本にある中央当局にも管理されたのでしょうか。㈡、私が今まで読んだ中国の文学雑誌に載っている小説、詩、小品文の中、日本びいきの宣伝用の作品は極めて少ないことに気がつきました。これは雑誌の多くが日本人の所有であり、或いは管理されていたことや、中国作家が日本人によって組合に組織されていたことや、日本びいきの宣伝作品には経済的な援助があったことや、大東亜文学者大会などが中国作家をして宣伝の価値ある作品を発表するように促進したりした、ということなどを考えますと不思議に思われます。もしも日本人や傀儡政府が中国作家を日本びいきの宣伝向きの映画や劇や文章の発表に採用したり強制出来たのなら、どのような理由で中国作家や編集者に宣伝向きの小説や詩や小品文を書かせたり編集させたりを強制出来なかったのでしょうか。㈢、この時代に関する思い出や御意見や御提議がございましたらお聞かせ下さい。御自由に論じて下されば充分でございます』

論文を仕上げるため奨学金をうけ、日本にも資料集めに行く予定である。練習する機会がないので日本語を話す力が弱いが、もし面会が叶えられれば嬉しい。日本滞在は十月下旬或いは十一月初旬だが、面会出来る日時を知らせて頂けるとありがたい。それによって日本訪問の予定を組みたいと考えていることなどが、終りに書いてあった。そして、コンラッドの小説が好きだとつけ加えてあった。

翌朝、夫は私に返事の手紙を口述筆記させた。

『私の住所が渋谷区氷川町となっていましたので御手紙は大変遅れて私のところに到着しました。正しい住所は港区赤坂××××です。次に御手紙下さるときはそのようにあらためて下さい。私は十月の下旬から十一月の初旬にかけて東京の自宅に居りますので、いつでもおめにかかれます。東京に来られたらすぐ電話を下さい。電話は583××××です。あなたの研究なさっているテーマは私にとっても大変興味あるもので、もしおめにかかれれば必ずやお役にたてると信じます。日本政府並びに民間文化人は戦争中、中国の文化人に殆ど働きかけることが出来ず、抗戦地区では、ことに耳をかしませんでしたが、日本人の主張が、全く無意味で馬鹿馬鹿しいものであり、かつ、日本側の努力は資金の面ですこぶる貧弱、殆どゼロだったからです。くわしいことはおめにかかった上で申上げます。私も英語は弱いですが、日本語と中国語と英語をまじえれば、お互いに話は通じると思います。九月四日　武田泰淳』

数年前に軽い脳血栓を患ってからは、以前にもまして口重になり、初対面の人には会いたがらなくなっていた夫にしては珍しいことだった。そして、もう一通写しをとって手許に保存しておけ、と言った。いそいそとして嬉しそうだった。

九日には風雨の中を東京へ帰った。十四日は裏隣の氷川神社の祭礼だった。だるいから俺は行かない、行ってきていい、と留守番していた。十六日は、夕方から谷崎賞詮衡《せんこう》委員会だった。出席する、と朝のうちは言っていたが、おひる過ぎになって「やっぱりやめておく」と言った。どこも痛くも苦しくもない、ただ足がふらふらするだけ、と長椅子にねころんでいた。その晩、往診を頼んだ医者から、恐らく手術不可能の悪性腫瘍であることを私は聞かされた。二十二日に入院し、十月五日に永眠した。その二週間は、黒い巨きな塊りが真向から徐々に近づいてくるのを、開きっ放しの眼で見つめているような毎日で、アメリカ人のことは忘れてしまっていた。一度だけ或る晩遅く、便所の隣の誰もいない屎尿《しにょう》置場（検査に回す患者の屎尿が置いてある）に入って、赤濁りした夫の腹水を入れた硝子の甕を見ていたとき、ふとアメリカ人のことを思い出した。でもすぐ忘れてしまったのだ。

十月下旬になって、夜、電話がかかってきた。アメリカ人からだった。娘が出て上手くない英語を一言二言しゃべっただけで電話は終った。ニューヨークからきた、タイジュンさんに会いたい、と言ってるらしかったから、私の父は死にましたと言うと、悲鳴みたいな声が上って、あとはものすごい早口で叫びまくりながら電話を向うから切ってしまった。何を言ってるのだか分らなかった、と娘は言った。日本人てヘンだなあ急に死ぬんだなあ、と驚いたのだと私は想像した。「……あれ？　わたし、もしかしたら英語を間違えてしゃべったかな。私は父を殺しました、と言ったのかもしれない……」しばらく考えていた風の娘が、そう呟いた。それきり電話はかかってこなかった。

アメリカ人の手紙と返事の写し書きは一緒にして仏壇の下の戸棚の奥にしまってあって、ごくたまにだけれど何かの拍子に私は見る。見ると、病院の屎尿置場でぼんやりと赤い水を眺めていた晩が浮んでくる。私の夫は死にました、私は夫を殺しました、頭の中で呟いてみる。

七月の日記

七月×日。 東京を出るときは雨、相模湖近辺は嵐気味、大月を左折して山梨の郡内に入ると雨風はぴたりと止んでいた。

山小屋の西側の雨戸を一枚繰ると、戸袋の中で唸る音。蜂が七、八匹噴き出てきた。管理所へとってくれるよう頼みに行く。今年は五軒ばかりの家の戸袋に、ミツバチが巣をかけたそうだ。うちのは去年戸袋に巣をかけていたハチより丸っこくて縞柄がはっきりしてない、と言うと、「多分モモノキだな。ミツバチだといいによお」と、Wさんが早速一人でやってきてくれたが、直ちにハチに刺される。そして、戸を動かしたばかりでハチが騒いでいて駄目だから、もうちっと騒ぎが納まってからとる、と言って帰った。

道を隔てて向いの沢にあるT社寮の留守番Aさんに、今年も来ました、と挨拶に行く。掃除機を使っていたAさんは、掃除機を止めもせず放り出したまま出てきた。白髪染めがあせてラクダ色になった髪の毛が盛り上っている頭へ、野球帽を押えつけたようにかぶり、オレンジ色の馬鹿に派手な半袖シャツを着ている。皺の寄った首すじに白い剛毛が疎らに生え、全体に毛深い人なのだ。

「今年はネズミが多いですよ。ふとんをやられた。お宅はどうですか」

「今日来たばかりだから分りませんが、うちはネコをつれてきたせいか姿を見せません。去年、小屋を閉めるとき、方々に石鹸を置いたし……」

「どうして」と、Aさんは咎め立てするように聞き返す。「石鹸を食べてもらって、ほかのものを食べないようにしてもらおうと思って」「とーんでもない。お宅はそんなことしてたんですか。困っちゃうよお。下手《した で》に出るようなことする人があるから、だから、そこらじゅうの野ネズミがつけ上って、どんどん集まってきてたんだなあ。なんにもやんない方がいいの!!」と、怒った風に言った。

Aさんのやり方は、こうだそうだ。――コーヒーの空缶に使い古しの油を三分の一入れ〝そばにネズミ用の踏台を置いて、ネズミが入り易いようにしておくと、油が飲みたくてネズミは台にのってコーヒー缶の中にとび込む。ネズミはつるつる滑って上れない。そのうち、くたびれて溺れ死ぬ。秋、山を下りるとき、それを仕掛けておいて、三月に見に来る。まだ雪があったですよ。三匹入ってた。わたしゃ、おかしくて、ひとりで笑ったね。割箸でつまんで焼いて棄てる。また踏台を置いとくととび込む。五月と六月にも見に来た。全部で十六匹とったかねえ。それでも、あとからあとからとび込む。野ネズミだから減るということがない。わたしゃネズミの顔が大ッ嫌いでねえ。ネズミに似た顔してるからコウモリも嫌いだ。コウモリも、わたしゃ三匹つかまえた。蚊喰鳥っていうくらいだから、大方蚊を追って入ってくるんでしょ。あれは嚙みつくから怖いですよ。飛べば、こーんなに大きいですよ。飛んでるコウモリは、こうもり傘ではたいてつかまえるのが一番いいんだけど。天井の隅に逆さにぶら下ってるとこに懐中電灯あてて、わたしゃ三匹もつかまえた。明るいと動《いご》けないんだ、奴らは。ゴム手袋はめて、その上に普通の軍手はめて、ひねり潰してやった——。

午後、管理所のWさんは、若い大男をつれてきて、戸袋にバルサンを投げ込み、すき間にガムテープをはり、煙でハチをふらふらにした。そのさい、大男も腕を刺された。しばらく待って戸袋の中に物干竿をつっ込んで巣をひきずり出すと、にんにく色したハチの子がぽろぽろと敷居にこぼれ落ちた。三回、竿をつっ込むたびに巣がとれた。最後に、地図の等高線に似た模様のある、煤けた半紙を何枚も重ねたパイ皮のようなものが、竿の先にひっかかってとれた。巣は提灯を三つ重ねた形の三階建で、一番上にパイ皮状の屋根がかぶさっているのだそうだ。巣にも子が大分入っていた。置き放しておくとハチがくるからと、Wさんは草むらに持って行き、ゴム長靴で踏みにじった。パイ皮状のものをはがしてみたら、内側の皺や襞のところどころに、ハチが二、三匹ずつ頭を寄せ合い、肢を縮かめて死んでいた。

夕方、草むらに棄てたハチの巣の潰れた穴の一つ一つに玉虫色の金蠅が一匹ずつたかっていたので、枯松葉を厚くかぶせた。

七月×日。強い陽が射してきた。あるだけの傘をひろげて干す。ひろげて並べたとたんに、三匹のクモがせっせと傘と傘に糸をかけわたして巣をはりはじめた。そんなに一生懸命作っても、やがてこの傘はしまうのだから、ほかのところへかけなさいと教えたいが、残念なことに言葉が通じない。このクモ、緑と黒と黄のたて縞。顔が朱。肢の先も朱色。

草むらで地鳴りのような音がしている。棄てたハチの巣にたかった金蠅が次第にふえ、おびただしい数となって、そのこんがらかった、くぐもった唸り声（？）が、枯松葉を持ち上げるようにして、中から洩れてきているのだった。まだまだ、おいしいものが残っているのだ。

冷蔵庫の具合が悪いのに気がつく。卵など、じっと握ってみると冷たくないのである。氷も出来ていない。とりあえず、古い冷蔵庫にきりかえる。棄てないでおいてよかった。二十年使った冷蔵庫は、冷える力が衰え、扉のまわりのゴムもぼろぼろになったので、去年、新しいのを買ったのだ。古い方を棄てたかったが、庭の急坂を運び上げるのには、女手ではとても無理なので、そのまま台所に置いて、物入れに使っていたのだ。古い小さい方はコンセントに差し込むと、（こういうこともあろうかと、あたしはこの日をじっと待っておりました。まだまだ年ではありません）と言わんばかり、新しい大きい方を見上げ、かつ見返すように、ちょっと斜めに身震いしたかと思うと、グイーンと案外のツヤのある音をたてて電流を体に流し込み、せっせとみるみるうちに冷えだした。新しい大きい方がきたとき、これを馬鹿にして私は悪口を言ったではないか、下駄箱にでもするかなどと、ひどいことを言ったではないか、誠に申しわけないことであったと反省した。

私は庭に出て歩きまわりながら思った。（棄てようと思ったが棄て場がないので、仕方なく放っておいた小さい古いヤツが、働きぶりを見せようと、勇んでお役に立つ、――この話は何かを象徴している、何だか教えを感じさせる）。すると、頭の中のもう一人の私が（その教えとは何ですか）と質問した。すると、あるような、ないような、大したことではないような、よく分らなくなった。

　T社寮へ冷蔵庫の修理について相談に行くと、ごみを焚いていたAさんは、すぐ電話帳で修理屋を探してかけてくれる。Aさんは七十三だか四になるそうなのに、眼鏡なしで電話帳を見ている。二、三日後に修理屋が山へ上がってきてくれることになった。

　夜、テレビで、お妾さんと本妻の葛藤もののドラマを見ていたら、ジュウと音がして停電となる。停電は長かった。

　七月×日。くもり。あけ方近くだろう。眼が覚めたとき、丁度、かなかなが高々と鳴いた。かなかなの声は、右の方角でしたり、左の方角に移ったりして、次第に遠のいていった。雨戸を閉めきった真っ暗な部屋のふとんの中で聞いていた。明るくなってくると、鶯が鳴きはじめた。犬とそっくりの声の鳥も、ときどき鳴いた。蛙の声の鳥も鳴いた。

　午後三時ごろ、修理屋が一人でくる。年寄りだ。さんざん道に迷った、とこぼす。乱暴に冷蔵庫の裏をはがし、ファンモーターが焦げている、ファンとファンモーターとサーモスタット、全部で三つの部品をとりかえれば直るが、ファンモーターを午前中に山中湖のとくい先で使ってしまって、甲府から取り寄せなければないから、今日は直せない、今週中にまたくる、と言い、帰ってしまった。

　七月×日。山を下って、図書館と役場の用事、買出しをしてから、ガソリンスタンドに、今年も来ました、と挨拶に寄る。お昼どきだからと、タツエさん（スタンドの娘）が、おむすび三個、味噌汁、たくわんを御馳走してくれる。食べ終わるのを待って、ドーナツも出してくれる。おじさんは、しゃがんでコードをひねくって何か修繕しながら、「三百六十五日なんてすぐ経つねえ。東京は暑いかね。まだまだ、これからが夏よ」と言った。おじさんは少し痩せたようだ。

休憩していたバスの運転手が、こんな話をしていた。――去年はもうお客さんが東京から来なくて散々だった。毎日毎日、テレビが、河口湖は洪水だ洪水だと騒いだからよ。なーに、実さいは、ほんの一部が水に浸っただけなのに、もう全部水浸しみたいに騒ぐからよ。あんな風にやられちゃあ、殺されたも同じよ。マスコミは悪い。マスコミはひどい。今年こそ挽回せにゃあ。湖畔の住民は、今年の夏に賭けてる。

もう一人いた運転手は考え深そうに、こんな感想をのべていた。――八ヶ岳にすっかり人気をとられた。富士山はちっとばかり古臭いんではないか。

夕方、門の前の草刈りをしていると、Aさんが、新しくきた助手の老人と通りかかり、「夕方は気持がいいから、二人でその辺散歩してこようと思って」と、手をつながんばかりに連れだって林の奥へ歩いて行った。そして十メートルばかり離れてから、突然Aさんが振り返って、「奥さんはえらいですね。本当にえらい。こんなさみしいとこに一人でいるんだから。夜なんか目がとれたみたいに真っくらくらだもん。男二人でいたって、何だかさみしくて怖いですよ」と、大きな声で言った。私は鎌をさげて立上り、Aさんに聞えるように、カラカラと笑ってみせた。本当は私はお化けが怖いタチなのだが、そのことは滅多に人に言わないようにしている。言うと却て怖さが増すから。

七月×日。午前中、修理屋来る。一万三千五百七十円（山岳地方出張代を含む）。一万五千円支払うと、たちまち機嫌よくなって、冷蔵庫を永持ちさせる使い方を教えてくれる。「電話くれればすぐ来てやる。家電（家庭用電気器具のことか）も欲しければ、すぐ持ってきてやる。いいですよ、わたし一人しかいない店だから、何だって自由なんだ」と言った。立会ってくれていたAさんが、「お宅で買えば、いくらか安いでしょ。一割とか二割かたは」と口を出すと、その件については聞えない振りをして返事をしなかった。

夕方、足元の明るいうちにT社寮へ電話を借りに行く。H（娘）は、八月はじめに仕事が一区切りついたら来るという。今日、東京は猛暑だったそうだ。受話器の奥の蒸れたような声。

Aさんは、食堂でいんげんの筋をとりながら、助手の老人に昔働いていた会社の話をしていた。「……わたしゃ、あとで調べてみたら、係長や課長より給料は上だったんだ。何しろ、わたしの仕事は……」老人は合槌をうって、Aさんの喜びそうな賞め言葉をときどき挟む。こないだうち、「今年の手伝いの人は、本当にいい人でねえ。話が合う」と、しきりに喜んでいたのは、こういう組み合せだからだ。そのとき、「去年の手伝いの人は?」と訊いたら、「ああ、あの人。秋になって山下りてからガンになって今年の正月に死んじゃった。あの人もいい人だったけど、さみしいさみしい、こんなさみしいとこイヤだって、文句ばかり言ってさ。面倒臭いったらありゃしなかったわ」と言った。Aさんは、ここ十数年来、T社寮の留守番役を続けているが、助手の老人は毎年変る。玄関の棚に、血液型と住所氏名年齢を書き入れたAさんの黄色のヘルメットが置いてあった。

さっき、庭を上ってきたとき、門柱の黒い火山岩にとまっていた黄色い蝶が、まだ同じところにいる。私が呼吸するのと同じ速さで羽をとじたり開いたりしている。日中の陽を吸いこんだ火山岩は、陽が落ちてもまだ温かい。蝶はときどき横倒しになるが、しがみついて起き直る。

テレビニュースで。

○夏休みがはじまったばかりの江戸川で遊んでいた八歳の男の子が深みにはまり、それを救けようとした八歳の男の子もはまり、一人行方不明、一人死亡。

○六十三歳の日系米人の女性が、一人ヨットで太平洋を横断、日本にやってきた。

○八月に入ると、富士五湖、それぞれの湖で、たて続けに催される花火祭り、報湖祭、湖上祭、神湖祭、涼湖祭の盆踊り大会には、甲斐路国体のために新しく作った「ふれあい音頭」を流行らせたい、と地元有志が抱負を語り、〽めぐる山々、夢のせて、つどう心に花が咲く。ロマンゆたかな歴史の跡に、花を咲かそう、咲かせよう、甲斐路国体こんにちは、ほんに嬉しやこんにちは。と、水色ぼかしの浴衣の地元の婦人連が、白足袋の足どりもやわらかく踊ってみせた。浴衣に白足袋という姿は、妙にワイセツな感じがする。

東京の町

「下町情緒が好きなのですか」。わりあいと浅草には遊びに行くことが多いので、訊《き》かれる。下町情緒がとくに好きなタチではない。浅草に行くと、いろんな人がいるので面白い。観光客がくる。外国人がくる。千葉から群馬から観音様へお詣《まい》りにくる。ちょっとお詣りに近くの人もくる。そばに山谷があり、山谷の人たちもヒマでつまらないと、観音様の裏にきて、ひなたぼっこをしている。先のとがったニセ蛇皮の靴、若葉色の背広にピンクのYシャツ、赤いネクタイといった派手なみなりの元芸人らしい老人が朗らかに通る。馬券売場に群がっている、体格わるく色黒く頭に鉢巻などしたカタギの人たちと、ツヤのいい顔に濃緑色の金縁サングラスをかけ、真白の背広と光った靴のカタギでない人たち、お揃《そろ》いの布地の洋服を着て、みるからに仲よささそうに歩く、華奢《きゃしゃ》な小さな旦那《だんな》と鬼のような顔をした大きな女房。丸椅子《いす》に脚をひらいて腰かけた古着露天商のおばさん同士の会話「あたしなんかスルメひっちぎったら歯が折れたよ」「あたしなんか干物嚙《か》んだら折れてさあ」。

ポルノ映画館の看板『馬小屋の貴婦人』――簡単で魅力のある題のつけ方のうまさに感心し、観てみたいけれど痴漢がいるにきまっている。入れない。いつだったか、瓜生岩子の記念像のそばに、新聞紙を敷いて坐り込んでいる、すごい過去がいっぱいありそうな風のお婆さんから、「来たな、パンスケ」と、一言浴びせかけられた。いい返したかったが、勝る一言が出てこず、へどもどして通り過ぎた。こういうお婆さんや古着屋のおばさんたちのようでなくては、大手を振ってポルノ映画館には入れない。浅草を歩いていると、未熟者だな、と自分のことを思うのである。

あなたの本（この間出した『遊覧日記』）に出てくる剝製《はくせい》屋を見に蚤《のみ》の市に行ったら、蚤の市の大天幕なんか、どこにもなかった。それから花やしきもずいぶん様子がちがう、といわれた。昨日あったものは今日ない。花やしきが入場無料のころは、通り抜けるだけの男女、ベンチにきて人の悪口をいう年寄りたち、ぶらぶらしている何だかわからない人たちが、いつもいた。入場料百円になったら、その人たちは来なくなった。ぶらぶらの人で「鬼退治」という遊戯機械（球を投げて胸に命中すると鬼がうなる）に、うしろ向きで球を投げて百発百中の腕前の人がいた。あまりの見事さにタダで投げさせているという噂《うわさ》をきいていたが、ついぞ行き会えなかった。名人も入場料百円になってからは、ぱったり姿を現さなくなったらしい。いまは花やしき全体、若い人向きに綺麗《きれい》に模様替され、二百円になり、ひところより若い二人連れや家族連れで賑《にぎ》わうようになった。

生活がかかっている地元の人たちにとっては、若い人がきてくれる方が嬉《うれ》しいことなのだから、よその町に住んで遊びにだけ行く私が、変わってはイヤ、などと大きな声ではとても言えない。球投げ名人やお婆さんたちは何処《どこ》へ行ったのだろうと、ときどき思い出しているだけだ。

大黒家で相席となった女二人と男一人が、天丼を食べながら話していた。前には玉の井の方に住んでいたが、浜松に引越して久しぶりにお詣りにきたという姉妹が、「これでもわたし、昔トキワ座に子役で出てたことがあるんです」という声のやさしい、話のうまい地元の男に、なつかしそうに訊《たず》ねていた。「オモカゲ、いまでもあります？」御飯を頬《ほお》ばったまま男は首を振る。「ああ、やっぱり」「眺めってものがなくなりましたね。だけど地形だけは変わりませんからね。雪が降ったりなんかすれば、いきなり昔の景色になったりしますよ」

ここ二、三年前からは、坂や路地などつぶしておしならして地形まで変えてしまう、怖いような大開発が東京ではじまった。麻布谷町の民家が立退いて、アークヒルズが出来上がっていくときは、一村を沈めてダムを作っているような乱暴な感じがした。近くに住んでいたので、その進歩した土木建築技術を、茫然《ぼうぜん》と見ていた。

出来上がったときいて、怖わごわ行ってみたら、国籍不明の一画に変わっていた。ホテルのガラス張りのレストランには、昼下がり、若年中年高年の女たちが充満していた。雪が降っても、夕立がきても、昔の景色がたちあらわれるなどということは、ここにはないだろう。

切符自動販売機

朝九時、黄ばんだ蛍光灯がどんよりと灯る西ベルリンＺＯＯ（動物園）駅。壁にも通路にも、べとべとした黒いものが滲み出ていて、大きな紙屑が散乱している。その通路にトランクを二つ置いて途方にくれたように佇んでいるトルコ人の老夫婦。誰彼となくすり寄っていって、桃色の手のひらをつき出してねだる黒人。吐いたげろの上に顔をつっ伏して寝倒れているアル中の金髪男。

ここから高架電車に乗り、一つ、二つ、三つ目の駅までは西ベルリンのうち、それから河とベルリンの壁を越えて、四つ目の駅に着く。東ベルリン、フリードリヒ駅である。駅にある検問所で検問料を払い、二十五マルクを東独マルクに両替する。

「東へ入ったら駅と橋は撮しちゃいけないぜ」と案内係のＯ（弟）が言う。商社の駐在員として西独の町に住むＯの家に、この夏一ヶ月余り滞在して、あちこちの町の動物園や植物園やサーカス（これらは言葉がわからなくても楽しめる）を見物してまわった。最後にベルリンという都を、ひとめ見てから日本に帰りたいという私をつれてきてくれたのである。折角、東ベルリンまできたのだから、ポツダムへ行ってみるか、会談の行われた場所は博物館になってるけれど、とOは駅のそばのホテルの、そういった業務を受付けている窓口へ行って、ポツダムへ入るビザを申請しようとしたが、ビザは二時間ぐらいでおりるが、ポツダムへ行くことは一泊しなければ許可しない、と窓口の金髪美女にいわれる。どういう訳でそうなるのか、さっぱりわからないが、一泊する日時の余裕がないので諦めた。この国じゃ、行きたいところを自由に歩きまわったりするのは悪いこととされているのさ、とOは言った。

ホテルの外のテラス喫茶店でビールを飲んでいると、西の空に黒雲がひろがったかと思うと、辺り一帯の花壇の花が一斉にちぎれんばかり揺れ、広い通りの向こうから一陣の風が黄塵を押しながらやってきて、ホテルの前で小竜巻となった。テラスに屯《たむろ》していた若い男女は便所にでも逃げこんだのか姿を消し、売店の男女もいなくなってしまう。

昼食後、ペルガモン博物館やブランデンブルク門など、有名な場所へ行った。さっきの風で、並木の菩提樹の葉が小枝ごと散り、いま満開の花の匂いが激しかった。人通りが殆どなく、小さな声でしゃべっても笑っても、乾いた音となって辺りに響いた。壮麗な大寺院の修復工事現場に、たった一人、職人がゆったりと手足を動かしているのが遠くに見えた。

夕暮れ、フリードリヒ駅に戻り、再び検問所を通る。パスポートを見せる。次に両替の用紙を見せる。次に正式の検査（パスポート写真と本人の顔を見比べる）。それが済むと、自動販売機でZOO駅までの切符を買う、——という順番になっているのだが、この自動販売機にお金を入れても切符が出てこないのだ。お金が戻ってくる。隣の機械も出ない。その隣のも出ない。トルコ人がやってきて入れたが出ない。トルコ人はきょろきょろして売店の人に訊いているが、売店の人は知らん顔している。もう一人、男がやってきて入れたが、その男のも出ない。男の連れらしい子供を抱いた女がきて、二人でやってても出ない。そのうちに電車がきてしまったので、そこに溜っていた十人ばかりは、皆あわてて乗ってしまった。

「この駅はいつも出ないんだ。俺は東ベルリンからの帰りは、いつもタダで乗ってくる」ときどき商用で東にくるOは面白がって言う。「売店の人ばかりでなく駅員も、そのことについて相談や質問されては困るらしい。駅員なんか眼をそらすよ。切符のことは訊いちゃイヤ、という態度だ。で、客はどうしたらいいか分からないうちに電車がきてしまうので、不審そうな顔したまま乗ってしまう。俺ばかりじゃない、皆タダで乗ってるらしい。俺が思うには、フリードリヒ駅の場合は、恐らく自動販売機がこわれているのではなく、切符が入ってないんだ、きっと。切符の生産が間に合わないことがわかってしまう方が、具合わるくイヤなことなんじゃないか。それに、もし機械の方がこわれているとしたって、修理するのは面倒だし、余計なこと言わないでおくれ、といった気持だろう。ホームのトンネルのようになってるところに、おまわりさんが立ってるので、怖いから皆切符買おうと必死になるが、あのおまわりさんは、いつもあすこにぶらぶらしてるだけで、切符のこと一度だって訊問したことなんかないのさ」

電車が走りだしてしばらくの間、隣の四人のドイツ人男女が、一マルクがどうした、二マルクがどうしたこうしたと、不安そうに切符について話し合っていたが、河をわたりベルリンの壁を過ぎたとたん、朗らかになり、歌など歌い出した。

朝、ZOO駅前の広場には、並んで脚を投げだしている浮浪者らしい男と女に、大きな赤犬がぴったりと寄り添い、二人と一匹で何かわけ合って食べていた。少し離れたところに帽子を置き跪いて、敷石に何色もの蠟石を使って絵を描きはじめている男がいた。夜、ネオンのまばゆいZOO駅広場に戻ってくると、寝台に横たわっている（ひげの生えた聖者風の）老人の実物大の絵が、ほとんど出来上がりかけていた。男は朝と同じ姿勢で、寝台の脚の部分を塗り埋めていた。帽子にお金が少したまっていた。浮浪者の男女も朝と同じ場所に並んで、赤犬も一緒に眠りこけていた。左手の動物園の囲いの奥で、オンオンと動物の吠える声がしていた。

北麓初秋

三日ばかり泊まりにきていた娘が、午後帰る。送りがてら山を下りた。河口湖の町の八百屋で、ぶどうの籠《かご》を土産に買い、娘は新宿行きの電車に乗った。改札口から見える富士山は、赤と緑と濃紺のまだらの肌をした全身をすっかり現し、西の空に浮かんだ円い形の輝く白雲が一つ、磁力に吸い寄せられるように形を崩しながら近づいてゆく。

ガランとした待合室で、医療器具などの外交販売員らしい若い男に、老人がいい機嫌の大声で話している。……今年は冬に二百年経つ杉が枯れたぐれえの寒さがきた。雪で枯れたじゃない、凍って枯れた。一メートルも地下が凍ったで根が枯れたわけだ。こんなに寒けりゃ天然自然のものは枯れるで、年寄りも死ぬかと思えば、人間は暖かく着たり、こたつに入ったりで、今年のような冬は却って気をつけるで死ななかった。老人ホームでも死なない。葬儀屋が祭壇貸す回数がいつもより少なかった。それにまた、湖上祭の花火の日はよく晴れて、こういう日によくある夕立もなかった。いかに晴れても夕立があったじゃ、空気に湿りがきて仕掛け花火はうまくいかない。わしら年寄りは有料便所の係よ。ずらーっと便所に列が並んで、十円とっちゃあさせてくたびれたけんど、うんと面白かったなあ。雨の少ない夏はぶどうもうんと甘味が出る。そんなこんなで、めったにないいい年だった……

晩ごはんを食べ終えてテレビを見ていたら、ふわーっと停電になった。二、三度力なく灯っては消え、それからずっとつかなかった。蠟燭《ろうそく》をたてて便所に行くと、暗闇から何匹ものこおろぎが、いちどきに頸《くび》すじやもんぺに跳びついてきた。コンクリートの三和土《たたき》は寒いのだ。蠅も髪の毛にきてたかる。

高窓の外に濃い稲光りが明滅するうちに、石垣とバラスを敷いた径と屋根のトタンに雨の音が走って、どっと降りこめてきた。ふとんに入ってじっとしている。海の底に横倒しになっているようだ。表の雨音とは別に、ときどきカサリカサリと紙がめくれるような音が、高い天井の梁の奥あたりでする。夏のはじめに山小屋をあけたとき、姿を見せないのでいなくなったと思っていたが、蝙蝠《こうもり》が二匹、やっぱりいるらしい。眠るまでに地震が一回あった。

眼がさめると、ケケケケと変な鳴き方をして、鳥が屋根の上の空を渡ってゆく。そのあと遠くから賑《にぎ》やかな行進曲が聞こえてきた。うちの方へやってくるらしい。楽隊がこんな早くに？こんな山ん中に？　わくわくして起きた。昨夜、停電のさいに消し忘れたテレビが、早朝のカラー調整を流しているのだった。

陽が射しはじめてから、向かいの沢の会社寮へ電話を借りに行った。「今日は幾日ですか。ここに一人でいると幾日だかわからなくなる」電話をかけ終わるのを待って、ぼんやりと窓の外を眺めながら管理人のAさんは言う。寮は十月の半ばで閉じて、山を下りるそうだ。もうストーブを炊《た》いている。「今年の夏もえらい人がいくたりも死んだねえ」「……えらい人って？」

「えらい人って有名な人。たしか、どんどん死んだような気がするよ」

Aさんは沢を上って上の道まで一緒に出てきた。井戸の底の水のような黒ずんだ青空に、ごっと底鳴りして風が吹きわたる。夏も秋も朝でも晩でも、この道から眺める富士山が一等好きだ。富士山の胸板にとりついて、という感じがある。うっとりする。

「ゆんべ、夜なかにこの道を車が通ったな。ほら、ここにタイヤの跡がついてる。この一帯はお宅とうちしかいないのに、嵐の夜なかに、ここを通ってどこへ行ったかね」七十半ばでも眼のいいAさんは、すぐさま異変を見つけ、探偵のように道を睨《にら》んでいたが、ごはんでも食べるか、と我に返ったごとく独り言を言うと、沢を下りていった。

日々雑記　十一月

ある日。

H（娘）が隣りの茶の間から、あ、おかあさん、たいへんなことが起りました、と襖越しに静かな声で言うのを、朝、ふとんの中で聞いた。襖をあけると、Hが新聞をひろげて、しゃがんだ恰好で見ていた。「ここ。ここ」人さし指で押えたところに、島尾という太い活字と、島尾敏雄さんの困ったような顔に撮れている笑顔の写真があった。

こんな風に、新聞の訃報で眼をさましたのは三度目だ。一度目はマリリン・モンロー、二度目はケネディー。一度目と二度目は、夫が枕元へきて低い小声で起した。どんな日も夫は私より早起きだった。夜中に起き出して朝御飯まで、原稿用紙をひろげた机に向ってじーっと坐っているのだから。

百合子百合子、マリリン・モンローが死んだよ。ケネディーが死んだよ。

ケネディーのときは、嘘ばっかり、とひっかぶってしまったふとんをめくり、本当だよと新聞を見せた。マリリン・モンローのときは夏の盛りで信州の山奥の湯治場に逗留していた。秋になり東京の家へ帰ると、深沢七郎さんがふらりとやってきた。当時、小説『風流夢譚』で右翼にいいがかりをつけられ、住所不定となって暮していた深沢さんは、一ヶ月に一度か二度、気が向くとどこからかやってきた。「こないだ、マリリン・モンローが死にましたねえ。あの人は腕なんか綺麗だったねえ。腕だけ写真でちらっと見てもはっとしたね。モンローだってことすぐわかった。ほかの女とはどこかちがった出来だった。でも綺麗な女は綺麗なうちに死んだ方がいいですねえ。ブリジット・バルドオなんかも婆あになるまで生きてられちゃがっかりだ。モンローが死んだとき、生きてるってことは人の死んだ知らせを聞くことだって思いましたねえ」鰻重とって食べようと夫が言っても、食べたくないと言い、あれもいらない、これも結構、とお茶だけ何杯も啜りながら、そんなことや、そのほかのこともしゃべり続けたあげく、ギターをとり上げ、途中三べんぐらい間違え、その都度丁寧に弾き直したりしながら、按摩さんのように首をかしげて「楢山節考」を歌い（泣虫の夫は聴きながら涙をこぼし）、レコードを二枚くれて、ふらりとどこかへ帰って行った。

晩の御飯は外で食べてくると言い置いて、Hは午後から出かけた。私はじっとしていられない気持を押し殺して、その日片づけなければならない用事を済ませ、夕方になって郵便局と図書館へ行った。図書館を出ると暗くなっていた。この間まで夏だ夏だといっていたのに、もう冬だ。商店街の灯りが眩しい。商店街を抜けると、古家をとりこわしたあとの草庭や材木置場がところどころにある住宅地の黒々とした道になり、その道を歩いて行くと商店街になり、抜けると暗い道になった。朝がた新聞を見て、あとでもっとちゃんとしてから考えようと、先のばしにしてきた島尾さんのことを、私は考えようとしているのだけれど（考えるといったって、いったいどう考えたらいいのかわからない）——島尾さんの顔もミホさん（夫人）の顔もどうしてだかちっとも浮んでこない。気がつくと頭の中で、たいへんなことにたいへんなことに、と、ただそう繰り返し呟やいているだけなのだった。そうやって、のろのろ歩いてきて三つ目の商店街にあった古着屋で、嘘毛皮のコートと綿入れのコートともう一枚コートを買った。

Hは先に帰っていた。赤い顔してこたつにあたっていた。私は担いできた大きな袋のなかみをとりだしてみせた。わたしの負けです、——Hは独り笑いしながら言う。

思いがけなく早目に仕事が片づいたから、駅前のおでん屋で一杯飲んだ。少し飲んだら今日はバカに一緒に飲みたい気がしたので、よび出そうと家へ電話したら出なかった。ははあ、鹿児島の島尾ミホさんのところへ出かけたんだ、と思ったから一人で飲んで帰ってきた。ドアをあけたら茶の間に灯りがついてる。こたつも赤い。鹿児島へ行くのにつけっ放しにして行ったのか、仕様がないなあ、あの人少しボケたかな。そう思って玄関へ行ったら赤いサンダルがない。いくらかまわない人でも、あの汚い赤いサンダル履きで鹿児島へお悔みに行く筈がない。そうだ、赤いサンダル履いてゴミ捨て場にゴミ捨てに行ったのだ。それで灯りもつけっ放しなのだ。ではわたしはこたつに入って一休みしましょう。——いま、そこまで考え及んだところへ、大黒様みたいに袋を背負ってよろよろ帰ってきたではありませんか。わたしの推理力は二転三転しながらも相当に鋭かったつもりですが、まさか遠くの古着屋で古着買っていようとは、そこまでは推理が働きませんでした。そういえば、おとうさんが死んだときも、おかあさんの衝動買い、衝動喰いは華々しかったね。

——そうでした。私は体の中から煙が出て行くみたいに財布の中のお金を使った。あのときもコートを買った。

日々雑記　十二月

ある日。

新宿の南口の歩道を歩いていたら、すぐうしろで男の声がした。「あのー、ちょっとお話したいんですが。いいですか」すぐうしろを歩いている男に、もう一人の男が近寄ってきて話しかけたらしい。「………」話しかけられた男は何とも言わないで肯いたらしい。話しかけた男の声の調子には、おどおどしながら、図々しいようなところもあるので、よく駅のまわりに待ちかまえている「折鶴を一羽折って下さい」の運動の人か、「あなたの血は汚れています。血をきれいにして差し上げたい」の教会の人かな、と私は振り向かずに(振り向いて目が合ったりなどすれば、今度はこっちへやってくる)、首をかたくしたまま想像してみたけれど、どうもちがうらしい。

「あのー、やっぱり、稽古とか、大へんでしょうね。勝負というのは」相手はなかなか返事をしてくれない。相当考えているらしく、しばらく歩いてから、やっとしてくれる。「稽古は大へんです」

「あのー、もっと話してもいいですか。年などきいてもいいですか」「………」肯いたらしい。

「おいくつですか」「十五」

「えぇッ。十五？　ただの十五？　二十五とか三十五とか、そういうのじゃなくて？」

「………」背いているらしい。

「信じられないよなあ。大人《おとな》に見えるなあ。えらいですねえ。頑張って下さいね。優勝して下さいね。」振り向くと、紺の着物のお相撲さんだった。上の方にある顔をよく見なかったが、まだ有名でないお相撲さんだ。まつわりつくように話しかけていたのは、度のつよい眼鏡をかけた、体力もなく友達もなさそうな二十歳《はたち》前後の男だった。頑張って下さいね、ともう一度言い、ていねいに一礼してから、横断歩道の信号の方へ小走りに歩いて行った。


ある日。

玉（うちにいる猫）は今朝八時までに、日光浴をし水を飲んで牛乳を飲んで「北海しぐれ（カニアシの名前）」を食べ、毛玉を吐いてゲロも吐いて、うんことおしっこをした。あっという間《ま》に、一日のうちにすることを全部してしまった。玉は十九歳、ヒトの年齢でいったら百歳である。若い。えらい。すごいと思う。


ある日。

MさんとNさんがきて、夕方から忘年会をやった。
○とりのささみの燻製

○大根とぜんまいともやしの朝鮮漬
○里いもと椎茸と湯葉の煮たの
○かきのフライ
○牛肉バター焼
そして、貰いもののシーバースリーガルをあけて飲んだ。MさんもNさんも自営業で、今日まで仕事があった。Mさんは珍しく酔って愉快になって、友達の家へ電話をかけた。一軒は家族揃って外出しているらしく、誰も出てこなかった。一軒は女の人が出てきて、いま床屋に行ってますといった。明日は大晦日、明後日は元旦なのだ。
そのうちにMさんは、ぼくの性体験を語ろうと思う、と前置して、語りはじめようとした。Nさんは
「そんなこと言いだして、いいの？」と呆れたように心配して言ったが、Mさんには聞えなかったようだ。MさんとNさんは仲よしで、二人とも物腰の静かな人である。
Mさんは、「作家の吉行淳之介さんと水上勉さんが、昔、売春を買いに行くと、梅毒のプッツのある女の人が出てきた。吉行さんは敢えて、その女の人を買ったが、水上さんはどうしても買えなかった、と水上さんが書いていた。ぼくは、その吉行さんをエライと思う」と言ったが、くり返し二度めを話すとき、買ったのが水上さん、買わないのが吉行さん、と逆になり、あれ？　ちがったかな、と話し直そうとすると三度めはもっと混乱して、とうとうわからなくなった。

Mさんの体験談は、抽象的かつ哲学的で難かしかったので、私にはMさんがそのとき体験したのかしなかったのかもわからなかったから、Nさんの心配は杞憂におわった。お金で女の人を買うということが、ぼくには出来ないんだな、とMさんが言うと、Nさんは、「そうじゃなくて、Mさんは自分が買われてしまうのですよ」と言ったので、これは一体どういうことだろうとMさんの顔を見ると、当人もぼんやりとした顔をしていた。Nさんもきょとんとした顔をしていた。

大きな土鍋いっぱい、おでんも作ってあったのに私はすっかり忘れて出さなかった。

眼が洗われたような気持になる本
——小川徹『父のいる場所』

「(前略) 私の入院前日、木村功追悼の『真空地帯』を見にゆき、寒い夜、胃の悪さをおさえてとぼとぼ、母のいない家に帰るのはつらかった。私は母の面倒を見、老い先みじかい母を幸福にさせたいという平凡な目標のために、生きていた。というのも若いとき母をいじめた記憶があるのと、そのころから母はだんだん、私を父と、夫と、兄の三人の代表みたいに見るようになってきたからである。私に『かあさんどこへいったの』ときくとき、彼女は目の前にいる私を息子でなくて彼女だけを大事にしたトウサンだと思っているのだった。胃を悪くしてどんどん痩せ一時の七三キロが八月ごろ五五キロになって、髪もぬけてきて、ますますトウサンに似てきたらしい。だいいち毎日うまいものを買ってきて『はい、しげちゃん、食べナ』というのがトウサンなら、似たようなことを私は老母にやってきているのである。が、どこかで、本当にトウサンか？　という疑問はあるらしい。『こっちが先に死ぬかもね』とちょっと泣き言をいったら『一方が先に死ぬのはよそうね。あんたが先に死んだら、私ひとりじゃ生きられないよう』という。しばらくして『あなたダレさ。ムスコはアメリカだし、もひとりは京都だし。

トウサンかえ。兄サンかえ、ニイチャンと呼んでいるから。』肉親だけを信じ、他人のくれたもの、町で売っている食物は『毒が入ってるから』と手をつけなかった。このまもりの堅さ。それは入院でも、看護婦や家政婦のいうことは一切きかず、食物を拒んだ。だから一緒に外出してもレストランに入らず、早足で帰ってくる。『待ってよ、バアチャン』と私はいう。私は子供のときのアアちゃんというのが羞しくなった年頃以来、カアさんとは一度もいってない。カアさんというと別人のように思えるからだ。母が夏でもコタツで（火は勿論ない）ごろりと体を丸くして寝込むようになるころ、体がいいときは一緒にどこかにつれてゆくことを考えた。いや『花咲いてるかね』とその時分になると必ずきくのである。家に近い洗足はまず一度行った。私が軍隊にもっていったシワクチャな写真はその頃できた第二国道のまだ並木も植えたばかりの所に母と弟が立っている姿である。この背景の近代風の写真で、私は久しく口にしないトーストやコーヒーの食欲をイメージし、自由ヶ丘あたりの町筋を思いだした。それはささやかな自由とか近代的というイメージ。次は、私の子供のころ外地にいたときの桃や杏の花見、暇な日本居留民の仲のいい家族がつれだっての小宴会、遠足では、母は明朗闊達なクィーンのようだった。いつの正月だったか『あんたの会社、いってみたいヨー』というのでつれてったら、都営地下鉄のドームが目についたらしく『アメリカみたいだ』。よくいってたことは『長生きしたい、新しいものが見れるもの』とは、さすがわが母であるとほめた。新橋駅近くで二人でオコワを食べた。（オコワは父の好物だったのを取りちがえたのかな）あとで苦しみ全部吐いてしまった。その日だったか『映画芸術』を五〇冊おいてくれる劇場が新宿にあるので、母に相談した。イクヨ、イクヨと会社から車で新宿へ。私が運びこむ間、残り分を監視する役である。そして最後の年の三月末『花はどうだ』というので洗足。車ぎらい（ガソリンの匂いが嫌ですぐ酔ってしまう）で、近くの中延駅まで歩くよりもと考え、次の荏原町まで歩いてみた。久しぶりに町を母と歩きたかった。（後略）」

『映画芸術』という過激でとびきり面白い雑誌を、私費を投じて一人で出し続けている映画評論家小川徹さんの初めてのエッセー集『父がいる場所』が出た。その中の一篇「母のお葬式とその後」の一節。ワガママな面白い息子と、仲がいいワガママな面白い母親（息子とそっくりな性質）が、ずーっと二人きりで暮してきて、ぼけて童女に還りつつあった母親が病気になって死んだあと、一人きりになった息子が癌の大手術をうけて退院してくるまでの話だ。このように自分の家族（自分と父母と飼ネコ、それ以外は小川さんの眼中にない。よそのネコなどネコとも思っていない）について、心の赴くまま、隠さずモロに語る人を私は見たことがない。自由自在、勝手気儘。

「（前略）『性交のあとにのみ、ぼくの本当の歌がある』と書いたことがあるが、実感であるとともに不完全芸術論の応用である。すなわち、歌は未来を予知するものでもなければ、歌声や闘争とも無関係である。歌を芸術といいかえれば、もっとも甘美な性交のあとにも『弁明』や『言いわけ』があるのではないか、という問いかけにもなる。赤線から出てきたあと、ぼくは方駅への暗い横町でよくスットンキョーなマーチを口ずさんで、空白になった自己をいずれの方向かに急がせようとした。嬉しいから歌が出たのではない、本当に嬉しいとき、スクリーンに歌を出す映画作家は凡庸であろう。『アサヒ芸能』の五十三次好色ルポにかり出され、ある夏とまった姫路のホテルの女中さんと昼間お城の下の安ペンキの宿でデートしたとき、彼女は事前にいや服を脱ぐ前に、椅子に坐ってじっとしているので不安になってせかしたが『待って。煙草を一本吸わせて。この気持をしみじみと味わいたいの』といった言葉は一生忘れられない。彼女は不幸な結婚の離婚後二年、はじめて男と接することとなったのだった。嬉しいときには歌なんか間に合わない。一本の煙草が必要であった。今日、性的芸術は多いけれども性と芸術は今日ほど遠い関係になっているときはないかもしれない。もし歌が、芸術が、行為のあとの『いいわけ』『弁明』であるなら、性交後に『いいわけ』はなくなりつつあるからだ。補助作用だけがひとりあるきするはずもないのである。二時間のあと彼女は城の方へ帰っていったが、ぼくが見まもっているのに一度もふり返ることをしなかった。一年後、都合をつけて姫路を訪れて同じ場所でくり返したが、上になったぼくの顔の汗がしたたり落ちたとき、無口な彼女は『あなただったのね』といった。（後略）」「もっとダメになれ日本」の一節である。泣かせるなあ、と私はしんみりしてしまう。

二十歳から六十四歳までに書いた文章の中から選んだ三十八篇のうち、ことに私が好きなのは、この本の中の極め付「母のお葬式とその後」のほか、「老母と反猫思想」「猫と食いもの」（放りだしたように凝ってない題もいい）「もっとダメになれ日本」「途中下車の思想」だ。あ、それから「〝土着派〟女性は愛すべき?・」、今村昌平の映画に出てくるような土着派女性を実際に探し求めて、元気一杯意気揚々と東北地方に出かけて行き、相手の女性に結局いいように遊ばれて楽しまれてしまって、ひどい目（？）にあって帰ってくる話が、あけすけなのに、少々羞ずかしそうな気配の漂う文章で書いてある。抱腹絶倒しながら、男っていいなあ、とつくづく思う。

文章がうまいということなのだろうか。うまいとか下手とかそういうことではなくて、表現力がうんとあるのだ。

ある年の正月、小川さんが電話で私にしてくれた話、「いま、ふとんの中で年賀状書いてたところ。住友銀行に行くとイノシシのハンコがあるから、普通の葉書持って行って、それを押して、一回押しただけではつまらぬから何匹も色を変えて押したり、何匹も重ねて押したり、背中にのせたりして押して、年賀状作ってきた。それをいま文句を色々考えて方々へ出そうとしているところ。目方は退院してからまだ一ヶ月ぐらいだから五十四キロを保っています。『キャバレー日記』ってポルノ面白いよ。昨日はずっとテレビで映画みてた。昔の映画はいいなあ。『終着駅』が案外よかった。デシーカって助平な男だ。あんたどこか悪くない？　悪くても東大病院に絶対入っちゃダメよ。あすこはモルモットにされるからね。おれは肝臓の検査しようとしたから拒否して出てきた。一生けん命風邪ひかないようにしてさ。風邪ひくと一週間退院のびるからね。元気かってきかれりゃ今は元気だけど明日という日はお先真暗ら。元みたいにどうやったら癒るのかねえ。教えてもらいたいよ。今日は寒いの？　寒いのか。皆寒いんだな。おればっかりじゃなく。この家、方々から風が入るからせめて台所の湯沸器だけでもうまく出来るといいんだけど、買いかえなくちゃダメかねえ。どこに頼めばいいのかな。この間ネズミ十四殺した。十四。薬使ったらよろよろよろよろ出てきたよ。糞も方々に転がってたけど糞だってこと気がつかなかった。おれ、入院してる間、天井裏から階下《した》におりて暮してたらしいよ。やっぱりネズミでも本当は普通の部屋に暮したいらしいね。淋しかったらしく退院して帰ってきたら喜んで出てきた。ネズミってよく見ると案外可愛らしい顔してんのね。イノシシに似てるね。ネズミが十二年経つとイノシシになるって、おれ、そういう説考えついてさ。いま年賀状に書いてるんだ。『ランボー』って映画見た？　はじめ何やってんだろうと思ってると途中からダーンと一人で戦争はじめてさ。一人で戦争やるのよ。もっとも映画作ることじたい一人で戦争してるみたいなもんだけど。一寸待っててね……」のどがからからになると、一寸待って、と甘露飴の袋を破って純露をなめて調子を整え、再び語る。私は小川さんの表現力の素晴らしさに圧倒され、頭の中が洗われたような気がしてくる。

こういう人と友だちになれてよかったなあ、死んでしまわれては淋しい、と思っている知合が、幾人かいるが、小川さんはその一人だ。はじめて小川さんの家に行ったとき、陽がよくあたる二階の、二間をぶちぬいた仕事部屋に上ると（そこは新聞、雑誌、本、紙類が部屋中に散乱し、畳が見えなくなっていて、幾重にも新聞が重なっているため歩けば滑った。大小のネコが新聞に隠れたり乗り越えたりしてとび回って遊んでいた）、同行の娘が、何だか野原みたい、と言った。すると小川さんは、すぐさま新聞紙の波間にねころんで匍匐《ほふく》前進し、三八式歩兵銃を構えて狙い撃つ恰好をしてみせてくれた。小川さん、しっかり食べて体重をふやし、あの部屋で、映画について食物について女について自分の家族について、三八式歩兵銃を撃つように語り続けて下さい。

『マリ・クレール』の読者の皆さん。こういう本も読んで下さい。こういう型の男もいると知って、眼が洗われたような気持になると思います。きっと。

佐渡大遊覧

両津港から、十二時半出発の観光バス（大佐渡スカイラインコース）に乗る。すでに二十人ばかり乗り込んで待っている。私とＨ（娘）の前の席は五十年配のおばさん四人連れ。いずれも厚化粧、黒皮や白皮や豹模様のコートやジャンパー、並よりは一まわり太った派手なおばさんである。「しかし、あんたら、うどん食べるの早いなぁ」「トキのサト、好きやわあ。も一ぺん見たいわあ」などと、煙草をふかし、感想をのべ合っている。

雛人形みたいな顔の女ガイドが乗り込んできて、これからの行程をざっと説明し終ると発車した。加茂湖を左に国道を走る。薄の原の中に「ホテル日蓮」という看板が見える。大きな家も小さな家も黒エナメルを塗ったような黒い瓦を屋根にのせている。軒下に鶏頭が赤い。「佐渡といえば佐渡おけさ、一つ歌ってごらんにいれましょう」。一同手をたたく。アリャアリャサッサッー、運転手の囃し声にのって、ガイドがハァー、と歌いだした。アリャアリャアリャサァ、運転手は合の手も入れる。ガイドが二番を歌い終ると、白手袋をはめて真正面を向いたまま、運転手がハァー、小木はあ……と続きを歌いだした。二人の歌が終わると、バスは大佐渡スカイラインへ上りはじめる。山の向こうが佐渡金山のある相川町だという。大平高原の休憩所でとまる。紅葉黄葉の全山、遮るものなく拡がる枯れ色の平野、煙る藍色の海。佐渡の三分の二を、いま見ているのだそうだ。頂上にはものすごい風が吹きまくっていて、よろけながら休憩所に辿りつく。山に上ってきているのは、このバスだけである。「今日で店仕舞です。春まで休み。欲しければいって下さい。何でも安くします。この赤玉石の細タイ三千円を二千五百円、いかがですか」と、売店のおばさんは言う。今朝六時に家を出、上野発の新幹線の中で駅弁を食べたきり、何も口に入れてない。御飯粒のものはあるかときくと、沢根団子なら五箱残っているという。親指の先ほどに丸めた餡入りの白玉団子で、下の沢根という土地の名物だそうだ。買おうか買うまいか、一寸考えているすきに、打揃って便所に出かけていたおばさん四人組が入ってきて、五箱とも買ってしまった。おばさんたちは赤玉石のペンダントも何箱か大ざっぱに摑んで購入した。なに、金山へ行けば御飯粒のもの、きっとあるさ。なにしろ金山なんだから。そう思い直して何も買わずに私はバスへ戻った。

バスが下りはじめる。「皆様。ドーユーのワレトが見えてまいりました」。左手の黄葉の山のまん中がV字に切りとられ、白茶けた絶壁の岩肌に、人一人がかがんで入れる大きさの穴が無数にあいている。道遊の割戸とよんで、昔山師がわれもわれもと崖にとりついて露天掘りをした結果、形が変ってしまった山なのだそうだ。

＊

「ゴールデン佐渡」は、佐渡金山鉱脈西端にある宗太夫坑（江戸初期、山師宗太夫がこの地区を請けおって掘った、金山中もっとも良質の鉱脈）を史跡として一般公開したもので、坑内には電気仕掛の人形をおいて、江戸時代の鉱石採掘、水替作業の様子を再現して見せている。入場料五百円。琴の音楽とともに、イラッシャイマセ、の挨拶が入口ではくり返されている。首の動く人形。手の動く人形。水の音、トンカチの音、岩にこだまする何かが崩れ落ちる音。休憩所と題のついた場面では、洞穴内に敷いたゴザに寝倒れて休息をとる人足たちが、早ク外ニ出テエガ……。酒ガ飲ミテエ……。アアアア、ナジミノ女ニモ会イテエナア……、と電気仕掛で科白も言う。土産物屋の、盃、コップ、キーホルダー、人形、大黒、小判、灰皿、団扇、ひょうたん、すべて金色に塗ってある。眩しい。坑道から出てきた見物客は夢遊病者の如く飾りケースの間をさまよって、見るだけは見るが、買わない。御飯粒のものはなかった。

相川町の海岸に出て、尖閣湾水族資料館で休憩。風が強いため海中透視船は欠航。ここの売店にも御飯はなかった。二人はいかの丸焼きを食べてお茶を沢山飲んだ。佐渡おけさの踊り方ハンカチが三百円。三十秒ぐらい考えて、買わない。

七浦海岸と長手岬へ向ってバスは走る。逆光の西陽に真黒く見える岩礁の間へ、もみ上げ押し上げて行ってはサイダーの泡のように散る波。「この辺りは水平線に入る太陽の景観が見事であり、ひょっとすると今日はそれが拝めるかもしれません。では再び、ドライバーによる相川音頭を。……………ハイハイハイ」ガイドに囃され、西陽をうけて赤い頸すじの運転手が上気した声で歌いはじめる。〽ドット笑ウテ立ツ浪風ノ、荒キオリフシ義経公ハ、イカガシツラン弓取リ落シ……。

「皆さまあの岩は何に見えますでしょうか。猫。ハイ、猫岩と申します。背を丸め海の魚を狙う姿でございます」。バスが走り出すと窓外の景色は殆んど見ないで、いっせいに眠りに入るおばさん四人組はパッと眼をさまし、「何やて？　猫の形？　わあわあホンマやあ」と騒ぐ。そして、すぐまた眠りに入り、次の入江でのガイドの声に「弁天さんやて？　夫婦岩やて？　わあわあホンマやあ」と騒ぎ、また眠る。おばさんたちが、いかにバス旅行の熟練者《プロ》であるかがよく分った。

終点、長手岬に着くと、「お客さん、中においしい純金茶があります。飲んでって下さい」と肥った娘が風の中を駈け寄ってきて言う。名勝長手岬の碑の前に直立して記念写真をとる。「トキの巣ごもり」「金山小判焼」「金粉羊かん」皇太子妃御買上げの札のついた「トキ物語」などの菓子類を売っているが、買わない。相川町の海岸の旅館二軒に、それぞれ客を降し、バスは私ら二人だけ乗せて中山峠をとぶように越え、佐和田町八幡温泉の旅館まで送ってくれる。

＊

松林の中のY館。四階の部屋に入ってカーテンをひらいたとき、沈みきる一瞬前の太陽が真正面の水平線に枇杷の一切れのようにみえた。

晩御飯（橘の間という別室にて）。魚汁鍋。刺身。いかそうめん。かに。天ぷら。茶わんむし。野菜そのほか。

こういうふんい気、何というのかしら。桃山風というのかしらねえ。あんまり豪華なので、向い合った二人は嬉しくて笑いだす。笑いながら食べる。以後、眠るまで、豪華な便所に行っては笑い、豪華な床の間を見ては笑い、笑いがとまらない。

八時からフィリピンバンドのショー、八時半から民謡ショーを、地下一階のおけさホールに観に行った。

二日目。六時半。凪いだ海の中に三枚もり上って現われた白波が、五枚になり、また三枚になり、長々とした一枚になり、浜へ近づいてくる。松原にようやく陽があたってくる。Hは窓ぎわに端座し、「よーく見とかなくちゃ。もったいなくて」と真面目な顔になっている。

朝御飯（七階の食堂）。さば干物。味噌汁。ハムと卵。サラダ。海苔。果物。

「御飯おいしいでしょう。コシヒカリです」。客はまばら。十一月三日をさかいに、春までは観光のお客さんは少なくなる、と給仕の女中さんが言う。隣りのテーブルの男たちは朝鮮の材木の話をしていた。

午前中、佐和田五十里《いかり》にある青野季吉先生の碑と本興寺の心中塚を訪ねたあと、相川の町を歩いた。見通しのきく幅のせまい道は乾いて片側半分に秋の陽が深く射している。軒下に並べた盛りを過ぎた大輪の菊の鉢、ゴザの上に干してある豆さやや箒草。「塩いかあります」「甘汐するめ一夜干しするめ直売」「いびきの薬入荷」の硝子戸の貼紙。昼近いのに日蔭の店も日なたの店もカーテンをひいて人影がない。ところどころの羽目板に貼ってある『すぐです天国』の導道ビラ。動いてみえるものは床屋の斜縞のマークと煙草屋の赤い旗。右女湯、左男湯、本日お風呂ありますの札を出した三等郵便局のように小さな銭湯を一本道で三軒見た。細い浅い川が何本か流れていて、石の橋がいくつもかかっていた。陽があたる橋には長い紐で犬がつながれて陽なたぼっこしていた。どの犬も肉づき毛並がよく、頭をなでると畏まって足踏みして喜んだ。

夕方に小木の旅館へ着けばいいのだから、小木へ向かう道の途中で、どこかいいところがあったらつれてって下さい、と午後になって頼んだタクシーに言うと、運転手は、朱鷺の郷と真野御陵はどうか、佐渡博物館にも朱鷺の郷にもトキの剝製が入口に置いてあるが、建物とか中にあるものは、朱鷺の郷の方がずっと上だ、と言った。

『朱鷺の郷』入場料五百円。トキと石地蔵と順徳上皇と日蓮上人と流人がここの主役。入口のトキの剝製を眺めていると、「ここには三羽のみ、と書いてあるが、一羽は中国から借りてきているの。オスを借りてきてるからダメ。今度はメスを借りてこなきゃダメ。両方借りてこなきゃダメ。だって佐渡のトキは八十だもの」と運転手が教えてくれる。「順徳さんは独身だったというけれども、この島で三人子供が出来たね。ふたり女で、ひとり男。母親の名は隠してある。女は尼に、男は早死に。皆、この島で死んだんでしょうね。たんぼのそばに松がある。べつに何でもない場所にお姫様の墓があるよ」

シマテルヒメにタマシマヒメ、ナルシマシンノウ、三人の子供の名は、皆、島という字が入っている。

真野御陵のまわりは畑と林で、三軒ばかりある土産物屋には、内臓みたいにてらてらした大小の赤玉石があった。吊し放しの売れないおけさ人形の風鈴が、畑を吹いてくる風に鳴りつづけていた。畑の間を歩いて行って御陵の玉垣まできたとき参拝を終えた老人夫婦が咳をしながら出てくるのにすれちがった。「昔って、どこもこんな風に静かだったんでしょ？　東京も」Hが畑の道を戻りながら言う。

「もう誰もいなくなってしまったねえ」土産物屋の前で待っていた運転手は辺りをみまわしてそう言い、車を出した。「ここを下って真野の町をはずれたら小木までは信号が一つもない。車めったに通らないからね。走り放しで行けるよ。さっき御陵でおじいさんに会わなかった？　お婆さんつれた。あのおじいさんは大阪の人で一週間前に佐渡にきて、あんまりいいところなので、大急ぎで戻って奥さんをつれてき直したんだって。そんなにいいところかねえ」

＊

夕闇の中に黄ばんだ蛍光灯が灯っている平べったい家へ、つっこむように車がとまった。入口につながれている雑種の大きな白犬の頭をなでるとちぎれるように尾を振る。やっと玄関に出てきた毛糸のチョッキの丈夫そうなお婆さんが無表情無言で板廊下を東端の部屋へ案内する。毛糸のチョッキを着た別の丈夫そうなお婆さんが、食事の用意が出来たとよびにくる。

晩御飯。

鍋。さざえ。刺身。貝。かに。切身照焼。いかそうめん。いかそうめんだけおいしい。

二十四時間入れるという温泉風呂は、近所の人も二百五十円持って入りにくる。泊り客は私たちのほかには若いおとなしそうな男が一人らしい。その男は背広にネクタイしめてお風呂にやってきて、お風呂から出てきたときも背広にネクタイしめていたので、外から二百五十円で入りにきた人かと思っていたら、そうではなく、帳場でビールを一本買ったのち、「おばさん、明日は七時半に起して下さい」と頼んでいた。

部屋のTVは百円入れると六十分つく仕掛。六十分経つとすーっと消える。また百円入れる。途中で消すと新しく百円入れなくてはつかない。だからつけ放して見ている。白いワンピースの女が川ふちにいる。(誰とかと誰とかの恋もこの渓流のように激しく清らかなものだったでしょう)と男の声が語る。証券会社のCM、佐渡のTVのCMを見ている。こたつに入っていても寒いから石油ストーブもつける。

「順徳上皇は小木のカイチョー寺ってところにもきたんだって」Hが観光案内をひろげてみつける。「ヒマだったから遊びにきたんだね」。二十四歳で流されてきた順徳上皇は四十六歳で自ら食を断って崩御した。「カイチョー寺で桜を植えたんだって。見たい?」「桜咲いてないから見なくていい」「佐渡ってところは犬が可愛いですね」「相川にも佐和田にも町の中にずいぶん犬がいた。おっとりしてて吠えない」「飼い方がいいんですよ。佐渡の人のものの言い方、西国なまりがあって静かだもの」「ここの犬、ソクって名前らしいよ。ソクちゃんソクちゃんてよんでたから」

深夜、眼がさめ、音をたてないようにスリッパを踏みしめて暗い廊下を西の端の便所へ行った。手を洗っているとき、ふと戦争中の軍需工場を思いだす。

三日目。明け方、風邪をひいていた。

朝御飯。椎茸の煮たの、まずい。

宿根木までで頼んだタクシーがくるまでソクちゃんと遊んでくるといって出て行ったHが、犬に咬まれたと、絆創膏をまいた左手を抱えてぼんやり戻ってきた。

海が一望の丘の上でタクシーを降りる。岩屋山十三坂宿根木海岸近道――矢印のある急坂を下って行くと、腰板に舟板を張った小さな家が、肩を寄せ合うように建っている。家の前には川（用水路）が流れ、一軒々々にかけてある石橋を一つ一つ渡っては、お婆さんが新聞を配達していた。

軒下の飾りが珍らしい家をみつけHは写真をとった。家の横手にまわると「NHK新日本紀行により紹介された……」と、つるつるした板の立札が、きちんと立ててあった。

バス停留所前の海岸の岩場には、タライ舟が乾ききって置き放してある。シャッターのおりた食堂（夏場の海の家らしい）の脇の自動販売機からウーロン茶を出して飲む。うしろ足をひきずる白猫がきた。あんこの菓子一つやる。食べた。二つめやる。食べる。三つめ、食べ残し、うしろ向きになって全部吐いた。

「いいもんみつけたと思うと、NHKの『新日本紀行』か『関東甲信越小さな旅』がちゃんとやっちゃってるんですよね」「NHKはチベットも南極も世界中行ってないところはないですからね」

「矢島経島もこんなところでしょうねえ。何だか、もう行った気になってしまいましたよ」

「そうですね。あたしは磨崖仏も見たような気がしてきました」

民族資料館に入って電話を借り、タクシーを両津の港まで頼んだ。両津近く、左手に加茂湖が見えてくるころ、Hの左手が紫色のボールのようにはれあがってきた。

「ソクちゃんの本名はソクラテスだって。驚いたなあ」鬼の手でも見るように自分の手を眺めながら、ぼんやり言った。

あの頃——著者に代わって読者へ

武田泰淳『風媒花』あとがき

「ともかく苦しかった。このような材料を小説として表現する能力が自分にあるとは信じられなかった。昨年の十二月に赤ん坊が生れ、手つだいの人がいないので、おしめ洗いで下宿の階段を上ったり下りたりした。新長篇の予告が掲載されてもまだ一枚も書けていなかった。何故約束したのかと後悔し、大きな野心など湧かなかった。書きだすと大問題がワッと襲来した。平凡な毎日を送る私にそんな難問題がつめかけていようとは予想外であった。長篇は出発するが早いか、強靭に生きはじめるものだ。それはこっちの贅肉をへぎ落し、呼吸や血行にまで干渉して来る。扱いにくい敵と同棲しているようなものだ。どんなに意地わるく出られても離れることは出来ない。離れたら斃《たお》れてしまう。何しろ向うはもう私の全身を吸いだして、こっちがやどり木と化している。私がダメなら小説もダメなのだ。少年時代に空想力だけは人一倍発達したこと、それだけが頼りだった。他人の片言隻句も記憶しているのは全部思い出してセレクトした。もちろんドストエフスキーの『悪霊』は念頭にあった。だが彼が深すぎるので想起するのが怕《こわ》かった。彼の所有していた哲学性と大衆性の、ほんの片鱗でも獲たいと私は願った。

三月に父が死に『群像』の編集者が焼香に来てくれた。

「書いて下さい。何ヵ月でも載せますから」とA君が言ってくれたのは実に有り難かった。屍臭と線香の匂いにむせながら、峯がPD工場で講演する回を書いた。十一回目にとりかかるとき、やっと私はやや楽しい、ゆったりした気分になれた。――」昭和二十七年十二月、『風媒花』が単行本として上梓されたさいの挿《はさ》み込み栞に『「風媒花」の筆者として』と題して書いた武田の文章です。

昭和二十五年の夏、武田と私は杉並天沼の空襲で焼け残った閑静な住宅地に引越しました。それまで、喫茶店の二階や、気丈な老婆の経営する連れ込み旅館の離れ、印刷屋兼不動産周旋屋の屋根裏三階部屋など、町なかを転々としていましたので、石の門があって、石段を上ると植込みがあって、というような昔ながらのたたずまいの家に下宿するのは、はじめてでした。家の持主である老未亡人は末娘夫婦と階下を使い、南側に広い廊下のついた八畳十畳の二間続きの二階を貸してくれました。東南二面が硝子戸の二階は、よく日光が入りました。小さな学生机を東の十畳間の小暗い場所に据えて、武田は仕事をしました。痰もちで始終ツバを吐きたがる上に、一日に六十本の余も煙草をふかす武田は、硝子の大きな金魚鉢を机の脇に置いて灰皿に使っていました。身の回りの品物も食器も最小限度でしたから、何もかも押入れの中に入ってしまい、広々としていました。北側の小窓からは、田んぼや畑、原っぱの広がるずっと向うを、右から左へ、左から右へ電車が走ってきて駅にすべり込み、すぐまた姿を現わして走って行くのが、パノラマのように見えました。西武線の下井草という駅が見えたのだろうと思います。

お天気のよい昼間、「眼干《めぼ》しをする」と言って、よくこの原っぱへ出かけました。そして、ザリガニとりの子供たちが騒いでいる小川の土手に腰を下すと、強度の近眼鏡を外して、徹夜の原稿書きで疲れた眼をつぶり、じーっと光りと風にあてていました。

泊り客があると、一組のふとんに上下から足を互いちがいに入れて眠ったり、まだ足りない場合は、押入れの奥にしまってある大家さん所有の蚊帳をひきずり出して、かぶって寝ました。

原稿が書けて原稿料を手にした当座がお金持、荻窪駅前マーケットの中華料理屋や鰻屋で、人にも自分たちにも奢《おご》りましたが、しばらくすると貧乏人になり、じっとしていました。それでも映画にはよく行きました。映画が盛んな頃で、駅の周辺には小さな映画館が何軒もありました。『決闘鍵屋の辻』のあまりの面白さに、自宅まで三十分ほどかかる夜道を、代り番こに仕方話をしいしい歩いたことがあります。

昭和二十六年の晩秋、子供が生れました。雨の降る晩、荻窪駅のそばにある病院までのぬかるみ道を、傘をさし男物の長靴をはいた私は、ときどきやってくる陣痛に立ちすくみながら、のろのろと歩いて行きました。送り届けてくれようと、武田も私の歩調に合わせて数メートル先を歩いているのですが、人影もなく外灯もない、水明りだけのぬかるみ道を終始無言で歩いて行く、とんでもないわるさをしでかしてしまって途方に暮れているような後姿は、忘れられません。

翌二十七年の春、武田の父が亡くなりました。

その前後の頃、私たちは赤ん坊をつれて、片瀬江の島海岸のお産婆さんの家の二階へ引越しました。料亭風の丸窓のついた二階座敷から、海辺で打上げられる花火が、いながらにして眺められました。夏場に一年分稼ぎだし、冬場はぶらぶらしているような海水浴客相手の商売人が多く、その人たちは七月八月九月の週末のお天気に一喜一憂、元気よくなったり、ふてくされたりしていました。虚業の俺にはこういう町が気楽だ、といって武田は気に入りました。丸窓の蔭に机を置いて、深夜原稿を書いていると、玄関の扉を叩いたり、大声でよばわったりして往診を頼みにくる人がありました。すると武田が立上って行って二階の硝子窓をあけ、「ハイ。桟橋を渡ってすぐ右の……　ハイハイ。……ハスイ？　なに？　そう言えばいいんですね」などと応対して取次ぐこともありました。

あの頃はボールペンなどなく、武田はGペンにインクをつけて、ひっかくように原稿を書いていました。昆虫の肢みたいにはね上る癖の字体で、あの頃は部屋数も少なく、武田が仕事をしているすぐそばにふとんを敷いて私は寝ていました。夜中に眼がさめて、ペンのきしむ音をじっと聞いていると、武田が千里の彼方に遠ざかって行く気がしました。

一九九〇〜一九九二

還暦旅行

弟のOが駐在員として暮している西独の町で一ヶ月余りの夏を過してみようと私はやってきた。還暦を迎えた自分を自分で祝ってやろうと思って。成田空港まで送ってきたH（娘）は、出発まぎわ、緊張のあまり顔に力が入ってつったっている私に向かって、「鼻水が出てますよ。鼻毛も。葉書を書いて下さい。そうすると、わたしも行ってる気になるから。一人で二人行ったようでトクだから」と手を振った。なるほど、と私は毎日走り書きして投函した。

「O氏の家の一階の住人は金持と離婚した中年のドイツ婦人で、十五、六の男女二人の子供と暮しています。一階と庭はこの人が使い、二階三階をO家が使用。一階のその奥さんは刈り上げの金髪、体格がいいので、庭の芝生で日光浴しているのをはじめて見たとき、男かと思いました。晴れた日、奥さんは半パンツ半裸の姿で庭の手入、日光浴、芝生にアイロン台を出してアイロンかけ、陽が落ちると早々とねてしまいます。ハゲの愛人がいて、昨日は遊びにきていました。家の前にとめてあるハシゴを積んだ車がそうらしい。一から十までの数と市電の乗り方を覚えました。路線とそこを走る車輛の番号がのっている地図を持って市電に乗れば、何とかどこへでも行けそうです。この辺の地名や駅名はなかなか覚えられないから（鉄のかたまりみたいな名前が多い）、運転手に地図を見せて目的の場所を指で押え、運転手が肯けば、その電車に乗るのです。そうやって、東京でいえば日本橋のような区域に両替に出かけました。ライン河に架かる橋を市電で渡るとき、河原の草原に赤と青のだんだら縞《じま》の大天幕《だいテント》と、それを取り巻く幾つもの小天幕が見えました。サーカスがきているのです!! 天幕のすぐそばには羊の大群がうつむいて草を食べていました。（この羊はサーカスの羊ではなく、ずっと川下の方から草を食べながら河原を上ってくるのだそうです。そうして次第に移動してきてO氏の家の前の草原にもやってきて草を食べるそうです。晩ごはんのときの話）

　毎晩、ごはんのあとに『明日ナントカカントカに行ってくれれば』とO氏はいいます。そしてRさん（O氏の奥さん）に『そうやってヒトをふりまわそうとしないの。御自分にあったペースでやっていらっしゃるのだから』とたしなめられています。O氏は『ネアンデルタールの遺跡というのがこの近くにあって、日本から人がくると、ここにたいてい連れてく。だから駐在員は何度もここに行くから、うんざりしてる。何度も行くからではなく、ここが少しも面白くないところだからだ。××さんはここの悪口を俺と言っていたが、翌日客を連れてここに行くと、××さんも客を連れてきていた。やあ、またきました。ちっとも面白くないところですなあ、と××のやつ、客を前にして平気で言ってるのさ……。そこにでも行ってみるかな』などとも言ってくれました。『植物園も面白いんだよ、ヒトの顔した花や虫をとる花なんかいて』と、遺跡には興味のないタチだから辞退しました。するとO氏は、虫なんかも好きかね、この辺はクモが多いから通信販売でクモとり道具というのを売ってるんだ。それを買ってあるから見せたい、と言ってクモとり道具を見せてくれました。三階の私の部屋の窓の外には、毎晩十匹ぐらい大きなクモが糸を長く垂らした先にぶら下がります。部屋の中にも三匹ばかり」

「昨夜《ゆうべ》は、晩ごはんが終わってから三人で河原のサーカスに行きました。入りは半分位。西部劇スタイルで衣裳も粗末、道化は矢鱈《やたら》と相棒を蹴とばすだけで一向に盛り上ってこないのでした。演出が古臭く陰気なのです。しかし動物の芸は一流のサーカスに負けませんでした。真白な馬が十五頭、大きいのから小さいのまで背の順に並んで狭い円形の舞台をまるで荒野を走るかのように全速力をあげて走りつづけてくれたのには涙ぐみました」

「毎日、朝ごはんが済むと、地図とO家の住所電話番号を書きとめた紙を忘れずに肩掛鞄に入れ、動物園や植物園やお城に向って出かけ、夕方、家に帰ってきます。今日も市電に乗ってクレフェルドという町に行きました。動物園は分り易い。囲みの木立の中から動物の匂いが漂ってくるから。顔が馬で、角が牛で、肢《あし》が馬で、お腹《なか》が牛の、焦茶色の動物が一頭、木柵をまわしたダダ広い泥んこのまん中に途方にくれたように佇《た》っていました。しばらく見ていても全く動かず、帰りがけにもう一度見に行っても、じっと同じ場所に佇っていました。まひるどきの植物園は草も木もうなだれて水鳥の声がときどきするだけ。見物人はトルコ人夫婦と私だけ。あとは遠くに園丁の大男が三人、スキや鍬《くわ》を持って働いているのが見え隠れしているだけ。水《すい》蓮《れん》の咲く池の畔《ほと》りのベンチに腰かけていると、金色の花房を総身に垂らした背後の大樹から、頭や肩に絶えまなく花びらや蕊《しべ》が落ちてきて、そのうちに眠ってしまいました。目がさめたら閉園時間でした」

「今日あたりが夏至《げし》。一番日が長いのではないかな。夕方、サーカス団の天幕《テント》が見下せる土手に腰かけて、買ってきたサクランボを食べ箱牛乳を飲みました。動物と草の匂いを含んだ川風に吹かれながら。私のほかには、大きな丸い背中のトルコ人夫婦と南米の人らしい男二人が腰かけていました。男の一人はどこか悪いらしく白い泡のようなものをときどき吐いていました。大天幕の中から拍手が起り、ムチの音とスペイン風の音楽が聞えてきました。大天幕とまわりの小天幕の間の草地ではさかりのついた黒い犬が二匹駈けまわり、子供が玉乗りのけいこをしていました。看板を塗り直している二人の男。肥った女が金だらいで赤ん坊にお湯をつかわせたあと、そのお湯で洗濯していました。藁を満載したトラックのそばの水色の天幕には象がいるらしい。風が強く渡ってゆくとき、天幕という天幕がふくらみ、すき間から虎の縞がちらっと見えたりします。拍手が再び大天幕で起り芸当を終えた白い馬たちが、赤い軍服の少年や黒人につれられて自分の小天幕へ帰って行きました。馬も人も首を落とし、魂がぬけたように静かに歩いていました。帽子をなくしたのに、いま気がつきました。土手に忘れてきたのです」

「O氏は晩ごはんのあと、腕に巻く財布だの、濡れても平気のコルク製名刺入、携帯ズボン用アイロンなどの通信販売や大道売りの品物から、一輪ざしや人形、鞄などの高級品まで自分が買ったものを見せ、あれ買えば、これ買えば、とすすめます。今夜は『おれの水牛の鞄見た？　見たい？　見せてやりたい』と私が返事もしないうちに一人で肯《うなず》き、しまい込んで一度も使ってないらしい肩掛鞄を出してきて、『東京へ帰ったら定年までまた満員電車で通うんだから、これ肩からさげて乗るんだ』と見せてくれました。四万円した、としばらく撫でさすり、匂いなど嗅いでから、『水牛は可哀そうだな、何だか……。水牛の一生って、ずーっと水の中に浸ってるだけで、あまりいいことなかったようだもんな。揚句《あげく》の果てに鞄になってさ』と言いました。珍しく今日は夕立。近くのフランクフルトでは竜巻がありました」

「昨日、この町は猛暑でした。今日は少し涼しかった。国境の町スイスのバーゼルに三人できています。O氏は会社を休みました。今朝六時のホテルの窓からの景色。茜の空に巨大な鰻のような雲が三本、左の方に白くなった丸い月。老人が一人、大きなトランクを軽々と提げ、昂《こう》然《ぜん》とした姿勢で車も人影もない道路を横断してゆきました。こっちの老人は皆、丈夫そう。顔はしわくちゃでも体格がよくて、自分一人でせっせと何かやってる。こないだ、食堂の入口で老婆が丸太ん棒のようにばったり倒れ、うつ伏せの顔の下から血が流れ出てきました。まわりの人も本人も騒がない。鼻血ぐらい出しても平気ね。ここの動物園はホテルから歩いてすぐでした。いまは子が生れた時期で、ほとんどの動物がヒナをつれたり抱えたりしていました。出来るだけ自然に近い環境で、さり気なく飼っている感じ。犀《さい》などもすぐそばで仰ぎ見、肛門と尻尾のうまい出来具合に、すっかり感じ入りました。じゃれかかる猿の相手をしながら、猿山の糞をへぎ落し、たわしとホースで叮寧《ていねい》に洗っている大男の飼育係をじっと眺めていたO氏が、『あーゆー人の奥さんはどーゆー気持かなあ』と言ったので、『ボーダー』という映画の話（アメリカの警官が、派手好みの女房《にょうぼう》のためにローンが嵩《かさ》み、メキシコ国境の警備官となって都落ちする筋。ジャック・ニコルスン扮《ふん》する真面目《まじめ》なそのお巡《まわ》りさんが、ある晩お酒を飲んで、女房に聞えるような聞えないような声で、本当は公園のアヒルの飼育係になりたかったんだ、と呟やく）をしてやりました。しかし、O氏は猿山の方に気をとられてろくろく聞いていなかったようでした。動物園に入るとO氏は途端に活気づき饒舌《じょうぜつ》になり独り言を呟やいたりします。いつもは私をねえさんとよんでいるのに、ねえちゃんなどといって。やあ、こいつはこんなこと滅多にやってくれないんだぜ、嬉しいじゃあねえか。とか、何でこんなものに生れちゃったのかなあ。寝たままおしっこしてらあ、などと口調も町のあんちゃん風となってはしゃぎます。私へのサービスもあるのでしょうが。三十数年昔、あんたをつれてO氏の下宿を訪ね、近くの上野動物園へ行ったことを思い出しました。大きなでんでん虫だねえ、と深く溜息《ためいき》ついてアシカに見惚《みと》れているあんたを見て『ねえちゃんて子供に何にも教えねえのか。名前ぐらい教えてやれよ。何だかな、かわいそうだ』とO氏は憤慨しました」

「いまごろ、このように晴天が続くのは、この辺では珍しく、近年にない最高のいい夏がきているのだそうです。今日町を歩いていて、柳に似た葉が黄ばんで散り、踏まれておが屑のように道路のはしに吹き溜っているのを見かけました。ふいに秋が来るのかもしれない。昨日は晩ごはんのあと、女ばかりのサーカスを観《み》に行きました。帰りは夜十二時位でした。西部劇サーカスはもう天幕をたたんで移動しました。この頃私はまわりがドイツ語でしゃべっていることに何の不思議も違和感もありません。だからドイツ語で話しかけられても、平気で日本語で自分勝手なことを返事してます。こんな具合になると、たいてい旅は終りね」

名刀で切りとったような景色

吉行淳之介『街の底で』

「……『エスカレーターって、生れてはじめて乗ったわ』彼の耳もとでささやいた女は、屋上の金網に獅嚙みつくようにして風景を眺めている。佐竹も、もの珍しそうに、あたりを見まわした。屋上には、たくさんの人影があった。……中略……夕方の光を脊に受けて、ものぐさそうにベンチに坐っている男がいた。『ちょっと火を貸してもらうか』その男は、よれよれの上衣のポケットを探り、折れ曲った煙草を取出した。『そろそろ冬だね』男は話しかけてきた。『そうだね』『冬は厭《いや》だね、困るね』……中略……佐竹のガイドの女は、屋上の四方の柵の一つ一つに歩み寄ってゆく。東西南北の景色を眺めるつもりらしい。……中略……男はベンチから立上って、あらためて腰をおろした。窺うような視線を、佐竹に走らせると、『ところで、だ。あんたは、お友だちになってくれる女の子は、欲しくないかね』男のものぐさな姿勢に、一瞬、気合いがこもったようだ。そのとき、金網に顔を押しつけるようにしていた女が、振返って叫んだ。『あんた、火事よ。煙が上っているわ』『魚でも焼いているのだろう』佐竹は大きな声で答えて、ベンチから動く気配をみせない。傍の男は、女の様子を鋭い眼で眺めていたが、『あんた、だって？　あれは奥さんか』『いや』『恋人かな、ひどい恋人を持っているねえ。さっそく、おれが紹介する女と取り替えたまえ』『いや、恋人じゃない。あれは、観光ガイドなんだ』『ガイド？　それはますますひどい。よくあんなものと契約したね。おれが世話しようという女に比べると、月とスッポンだな』……」

この男がデパートの屋上を客引きの舞台に使っているポンビキとわかり、誘われるままに主人公（佐竹はコピーライター）が契約金を渡すと、男は某デパートの一階と二階に、胸ポケットに赤と緑だんだらのキャップをはめた鉛筆をさしている売り子が何人かいる。その子にQからきいたと話をもちかけてごらん、と教える。

「……そのとき、ガイドの女が佐竹に近よってきた。『もう暗くなってきたわ。景色が見えない。今度はどこへ連れて行ってくださる』男は、その女に一瞥をあたえ、佐竹の耳に口を寄せると、『ひどいタマに捉まっているなあ』『うん、東京ははじめてだというんだ』……後略」

長篇小説『街の底で』（角川文庫）の中の最も好きな場面だ。屋上からの眺めを、これは東京の景色だ、東京の空気だ、と思い、主人公とへんな男（この人がなかなか魅力がある）がやりとりする絶妙な会話を、東京の男だ、東京にいる男だなあ、とつくづく思いながら読む。四百字原稿用紙十枚ほどのこの場面を数枚の都合で全部書き写せないのが残念です。男って、デパートの屋上で、こんな会話するような目にあっているのか、いいなと思う。私など、デパートの屋上で錦鯉を見ていたら人工芝生で滑って足を挫いた。

吉行さんは景色をくだくだしく書かれない。二行か三行だ。しかし、名刀できりとったようだ。それから、その景色と吉行さんの関係のし方が、何とも、私は好きだ（景色の前か後に、たいてい女が絡まっている）。

本郷台町

東大赤門前の向い側あたり、左へ入って少し行った左側、電信柱が一本あって、そこの木造二階建、たしか緑白色のペンキ塗りで郵便局のような泌尿器科医院のような洋風の焼け残りの家だった。緑白色のペンキはひびわれてめくれていた。神田神保町から本郷まで、筑摩書房へ行くとき、電車に乗った覚えがない。節約もしていたからだと思うが、ぬけ道の近道を上り下りして歩いて行ったように思う。あの頃は皆、歩くのは平気だった。∧形のさしかけの軒がついた小さな入口の前にコンクリートの段々が二段あった。私はいつも往来にしゃがんで靴の先を布か塵紙で拭いてから段々を上った。

「ごめん下さい。神保町のRからお勘定を頂きにあがりました」入ると長細いカウンターが右の奥までのびていたように思う。それで仕切られた向う側に事務机が並び、社員がうつ向いて事務をとっていた。カウンターの右はしまで行って直立し、私はそう言う。すると、奥の衝立の蔭から古田さんがのっそりと照れ臭そうに出てこられた。足音がして二階からおりてこられるときもあった。私はハトロン封筒に入ったお勘定を頂いて帰る。領収書に判コを押したり、封筒の中身をあらためさせて頂いたりした覚えがない。

その頃の私は、神田神保町の、明るいうちは喫茶店、日が暮れると酒場になるRで働いていた。従業員は女一人（私）と男二人（バーテン兼支配人のNさんとNさんの甥の雑用係の少年）。Nさんは店主が二階で経営している出版社に入ったはずだったのだけれど、いつのまにか階下のRを手伝わされ、そのうちに白いコック帽までかぶされてバーテンにさせられてしまったという気弱の人で、全員水商売に馴れていなかった。月末になると、Nさんと私は手分けして掛取りに歩きまわった。神田周辺の本屋さんが多かった。筑摩書房もお得意先の一軒だったが、筑摩書房の場合は、社用のお勘定より、社長の古田さんのお勘定が主であった。

Rは夜になると御法度の密造カストリを出すのが人気だった。軍服に軍靴、或いは国民服、復員そのままの姿で酔払っている客もあった。昼間立寄られる古田さんは、極度の羞ずかしがりで、こわれかかった古い籐椅子に大きな体を縮めて坐り、大きな眼や耳のついた大きな顔をうつむき加減にして、お茶をすすっておられるのだが、夜になって酒気を帯び、再び現われる古田さんは、冨山房裏の年中青みどろ色の水溜りがある路地を、風を起すような大股で歩いてきて、ドアを蹴破らんばかりの勢であけ、「お嬢さん、ビール‼　カストリ‼」と叫ぶのだった。古田さんの気配がすると、私はアイスクリーム用の真鍮の缶を抱えて裏口からぬけ出し、救世軍のもっと先までスズラン通りを走って、密造カストリ屋李さんのところへ買い足しに行った。一升瓶だと途中の交番で見咎められる恐れがあった。

閉店後灯りの消えたRにやってきた古田さんが、二階の窓から踏み込もうと、裏口の板壁をよじ上り、二階のガラス窓から転がりこんだところ、見当が外れて、そこは同じ造作の長屋である隣りの二階だったから、寝ていたお婆さんに大へん怒られて逃げ帰るという晩などもあった。Rは売春宿をやっているらしい、そんな噂が腹立ちまぎれのお婆さんの口から界隈にひろまっていったけれど、オヤ、ソウデスカと私もNさんも一向に気にもしないで、夜半、台風のように襲来する古田さんを当り前に迎えて、もろともに遊び興じた。古田さんは突然烈しく泣きだされる。そんなとき、私たちはこの大きな人の号泣が納まるまで粛然とした気持になって待っているのだった。

別の日、入口の前で靴を拭き、筑摩書房のカウンターの前に立って、「ごめん下さい。武田泰淳の稿料を頂きに上りました」と私はいう。こないだRの集金にやってきたばかりなのに、またきたか、と思われてはいけないので、はっきりという。一緒に暮している武田は、俺は坊主の出、稿料は布施と思いたい、といっていた。したがって滞っている稿料の請求催促をするなどは、羞ずかしく、なかなか出来ない人だった。いよいよ、暮し向きが切羽つまってくると私が使いにたつのだった。混同されてはいけないと、Rの集金のときはカウンターの右はしまで行って直立し、稿料のときは左はしで直立することに自分で場所をきめていた。たまたま両方重なった日には、先ず右はしに立ってRの用を済ませてから、左はしへ移り、あらためて使いの口上を述べた。左はしの場合は、たしかドイさんかアカダワさん（？　アカザワさんという人だったかもしれない）が出てこられた。二言三言のやりとりがあったのち、私はカウンターの上に緑に白の唐草模様の木綿大風呂敷をひろげ、ヴァレリー全集や哲学という文字の入った題の固くて重たい立派な書物類を積み重ねて包んで貰う。ドイさんまたはアカダワさんが、大丈夫ですか大丈夫ですか少し減らしましょうか、などと危ぶみながら背負わせてくれ、ぐいと立上らせてくれると、弾みをつけて貰ったその勢いで、たたた、と私は表へ出、日がさんさんと照って蟬がじいじい鳴いたりしている坂道を下り、途中ひと息も入れずに（入れたら背負えなくなる、歩けなくなる）電車道を歩き、モモさんの店へ、たたた、とまっしぐらに突入する。モモさんというのは、新刊本と古本と両方を扱う本屋の若旦那。この店に行くと普通よりいい値で買ってくれるのだった。

昭和二十三年ごろから二十五年ごろのことだ。筑摩書房はそのころ、危機に見舞われ、給料の遅配もはじまり、喘ぐような毎日であった――と、ずっと後年になってから知った。

カウンターの中で机に向い、ひたすら静かに事務をとっている人たちは、右はしに現われて集金し、左はしに現われて本を背負って帰る私の方を見ないように見ないようにしている風だった。

病気のうわの空状態をのりきるための十冊

ここのところ、いちどきに、あちこちわるくなって、心臓だの血圧だの肝臓だのの薬をのんで、芋、豆、菜っ葉を食べて養生の毎日で、心身ともにひよわです。テレビの里見浩太朗の劇を観てはツヨくならねばと励んでいる友達がいますが、私もこのうわの空状態をのりきろうと、ハードボイルド小説（警察小説というのかな、犯罪小説というのかな）を愛読しています。トマス・ハリスの二作は映画を観てから読んでみたくなって読みました。小説の方が、はるかに素晴らしく、すごかった。

① 井伏鱒二『黒い雨』（新潮文庫）
② 吉行淳之介『廃墟の眺め』（『吉行淳之介全集』のうち、講談社）
③ 深沢七郎『月のアペニン山』（『深沢七郎選集』のうち、大和書房）
④ 柳田國男『山の人生』（岩波文庫）
⑤ 東海林さだお『鵜飼見ながら長良川』（『ショージ君の東奔西走』のうち、文春文庫）
⑥ ヘンリー・ミラー『仕立屋』（『暗い春』のうち、福武文庫）

⑦　村井弦斎『台所重宝記』（新人物往来社）この本で家事のもろもろを教わっています。
⑧　ロス・マクドナルド『さむけ』（ハヤカワ・ミステリ文庫）
⑨　トマス・ハリス『羊たちの沈黙』（新潮文庫）
⑩　トマス・ハリス『レッド・ドラゴン』（ハヤカワ文庫）

思い出――夫・武田泰淳と映画

《幼年時代から五十男になった今日に至るまで、映画に対する私の感情は少しも変っていない。よくよく考えてみると、映画と私の関係は、見せる者と見せられる者、おどろかす者とおどろかされる者、喜ばせる者と喜ばされる者、つくり出す者と見物する者の関係にすぎないのである。つくり出された画面に、ただただ圧倒されることを望んでいたのであって、教祖の説教に耳かたむけて、それで満足し恍惚となる信徒の如き輩であった。おそらく私は、死ぬまで、そのような愚かしくも忠実な観客でありつづけるだろう。

私は、志賀直哉先生の姿を二回ほど、渋谷の映画館で見うけた。志賀先生が渋谷付近に移ってこられたのは、もはやほとんど先生が文章を発表することのなくなってからである。一度はお孫さんを連れてこられ、二階の一番前の席にいられた。そのとき、幼児が身体をのり出して危いので、先生ははげしい声で叱りつけていられた。おそらく先生は、孫にせがまれて映画館に来たのではなくて、白ひげの老人になって、活字などめんどくさくなっても、新しい映画だけは楽しみだという、自分の心のうごきで来られたのだと思う。と言うのは、私は、映画館の前にかかげられたスティール写真をのぞき込んで、おもしろそうか否か調べている先生の、無

邪気な姿をおみうけしたこともあるからだ。》（武田泰淳「映画と私」より一部抜粋）

五十歳になった頃、昭和三十七、八年に武田の書いた文章です。趣味は？　と訊かれると、映画と散歩かな、と答えていました。

原稿を書く仕事が一段落したとき、仕上がったとき、「さ、映画に行くぞ」と仕事部屋から出てきました。愚図愚図していて気が変わられでもしたら、と私はやりかけていた家事を放り出し、エプロンを外した普段着のまま、喜び勇んで随いて行きました。原稿を書きあぐね、思案にくれているときは、「映画に行ってくる」と、もうろうとした表情で仕事部屋から出てきました。そういうときも私は家事を放り出し、やっぱり喜び勇んで随いて行きました。

若かった頃は映画館から映画館へハシゴすることもあり、斜め向かいの次の映画館へ一刻も早く行こうと大通りを急いで横切り、二人とも自動車にひかれそうになったこともありました。

映画に行くぞ、の誘いに喜び勇み、今日明日にも生まれそうな臨月のお腹を抱えて随いて行った晩は、『決闘鍵屋の辻』（たしか黒澤明氏の脚本であった）を荻窪駅前の映画館で観ました。それまでに観た時代劇とはまるでちがった時代劇映画に眼からウロコがとれたように感動、興ふんのあまり家まで三十分ほどの暗い夜道を道幅いっぱいにひろがって、ああしていた、こうしていた、と殺陣の仕方話をしいしい帰ってきました。四十年も昔のことですが、とりわけ忘れられません。

晩年、病を得てからは、誘われるというより、足許が覚束ない人の杖代わりに随いて行きました。その頃は、富士一合目近くの山小屋で夏を過ごしていましたので、富士吉田の町の映画館へ車で下り、ポルノ映画三本立をよく観に行きました。帰り、晴れた夜空に黒々とそそり立つ富士山のふところへ向かってアクセルを踏み込み、登山道をまっしぐらに走り上っていくとき、武田は助手席で好物のカッパえびせんを噛り、缶ビールを啜りながら、「ポルノ映画観て、車とばして富士山へ帰る。これ以上のぜいたくはないなあ」と、感極まったごとき声で言うのでした。

最後に映画館へ出かけて行って観たのは、ベルイマンの『叫びとささやき』でした。有楽町の横断地下道の階段で息をきらしていました。「ああいった風な小説、一度書いてみたいもんだな」と帰りの車の中で、ひとり言のように呟いていました。

他界して十六年になります。元気でいれば、白ひげの八十歳の老人となって私を供につれ、シネマスクエアの暗闇に身を沈め、『ひかりごけ』を観たことでしょう。自分の書いたものが映画化されたとき、嬉しいけれど恥ずかしく怖ろしい、と言って試写会に出席したがらず、封切りを待って町の映画館へ出かけて行き、片隅でこっそりと観ていましたから。

成田で

着替えもすませたころ、「今日乗る予定は変らないね」と、ドイツのOから電話あり。「さすがはO叔父さんですね。おかあさんのことだから、今日になって行くのいやになったなどと言いだして止めにするんじゃないかと心配になったんでしょうね。家を出る直前の時刻を見計って、というところが、何だかおかしいような、ありがたいような」と娘は笑った。タクシー、箱崎まで三千円ちょっと。手続きを済ませて成田までバス。途中で日没となる。飛行場が見えてくると、バスは音楽を流す。オードリイ・ヘップバーン主演の昔の映画主題歌。すると足の裏がむずがゆくなり、わくわくした心地がしてきた。くすぐったさは次第に上昇して、膝のあたりまでは、もう日本にいない感じ。国籍が薄まって、何国人でもなくなってきている感じ。そう言うと、「その、国籍が薄まるということは、つまり国際人になったということですね」と見送人の娘は言う。そして、窓の外を見ながら、「K（ひと頃人気のあった流行歌手）の車のトランク殺人事件は、羽田だったかな、成田だったかな。飛行場に車がとまってる景色みると思い出すなあ」と呟いた。

空港の食堂で、私かにピラフ、見送人ハンバーグ醬油味を注文する。二人ともあまり話すことがない。勘定を済ませると財布の中の日本金を見送人に渡す。見送人お金をしまい込みながら言う。「葉書をね、毎日書いて出して下さい。そうすれば、あたしも行ってる気持になるから。一人行っても二人行ったようになってトクだから」

ロビーの片隅に腰かけて出発時間を待つ。遠く黒々と連なったり離れたりして見える木立。滑走路に点滅する緑や赤の灯り。誘導の合図にしたがって、翅を傷めた巨大な蛾のように厚ぼったい翼と横腹を見せて這いまわっていた飛行機が、定位置につくと尾を立直し、満身に力をこめていきなり飛び立って行く。残照がかすかに流れる空の奥にチカッと光ったものが、蛍の光の大きさになり、光りくらげの大きさになり、みるみる飛行機の形となって降りてくる。

見送人が飴を買ってきて私に一箱くれる。くれながら、「鼻水が出てますよ。鼻毛も」と注意する。時間がきて税関を通る。見送人手前までついてきて片手を振る。「明日の朝はドイツね。何だかウソみたいね」と言う。私、頭がどうかしたのじゃないだろうか。たった一ヶ月ばかりの旅行に出るというのに、泣きそうになる。

Ⅱ

私の風土記　味

豆餅

空が真っ青に晴れわたる。いつも閉まっているお屋敷の表門が、頼んだみたいに開かれていて、玄関までの長い植え込みに、赤いカンナが咲いている。茫然《ぼうぜん》と見ている。デパートの男物下着売り場の冬物メリヤスパンツ、くにゃくにゃと沢山ある。茫然と見ている。夫（泰淳）が死に、この秋で三年だ。

夫はもの書きであったゆえ、家にたれこもって、原稿用紙を前にして座ってばかりいた。しかし、一人留守居をすることはきらいだったから、用足しに出る私は、大急ぎで行き、大急ぎで帰ってきた。「区役所まで出かけます。何か買ってきて欲しい？」煙草《たばこ》の煙の向こうで、指二本、眼鏡の下から差し入れて、眼蓋《まぶた》をしわしわもみながら、たいてい「豆餅《まめもち》 三枚」と、夫はいう。

薄黒く湿っぽい両手の指全部を、やもりの指みたいに広げたり、しわめたりして、不器用に豆餅をひきのばし、ちぎり、口に押し込み、ねぶり、のみ下した。ほうじ茶を音立ててすする。着物の脇《わき》で指をこする。「さて、ご勉強」そういって立ち上がる。「粉がくっついてる。可哀そうな助平のおじさんみたいに」自分の右の口の端を押えて私がいう。左の口の端をこすって、夫は二階へ上がって行く。

まだ暑い日もある、秋になった和菓子屋。切りたての豆餅が、三角の頭をそろえて、くんにゃりと並んでいる。水羊かんを包んでもらう間、茫然と見ている。

マスカット

その年（昭和五十一年）の秋に入ってから夫はだるさを訴えた。手術も詮《せん》ない悪性肝臓腫《しゅ》瘍《よう》と判って九月下旬に入院した。病名を夫にはいわなかった。一階のほの暗い病室に入った日も次の日も、夜遅くまで祭り囃《ばや》子《し》の音が遠くでしていた。病人はうつらうつら眠った。巡回看護婦が「武田さん」と声かけると「ハイ」と眼をあけた。入れ歯を外していたから「アーイ」と聞こえた。

三日目、葡萄《ぶどう》の箱を持って大岡昇平さん御夫妻がみえた。点滴の器具をつけた病人は実に恥ずかしそうに笑った。椅《い》子《す》を近寄せた大岡さんに向かって口を動かしたが声にならない。きき直そうとする私を制止して「わかった。わかった」と大岡さんは大きな声で病人へ肯《うなず》かれた。病人はもう一度恥ずかしそうに笑った。その夜、三階へ移った。四日目。サンルームのように明るい室の寝台からは、東京タワーと高い空が見える。「何か食べたい?」ときくと「大岡のぶどう」という。皮をむいて半分にちぎって口の端から滑らせて入れると、ほっぺたを伸び縮みさせ含んでいてから、ごっくんと喉を鳴らした。口を開け舌をてらてらさせて催促した。

「……大岡の野郎、ぶどうなんぞ持って見舞いにきやがって……アンチクショウ……」酔って御機嫌《ごきげん》のときの東京弁でつぶやいた。毎日、そんな風に葡萄を食べた。四、五日すると何も食べたがらなくなった。昏々《こんこん》と眠り、醒《さ》めると私の顔を見て笑い「すこうし眠い」と告げて、また眠った。週末が峠だと医師が私をよんでいった。

買い食い

二つ三つのころ、子守が食べさせてくれた三角アイスにあたった。次の早朝、チョコレート色のどろりとしたものを吐き、入院した。命拾いしてからは虚弱児となった。ほかの子供と同じものを食べているのに一人だけ吐いて、たちまち重体に陥ってしまう。ことに卵で作ったものがいけなかったそうだ。死なれては困る、と小学校へ上がる前位まで、男の子の格好をさせて、親は育てたのだ（そうだ）。そのころの写真を一枚だけ見たことがある。クリクリ坊主の大きな頭、水兵服の男の子が、母親にぐんなりもたれて、人さし指で鼻なんかほじっている。

三角アイス屋は、自転車のうしろに小旗をたてて、チリンチリンやってきた。男の太い指ほどの逆三角の牡丹《ぼたん》色のいれものに、真黄色いアイスクリームを一なすり、よそってくれる。その真黄色さが毒、卵が腐っているのだ、日ごろいいきかされている私は、皆がなめているのをながめるだけ。

小学三、四年のころ、金魚すくいがはじまりで止まらなくなり、家に内証で盛大に徹底的に買い食いにうちこんだ。小さな蟇口《がまぐち》なんかはまどろっこしくて、貯金箱を抱えこんで出かけた。簞笥《たんす》の形の貯金箱だった。駄菓子《だがし》屋の四角い硝子《がらす》箱の中の、甘辛く煮つまってぬれているするめは、のみこむとき喉《のど》にはりついて、けえっとなった。ニッキ。ソース煎餅《せんべい》。揚げ玉の入った炒《いた》めキャベツ。食べたものを吐く癖が、そのころからなくなった。

朝御飯

小学生、九月一日の朝、朝御飯のときは悲しい。八月のはじめから、時々刻々、近づいていた夏休みの終わりは、遂に昨日ちゃんとやってきた。今朝はもう、はっきりと夏休みではない。なのに庭では朝顔なんか、夏休みと同じに、同じよりも大輪に咲いている。蟬《せみ》も同じ調子で鳴いている。御飯をほお張ったまま、理解されない悲しみみたいなものに、うっと泣きそうである。大根の味噌汁《みそしる》を御飯にかけてみても、ずずずずと御飯の間からぬけてくる味噌汁だけを吸っているばかりである。

校長先生は始業式の話の終わりに、今日が関東大震災の日であることをつけ加えた。教室に入ると、受け持ちの先生が校長先生の話に似た話をした。それから、悲しい出来事として、夏休みに死んでしまった同級生のことを話した。河にはまって死んだ生徒もあったが、たいていは赤痢かチフスか日射病だった。それから、先生は転校生を紹介する。さっき教室に入ったときから、来ていない生徒の席に腰かけていた知らない子供が出て行って、先生と並んで、皆と礼を交した。

家に帰ると昼御飯だった。長火鉢《ながひばち》に網をかけて焼いてもらう三角の油揚げ。じぶじぶ油が浮き出てきて煙になる。そのあと油揚げは粉をふいたように白っぽくぱりぱりとなる。醬油《しょうゆ》をまあるくかけて、冷たい御飯で食べた。

おいしくて、おいしくて、そのころには朝の悲しさは、どこかへいってしまっている。

かき氷

夏休みに入ると、私と弟たちは遠縁の老婆につれられて、海辺の借家に出かけた。私が七つのときに母親が死んでからは、そうやって毎年の夏を過ごした。一度だけ夏休み中にわが家に帰ってきた記憶がある。あれは女学生になってからだ。登校日というのがあったからだ。

どの座敷にもだれもいなくて、蟬《せみ》がしゃんしゃん鳴きしきっている。夏の真っ盛りにもわが家があったのが不思議で、しんみりとした。見たこともない若造りの父——鮮やかなグリーンの海水パンツをもっこりと穿《は》いた父が、庭で水をまいていた。出征した兄のパンツを穿いているのだった。女中のEちゃんが、いつもより派手な着物である。Eちゃんて本当は美人だったのである。夕飯を父とさし向かいで黙々と食べた。「あとで氷でものみに行くか」と父がいった。

暗い坂を下ると、下の町も暗かった。消防署がいやに明るかった。すいをとって盛り上がった氷を押しかためていると、二人男が入ってきて、すいをとった。つっぱらかったように股《また》を開いて腰かけた晒《さらし》腹巻の男たちは、盛り上がった部分、全体の三分の二以上もの氷を掌で横になぎ払い、うまく床にとばした。濡れた手を一振りし、アルミの匙《さじ》でちゃちゃっとつつき、口に放りこみ、拳《こぶし》でこめかみをたたきながら、ちゃっと口に放りこみ、少し残して出て行った。私は口を半開きにして、ずーっと見惚《ほ》れていたような気がする。来たときと同じく、父のうしろを黙々とついて帰った。

苺

いまでもそうだろうか。三十年前には、日曜日午前十時になるとニコライ堂の鐘が鳴りわたった。都電通りの三階の屋根裏部屋でそれを聴いていた。二階には家主のEさん夫婦。朝鮮人のEさんは口数の少ない物腰の柔らかな人、中年のEさんより年上らしい奥さんは、のんびりした人だった。昼近く、鍋《なべ》を持って、そばの外食券食堂へ行き、一食十三円の炊きたての米飯を買ってくる。生卵など割って食べはじめると、二階から朝鮮料理の音とにおいが、暗い狭い急階段を伝わってきた。

「これ持ってな、下へ行って、きちんと座っていうんだぞ。『いまお二人が召し上がっておられるものを是非とも食べたいと主人が申しております。どうか頂きたい』早く早く」我慢出来なくなった夫は私にいう。口にほお張ったまま眼を大きくして奥さんはうなずくと、朝鮮づけや肉料理を差し出した小鉢《こばち》に盛ってくれた。Eさんはちょっと座り直したりして黙って食べ続けていた。

初夏の朝、山盛りの露地苺《いちご》に白砂糖をかけた大丼《どんぶり》を膝《ひざ》に置いた奥さんが、一階への階段の途中に、ぼんやりと腰かけていた。「これ、あたしの御飯」はればったい声で笑った。そのとき私は思った。決然と思ったので、いまでも覚えている。将来、苺を御飯として食べるような人にならなくちゃ――。

そのころ、Ｅさんが若い女のところへ行ってしまっていたのだ、と聞いたのは、ずっとあとになってからのことだった。

うな丼

昭和二十六年の秋に娘を生んだ。その夏の暑さは、ことさらだったように覚えている。ふくれ上がった私のおなか。気味わるそうに怖そうに、なるたけその部分を見つめないようにして、黙々とそばにいる夫。原稿料が入ると「鰻《うなぎ》食いたいか」と夫はいった。闇《やみ》米屋、さつま揚げ屋、進駐軍物資屋、古着屋などが雑居する荻窪駅前マーケットの中に老人夫婦の鰻屋があった。その辺りのでこぼこした泥の暗い通路に蒲焼《かばやき》の煙とにおいが濃くたまっていた。低い衝立《ついたて》の向こうで、商売人風の男と中年女が食べている。煙草《たばこ》を吸いながら待っている夫がいった。「女に別れ話きりだすにゃ、鰻食べながらすると、うまくいくそうだ」ほんとかな、そんな新派芝居みたいなこと、わけ知り顔の夫の言葉をぼんやり私は聞いている。

うな丼は、並一人前八十円、沢庵《たくあん》が二切れついていて、お茶がおいしい。蓋《ふた》をとるとマッチ箱大の蒲焼が二つのっている。耳のうしろをつたう汗を指で払いながら、ひらりと一口、蒲焼を喉《のど》に通し、たて続けに、たれのたっぷりしみた御飯をほお張る。酔ったようになる。くたびれた人が汗をふきながら一人入ってきて、もうろうと腰かけて「うな丼、並」といった。

土用丑《うし》の日には、やっぱり食べたくなる。出前でなく鰻屋へ行って食べたい。「女に別れ話きりだすときは、鰻食べながらすると、うまくいくんだって」男女の客を見やって私が娘にいう。

正宗白鳥先生

ここの食堂の一口ヒレカツはおいしい、しかし今日は断然、三色弁当、そのあと緑色のクリームソーダだ。T劇場の幕間、食堂への降り口まで人気のないロビーを走り抜けてくる。あれ？　だれよりも早く出てきたはずの私の十メートルばかり先を、小柄な洋服姿の老人が忍者のごとく降りて行く。

私より十メートル早く食堂へ到着した。本を包んであるらしい風呂敷《ふろしき》包みをわきに抱えこんで、老人は体格のいい女給仕二人を見上げている。「ダメなんですってば」甲高い女給仕の声とともに老人が押し出されてきた。写真で見たことのある正宗白鳥先生であった。いれちがいに入っていった私も、時間がくるまではダメ、と押し出された。すたすたとどこへ行ってしまわれるのか、正宗先生の後ろ姿を見ていると「バッカみたい。あの二人」背中に彼女たちの声がした。笑い声が階段を降りてきて、NさんやKさんやTさんや、にぎやかな顔と洋服がそろってやってくる。女給仕たちは、いらっしゃいませ、と今度はいう。どさくさに紛れて私も入って三色弁当を食べた。

以上――夫の代わりに芝居に出かけた私が、帰ってきて話す。ねころんで聞いていた夫は、壁に向いたまま黙っている。「……百合子は自分だけ食べたのか。……今度、もしそんなことがあったらな。正宗先生と一緒に出て行って、どこかでお食事を、というんだ。そうしてくれよ、な」何だか湿った声でいった。二十年ほども前のことだったろうか。

正宗白鳥先生（続）

『楢山節考』が上演されたときのこと。幕が下りたあと、深沢七郎さんが御馳走《ごちそう》して下さった。正宗白鳥先生御夫妻、深沢さんと弟さん、夫と私、ほかに文学者らしい人が二人だか一緒であった。食事の間、正宗先生は姿勢正しく正面を向いたまま、にこりともされなかった。

文学者らしい人が先生に向かい、なんとかでございましょうねえ、と話しかける。そんなもんではない、その人の顔も見ずに先生はいわれる。もう一人の人が、それではこんなものでございますか、というと、そうでもない、といわれる。話題が変わる。ほっとした文学者らしい人が、あれなど面白うございますね、というと、あれはわからん、といわれた。そのたびに、反射的に、その人の顔を私は見てしまうのだった。黒い洋服の白鳥夫人は終始うつむいて視線を動かさず、華奢《きゃしゃ》な肩をすぼめて隣に腰かけておられた。そろそろと手をのばしてパンをとると、細かくちぎって口に運んでおられた。召し上がるというより、パンをいじくっておられた。泣きやまれたあとのようにも見えた。

深沢さんはヒドイなあ、やっぱり姥捨《おばすて》の話は老人にはいけなかったんだ、と思った。食事が終わるころ、先生はふっと夫の方に顔を向け、何人のお子持ちか、ときかれた。娘が一人、夫が答えたら、先生はぱっと顔を崩され「それは御心配なことだな。ぼくはいない。いないより心配だ。は」と、しごく気味よさそうに笑われた。つられて、夫も私も「は」と、笑った。

拾い食い

蓼科にその夏は家を借りていた。ここに山荘のある梅崎春生さんも元気でおられた、十六年前の夏だ。八月の陽盛り、京都老舗《しにせ》の食べもの屋、という男が玄関にきた。背負包をとき箱のひき出しを一段一段うやうやしく抜いて口上を述べる。山にきたら山のものを食べてればいいんだ、そんな怖い眼付きを私にして、夫は部屋にひきこもる。

とれたてトマトや枝豆もおいしいが、手をかけて煮込んである京都のおかずも食べてみたくて私と娘は見ほれている。値をきくと、どれもがあっと驚く値であった。さきほど梅崎先生にもいろいろお買い上げ頂き、などと京訛《なまり》でいう色白女形風の男は汗もかいていない。うちではこれを三つ、と私はいった。京がんもの格好で骨董《こっとう》品みたいにてらてらした黒いものを、男は塗箸《ぬりばし》で一つずつ、厳かに皿《さら》へ移す。三つめのときとり落とし、土間のすみまで転がっていった。どうなるんだろう、あれは。

男は平静に新たな三つめを皿に移し終わると、転がったのをつまみ上げ、二十秒位見つめたあと、いきなり明け放しの玄関から遠くへ投げた。黒いものは、あ、あ、あ、と弧を描いて、門の外の草むらへ落ちて行く。男が帰るのを待って草むらへ駆けて行った。すぐ見つかった。

すぐ噛《か》んでみた。うしろに娘がきて見上げていた。娘も一口かじって私に寄越した。おいしいねえ、空を仰いで食べ合った。肉のような、湯葉のような、麸《ふ》のような、しんみりと甘辛い——あれは何だったのだろう。夕飯で正式に食べたら、感動のその味は薄らいでいた。

映画館のアイスクリーム

西洋文芸大作ものが終わって明るくなると「この席、お願いします」と、隣の男が黒い傘《かさ》を預けて立って行った。戻ってくると紙袋から最中アイスクリームをとり出して、いらないというのに私の膝《ひざ》へ二個おしつけた。ついでに自分の手もおしつけた。噛《か》みつくようにあぶあぶ食べながら男は何かいっている。

「はあ？」「今度のが終わったら、お茶でも」といっているのだった。「ありがとう。でも隣の映画館に主人と子供が入っていて、一緒に帰りますから」疑ってる顔に「隣はお岩とネコ化けでしょ。こわいからあたしだけこっちに入ってるんです。アイスクリームお返しします」というと「折角だから」と気の弱そうな会社員風の男はいう。そういわれたって、このアイスクリームはとびきりまずいのだ。私は知っているのである。

でも余りすすめるので食べた。やっぱりまずい。頭がわるくなりそう。半分食べて靴《くつ》の間に落とす。男は見ている。「これ××屋のでしょう。好きでないの。うどん粉がまじってるの。見ててごらんなさい。全部溶けないでなめくじみたいに残るんだから。××屋のを置いてる映画館に入ったときは、ノシイカを買うことにしてるんです」

すでに自分の分二個食べ終わった男は、私の膝《ひざ》に残っているアイスクリームをとり上げて紙袋にしまい「化け物映画を見る旦那《だんな》か。程度低いね」と立ち上がった。見回して隣に女のいる空席を探すと、黒い傘を持ってそこへ行って腰かけた。

水

『野性の少年』という映画。密林の奥深く、狼《おおかみ》に育てられ、一緒に暮らしていた少年が、学者（牧師だったかもしれない）の家にひきとられ、衣服をまとうこと、叫び声ではない言葉の声を出すこと、手と器を使って飲食すること、などなどを教えこまれていく。コップに注がれていく水を、少年がさもうれし気に見つめている。少年が食べるものの中で何よりも好きなのは、水。やせた小さい手で、水を入れてもらったコップを抱えた少年は、窓辺に行って、遠くにひろがる森や山の方角を、ガラス越しにぼんやりながめながら、ほんの少しずつ、少しずつ、大切そうに水を噛《か》む。

『地球に落ちて来た男』という映画。よその星の男が、たった一人で地球におりてくる。ガソリンスタンドがぽつんとある、さびれた町におりてしまう。まず用意してきた宝石らしいものを売って、地球で通用する金に替える。それから一人で歩いて行く。大きくない川がある。川の水をすくって飲んだ。はじめて飲む地球の水。デビッド・ボウイふんする、よその星の男の口から喉《のど》へかけての、ゆっくりした大写し。

そうなんだよねえ。何てったって、水なんだ。眼から鱗《うろこ》が落ちたようになって、家に帰ってきて、その光景をまねして水を飲んでみる。都心のアパートの蛇口《じゃぐち》から出る水は白く濁っている。うまくもまずくもない。それでもいまでも、映画を思い出せば、一種の体操でもしているように、まねして飲んでみる。

かまぼこ

地下鉄で向かいの男がひろげていた新聞に、朱《あか》く大きな字で、〝猛虎再び現わる〟とあった。神野寺の虎《とら》がもう一頭いたのだ、と思ったら、プロレスの記事であった。

それが昨夜の夢のきっかけだ。――そこは操車場らしい。暗くて広い。しんとしている。沢山のレールが鈍く光り、交差し合い、黒い大きな建物の中に吸いこまれている。

当たり前のように虎が出てきた。神野寺の虎だ、もう一頭残っていたのだ、と私にはわかっている。手前の左の方に黒い丸い頭と肩のうしろ影、それが私。夢の底の方でこれは夢だということも朧《おぼろ》気《げ》に感じている。レールをまたぐとき、虎が立ち止まる。私のうしろの高いところで人声がどよめく。虎は飽き飽きした風に、どこかへ行ってしまう。狼《おおかみ》に似た黒い犬が出てきた。年とっている。股《また》のつけ根が赤くむけている。レールをやっとまたぎ、よたよたと、まん中へ出て行く。うずくまりそうになるが、ぶるっと身ぶるいしてうずくまらず、じっと立っている。虎の御飯なんだな、お前は知ってるんだね、黒い丸い頭の私がそう思う。黒犬がいつのまにかいなくなった。その場所に白い犬が立っている。風が吹いてきて、メンソレータムを塗ったように、すーっといい気持ちに白犬はなった。私が白い犬となっているのだった。黒い丸い頭は消えている。

カマボコ、カマボコ、高いところから、はっきりした子供の声。あたしを食べるとカマボコの味がするのかな、犬の耳と頭を傾けて私は思っていた。

鮨屋

立ち止まっただけなのに電気仕掛けを踏んでいて自動ドアが開いてしまって「いらっしゃい」と三人位の声でいわれてしまう。テレビドラマに出てきそうな新築開店の鮨屋《すしや》。木の香がする。金色の猫《ねこ》が飾ってある。泡《あわ》のついたコップ、小皿《こざら》にかけた箸《はし》、いましがた客が二人帰ったらしい。どうということでもないのに、いやーな予感がした。それなのに腰かけてしまって「はじめにアナゴ」といってしまった。

何だか随分おいしい。妙においしい。親指ほどの御飯がまた、とめどなく食欲がわいてきそうな舌触りである。悦《よろこ》びの眼を娘と見合わせた瞬間、いやーな予感の中味がわかりかけてきた。この鮨、高いのではないか⁉ サンダルをつっかけて夢遊病者のごとく家を出てきたのだ、五千円入った財布しかない。でも、もう少し食べたい。赤い鮪《まぐろ》といかと玉子。とにかく五千円まで。「お勘定」もう？ という顔をして主人は「一万円」といった。いやーな予感の的中。家へ金を取りに走った娘が戻ってくるまで、金曜日の夕方というのに客は入ってこない。小僧が私の前に新聞を置いてくれたが、うちのと同じ新聞である。主人は俎《まないた》やそこいらをやたらふいている。

建ちかけのビルの鉄骨に区切られた赤紫色に煙る空。二人で十六個、一個六百円か。見栄坊と優柔不断の罰だ。ぐたぐたした歩き方をして帰る。そろそろ、自動ドアが開いてしまって入ってきてしまった客が、一人ぐらいはあるころだ。私たちのいた席あたりに漂うものに、いやーな予感がしてるころだ。

会食

Rおばさんが泥造りの小屋へ入って行くから私も入って行く。暗い。壁に極彩色のヒンズー教の神様の絵がはってある。寝台が一つあって大婆さんと中婆さんと赤ん坊を抱いた若い女が腰かけていた。Rおばさんは知り合いになった外国人の私を見せびらかしたくて、きたのらしい。親戚《しんせき》らしい。

女三人は耳打ちし合い若い女が出て行く。サリーの下にくるんで、いそいそ持ち帰った新聞包みをとりまいてしゃがむ。とり残しの肉がついてる大きな脛《すね》の骨二本。私に一本持たせ、一本を女たちはまわし食べする。ウ、とか、ム、とか、鼻息をもらしながら、こびりついた肉を舌でこそげ、かじり、ピチャピチャ骨をしゃぶりまわす。血すじの浮いた桃色の生肉が、ふしぎと生臭くない。こりこりして甘味がある。骨の厚ぼったい冷んやりした舌触り。くすくす笑いしてふざけ合う。盲目らしい大婆さんまでしゃんとなってふざけてる。ヒンディー語だからまるでわからない。わかったのは、ヒンズー教徒には御法度のものを、こっそり手に入れてきて内緒で食べ合ってる、うっとりとした雰囲気《ふんいき》だけ。——これは実は娘がしたインドのおいしい食物の話。

あとでわかったことだけど、と娘がいう。大姑《しゅうと》と姑と嫁、未亡人が三人で暮らしてる家なんだって。若嫁さんの旦那《だんな》は死んだばかりなんだって。ひどく貧乏そうなのに、旦那のいる人たちより、何だか自然で屈託なさそうでね。食べちゃいけないもの食べるって、元気が出るのかもしれない。

テレビ日記

①

富士北麓に山小屋を建てたのは、十七年ほど前になるか。それからは東京と北富士を往ったり来たり、一年の半分ぐらいをそこで暮してきた。ガソリンスタンドや整備工場やタイヤ修理所に出入りする地元の人たちとつき合いはじめるようになった頃のこと。

「東京はどこかね？」

「赤坂」

「東京タワーが近えら？　テレビ局もあの辺にゃ、たんとあるら？」

「うちのそばにＴＢＳというのがある」

「芸能人がぞろぞろ歩いてるら？」

「ぞろぞろは歩いてない。たまに見かける」

「往来でかね？」

「そう。すれちがう」

地元のおにいさんたちの眼が輝やいてきて、腰かけたまま股の間に手を入れて椅子をグイとひき寄せる。

「すれちごうだけかね？　サインとか話しかけるとかしねえのかね？」

「すれちがうだけ。あたしは買出しの途中で、紙なんか持ってないもの」

「何とまあ、苛《い》ら苛《い》らするなあ。勿体ねえじゃん」

それから、どんな芸能人が歩いていたか、を訊く。AとかKとかTとかOとか、歩いていたか、と訊く。

「小林旭なんどは？」

遠くから遠慮がちに訊いたおにいさんは、ひとまわり半ほど小さいが、そういえばどことなく小林旭風である。

私は、ただの東京の人ではなく、芸能人に道ですれちがってばかりいる東京の人として、おにいさんたちに囲まれて腰かけている。その上、すれちがっても無関心の悠然とした人物として（苛ら苛らもしているらしいけど）、少し尊敬もされてしまう。

本当をいえば、私は悠然となんかしていない。真黒なロングコートに駝鳥（？）の黒い羽根の襟巻をした尾藤イサオが、お付きを連れて歩いているのにすれちがったとき、あっと思って目の前の薬局に駈け込み、「いま、尾藤イサオがそこを歩いてました」と、おかみさんに告げて、要りもしないマスクガーゼを買って出てきたりしているのだ。

近道をして公園の中を抜けようとしたら、『Gメン75』の撮影をやっている。

いま、『Gメン75』の撮影をやってるよ。おでこに一本シワのある水色のYシャツの刑事（あの人は、どうしていつも水色の大きな襟のYシャツを着て、ポケットに手をつっこんでるんだろう）と、空手の名人の刑事が出てる。空手の名人の刑事の実物は、とてもいいよ。——その辺に公衆電話があったら、娘にかけたいが、その辺にないから、苛ら苛らして、ひとり見物している。

本屋に入ったら、殿山泰司が本を見ていた。早く娘に言いたいから、ふだんより急ぎ足で帰ってくる。

娘「今日、沢田研二見ちゃった。ホンモノ」

私「どんな。どんな。テレビそっくり？」

娘「男の人二人に挟まれて、レコード会社から出てきたところ。ふつうのGパンにふつうのシャツにセーター、ふつうの若い人の恰好してて。顔色が悪かった。遠くから見たんだけど、すぐ沢田研二と判るふん囲気。そばへ行って見ようと思ってるうちに、さーっと車に乗って行っちゃった。やっぱり、よかったなあ」

私「ふうん。顔色がねえ。悪いのねえ。なるほど。遠くからでも判るのか。なるほど」

テレビに出てくる人のナマモノを見ると嬉しがっている（しかし、政治家や評論家や作家や司会者、アナウンサー、天気予報の人、及び好きでない芸能人は見ても何ともない）。でも、嬉しいからといって、もし誰かが、沢田研二や成田三樹夫や森進一に会わせてあげましょうといってくれたら、私はひたすら辞退するだろう。

今年の秋の園遊会で、天皇陛下は市川右太衛門に「よくテレビでやってますね。今日はよく来てくれました。国民の注文もあるでしょうから、今後もしっかり」と話された、と新聞に出ていた。この前の園遊会でも、そのようなことを話されていた。この前の前の園遊会でも、そのようであった。きっと私も、芸能人に会ったら、同じことを言うのだ。「テレビで見てます。どうかお元気で。頑張って下さい」なんて、二回位言うのだ。あたしのこと、ブスのおばさんだなと思ってるんじゃないかな？　あとはそればかりが気になってギクシャクしてるだけなのだろうから。

そうだ。それから、もう一つ。何にも話すことがないから、ついつい言ってしまうだろう。

「記念にサインして下さい」

サインしてもらっている間、サインする人の手と指と爪を、すぐそばで、よくよく見ることが出来る楽しみがあるけれど、家へ帰ってくると、サインの紙は机の曳出しにしまわれてしまうだろう。サインは字なのだから、してもらっている間だけの楽しみで、すぐ忘れてしまう。それに、サインというのは、どうして誰も彼も、あんな奇妙な字ですることになってるんだろう。あの字もイヤだ。

あるとき、机の曳出しが動かなくなる。苛ら立って苦心した揚句、やっとひき出すと、奥の方につっかえていたサインの紙が、小田原提灯のようにギャザーが寄って出てくるのだ――やっぱり、道ですれちがうのがいい。

横断信号が青くなって両側から渡りはじめる。大勢の中で一人だけ、頭と肩が上下にひょこひょこ動いて歩いてくる人。三白眼の眼と眼の間にエビ印のシワを寄せて、盛り上ったようなぱりぱりの洋服を着て、――天知茂だ。

凶悪シリーズというのがあったなあ。徹頭徹尾ワンパターンで、そこがまたよくて『Gメン75』の水色Yシャツ刑事のワンパターンぶりとちがうのである。しまいにいい加減な題になってきて『凶悪の母』なんていう簡単なのもあった。『凶悪の望郷』あれが一番メチャクチャな題でびっくりした。あれには、片岡千恵蔵が、過去に影があるマドロス（？）風の老人になって出てきて、多羅尾伴内とジャン・ギャバンを一緒くたにしたような力演をしたっけ。それから、ほら、新東宝の四ッ谷怪談の伊右衛門がよかったなあ。

そんなことをさーっと思い浮かべながら、横断してすれちがう。

赤坂に暮している仕合せのいくつかのうちの一つ。

②

仕事部屋から、飲みかけの缶ビールを手に降りてきた夫は、茶の間のテレビの前に直行、ボッチをつまみ出す。灰色の四角い硝子に画が湧いてくると、パシャパシャッとチャンネルをねじりまわす。それから真正面にきて坐って、テレビに見入る。

早起きだった。朝六時ごろの農村ものから見ていた。豚のかかる病気とか、ピーマンの出荷とか、卵暴落その背景とか、——それは芝居のように筋があって、出てくるお百姓さんたちが、しゃべったり笑ったり冗談いったり、うまいのだ。本当のような、ウソのような、くすぐったい番組だった。

真珠の首飾り、スーツ姿の主婦が、背景にどっと居並ぶ、八時過ぎの奥様番組を、朝飯を食べながら見ていた。無痛分娩是非。団地の交際。冷え症。受験期の子供の夜食。さんざん見た揚句に「俺、少し女になりかけてきたぞ」と情なさそうに言った。

キックボクシングとボクシングと相撲は必ず見ていた。キックボクサーの身の上まで知っていて（アナウンサーがしゃべるから）「あいつは、なかなか感心な奴なんだぞ」と言う。『コンバット』、『アンタッチャブル』、『隠密剣士』、『忍者赤影』、『スパイ大作戦』。〃キモサベ〃も見ていたっけ。国会中継と正月のタレント隠し芸大会の中国語劇のときは「やってるよお」と、二階に声かける。すぐ急いで降りてきた。涙流して、噎《む》せて、笑っちゃって見ていた。

富士の山小屋のテレビは、NHKと山梨放送しかうつらない。雨の日は、それもうつらない。世の中から見棄てられたみたいに、ふとんかぶって寝てしまう。花登《はなと》筐《こばこ》作『細うで繁昌記』『銭の花』が、あのころ地元では大人気だった。ガソリンスタンドでも郵便局でも駅でも、この話をしていた。『銭の花』のはじめは印象的だった。「銭の花、それは白く美しくナントカカントカで……」という格言のようなタイトルを朗読するのである。

テレビの正面に坐る人が見る番組を、私と娘は見ていた。「つまらないねえ」「ヘンな顔!!」すると正面の人は、怖い目つきをチラとして「どんなもんでもバカにしちゃいかんぞ。作るのは大へんだぞ」「顔のことばかり言うな。顔より心」と言う。

（顔のことばかり言うな、といわれたっても困ってしまう。テレビというのは、主として顔と景色ばかり出てくるのだもの）（顔より心だって？　ウソだ。心より顔だ）私は心中で呟くが、妙にコワーい目つきだったから口答えはしないでいる。

そういう人でも、こればかりは見たくない、というのがあった。松方弘樹のおとうさん、近衛十四郎主演の『素浪人　花山大吉』シリーズ。汚な作りの浪人が、プレイボーイ風におどけたり、とぼけたりして、女にもてながら、自信満々、豪快に笑い、旅をするのである。「こりゃ、ひどい。いくら俺でも、花山大吉だけは見たくない」歯のない口をあけて笑った。

いまは正面席に、世帯主となった私が坐って見ている。娘も嫁に行ったから、一人でチャンネルをいじくっている。

こればかりは見たくないもの、あるかな？　いくつもある。代表として『桃太郎侍』。

襖のこっちで悪人が「お前は誰だ」と言う。襖がさーっと開いて「桃から生れた桃太郎だあ」桃太郎侍（高橋英樹）が三波春夫のような着物で現われる。毎回のサワリ。三度位見てしまった。

時代劇がキライなのではない。藤田まことの中村主水が出る必殺ものは好き。忠臣蔵はいろいろに何度もやっているが、見る。なぜだか、好きなのは畳屋の出てくるところ。明朝までに畳替しないと殿様の一大事。浅野家お出入りの畳屋が、仲間の畳屋を総動員して、夜通しかかって仕上げる場面。座敷にも庭にも畳屋がいっぱい。ぶつかったりする。狂ったようになって畳を縫う。畳職人の中に二人朗らかな人物がいて、それを人気の漫才コンビがやる。子供のころ見た忠臣蔵映画ではエンタツとアチャコがなっていた。いまやっているテレビの『赤穂浪士』の畳屋は、二万いくらかの洋服のＣＭに出ている漫才コンビがなっていた。もうじき畳屋が出てくるな、と思って待っていると、畳屋の場が必ず出てくる。満足する。『赤穂浪士』は、いま討入寸前のところまできているらしい。もう見ていない。田村正和扮する堀田隼人が出てくる。カスカスの千代紙人形が歩いてくる。一人でニヒルになりくり返っていて、どうしようもない。ニヒルすぎてか、言ってることも聞きとれない。ずっと前、田村正和はよかったのだ。

だんだん、だんだん、こんなになってしまった。体でも悪いのかもしれない。私が心配したって仕様がない。兄さんと弟さんが、考え方とか病気とかを直すように、注意してあげたらどうなんだろう。

×月×日
月曜ロードショー『ガルシアの首』メキシコの話。

解説の荻昌弘は、ちゃんとメキシコ風のシャツを着ていた。

「何故、ペキンパーにのめり込むのでしょうか?」私はテレビの荻昌弘に向って返事する。

「はい。それは感動するからです。ほかのは、感動しないからです」

ペキンパーの映画は人が沢山死ぬ。布きれみたいに、くたくたっと。死ぬときって、何て可哀そうなんだろう。

今日の男優は、ウオーレン・オーツ。ペキンパーの映画は、いつもいい役者(ことに男優は、男の中の男)が出てくる。吹替の声でなく本物の声が聞きたい。

メキシコ少女と酒場の歌うたいの女が出てくる。二人とも気が強くて、ムダなことを口走らない。「どうして?」なんて言わない。「とても駄目だわ」なんて言わない。へんちょこりんの美人は、ペキンパーの映画には出てこない。面倒くさくない。とびきりいい男(ウオーレン・オーツ)と、とびきりいい女(酒場の歌うたい)は、恋愛する。恋愛のし方がうまいなあ、としみじみ感心する。

いい男も、いい女も、くたくたっと殺されてしまった。

③

水曜日は、私のあきらめデーである。

十月と三月（だったか、十一月と四月だったか）に、テレビ番組が新装をこらして入れかわる。その前には、さよなら篇と予告篇をお祭りみたいにやったりする。その度に期待する。今度こそ、水曜日の晩にも見たい番組があらわれるか。ふしぎだ。何年経っても水曜日の晩にはあらわれない。

×月×日の水曜日の晩の番組。

八時。『風の隼人』『あさひが丘の大統領』『噂の刑事トミーとマツ』（トミーにっこりマツが死ぬ、などと傍題がある。国広富之と松崎しげるのことらしい。国広富之はトミーといわれて人気者なのだそうだが、三浦友和、近藤正臣と同様、どこがいいのか私にはさっぱりわからない）『銭形平次』『三波伸介の凸凹大学校』

九時。『家路ＰＡＲＴ２』『日蔭の女』『欽ちゃん』『そば屋梅吉捕物帳』『水曜ロードショー』（この日は、チャールズ・ブロンソンの『夜の訪問者』をやった。見たくなかった）

十時。『新日本紀行』『旅立ちは愛か』『相性判断！　あなたと私はピッタンコ』『人に歴史あり』『特捜最前線』

水曜日は、私のあきらめデーである。で、ついに、やっぱり『特捜最前線』を見ることになるのだ。

『特捜最前線』は、はじめは、たいてい面白いのだ。今日はコジャックみたいかな、と思っているうちに、いつものように刑事は張り切って相手の胸ぐらをつかまえて、つばをとばして、ありったけの声で怒鳴りだす。刑事が自分の気持を思い入れたっぷりにしゃべったり訓示したりする。筋をセリフで言う。いつものようになって終る。

でも、最後の主題歌『わたしだけの十字架』を一緒に私は歌う。いまに一回、傑作を見せてくれるかもしれない。『特捜最前線』は私のあきらめ番組である。うちの猫は『Gメン75』と『特捜最前線』の主題歌が気に入っていて、音楽がはじまると、長い尾を根元からイキイキと振りつづける。

×月×日

今日は木曜日。『怒れ兄弟!』（近藤正臣・国広富之が兄弟）『愛』『長七郎天下御免!』木曜もあきらめの日になりつつある。

12チャンネル『木曜洋画劇場』が好きだ。評判にならなかった、大作でない、二流三流映画をやる。懐かしの名作というのをやらない。局が選ぶのか、解説者が選ぶのか、多分、解説者が選んでいるように思える。その解説者は、元都知事の美濃部さんそっくりの容姿の人だ。番組の終りに、椅子に腰かけて出てきて、無表情に短く解説する。気象台の人が天気のことをしゃべっている感じだ。押しつけがましさや無駄がなく、ある種の映画の映画狂であるらしい雰囲気が漂っている。

×月×日

歌舞伎『東海道四谷怪談』お岩は中村歌右衛門。

闇、ほの明るいところも薄墨をなすったような家の中、毒ぐすりをのんだお岩が、くぐもり声でしゃべりながら髪をとかす。やがて、ごっそりと抜け落ちて、お化けになってゆく場面を、テレビの画面いっぱい、お岩の仕草の大写しで、じっくりゆっくりと見せる。

髪の毛の黒くて多いこと。持て余すように、束ね、分け、撫で、しごき、昆虫の肢《あし》のように震え動いて見え隠れする、お岩の手の甲と長い指。奉書紙に蛍光塗料を塗りこめたように白い。芝居小屋や映画館では、薄眼か片眼、指の間から見たりして、あんなに怖かったお岩なのに、ふしぎと怖くない。こんなにそばだと怖くない。すごいなあ、とただ見とれている。お岩が、親戚のわが家へやってきて、眼の前に坐りこみ、髪をとかしている。

×月×日

ニュースで。

間寛平とチャンバラトリオの一人（ひどい、ひどいわあ、のセリフをいう人）が、野球トバクをしたということで警察に調べられたらしい。そのあと、記者会見の席に並ばせられた二人が、ワルかった、ワルかった、と謝まって泣いているところがうつった。とりまいて寄ってたかって質問する報道関係の人たちは、まるで検事か取調官のようだった。何で、こんなに謝らせなくちゃならないのだろう。イヤな気分になる。

×月×日　あと二、三日で今年が終る。

『ターザンの復讐』一九三四年作、アメリカ。テレビ朝日深夜映画。

小学校のころだと思う、この映画を見たのは。一年に一度、正月の休みに映画館へ連れて行ってもらえた。電車の中で、兄が「これで全部出来る」と、汗ばんだ五十銭銀貨を見せた。入口で砥粉《とのこ》色した布の靴カバーを、大人も子供もはめてもらう。じゅうたんが赤かった。つんのめりそうに歩く。ピカピカに磨かれた真鍮の手摺りを、そーっと触って、指の匂いを嗅いでみる。体中にお湯がとろとろまわってゆくような嬉しさ。見るのは、ターザンか、シャーリイ・テンプルか、マルクス兄弟か、ロイド、キートン、だった。

ワイズミュラーは、いまは、老人ホームだか、精神病院だかに入っていて、ときどき、ターザンの声を出して、あとはぼんやりしている、と、少し前の新聞で読んだ。

鉛筆細密画の絵本をめくるような、おっとりした楽しさ。象の集団が出てくる。倒れ伏したり、びっこをひいたり、名演技を見せる。「この象は、つくりものの耳をくっつけている」と、一緒に見ていた人が言った。よく見れば、その部分だけ妙にてらてら光ってこわばっている。耳の動き方がわざとらしい。その人が言うには「印度象は飼い馴らして芸を仕込めるけど、アフリカ象は出来ない。だから芸を仕込んだ印度象の耳にアフリカ象の耳型をつけて、アフリカ象に変装させているのだ」耳の形が違うのだそうである。その人というのは、ついこの間、娘が結婚した相手の人である。男は博識だ。私は感心してしまった。娘は私ほど感心していなかった。

カバ、ライオン、ワニ、サル、大ザル（これは縫いぐるみに人が入っている）が出てくる。ワイズミュラーは、ターザンになりたてで、若々しく端正だ。ニセのアフリカの密林や沼や滝や空に、動物の声が代る代るこだまする。うちの猫は眼をあけて、いつもと違った声を出して鳴いた。

④

×月×日

夜、九時半から『女だけの都』一九三五年フランス映画、を教育テレビでやる。懐かしの名画、というのが、私はダメなのである。ちっとも懐かしくない。それに、いくつかを除いては、これ、そんなに名画かなあ、と、昔感動した（はずの）自分を疑ってしまう。映画が変るわけがない。私が変ったのだ。ころりころり変って、すれっからしになったのだ。

で、九時、10チャンネル日曜洋画劇場『ヤングフランケンシュタイン』を見る。フランケンシュタイン博士の孫（主人公）になる役者は、どうということもない。ドイツの田舎のお城に棲む女中と、バセドー氏病のような顔の不思議な忠僕と、主人公の元愛人になる役者がいい。出てくると、とたんに映画が生き生きとして面白くなる。映画が終って、そのままにしておいたら、『独占中継!! ROCK'N ROLL BAKA 1979』というのをやりはじめた。ジョー山中が出てきて歌った。輪郭に、たちまち紫紅色のもやがまつわり漂うようによかった。大麻を吸って捕まったとき、友達のことをしゃべらなかった（と、私の知り合いは皆言っている）人は、やっぱり何だか、いい。内藤ヤス子と岩城滉一もしゃべらなかった（と皆言っている）。やっぱり、いい。内藤ヤス子も出るかもしれないと待っていたが、出てこなかった。

×月×日

買い忘れたガスのホースを買いに、夕方、外へ出る。厚い雲があって西の空がかすかに赤い。冷たくない風が吹いている。ぽつんと向うから歩いてくる人が、たいてい犬を連れている。車の影がと絶えてしまった大晦日は、道の色がよく分る。道ってねずみ色なのだな、と思う。去年の今日も確かそう思った。路地の奥から、タワシで何かを洗い流しているらしい音。「ぜーんぶ片付けて、もうもう、なーんにもしないでテレビ見るんだから……」おばさん風の声。

酒とみかんと菓子とチーズを並べて、娘夫婦と大晦日の夜のテレビを見た。（娘の家にはテレビがない）

『紅白』と『ロックフェスティバル79・紅白だけが祭りじゃない』と『ウエスト・サイド物語』。チャンネルをあっちこっちした。合間に年越そばの支度をした。その結果、紅白で見たかった沢田研二と美空ひばりを見損なった。ひばりが出ているころの紅白は活気があった。ひばりが、あっという衣裳で現われた。楽しみだった。明治天皇の奥さんの髪型で、頸飾りも手袋も扇子も明治天皇の奥さんみたい、塀のように張り出したロングスカートをゆらゆらさせて出て来た年があった。金鳥蚊取線香のCMにも、人形秀月（だったか久月）のCMにも、そうですか、さぞかし、いいんでしょうねえ、と肯《うなず》かせてしまう圧倒的説得力があった。あの、いまやっている京都呉服センター（協会、だったか）のCM。左手にキンキラの和服のお嬢さん方が五、六人並んでいる。正面奥の座の緋もうせんの台に、貫禄十分どっしりと和服のひばりが坐っている。頭上に赤い大きな傘がさしかけられている。お茶をたてながら、ひばりが歌う。「あーあーああ、きょおおとお、ごふくのぉ、うつくしさぁ」字あまりの文句に、私が作ったような節だ。（もしかしたら、作詞作曲も、ひばりかひばりの家の人がしたのかもしれないが）ほかの人が出てきて、これを歌ってお茶などたてたりしたら、いやになってしまうけれど、ひばりなら、よろしい。

紅白が終ると、すぐお財布を持ってコートをひっかけて、表へ出た。アパートの長い廊下は、水が流れるように冷たく暗かったが、ところどころの扉の内側で、ことっことっと台所の音がしていた。その奥で、早口でまくしたてているようなテレビの音がしていた。一階の廊下のSさんの扉の前に、夫婦らしい若い二人が佇っていた。まだ今年のはずなのに、男はもう白羽の矢を持っている。「いるかな?」なんて言ってブザーを押し「あれ?　やっぱりいないかな?」と言って、またブザーを押している。アンサンブル和服を着込んだ男はいそいそしているが、女の方は家で立働いていたままの恰好で出てきたらしく、セーターにスカートで髪もくちゃくちゃ。嬉しそうでない。S家の人は、しんとして出てこない。

裏隣りの氷川様へ初詣。例年のごとく、おみくじをひく。五十円。末吉と出る。くずれゆく心を神に祈るなり云々、という歌が書いてある。己の心に根底があるか、反省せよ、と書いてある。以下あまりよくない。何だかあたっている。神とはきっと氷川様のことだ。百円玉をもう一つあげて、前より大きく拍手《かしわで》をうつ。——テレビとは関わりもないけれど、書いてしまった。

帰ってきて、またテレビを見る。さっきまで、大晦日中継放送や司会で奮闘していた人気芸能人たち、同じ人が、男は光った洋服や黒紋付に変り、女は振袖や中国服に羽など頭につけて、あけましておめでとう、と出てくるのを見ている。男は紅白粉をつけないから、疲れて油の浮き上った黄色い顔になってきている。声もかすれてきている。

「八〇年、未来をこの手に!」ジョンソン宇宙センターからの特別中継もあるという。はじめ、宇宙センターの運動場みたいな原っぱで、テレビ局から特派された人たち（芸能人ばかりのようだった）が、おめでとう、と手を振っているだけだったので、折角行ったのに建物の中には入れてもらえないのか、と思っていたら、入れてもらえたところもうつったので安心した。湯原昌幸、せんだみつおもいて、宇宙食やロケットの中の便所などと一緒にうつった。

ＨＳＳＴ東京成田間を十四分で走る夢の車というのが、将来出来るそうで、そのひな型がうつった。

次に未来の科学として、自動海苔巻機がうつった。海苔巻の太いのが一本、延々と限りなくつながって出てきた。蛇にも似ていたが、神様のうんこという感じだった。次は、自動卵割り機。次は、自動焼き鳥機。そこまで見て眠くなった。

元日の午後。娘夫婦をつれて、親戚へ挨拶に。七時帰宅。コジャックに間に合った。ごはんを食べながら、コジャック・スペシャル『クライム80ニューヨーク殺人麻薬暴行事件・迷宮入り直前に逮捕された黒人・コジャックは鬼か仏か?』を見る。鋼色に沈むニューヨークの下町のたたずまいが、磁気を帯びて鮮やかに眼に沁み入ってくる。暗い暗い話だった。自分のことは言わない、さすがのコジャックも、今日はおわりに一言、感慨を洩らしていた。コジャック物の名作だ。

⑤

×月×日

ニュースの時間。

大平首相が出てきて、アフガニスタン情勢を眠たそうに語った。そのあと、ぱっと相好をくずし、眼も少しあけ、元気よくなって、「家庭の日」というのを祝日として設けることは有意義なことであるので、前向きに大いに検討したい、ということと、中国から特別の好意でホアンホアン（パンダの名前）がくる、ということを語った。

別のニュースの時間。

ニセ刑事が、ニセの警察手帳を持って、悪事がばれて新聞やテレビに出てしまった人の家を訪れ、取調べのために必要だ、と、頭を抱え込んでいる家族から印鑑と預金通帳を出させ、その足で銀行へ行き金をひき出していた。あちこちでとったらしい。訪れるタイミングや話の持ちかけ方など、心理学者そこのけに頭のいい人らしい。今後、だまされることがあるかもしれないから、よく写真を見た。なかなか顔も立派である。

ニュースの時間。（何とか便りというような番組）

商売上手な、或るお大師様の話。そのお大師様は、厄除け初詣の宣伝葉書を百万枚出したという。「あなたは昭和五十五年は厄年です云云」という葉書を、厄年に当る人、百万人に出したのだそうだ。お大師様にテレビ局の人が行っていて、厄除け初詣に来た人たちに感想を求める。つやつや顔の皮ジャンパーの男「厄年なんか、気にしないでいようと思ってる。だが、葉書がくりゃ、気になってお詣りにくるね。あまりいい気持のもんじゃないね」これも、つやつや顔、四十二歳の男「去年も葉書がきたの。『あなたは前厄です』っていう葉書がきたから、ここへきてお祓いしてもらった。今年は『本厄です』ってえ葉書がきたから、また、ここへきたの。何だか、葉書がくると、いい気持しないからねえ」続々とつめかける初詣の人たちは、元気のいい、働き盛りの、朗らかそうな男が多い。お大師様の坊様たちは、べったりと投げられた銀貨、銅貨、千円札をちりとりに掃きとり、バケツに入れていた。坊様は感想を求められると「来年は別のやり方でやる」と言った。

×月×日

『野生のエルザ』のアダムスン夫人がライオンに噛み殺された、という。本望というものかもしれない、と、しんとした気持になった。少し経って、使用人だか地元の人だかに殺されたのだ、というニュースがあった。

×月×日

めずらしく昼間テレビをつけたら、泡立つように湧き上ってきた画面は、大騒ぎの最中であった。

「初快挙！　オリビア・ハッセーと布施明の国際結婚」芸能記者二人、司会者男女二人が、興奮（したふりかもしれないが）し、早口でしゃべっていた。では、国際電話を入れてみましょう、と司会者がいい、画面が変ると、国際電話の機械の前で司会者の女ではない別の女が、にっこり笑い、英語で話す。つけまつ毛をして化粧もしているから、本職の交換嬢ではないのだろう。布施明と結婚するんですかと訊いてみましょう、といってから英語でしゃべる。ガーガーザーザー音のする奥で、宇宙人みたいな声がしている。お返事がわかりません。再度訊いてみましょう、といって、再度、英語でしゃべる。次に紅白に電報を打ちましたかと訊いてみましょう、といって、また機械に向って英語でしゃべる。英語の女性は、やっぱり交換嬢ではないらしい。そのあと、司会者や芸能記者のいるところへ出てきて、彼女は……と、オリビア・ハッセーがのり移った如く、ハッセーの心理状態を語った。

「布施明は英語でオリビア・ハッセーとしゃべるのかしら」と、一緒に見ていた人が、ぼんやりと呟いた。「きっと、英語うまいのよ」と、私はぼんやりと答えた。「初快挙といったって、千昌夫だって西洋人と結婚してるじゃない」一緒に見ていた人が、また呟いた。

×月×日
ニュースで。
うどん屋さんが、過酸化水素分が検出されたうどんを棄てているところがうつった。枯田んぼの拡がる景色の中に、小型トラック何台もで乗りつけて、棄てている。枯草むらに、無造作に、べたべたべたべた、その上に、また、どさどさどさどさ放り出される。
真昼間、天気がよくて、一玉ずつのポリ袋入りの真白い太いうどんは、枯草の上で、声でも上げそうに生《な》ま生《な》ましい。灰色のジャンパーとズボンのうどん屋のおじさんは、うどんを投げて一瞬眺め、思い切ったようにして、また投げている。トラックの荷台まで戻って行くと、枯草むらに、てらてらと輝くうどんの山を振り返っている。

×月×日
日曜日。裏の林に雨の音がしている。舗装道路を疾走する車の音とそっくりだ。カーテンをひいて、殺伐とした気分で部屋の中に、じっとしている。テレビをつける。
「パネルクイズ　アタック25」
四人のクイズ挑戦者が、順々に自己紹介を終る。すると、優勝しそうだと思う挑戦者の後に行って椅子に腰かける。予想して腰かける役に参加しているのは、主婦と子供が多い。ときどき、この番組を見ているが、自己紹介のあと、どっと足音をとどろかせて沢山の主婦がつめかけ、腰かけるのは、東大生、または東大生風のベテラン家庭教師タイプの男の後だ。その男はきまってめがねをかけている。東大風が出てこないときは、いかにもしっかり者風の男の後に腰かける。女の挑戦者より男の挑戦者の後に多く腰かける。一番腰かけてもらえないのは、みるからに、おっちょこちょい風の男。ひょこひょこした感じの男の後には、子供でも腰かけない。坊主刈りの小学生が、用心深く、冷たく、嬉々として選んで、後に行って、したり顔に腰かけている。そして、優勝するのは（東大生、東大生風が出ているときは）、やっぱり、東大生、東大生風がするのだった。今日は、東大生風が出ていなかった。めずらしく女が優勝した。竹下景子に似た女子大学生だった。

殺伐とした気分が夕方まで、直らない。風呂をたてて髪を洗い、美容院へ行った。雨に雪がまじり、風が吹いていた。美容院を出ると、暗くなっていて、牡丹雪が舞っていた。少し積っていた。夜、『リオ・ブラボー』を見た。

⑥

×月×日

水曜スペシャル。途中から見たので、題はわからない。東京のあちこちの交番や、刑事（捜査員というのか？）の、忙しい朝昼晩を、テレビカメラがついてまわる。

○会社づとめの女性、マンションのエレベーターの中で強盗にあう。現場のエレベーターがうつる。隅のぐにゃりとした紙袋がうつる。（私はぎょっとする。）紙袋の中味はみかん、被害者の女性のもので犯人の持物ではないらしい、と語り手がいう。（私はがっかりする。）しかし、犯人でなくても、遺留品、忘れ物、というのは気味わるいものだ。写真にとると、なおさら気味わるい。

○東大和連続殺人暴行事件を逐う刑事。

この事件の特長は、時と場所を選ばないのである、と語り手はいう。朝八時にバス停に佇っていたら、トレパン姿の男がきて、いきなり押し倒したのだそうだ。この近辺の変質者を調べて、刑事が聞き込みをするところがうつる。この近所だけでもリストにのっている変質者が三百四十人もいるのだそうだ。三百四十人も。「俺、××警察だけどよ。一寸一緒に行ってもらうか。心当りがあるならよ」テレビドラマの刑事とはちがって、のろのろとした口調、動作が、却て本物らしくてすご味がある。手袋をはめるのものろい。

犯人はマラソンをやっているときに女を見かけると、むらむらとするたちなのだろうか。それとも、女に警戒されない健全そうな恰好に扮装して近づくことにしているのだろうか。「ヤクザのおにいさんと、マラソンの人のほかに、痴漢もトレパン姿だと、見分けがつかなくて困るね」というと、一緒に見ていた人は「いまはマラソンなんていい方はしないらしいよ。ジョギングというらしい」という。

○酔払いが土下座して動かないので、おまわりさんが困っている交番。近くに突如、強盗事件が発生。

歩いていたら、前から来た男に路地裏へ連れ込まれ、殴る蹴るされて、今日貰った給料袋をとられてしまった会社員。

「……で、どの位とられたの？」おまわりさんが訊く。会社員は、うぅーと口ごもる。

「え、どの位」「あのー、安月給だから……うぅー、十二、三万位」恥ずかしそうに小声で答える会社員の、小柄な後姿だけがうつっている。「どんな男？」「どんなったって……あのー」

「一見、どんな風？」会社員は一寸考えてから「あのね（と息ごんで）、やさしいよーな男」

「ふうん。頭の毛は？」「ふつう。黒い」「着てるものは？」「黒い。……みーんな黒いんだ」弱々しくヤケクソみたいにいう。捜査員は、たちまち犯行現場近くで丸めた白い紙を発見。被害者の給料明細書の一部分であった。
○谷中墓地で老婆が手提げを奪われた事件。
こうして、こうやったときに、と老婆は、もう一度現場の墓前で、刑事に囲まれて実演する。しゃがんで合掌して眼をつぶったとき、突然男が現われ、石で殴られたのだ、という。はきはきと実演したあと、急にもの忘れした表情で老婆は墓石に凭《もた》れている。警察犬ヘルダー号が出陣。女性に綱をとられたヘルダー号は谷中の墓地をくんくん嗅いでまわる。この女性は警察鑑識員である、と語り手はいった。

×月×日
曇り硝子に、裏の林の向うに入る寸前の西陽があたる。三時過ぎ、一刻、台所には卵白色の光線が漲る。ギョーザの皮に具を包んでいて、「あ」と閃く。隣りで手伝っていた娘が、体をびくっとさせた。

「『ロンゲスト・ヤード』(アメリカ映画。テレビで放映。二度見たのである)の刑務所長になった人は、『ニューヨーク・パパ』(たしか五、六年前に続きものでやっていたアメリカのテレビドラマ)のパパになった人だ‼」

「うーん、ニューヨーク・パパか。よく覚えてるねえ。そんなことまでみつける人は、まず居ないよ」娘は、まじまじと私の顔を眺める。「こういうことばかりに閃くのは一種の恍惚かな」「テレビで見たことって、案外よく覚えてるものよ」娘は慰め顔でいってから「しかし、そんなことまで知ってるというのは、やっぱり、相当テレビの見過ぎよ」といった。

×月×日

テレビ関係の仕事をしているEさん来る。シュークリームがぎっしり詰まった大きな箱を持ってきてくれた。この前、菓子ならシュークリームが好きだ、といったから持ってきてくれたのだが、一人暮しの私には多過ぎる。Eさんもテーブルの上に箱を置いてから、ゆっくりとあたりを見まわして「多過ぎたかな」などという。「大丈夫」紅茶を入れながら私はいう。Eさんもシュークリームが好きらしく、皿にとった一個を、ひらりと食べてしまう。帰りがけ「さあ。ぼくは今夜は木曜スペシャルの『方舟』を見なくちゃ」といった。

専門家のEさんが見たがっている番組なら、面白いにちがいない、と今夜は私もそれにした。

ノアの方舟がアララト山に着いたのは、本当のことで、いまも方舟がそこにある、と信じている学者が出てくる。見るからに、うさん臭い感じの男である。男は立証のため、研究所や大学へ出かけ、大学教授にインタビューする。教授たちは迷惑そうで、気のない返事をしている。方舟探険のためアララト山へ登る人たち、というのがうつる。やたら荘重な音楽が流れ、山登りの脚と靴と石ころ道ばかり出てくる。ロシア皇帝が軍隊を派遣、アララト山で方舟を見つけたが、資料は惜しいことに革命で紛失してしまった。イギリスでは、プリンス何とかという人が、アララト山で方舟を見つけた。もう一度登って、方舟をイギリスへ持帰り、博覧会へ出す計画を練っているとき、病死してしまった。アメリカの新聞記者も、ガイアナ人民寺院で死んでしまった。現在、トルコ政府はアララト登山を禁止しているので行かれないのである。終り。

何だ、これは。へんてこな番組。終りまで見てしまってから腹が立ってくる。Eさんもいまごろ、呆れているにちがいない。

Eさんは、シュークリームをもう一個、食べたかったかな、とふと思う。

⑦

×月×日

土曜ワイドショー『帝銀事件』

三十年前、敗戦後まもなくの東京都内の銀行、――木造のしもたや風の家である。隣り近所の家並みも木造、板の塀、道は舗装でなく、ひどくぬかるんでいる。子供たちの服装、

——あの頃はこんなだったのだ。三十年前のことって、もうずいぶん、忘れかけている。

今夜は、みかんだけしかない。テレビを見ながら、みかんばかり食べている。つみ重なってゆくみかんの、みかん色した皮。

一年前のいまごろだったな、大阪の三菱銀行猟銃強盗事件は。午後から夜中まで、じいっとテレビを見ていた。こたつに入って、みかんばかり食べつづけていた。ときどき、梅川や人質の男女や警官や、途中で連れてこられた梅川のおかあさん（梅川は母親と話をしなかった）には、わるいような気がしたが、それでも見ずにはいられなくて、見ていた。どんなことが、シャッターの下りた建物の中で起っているのか、わからなかった。あれこれ想像しようとしても、すぐつっかえてしまう。自分の想像力の貧しさに呆れた。中でダダッと、ガタンと、ちょっとでも音がすると、ドキドキした。夜遅くになって、酔払いがふらふらと銀行の前へ出てきてしまった。わっと寄ってたかって取り押えて、パトカーで連れていってしまった。そこまで見て私は眠くなってねた。翌日、起きぬけにテレビをつけた。天気のいい、少し風の吹いている、明るい銀行の前は、何だか、人の動きがあわただしい。タンカで人が運ばれてくる。丁度、画面のまん中までタンカがきたとき、後を担いでいるおじさんが、何かに蹴つまづいたのか、よろけて左手を離したので、タンカはガクンとなった。毛布から顔が、くらりと半分ほど覗いた。サングラスをしていた。サングラスが光った。人質が運ばれてきました、といっていたアナウンサーが、そのとき、ちがいました、犯人です、といった。

テレビを見ながら、みかんを沢山食べていると、三菱銀行強盗事件を思い出す。何故だか、ガクンとなったタンカの画面を思い出す。

×月×日

夕方のニュースらしい。台所から出てくると、精力溢れてツヤツヤの、アラブの方の人の顔が写っている。アラブのどこかの国の石油相（途中から見たのでよくわからない）である。この人が「日本はアメリカの奴隷である」と演説したのだそうだ。通訳が「従属している」と、やわらげた言葉を使ったところ、英語のわかる石油相は「何故正確に通訳しないのか」と、怒ったのだそうである。通訳に怒っているところか、演説しているところか、どっちか（どっちにしろ怒っているのだ）のときの顔が、いま写っているのである。

さっきから、ずっとテレビの前に坐って見ていた人に「どこで演説したのかな。日本にきてかな」と訊くと、「さあ。外国でしょ」といった。いわれたって仕方がない。戦争に敗けてからこのかた、アメリカの奴隷であることは、本当だもの。いくら地面を掘っても、植木鉢のようなものが、古代の遺跡から出てくるだけで（これも、いいものなのだろうと思うけれど）、石油とか金とかダイヤモンドとかは出ないのだもの。

×月×日

クイズ番組。

巨大なフライパンに、卵の目玉焼が何個出来るか、を当てる。

一メートル四方ののし餅と、タテ五十センチ、横三十センチののし餅を、そのまま、大きな餅網にのせて焼き、どっちがふくらんで焼けるか、を当てる。など。

見ているうちに面白くなくなってくる。無惨な気分となる。

×月×日

アメリカの鞄屋がテレビに写った。大へんなことになっているのだそうだ。零細企業の鞄屋なのだろう。パートのおばさんといった風の人たちが、小熊のマークをつけた皮鞄を、ミシンでせっせと縫っているところが写る。仕事ぶりは一心不乱。

これを撮ったのは、まだアメリカが、モスクワオリンピックに参加しないと声明を出さなかったころだったのだろう。この鞄屋は、小熊印のオリンピック鞄を、いっぱい製造してしまったので、大損害をこうむったらしい。

日本は、モスクワに出かけるのだろうか。政府とＪＯＣは調査団を派遣した、といった。(調査ばかりしている)

日本の鞄屋は、小熊印オリンピック鞄を作ってはいなかったようである。いま、日本はパンダのホアンホアンの方に夢中になっているからかもしれない。

×月×日

午後のワイドショー番組。

連続嬰児殺害事件。秩父にすむ四人の子持のK夫婦は、七歳になる末子のあと、五人、毎年のように産んだ赤ん坊を殺し、桑畑の中のお墓に埋めつづけていた。住宅ローン返済金におわれた生活苦のため、という。

レポーターが近所の男女から噂をあつめてきて報告する。

避妊の方法を知っていなかったのでしょうかねえ？　常識では考えられない、まったく鬼としかいいようがない、罪の意識というものがないのでしょうか？　流行の服でパンパンに身をととのえた司会の中年男性は、声を昂ぶらせ、したり顔にいう。一緒にいて肯く役の女性も、顔をしかめ、負けずに深く肯く。

「ユルセない、だって？　よくそんな言葉、いえるなあ」テレビの中の司会者に向って私はいう。「この夫婦のこと、何かいってもいい人は、滅多にいないんだからね」という。それから一寸経ったら、その滅多にいない人の名前が浮かんだ。「あ、いたよ。産婦人科の医者の菊田先生だよ」

レポーターの若い漫才師には不愉快な感じがなかった。取材に行きましたらばですねえ。この辺りは昔から間引きの習慣がある貧しい土地なんですねえ。父親が子供を埋めに行った墓地も淋しい暗いところで……と、ぎこちなく沈んだ調子で語っていた。水子地蔵尊のお寺がありましてねえ。そこも撮ってきました……。

境内一円に、白っぽい石の水子地蔵の丸い頭が、うねうねと重なり並んでいる光景が写る。その中の一体に白い服を着せた小さなキューピーが供えてあった。そのキューピーは興業銀行にワリコーを申込むと、石鹸やちり紙と一緒にくれるキューピーだった。子供を堕したか流産したかした女が、ワリコー貯金をしたらくれたキューピーに白い服を着せ替えて供えたのだろう。

⑧

×月×日

ゴールデン洋画劇場『ミスター・ノーボディ　必殺ガンマン壮絶荒野の決闘』

塩で出来ているような砦や山や砂漠。景色がいい。黄塵をまき上げ、はるか彼方からワイルドバンチが百五十人も（百五十人も‼）、馬の蹄の音を轟かせてやってくる。ワイルドバンチは、かの有名なコートと帽子をお揃いで着て出没する。迎え撃つのは、たった一人の老ガンマン。真青にかぶさってくる空の下、樹というものがない荒野に敷かれた一条の線路の上に、危なっかしげに立って背すじをのばし、夢魔のように湧き襲ってくるワイルドバンチ大集団を、茫然と眩しそうに眺めている。金もどうやらたまったし、引退して余生を静かに暮したくなっている老ガンマンは、出来ることなら戦いたくないなあ、と思っているのだが、そういかない。老ガンマンの昔の名声に憧れる無名の若いガンマンが、戦って見せろ、とつきまとっている。老ガンマンに憎たらしい生意気なことを言う。憎たらしいことを言っても、カワイくなくてはダメなのに、この役者（テレンス・ヒル）が言うと、ただ気持わるいだけだ。根津甚八がやったらよかっただろう。老ガンマンは仕方なく、男らしくしなくちゃ、と仕方なく、老眼鏡をとり出してはめ、銃眼を据え、しわしわの頰を銃に押しあてて撃ちはじめる。老ガンマンになるヘンリイ・フォンダがいい。どこかでみたことのある人、——島尾敏雄さんだ。島尾さんは菅原文太に似てるな、と、かねがね思っていた私は浅墓《あさはか》だった。菅原文太なんかではなく、ヘンリイ・フォンダなのだ。ヘンリイ・フォンダの吹替の声は柳生博で、ぴったりした声だった。

吹替の声について。

クリント・イーストウッドの声になる声（声になる人の声というのか）はいやだ。

ジョン・ウェインとチャールトン・ヘストンの声は、同じ人がやっているらしい。

ジョン・ウェインとチャールトン・ヘストンは、二人とも私のきらいな役者だが、ジョン・ウェインの方が、まだましである。チャールトン・ヘストン主演の映画は見たくないが、ジョン・ウェインの西部劇は、それほどいやでない。いやでないのにテレビで見ていると、映画館のときよりもいや気がさしてくるのは、ジョン・ウェインにチャールトン・ヘストンがまじってきて、いやさが二人分となるからだ。

×月×日

12チャンネル、ザ・テレビジョン『ザ・ワールド・ストロンゲストマン』

男の力自慢世界一きめ大会。

○重量自動車あげ競技

あんまり力を出して貧血を起す人もいた。脚がつったりする人もいた。

○重量巻上げ競技
アメリカンフットボールの選手や全国腕相撲選手権保持者などが出場、スエーデンの陸軍少佐が勝った。
○重量観覧車曳き競技
ドン・ラインホールドという人とブルース・ウィルヘルムという人がやった。やる前に感想を訊くと、一人は「とにかく一生懸命やるよ」と、しわがれた小声で言った。

間に、前の大会の、思い出の名選手名場面のフィルムが入る。釘を自分のおでこで打っている人、お腹の上に板をのせ、その上にトラックを走らせる人。電話帳を嚙み破る人。大砲の玉にあたる人。など。
○重量冷蔵庫運び
タンス位大きな冷蔵庫。途中で骨折する人がいた。動けなくなって棄権する人がいた。
○巨大男綱引き競技
ドン・ラインホールド（ニューヨーク）とブルース・ウィルヘルム（カリフォルニア）の決戦。二年連続、カリフォルニアが優勝した。世界中で一番力のある男は、小声で感想を言う。「フットボール選手やレスラーはタダのデブだってこと証明してやるよ」

皆、体のわりに脚が細い。若いせいもあって皮膚がつやつやしている。愛嬌のある顔をしている。

あー、面白かった。「とうちゃん、面白いの、やってるよ‼」途中で二階へ向って声をかけてやりたかった。二階の仕事部屋に夫がいたなら、少しすると降りてきたろう。涙を拭き拭き笑ったろう。

×月×日

風邪らしい。熱がある。昨夜は、げえっというまで咳込み、それをくり返して、明け方になってやっと眠れた。眼がさめたら、午後らしい。二階からよろよろ降りてきて、テレビの前にしゃがんでボッチをひいたら、浮き上ってきたのは西洋映画である。食欲もないし、だるいし、そのまま坐り込んでいる。

連続放火事件の真相を追う火災保険調査員の活躍。くどーい顔の若い女が出てくる。新聞社につとめるキャリアウーマン。この人に火災現場の写真資料を見せてもらうことから、調査員とこの人は親しくなり恋愛もする。火事の絵ばかり描いている画家などに目星をつけて訪ねていくが犯人ではない。――私にはもうちゃーんと分った。女の同僚の新聞社カメラマンが犯人らしいと。カメラマンは出てくるたびに、いかにも犯人臭い表情をしてみせるから。――火をつけては特ダネ写真を撮っていたのである。陳腐な筋。登場人物がセリフで筋をいうので、途中から見ても分かる筋なのである。どこもかしこも陳腐なのだが、火事場面だけ素晴らしい。火がかたまって、ぼわっと、ぐらりと燃え上って、先が縺《もつ》れるようになって拡がる。すーっと水が細く流れるように、遠くまで火が走ってゆき、ぐわっと立ち上って、たてがみのように燃え上る。不思議な美しさ。火事現場を撮るのが好きな異常監督なのかもしれない。筋などはっけたりで、どうでもいいのかもしれない。火事の美しさに、とうとう終りまで見ていた。

新聞のテレビ欄を見ると『真夜中の放火魔』（12チャンネル）シドニー・ヘイヤーズ監督、チャド・イベレット、アンジャネット・カマー出演、とあった。どれも聞いたことのない名前。

それから、おかゆを作って食べてみた。元気が出たようなので、テレビをつけないでテレビの前に坐っていた。すると部屋の中が、いつもより広く思われた。壁や、壁の額や、本箱や電話機が、遠のいていくように思われた。おかゆを吐きそうになったので、急いで二階へ上って、ふとんの中に入った。

⑨

×月×日

午下り。郵便局へ行く途中。西洋人の棲む白い家の石垣の下で、竹箒や熊手を石垣に立てかけて、地べたに腰を下している四、五人の老人たち。区か都の道路清掃の老人グループである。冬も春も、ここで休憩している。同じ顔ぶれ、いつもしゃべっている人が、今日もしゃべっている。いつも黙っている人は、今日も黙って聞いている。「……そりゃあ、何たって古橋はすごかったよ、古橋は」何十年か前のオリンピックの話をしている。

「あのころはテレビがなかったなあ……。テレビがなくたって、め（見）えてるみたいに感激したもんだ。いまはさっぱりダメ。折角テレビがあるのに、さっぱり勝ちゃしねえ」

『ビリー・ザ・キッド 21才の生涯』アメリカ映画。サム・ペキンパー監督。

ビリー・ザ・キッドを射ち倒す保安官パット（ジェームス・コバーン）の強いこと、強いこと。黒づくめのいでたちで、この人がやってくると、土地のならず者たちは位負けして、口もろくろくきけない。動けなくなってしまう。

真昼間、大快晴の荒野で馬車が襲われて老人が死に、娘が犯される。耳がつんぼになったかと思われるほどの静かさの中で、そんなことが、ぽつりと行なわれる。馬が倒れる、人が倒れる、土煙をあげて馬上の人が去って行く、近づいてくる、——ふわふわ、ふわふわと、静かである。

棺桶みたいに小さな舟を一人こつこつと作っている老保安官は、舟が出来上ったら河を下って、この土地を出て行くつもりだ。

パットに頼まれて、気が進まないが、ビリー逮捕の助太刀をする。老妻も銃を持って一緒に出かける。気丈でやさしい肥った老妻は巴御前のように活躍する。老保安官は射たれる。が、すぐには死なない。河のほとりへやっと歩いて行く。木の切株に腰かけて、お腹からふき出る血を押えて、河の向うの山と空の方を見ている。舟でこの河を下って山の向うの土地へ行くはずだったのだ。いつか必ずやってくるものは、やっぱり、いきなりのようにやってきた。こんなものだったのか。陽の光りや空や山や水、眼に見えているものを懐かしそうに眺めてから、少し離れて随いてきた老妻の方へ首を動かす。かあちゃん、こんなになっちゃった、とうとう、やってきたよ、こいつが、という風な眼つき。さよなら、といっている風な眼つき。老妻は、それ以上は近づかないで、つくづくと老保安官の顔を見つめたまま、巴旦杏《はたんきょう》のように大きな眼の下瞼から、たらりたらり、涙を溢れさす。その涙の流し方といったら、洗面器からこぼれる水のようだ。そこのところで、老妻と一緒に私も泣いた。

×月×日

『11《イレブン》PM』

「一日江戸時代」と称する、関西の方の或る村の催し。昔の暮しを再現して、村の若い者（若い者というより子供が多い）たちに味わわせ、伝統文化を大切に、物を大切にする心を養う。テレビ、ラジオは、その日は見せない、聞かせない、空き缶の竹馬やお手玉で遊ばせる。あんころ餅やお汁など、村の有志が作って食べさせる。電気を消した座敷に、ろうそくを灯し、子供たち、若い者たちを坐らせて、お汁を食べさせる。テレビカメラを意識して燥ぎ気味の大人たち。子供たちはいやそうにしている。おじいさん「お前ら、こんなもん知らんやろ、知らんやろ」と言う。子供、お汁の椀と箸を持ったまま、こっくりする。「そうやろ。どーや、うまいか、うまいやろ」子供、にやにや笑いして返事しない。テレビ局の人に感想を訊かれた若い男、小さな声で「あんまり、いい感じじゃないとちゃうか」と答える。おじいさん「あーあ、うまい。ごっつおさん」聞えよがしに言って、子供の返事を促すが、子供、にやにや笑っている。手回し蓄音機で、キイキイ声の「牛若丸」のレコードをかける。まん中が赤くて、わしの絵が描いてあるマークのレコード。子供たち、きちんと坐って、膝小僧に手をかぶせて聞いている。ディスカバー・ジャパンというのか、こういう催し、結構にはちがいない。それにしても大人たちの態度がしつこすぎる。見ている年寄りの私にもくどかった。

×月×日

TBSのゴルフスタジオとTBS別館の間を入って、乃木坂通りへ下りる道が好きだ。一ッ木通りへ買出しに出ると丹後坂を回って、この道を通って帰る。高台で、赤坂の町の一部分が裏側から眺められて、ふしぎにいつも風が吹いている。去年の夏のはじめ、ここを通ったら、別館の二階窓ぎわに、志村けんと加藤茶が、うつ向き加減に向い合っている横顔が見えた。休憩時間に将棋でもさしているらしい恰好だった。柔らいだ楽し気な表情をしていた。

別館の玄関前に車が駐っていて、蓋の上ったトランクから、フィルムの缶をいくつも重ねては、若い男が運び込んでいる。車の陰に、ひらひらとレエスのついたお揃いのブラウスを着た高校生位の女の子が二人、大きな手提げを地べたに置いて、しゃがんでいる。人気タレントの誰かを待っている様子だ。

「ねえ、ねえ、どうする。ここにいれば出てくるかしら」「絶対よ」

ハコベや豆科の雑草に風がそよぎ陽の当る斜面を下りて行くと、乃木坂通りで食事をした帰りなのか、石段を上ってくるテレビ関係風の男たちとすれちがう。木洩れ陽のせいか、皆、顔色が悪い。一番背の高い、ことに蒼白な顔色の人は、宇津井健だった。映画『新幹線大爆破』はいい映画だった。テレビでも放映したから、二度見た。二度とも面白かったが、宇津井健が出てくるところは、つまらなかった。すれちがった、ほんものの宇津井健も、自身のつまらなさに淋しくなっているような、元気のなさであった。

三浦友和が年とったみたいな人だった、と帰ってきて娘に報告した。山口百恵は何で三浦友和と結婚するのかなあ、と娘は言った。私がちょっと考えているうちに、うーん、そうだなあ、あの二人は、ぴったり似合ってるところもある、と、一人で言って一人で肯いた。

⑩

×月×日
『土曜どきゅめんと。九州版パンダ大騒動』

九州福岡の動物園の門の前。子供連れの男女、子供連れでない男女、一人できている顔色のわるい若い男、子供同士できている男の子たち。水筒だの、写真機だのを肩から十文字にかけ、紙袋や籠を提げ、大人も子供も嬉し気である。桜の花が咲いて好天気である。行列して開園を待つ、その人たちに、ねずみ色のスポンジみたいな丸いもののついたマイクロホンを傾けて、テレビ局の人が訊く。

「家？　北九州市。ええ、もう、朝六時に家を出てきました」「上野までは遠くて見に行けませんから。ずっと前から、一度でいいから見たくてねえ」「わたしら、長崎からきました」

中国広州から、この動物園にパンダ二頭が到着した。今日から会えるのである。パンダ定例記者会見というのもやった。その光景もうつる。中国が特別の好意をもって、パンダ好きの日本に貸してくれたのだそうだ。

飛行機に乗せられてやってきた二頭のパンダは、事情などわからず、首を振って笹を食べている。おっくうそうに歩きまわる。笹を食べる恰好は可愛らしい。でも何だか、どこか、へんである。テレビで見馴れた上野のパンダと、ちょっとちがう。汚れている。——汚れているのはいい。上野のパンダは大切にされすぎて、きれいすぎるのかもしれない。こっちは泥まみれで好き勝手に遊んでいたのかもしれない。

しかし、むくむくしてない。何か、こう、ふくらまってない。顔も細面《ほそおもて》で、しぼんじゃってる。足の甲の肉が薄いのか、何か、こう、パッタリ、パッタリした歩き方である。そう思っていると、テレビの語り手が、シャンシャン（旅回りのパンダの一頭の名前）は、人間の年齢で七十歳、パオリン（もう一頭）は五十歳になる、と言った。

昼までに五千人の見物客が入る予定だそうだ。迷子が続出している。パンダをはじめて見た感想を、テレビ局の人が訊ねてまわる。

「……わるいけど、……もちっときれいかと思った。汚れてて……」お弁当をうんとこさ持ってやってきたのだ、という子供連れの肥った中年主婦が、額に手をかざして、まぶしそうに答える。弁当屋は、パンダ弁当というのを作ったが、たったの五箱とゆで卵が二個売れたきり、パンダまんじゅう（二個五百円）も、さっぱり売れない。

「思ったより、汚れてました」「白と黒がはっきりしてないね」評論家みたいな口ぶりの人。やっと入るには入ったが、見るには見たが、あまり混んでて出口がわからないから、いつまでもいるのだ、という人。「うん。パンダは見ました。パンダ見たから、今度はライオン見たい」

と、せかせか言う男。「パンダの名前知ってる?」人混みと陽射しに酔って、ぐったりとなった小さな男の子に、テレビ局の人が訊く。小声で答える。「ホアンホアン」テレビ局の人と親はがっかりする。「バカ。それは上野だろ」親にこづかれても、ぼんやりしている。

パンダは昼寝の時間となる。二時半までは見られない。客も休憩。木陰の家族連れに、一時休憩の感想を訊く。「パンダが起きるまで頑張ります」と、父親が答える。女の子は気分がわるくなって、悲しそうに泣いている。

檻に似せた背景に、実物大のぬいぐるみのパンダを坐らせ「パンダと一緒に記念撮影はいかがですか」と、ちょっとしか見られず（パンダの前では立ち止って見物してはいけないのだ。渋滞が起きるから）、堪能しなかった大人や子供によびかけている。一枚千円で写してくれる。

パンダの食べる笹は、沖縄の嘉手納から、毎日空輸されてくる。総予算は二億八千万円なのだそうだ。動物園の前の歩道で、おじいさんが声をからして演説している。「パンダより水を!! 福岡に水を!! 日本人はどうしてパンダに熱中するのか、とドイツ人が言っておりました……」そのうしろの車道を、日の丸の旗をなびかせた右翼の車が、軍艦マーチを拡声機でとどろかせて（塀越しにパンダに聞かせようとしているのだという）通る。往ったり来たりする。この日一日の入園客は一万七千七百人であったそうだ。

シャンシャンとパオリンは、くたびれ果てて、中国へ帰ったとたんに死んでしまうかもしれない。何しろ、いいとしだ。この前、死なせたから、日本に貸すのは用心して、はじめから、くたびれているパンダを貸してくれたのかもしれない。あんまり見てはいけないのだ。ランランとカンカンが、恋愛したの、しなかったの、結婚したの、しなかったの、と、お尻を見ては騒いで、イヤらしいねえ。パンダに失礼ではないか。あんまり（人に）見られれば、見られるだけで、虫だって、鳥だって、獣だって、体が妙に弱るのだ。———そう思ってはいるものの、私もパンダに一度会いたい。やっぱり。

×月×日

今日も正午近く、味醂をたっぷり利かせた卵焼の匂いが流れてくる。窓も扉も閉めきってあるのに、どこかのすき間から入ってくる。朝から、小雨、じっとりと降る。一日中、夏服を縫っていた。

夕方になって、『スーパーメロディー、躍動のリズム、コモドアーズ』を見た。『日曜日の朝のような男』というのを歌った。『セイル・オン』というのを歌った。両方とも蒸発男の歌。夜になっても雨が止まなかった。

×月×日

12チャンネル『ガッポリクイズ』

今日はビックの高級車が当った。この番組に、仮装行列みたいな、とてつもなく明るい扮装で出場し、底ぬけに一喜一憂する老若男女のアメリカ人たちは、お金がなさそうな生活をしている人たちらしい。いかにも、そのような、皮膚、顔、表情、体つきだ。

アメリカ人に知り合いがない、アメリカに行ったこともない私は、アメリカ映画の中で、役者が化けているお金のないアメリカ人しか見たことがない。映画に出てくるお金のないアメリカ人は、暗かったり、凄まじかったり、不運だったりするのだ。実物の、お金のない、普通のアメリカ人たちを見て、しみじみしてしまう。

⑪

×月×日

一晩降った雨が上った。快晴。動かない白い雲。裏の林のどの木も、つよい陽射しに上気して、葉をだらりと垂れている。湿り気の残っている木下蔭に、白い羽虫が二匹浮んでいる。片方が、くっと上昇する。すぐ、あとを追って、もう片方が、くっと同じ高さに並ぶ。少しすると、先に上った方が、くっと下る。もう片方も、くっと下る。くり返している。機織りの動きに似ている。ときどき、片方が片方にぶつかりにゆく。ぶつかった瞬間、ぱっと離れて、元の間隔を保って浮ぶ。また上下運動がはじまる。よく見ると、全力をあげて羽を震わせ続けている。

右の方の崖上から、一足一足、体をのばしきって下りてきた三毛猫が、葉洩れ陽が斑《まだ》らに落ちている下草を踏んで、林の中を左の方へ、じとじとと歩いて行く。左の方から虎猫が、じとじとと歩いてくる。お互いにやってくるのを認めると、ふいっと、お互いに回り道をとり、身を隠すようにして、出会わないようにして、すれちがって行った。それから三毛猫は林を左へ抜け、虎猫は三毛猫が下りてきた右の崖を上って行った。ムダなことは一切しないのだ。

一億円入った風呂敷包みを拾った人のことを、今日もテレビで話している。男と女のアナウンサーが、お内裏様みたいに正面向いて並んで、ちびちびと代る代る今日の出来事を述べる番組。(どうして二人でやるのだろう。人が余ってるのだろうか。)番組の終りで、今日も一億円の落し主は現われなかった、といった。そのあと、アナウンサーの男の方が「私、思いますに、銭形の親分と、メグレ警部と、何とか氏(聞き落した)とを一堂に集めて、サミットを開けばいいのではないでしょうか」と、微笑を漂わせっ放しの顔下半分を、さらに、にこやかにして、滑らかにつけ加えた。すぐさま、隣りの女の方が、それをうけて「ホホホホ。ルパン三世にもきて頂いて……」と、美声でいった。自分のいったことが満足らしく、ニッと二人は笑って消え、次の番組になった。このムダなユーモア。思いつくのも、やりとりして嬉しがるのも、一向にかまわないけれど、テレビに出てきて聞かせてくれなくていい。

×月×日

新聞やテレビで報道されてから、一億円の風呂敷包みを拾ったOさんの家には、いやがらせの電話が相次いでいる。一億円もただもうけして、生きていられると思っているのか、などとかかってくる。Oさんの奥さんは、事件以来、食欲を失い、子供たちは脅えている。何者かに襲われたりするのではないかという不安と、つとめ先にも迷惑がかかるのではないかという心配で、これまで働いていた金物工具店をやめることにした。しかし、一方、いやがらせ電話を防ぐ名案を考えてくれる手紙や電話もあって、わずかに心を和ませている。――

以上のような心境を語るOさんがテレビに写る。もともと、痩せぎすの人かもしれないが、疲れやつれきったOさんが写る。「何だか、自分が犯罪者のような風に思われて…………」と、Oさんは涙声でいう。左の眼、右の眼、と、一つずつ代る代る拭く。ハンカチでなく、小さく五センチ四方ぐらいに折り畳んだガーゼ（眼帯やマスクにつけるガーゼらしい）で、ほじくるように拭いている。

自分じゃない人が、思いがけなく大金貰ったり、拾ったりするのは、皆キライなのだ。今後、私が一億円拾うことがあっても届けないでいなくては。嬉しくても怖くても、じっと黙っていなくては。――

「京都の町でね、お腹が空いて、ぼんやり歩いてたら、ひらひらひらひら、向うから地面すれすれに紙きれが舞ってきたのね。辷るように近くまできたとき、お札だって分った。右足あげてパタッと押さまえた。一万円札。いろんなもの食べちゃった」一緒に見ていた人はいった。

×月×日
テレビニュースで。
ビニールハウスの中で農作業をしていた婦人を、行きずりに入って行って暴行した男がつかまった。
もんぺをはき、もっくらもっくらした野良着姿の女が、のろのろと、かがんだり、立ったり、しゃがんだりするのを、ビニールを隔てて無声映画のように見ていると、妙な気持になるのだろうか。
ずいぶん前の『ウィークエンダー』に出てきた人は、女でなく枕を見ると妙な気持になる人だった。ふとんや枕や洗濯物が陽に干されているところを通りかかると、どうしても枕を盗んでしまうのだった。ある日のこと、農家の庭先に干してある枕を見かけ、我を忘れて、その家に上り込み、その枕に痴漢となっているところを、外出から帰ってきた人に見つかり、捕まってしまったのだった。

×月×日
夕方、赤坂見附のやき鳥屋のそばを通る。いい匂いがしている。モツ十本、とり十本を焼いてもらう。これから客が入ってくるという時間で、店の男たちは生き生きして機嫌がいい。一番上らしい人が「よし。女の人にはオマケしちゃう。特別、五本多くしろ」といった。ありがたいけれど、これ以上五本も多くなっては食べきれない。それより値段をマケてくれればいいのに、と思ったが、わるくて口に出せない。ありがとう、といって熱い折詰を抱えて帰る。
今日は、水曜ロードショーで『戦争のはらわた』をやる。そのとき、食べるのだ。帰ってきて開けてみると、オマケの五本は肉でなくて、うずら卵のゆでたのを五個づつ通した串が五本入っていた。
『戦争のはらわた』サム・ペキンパー監督。ジェームス・コバーン主演。

ドイツ軍とロシア軍の戦争。ドイツ軍の兵隊は、アメリカ兵の感じがした。でも、そんなことはどうでもいい。ドイツ軍だってロシア軍だっていい。戦争映画の名作だ。人が死んでゆくときは、何て、あっけないんだろう。人の体はやわらかい。ドイツ軍もロシア軍も、可哀そうだった。飼主が死んでしまった馬が、腹の両脇に荷物をつけて、あてどなく疾走していた。

⑫

×月×日

暑中見舞の葉書くる。

「……梅雨が戻った如き気配の雨が、今日も都心の舗道に降りつづいております。海山の人出は少なく……」

こんなこと知ってらい。赤坂に住んでる人が、赤坂に住んでる私にくれたのである。

夜のテレビニュース。見るともなく聞くともなくいる。終りごろ「前衛演劇の戯曲作家であり、小説や評論の分野にも活躍……」と、アナウンサーがいいかけた。唐十郎さんか寺山修司さんが亡くなられた、と思って画面を見つめたら、寺山修司さんの顔が大きく出た。近所のアパートだか、家だかを見ていて捕まり、罰金として八千円を支払ったのだそうだ。寺山修司さんは、以前にも、その辺りを覗いていたことがあるのだ、というようなことも、アナウンサーはいった。

寺山さんは何を見ていたのだろう。よっぽど、見たいものが、その辺にはあるのだ。電話を

かけて秘かに教えてもらいたい。私も見たい。（しかし、知り合いでないから電話出来ないで、そう思っているだけだ）

×月×日

富士の山小屋で。

向いの沢にある運送会社の寮に、今日は人が沢山きている。三時ごろになると、庭に樹から樹へコードをわたし、赤や青の電球をぶら下げて、野外パーティーがはじまる。カラオケ大会。津軽海峡冬景色、銀座の恋の物語、ゆう子、など。なかでも『花街の母』は、皆が気に入っている様子だった。とび抜けて上手な男が一人いて、セリフ入りで歌う。「この姥桜でも、出来ることならこの花街に、もう少し居させて下さい」と、女形みたいな声でいい終ると、ヒェーッと声が上って拍手が鳴った。三度も四度も歌った。草むしりしながら、私はこのセリフを覚えてしまったのだ。声をいくら張っても、空や林の中に吸いとられてしまうので、悪酔いしてしまったらしく、五時ごろには声がぴたりとやんだ。家に入って出てこなくなった。

去年までは、NHKと民放一局がうつっていたような気がする。テレビの機械がわるくなったのか、山の中のせいか、今年はNHKはうつらず、民放が二局うつる、一局は色がつかない。新聞をとらないから、いつ、何をやるのやら見当がつかない。

山本陽子がネグリジェ姿で出てきて、カーテンを開けた、塀と庭に陽が射している、山本陽子がのびをした、――もう一つの局に変える。『桃太郎侍』だった。『桃太郎侍』だけは見たくない、と思っているのだが、見ることにする。

わる商人と、わる奉行が出てくる。わる商人は五百両包んだ紫のふくさを、わる奉行に差し上げる。池の畔《ほと》りまで帰ってくると、わる商人は、わる奉行の手先に殺される。そこへ、しじみ売りがきて、落ちていた財布を拾う。長屋の衆に奢って、どんちゃん騒ぎをする。女房が財布を隠す。落語の『芝浜』の革財布のすじとなる。ついこの間、こんな話の時代劇見たような気がする。そうだ。『雪姫隠密道中記』だ。しじみ売りではなく大工だった。そのとき大工になった役者は、今日はしじみ売りの親方になって出演している。

「小判て、いいなあ。お札より重味があって。いいなあ」一緒に見ていた娘のつれあいがいった。時代劇テレビを見たあと、この人は、たいてい、こういうのである。

それから『南米大陸の昆虫』を見た。蟻、ツノゼミ、ナナフシ、ハムシ、蜂、蝶などが出てくる。感動した。どんな虫も、ちっとも古臭くない。未来の生物のようである。

そのあと『西部警察』をやった。夜が更けて、地元のCMが多くなってくる。お座敷トルコ「千姫」というのがうつった。腰から上が十二単衣、腰から下がビキニ風パンツの女性が二人、正座して手をついておじぎをした。

そのあと『あすの番組』というのをやった。もう今日の番組はすっかりやってしまいましたよ、と知らせてくれているのである。テレビを消す。灰色の四角い硝子のまん中に、しゅっと脳味噌がしぼむような音を立てて、水銀の玉みたいな光りが吸い込まれる。

×月×日

足を痛めて、ほねつぎに通っている。ここの待合室には、宇能鴻一郎著の本が沢山（ほかの本はない）置いてある。手や足にギブスをして白い布を巻いた男たちや、どこが悪いのか青黄色い顔で身動きしない老人が読んでいる。手を吊った子供も読んでいる。奥の茶の間から声が聞える。「かあちゃんなんか、子供のころは川や野原で遊んだ、いーい思い出があるんだ。お前なんざ、テレビばっかり見て、ごろごろしててさ。いーい思い出なんか出来るもんか」母親が子供をいい負かそうとしている。「いーいテレビ番組見たっつう思い出が出来るもん」のろのろした男の子の声。

東京オリンピック。浅間山荘。梅川銀行ギャング。

三島由紀夫さんが鉢巻をして軍服のようなのを着て、自衛隊の建物の高いところから演説する姿も、テレビで見た。閉めきった硝子窓の外は青い空で、ヘリコプターが解体しそうな音をあげて近づいたり、遠ざかったりしていた。原稿の締切り日だった。仕事をやめて二階から下りてきた夫と、テレビの前に畏《かしこ》まって坐って、三島さんの顔を見ていた。夫は鼻をかんで、丸めたその紙で眼がねを押し上げ、眼もこすった。その紙を握っていて、また鼻をかんで眼をこすった。

『木乃伊《みいら》の恋』（テレビドラマ。たしかこんな題だったと思う。）は、グアム島から横井さんが帰ってきたころ見た。

土の中で鐘を叩く音がする。掘ってみると、半ば木乃伊のようになった坊様が鐘を叩いていた。即身仏の貴いお方であろうと、手厚く介抱するうちに生き返る。下へも置かぬもてなしに、もともと丈夫なたちであったのか、坊様は人並み外れた大食漢となり、生臭さものや酒まで所望し、女にも懸想する。まわりの人たちはうんざりしてくる、――上田秋成の『二世の縁』を基にした話。その木乃伊に扮した役者がよかった。廊下を向うから歩いてくる恰好は、いまも覚えている。舞踏みたいだった。名優というのか、奇優というのか、はじめて見た。その役者は大和屋竺という名前だった。私は、ヤマト・ヤジクさんと読むのかな、と思っていた。ヤマトヤ・アツシさんといって、脚本を書く人だ、とあとになってわかった。

映画館Ⅰ

波と男のココロと体

最終回のはじまりに合せて出かける。地下鉄の地下道売店で、助六寿司というの（四百円、いなりずしと海苔巻）を私は買う。連れの一人も助六寿司を買う。もう一人は助八寿司というの（四百五十円、鯖ずしと海苔巻）を買う。道玄坂の渋谷文化の窓口には「只今立見席です」と出ている。『カリフォルニア・ドリーミング』『ビッグ・ウェンズデー』二本立、入場料五百円。廊下のベンチで折詰をひらいて、前回の終りを待つ。のどにつっかえると、連れが紙コップのジュースを買ってくるが、下痢気味の私は一寸飲んだだけ。映画館によっては便所の鍵がこわれていたりする。ハンドバッグを口に銜《くわ》えて、片手で扉を押えながらするのはイヤだ。

休憩時間に見渡すと、おばさんは私だけだ。あ、一人いる。水色カッポー着の掃除のおばさんが、半紙のような顔色でやってきて、通路の紙コップを掃きとりはじめた。男の子は十代か二十代のはじめ位。女の子たちは人さし指と親指を使い、あとの指はぴんと立てて、とんがりコーンを摘んでは舌の上にのせ、嚙み砕き、くしゃくしゃとしゃべくる。蚕みたいな指。耳も頰ぺたも、うすもやがかかったようにもったりしている。高校生か十代のBG風。女の子に挟まって、一人おじさんがいる。牛乳瓶底のようなめがねの大学教授風のその人は、プログラムをめがねにくっつけて見ている。もしかしたら痴漢かもしれない。

『ビッグ・ウェンズデー』

一九六〇年代のカリフォルニアの浜辺。浜へ降りる石段の上に三人の男が現われる。ジャックとマックと歯並びのわるい男。この辺りのサーフィンの花形であるらしい。とくにマックはチャンピオンで、少年たちの憧れの的。三人も、浜の波乗り仲間たちも独身で、職業なんか持ってないらしい。あちこちの海岸へ出かけて行って、ただただ波乗りをしている。徴兵検査前の若さだ。輝やく見事な体の仲よし三人が、板を抱えて揃って浜を歩いて行くところは、見ていて緊張する。三人とも、肩からすっくりと生え育ったような、しっかりした太い頸と顔を、沖の方角へ向けて、いつも波を見つめている。待っているのは、いつくるかは分らないが、必ず水曜日にくるという伝説の、途方もなく巨きな怪物のような波。この前は、一九五〇年代にきたのだ。

その水曜日の波は待ち焦がれているのにこなくて、男たちに徴兵検査のときがくる。ジャックはベトナムへ行く。出征前夜、ジャックの家に集まった浜の仲間たちが騒ぎ疲れ、灯りを消して押し黙ってテレビを見ている。黒人暴動を軍隊だか警察だかが鎮圧する黒白の画面が、夜の稲光りのように浮き上っている。「アメリカもベトナムと同じだ」一人がぽつりという。そのとき何だか私は涙が出た。左の眼がよわいので、左の眼からばかり涙が出てきた。
四、五年経った浜辺。戦争に行かなかったマックは結婚して女の子が生れ、浜でしがない商売かなんかしている。チャンピオンの座はメキシコ人（？）の男に移って、マックはもう過去の人。それでも今日も、歯並びのわるい男と二人、波に乗っている。水曜日の波を待って。

砂を踏みしめる黒い軍靴が大写しとなる。ベトナムから帰ってきたジャックが軍服を浜に脱いで海に入って行く。別れていた間の消息を語り合う。歯並びのわるい男は、町でキャンディ屋になっている。キャンディのほかにLSDも売ってるんだぜ、という。広い海に浮んで、波のうねりに板を任せ、板の上に坐って、お互いの顔や体を、こすりつけ合うような眼つきで眺め合い、どんなことでも、さもおかしそうに笑い合う。ベトナムへ行っているうちに恋人が結婚してしまったジャックは、この町を出て行く。歯並びのわるい男も、南の方へ行く。

何年か経って、一九七四年（?）、水曜日の波がついにやってくる。前の晩は嵐、闇の中でひとり勝手に荒れ狂う怖いすごい海を、マックが栈橋にきて見ている。

翌日、水曜日の波のサーフィンを見ようとやってきた人の群をすりぬけて、マックが一人石段を降りてくると、遠くに住んでいるはずの二人が、板を抱えてマックを迎える。ここのところがいい。アメリカも日本も同じだ。任俠ものだ。高倉健が一人で行こうとやってくる。ものかげに池部良が待っていて傘をさしかけるのだ。もう一人歯並びのわるい男がいるから、これは誰にしたらいいだろう。北島三郎か。

浜にくり出した救助隊が、自殺行為だ、やめろ、と拡声機で叫ぶ声に耳もかさないで、各地から集まってきたサーファーたちは、次々と海に入り、波に乗り、翻弄され、板と人が別々に、黒い布か木の葉みたいに宙にはじきとばされ、水に叩きつけられ、没する。いく人かは死んでしまうのだろう。救助隊や仲間が浜を走りまわる。そんな中で、高さ七メートルもある怖い美しい波に一人ずつ必死に乗って行く仲間の姿を、大ゆれの板に坐って自分の番を待ちながら、じいっと追っている、妙にしんと落ちついたサーファーたちの眼つきが、実にいい。

水曜日の波に乗れて、(挑戦したけれど失敗に終ったらしい)三人は浜を引揚げて行く。これで波乗りをやめて、どこかで暮して年とるのである。石段を上りきって海を振り返る。壁のように垂直に立上る波と波の間に、チャンピオンのメキシコ人が、まだ板に坐ってゆれている。「あいつは変らないな」と一人がいう。終り(とうとう筋だけ書いてしまった)。

波と男のココロと体の映画である。男ばかりで仲よくしているのだ。赤銅色の男と男の胸板が磁石みたいに吸いついて抱き合って、お互いの背中を平手で一つ叩く。その音に私はどきっとする。恋愛や結婚のとき、女も出てくるには出てくるが、仲間外れのミソッカスだ。

おなかがすいた。鯨屋に入った。鯨の刺身と鯨のから揚と晒鯨《さらしくじら》を、連れとぼそぼそ食べる。

ふっと思い出していた。兄は戦後、転々と職を替え、ぱっとしたかったが一度もぱっとせず、癌手術をくり返し、小さなかじかんだ老人と化して死んだのだが、——その兄ではなく、昼間は海で派手に泳ぎ、夜はボクシングジムに通いつめていた、徴兵検査前の昔の兄を、ふっと思い出していた。

こわぁい、くらぁい気持

地下鉄千代田線赤坂から、三つ目の日比谷で降り、地下道を抜けて数寄屋橋口の穴から出たら、クリスマスとお歳暮の銀座が、とっぷりと夜に浸ってひろがっていた。ネオンで染った羊羹色の空。三十秒ぐらい眺めた。また、阪急デパートの地下へもぐって、山菜いなりとひじきいなりとしば漬いなりを一個ずつ買ってくる。

和光裏ビルの三階にある銀座文化へ。入口もエレベーターの扉も朱色である。切符売場の窓口も朱色だ。『エイリアン』一本立、五百円。『ぴあ』を出して三百五十円。切符売り嬢は、切符と百円玉と五十円玉のおつりをくれ「これ、古い『ぴあ』ですよ。もう新しいのが出てますから、新しいの持ってきて下さい」といいながら『ぴあ』の表紙に紫色の丸判を押した。

ここは出来たてらしい。場内も朱色にまとめてある。模様なし、無地の朱色。天井も壁も床も、べったりと朱色。まん中へんの朱色の椅子（ひじ掛も朱色のプラスチック）に腰かけると、上も下もない宙ぶらりんの頼りない気分になる。黒い詰襟服、リーゼントやパーマ頭の高校生が五人位かたまっている。あとは会社員風、大学生風、西洋人が二人。三十人位の男客が入っている。女は、はちきれそうな手提を抱え込んだ保険外交員風のおばさんと私。

若い娘が入ってきて腰かけると、小さな紙袋からサンドイッチを出して、ひどくうつ向いて食べだした。サンドイッチは三角のが一切れしか入っていなくて、すぐ食べてしまったが、食べ終っても、髪をばさーっと垂らして、ひどくうつ向いたままである。みなりはOL風だが、踵をつぶして運動靴をはいている。膝に紫色の丸判を押した『ぴあ』がのっていた。

休み時間にピアノ音楽が流れてくる。モダーンなピカピカの新装のせいか、皆、具合わるそうに、しずかにしている。高校生たちは一寸ふざけたりするが、立上ってあたりを見回してからに、ひそひそと大人しくなる。優秀映画を安く御覧に入れる当館――、ということを、アクのない男の声で放送していた。

『エイリアン』

あちこちの惑星からエネルギー資源の鉱石を集めて地球に持帰る途中の（人が住んでいないから黙ってとってくる。だからこれは貿易ではない）宇宙貨物船が、或る惑星に着陸、エイリアン（異星人）に襲われて、ただただ、ひどい目に会う、という簡単明快な筋だ。

「火星人てどんな声しているか知ってる？　ミチミチミチッて鳴くのよ」なんていっていた私は古臭かった。エイリアンは、ミチミチミチなどと鳴かない。声なんかない。足音もない。はじめは人がうずくまったほどの大きさの卵だ。卵がかえってから、どんどん大きくなりつづける。形も色も歯も変化しつづける。出くわすたびに、ちがったものになっているから、殺される方も、その度にちがう。出くわしたら、もうおしまい、ガッと一瞬、風のような音と共に殺されて（食べられて）しまう。エイリアンの全身が、写されることがないところが、また怖い。

手とか脚とか頭とか歯（はじめ一重の歯だったのが、次に現われたときは歯の奥にまた歯が生えている）とか、一部分が、さっと写る。鋼鉄色で、同じような色の宇宙船の精密な機械装置の間に、巧みに紛れてひそむ。そんなとき、だらだらと、ゼリー状の雫が垂れている。エイリアンのよだれらしい。女二人を混えた乗組員七人は、何が何だか分らない怖さの中で、一人ずつ、死んで行く。

いままでの映画に出てくる宇宙怪物には、どことなくユーモラスで可哀そうな感じがあったが、エイリアンには全くない。ただ、ガッと出てくるだけ。ただ、怖い。かといって、憎たらしいところはない。

はじめから、どうも表情が怪しかった科学部長は、実は悪い人造人間（人工内臓を持つ人間）だったので、乗組員に殺される（破壊される）。死ぬときに「お前たちは助かる見込みはない。エイリアンは死なない。エイリアンは完全生物だ。後悔と反省がない。純粋だ」にやっと笑っていう。相当純粋な人造人間は、最高に純粋なエイリアンに憧れているらしい口ぶりである。

このエイリアンの怖がらせ方のうまさ。怖い、とは何ぞや。怖がる、とは何ぞや。想像力のいっぱいある、怖がらせの名人たちが、寄ってたかって考えて、作り上げたのだ。

エイリアンの惑星に、すでに何千年も前に着陸したまま廃船となっている、別の異星人の巨大な宇宙船がある。その船底の広々とした奥深い洞窟にエイリアンの卵がずらりと産みつけられている。ここが気に入っているらしいのだ。この別の異星人宇宙船の内部の装置（美術というのだろうか）と、それの写し方が、とびぬけて素晴らしい。精密機械を拡大したようでもある。背柱、肋骨、筋肉にかこまれた胎内のようでもある。硬い鉄のようでもあり、濡れた粘膜のようでもある。キリスト教の大寺院の中のようでもある。性器にも似ている。大祭壇を思わせる中央の操縦台に腰かけたまま、一人の別の異星人がミイラと化している。象に似たやさしそうな顔は人間の十倍は大きい。圧巻だ。夢に見そうだ。

最後に鉱石を積んだ貨物船を切り離して爆破させ、エイリアンを宇宙船から放り出し、女一人と赤茶のトラ猫が補助の小さい宇宙船で逃げる。エイリアンは、毛むくじゃらの猫は、気味がわるいのか、食べでがないのか、襲わなかった。（一名残してあとは死んだ。六週間で地球へ着く。回収してくれ）と女は地球へ打電してから、猫と一緒にお棺の形をした睡眠箱に入って眼をつぶる。

そこで終り。でもダメだと思う。酸素ボンベも不足しているらしい。それに鉱石ものせてこない船なんか回収してくれるはずがない。女も猫も眠ったまま死んで、永遠に宇宙を回遊することになるのだろう。……

豪華な宇宙貨物船ノストロモ号のどの部屋も、何となくもやが漂った光線の中にうつし出される。明るい食堂での楽し気な食事の光景も、人はくたびれた表情で、どことなく淋しそうだ。機関室の高みから、何の水か、驟雨《しゅうう》の如く奔《はし》り落ちている。ニューヨークの荒廃した下町のようだ。

宇宙開発をやりまくると、揚句の果てに、とんでもないひどい目に会うかもしれないぞ、という一大娯楽映画なのだ。アメリカの宇宙局では「あと何年かしたら、日本人も宇宙船乗組員にまぜてあげますよ」といっているというけれど。そのとき乗る日本人は、東京オリンピックの聖火走者のように、ノーベル賞をもらった人のように、新聞に出るのだろうけれど。宇宙のことを思うと、子供じみて、こわぁい、くらぁい気持になる。

映画暴力にやられた

正月五日。上天気、風が強い。渋谷東急名画座へ上る満員のエレベーターの中で『アルカトラズからの脱出』はつまらなかった、と男が話している。こっちにしてよかった。『マッドマックス』一本立、千三百円。只今立見席の札が出ている。あと三十分で終る。

廊下の腰掛けはふさがっている。坐れない者は、柱や壁に寄り掛かっている。おろしたての運動靴、コバルト色や赤の羽毛入りジャンパーで上半身をふくらませて、警官マックスの銃を構えたポスターに見入っている中学生や高校生。兄ちゃんに連れられてきている、同じ恰好をした小学生。黒皮ジャンパー、黒皮手袋の若い男。ウールの和服を着てきてしまって、歩きにくそうな会社員風。女子大生風はいない。男が観たいという映画に付き合ってきている様子のOL風の女の子たち。男たちは、ほとんどが正月の飲みくたびれ、眠りくたびれ、遊びくたびれで、黄ばみ、むくんだ顔である。タバコの煙を天井にふきあげている。

暮の大晦日に、ブルース・リーの『燃えよドラゴン』を観に、夫とここへ来たことがある。高校生、大学生の男の子たちばかりだった。彼らは切符を買うときも、廊下を歩くときも、すでに気分が昂揚していて、半身に構えたり、手足を振り上げたりしながらだった。ポプコーンの匂いと音。ガボゴボとまき散らす咳。大入満員。「三島（由紀夫）に似ているなあ」と面白がっていた夫は、元旦の朝になると高熱を発して寝込んだ。寝臭く上気した顔を覗かせ、恨めし気に眼をチロリと動かして「あいつらから風邪をうつされた」と言って、ふとんをかぶった。あれからずっと、五年ぐらいここに来なかった。

チャックが三つもついた、ナップサックののびたようなのを背負った若い男がいる。山への往きがけか、帰りがけだろうか、熱心なものだと言うと、私の連れは「そうではない。あれはアメリカの流行。やたら町の中でもナップサックを背負ってるだけ」と言った。

十分ぐらい前になると、廊下の客は出入口の扉を開け放してつめかけた。私もまん中ほどに混ってしまった。場内も立見席で溢れているのだから、やっぱり廊下にいるわけだが、音だけは聞えてくる。画面は見えない。

カーッ（空気が洩れ、ふき出すような音）。キュウーン（ブレーキのような音）。ボワァンガァン（衝突したような音）。ゴッ（爆発引火したような音）。クューン（車の走るような音）。セリフは、ほとんどない。

再び、カーッ、という音。

私のうしろの男は、連れてきている女たちのハンドバッグを集め、席取りの準備をはじめた。皆、見えないのに場内の画面の方角に顔を向けていたが、さっきのナップサックの若い男は、私の斜め前にいて、一人だけ俯向いていた。鳥打帽の耳の後や頸すじが、ばかに色白である。真新しい毛足のもくもくした白と薄茶のジャンパーで、背負っている赤いペタンコのナップサックも真新しい。ときどき、頬ぺたがひきつるように凹む。その男と向い合せに背の小さい娘がいるのが見えた。クレオパトラのような髪型の娘は男の顎の下で頭を振って、くしゃくしゃ話しかけたり、男の指を両手で挟んで調べたりしているのだった。

『マッドマックス』

復讐に燃える（好きな仲間の男を殺された復讐。ワルであるから、燃え方が余裕しゃくしゃく。捕まえた獲物をわざと放し、眠ったふりや他所見《よそみ》のふりなどして、獲物が逃げるのを待って、ガッと襲いかかる、猫の、あの楽しみながらのいたぶり方）暴走族に妻子を殺された、暴走族取締専門の特別警察官マックスが、もう許せない、と、また復讐に燃え、（こっちは妻子を殺された復讐。普通の燃え方）幻の名車、黒のパトカー（インターセプター）に乗り、暴走族を川に叩き落とし、超大トラックを橋に激突させる。最後には自分もオートバイにひかれるが、ショットガンで相手を倒す、という筋。終りの十分間、廊下に聞えてきたのは、マックスの復讐場面の音だったのである。最後の見せ場だったのである。

さびれた田舎の停車場の広場に、薄汚れた重量感に溢れたオートバイが二十台ぐらい到着。黄塵にまみれた一団が、ヘルメットをとって顔を見せる。一人一人、ちがったいい顔である。その暴走族の首領になる男がいい。主人公のマックスよりずっといい。逆立った茶色の前髪に、一摑みだけ金髪がある。ライオンのようである。肥り気味、とろりとした眼、口数が少ない。気にくわないとき「カーッ」と息を吐く、廊下に聞えてきた、カーッは、この男の息の音だった。オリバー・リードに似た性的魅力がある。

役者も監督もオーストラリア人。田舎の町も、枯草の大草原も、地平線の彼方につながる道路（道路で、すべてが起る、人が死ぬ）も、麦畑も、警察本部の置かれている司法省の建物も、オーストラリア。警察本部は窓硝子が破れて、そこをまたいで警官が出入りしている。ざらざらとサメ肌の荒さである。寒々として暗い。黒い魔物のように走りぬけるオートバイの一団と、追う黒いパトカー。（暴走族より高性能な車に乗ると、警官も暴走族を上回る狼男と化してしまった）お尻。傷口。みひらいてくる瞳孔。人間の肉体の柔らかさが気持わるい。かたいものと柔らかいもの、あれこれと、怖い。こういうのをリアリズムというのではないかしらん。

マックスの妻子も同僚も惨死する。ほかにも人が死ぬ。が、あんまり私は感じないのだ。可哀そうでない。映画を観ている間に、自分が交通事故にぶちあたった気分に陥ってしまっているのだから。暴力映画というより、映画暴力。

映画が終ると、同じ建物の中の食堂街は、いっとき混み合った。長いこと待って天ぷら食堂に入った。天ぷら定食、竹、をとった。空腹なのに、のろのろと口へ運ぶ。ぷよぷよの大きな蜜柑が一個ついている。茹でたみたいな味。しかし、全部食べてしまう。給仕のおばさんと眼が合うたびに、お茶をついでもらった。灯をつけた東横線電車が、発着をくり返しているのが見える。ペキンパーの映画も、人がどんどん死ぬけれど、その死に方がひどく懐かしい。明日は日曜だ。正月休みは明日で終る。明日が終ると、さーっと、ざざーっと、どんどん月日が経っていって、この間やってきたばかりの大晦日が、またやってくる。今日、映画を観ている間に、がくっと年をとったようだ。奇妙な映画だ。

「あたし、今晩、きっと、凄い大いびきかくんじゃないかな」と、連れに言う。

凸は、やっぱり凄いなあ

裸の盛り上った肩と太い腕を毛布から出して、大きな男が体を丸めて寝台に眠っている。明るい陽が射し込んでいる。ピンク色に斑《まだ》らの、ざらついた白い皮膚、金色の体毛がもしゃもしゃそよいでいる。苦しそうな寝息。

両方の鼻の孔から血が垂れて、枕と敷布が染っている。眼をあけた男は鼻の下をこすって、また眠る。鼻血なんか珍しいことではないようだ。ボールをぽろりと取り落したところ、ボールをしっかり受けとめたところ、大歓声、試合の夢を見ているらしい。

大男（主人公、フィルという名前）は、テキサスのプロ・アメリカン・フットボールチームの八年選手。指の骨折の後遺症と年のせいもあって、この頃ベンチにいることが多い。

チームを抱えている大会社の事務室に、たびたび呼び出される。そのときは、着馴れない背広に窮屈そうにネクタイをしめて、豪華なビルに伺う。グラウンドを離れると、フィルのがに股と左脚のびっこが目立つ。左膝も骨折したことがある。夢の中ばかりでない。こうして歩いているときにも、ふとしたときにも、大失敗と大手柄の試合の光景が幻視幻聴となって、交互に浮ぶ。

チームの損になる選手は、あっさりクビにされて行く。フィルが簡単にクビにされないのは、むかし名選手だったことと、年なのに苛酷な訓練も頑張ってやっていることと、長年の親友が主将格であるかららしい。「お偉方には適当にゴマをすって、要領よく立回れ」、その友達は忠告する。フィルは黙ってきいている。出来ないたちらしい。

超巨漢（ジョーという名前）はチームのスターだ。脳はよわいが、怒ると人など片手でしめ殺すほどの怪力の持主。猟銃を持たせると、牧場の牛や友達の足許などを撃って喜んでいる。やりたい放題である。仲間は腫れものに触るようにして逆らわない。フィルはジョーほど頭がわるくもないし、スターでもない。親友ほど頭がいいわけでもない。

最新式機械を使って、最新式のきびしいトレーニングを終えた大男たちが、丸裸で大量の錠剤をコカコーラやビールで飲み下している——プロレスラー、重量あげ選手級の猛牛に似た毛むくじゃらの背中、お尻、太腿が、もくもくのたのた動きまわる（凄いなぁと思うが、何だか可愛い）。

大男たちは、いつもどこか怪我をしている。前の怪我の後遺症もある。ガーゼや絆創膏を貼りつけている。しょっちゅう体のあちこちが痛いらしい。試合直前には、強力な鎮痛剤を何本も射つ。薬づけの毎日だ。マリファナも常用しているらしい。夜だってよく眠れない。女の家に泊ったフィルが、夜半、寝床をぬけ出し、台所で鎮痛剤を頬張り、呻き声を殺して、体を折り曲げていた。ボキボキ音がしていた。

シカゴでの大試合の当日、不安と恐怖と興奮で身震いしながら、大男たちはユニホームをつける。油汗を顔ににじませて、ぼそぼそと心細そうに励まし合う。超巨漢のジョーだけは、もう一人いる超巨漢のひげ面（二人は仲よし、ホモの間柄。このひげ面が実にやさしい男）に、あやされるように巧く励まされて、最高の興奮状態となり、（シカゴを）叩っ殺してやる、などと叫ぶ。社長派遣の牧師がやってきてお祈りしてくれる。「勝っても、負けても、神のみころ……」「アーメン」と、終ったとたん、ぶっ殺してやる、と、またジョーが叫び、ヘルメットを抱えた大男たちは、がっと立ち上り、グラウンドに出て行く。ねずみに似た小男の牧師は、もみくちゃに押し倒され、踏んづけられた。

試合場面は、何が何やら、ルールを全然知らないのだから、ただただ茫然、圧倒されて見ていた。いい気持の圧倒。

試合で手柄をたてたと思っているフィルに、会社から呼び出しがかかる。いつもよりいい背広を着て、喜んで出かけて行く。

「クビ」。理由は、マリファナと鎮痛剤の常用、それに身持ちのわるさ。卑劣なやり方だ、と怒るフィルに、お偉方は本当のことをいう。「ポンコツ」「ツキの落ちたヤツ」終り。

——ここまで書いてきてから、もしかしたら、この映画、駄作ではないかしらん、と急に思った。筋など、さも、よさそうに書いてきたけれど、それほど、よくないような気もしてきた。「大男たちが、ふざけたり、罵り合ったり、あっちへ行ったり、こっちへ来たりする有様を見ていると（凸っていうのは、やっぱり凄いなあ。凹とはまるきりちがうところがある）と、凹がつくづく思ったのです」と書けばよかった。

とくに主人公になるニック・ノルティ。ぼんやりしている顔、笑い顔、歩き方、もーっと立ち上るとき、くたーっと坐り込むとき、一時間半ばかりニック・ノルティを眺めていたら、男っていいもんだなぁ、と、しんみりした。わざとらしくない独得の雰囲気がある。大スターにない魅力だ。力が強くて、無口、声を出せばかすれていて、いつも眠そうな大男、――ではお相撲さんも？　ちがう。何だかちがう。

まんなかから後ろにかけて、ぱらぱらといた客は、二十歳前後の男たちがほとんど。前の椅子の背にあげていた靴下の足を下ろし、フットボール選手フィルのように、うっそりと立ち上って出て行く。入れ替りの客は少ない。

昨夜の夜は外食した。一昨日の夜は来客で、てんやものをとった。何日か前に炊いた御飯が腐りそうだ。冷蔵庫で、ほうれん草がぐにゃっとしているのだ。しわしわの大根もある。今夜は家へ帰って食べなくちゃ。ガード下で、RR軒ヤマダの甘栗、小さい方の袋（五百円）を買った。夕方、出がけに吹いていた冷たい風が衰えていない。雪がきそう。「あの、アメリカン・フットボールの、フランケンシュタインみたいなよろい、あれ何で出来てるんだろう。あの下にゴム袋のようなものをつけてるのね。試合の前には、そこへ空気入れで空気入れて、ふくらましてた」「空気？　空気なんか入れませんよ。体を衝撃から守るために、いろんなところへパッドは入れてるけど。空気なんか入れませんよ」「でも、空気入れで、しゅうしゅうやってるところが、うつったもの」「あれはボールに空気を入れてたんじゃないかなあ」「ボールって、空気なんか入れるんですか」「そうですよ。試合の前にボールに空気入れて、よく磨いて、それから試合するんです」

渋谷から乗った地下鉄の中でした話。答えているのが、連れ。表参道で乗りかえて赤坂まで、あとは黙って腰かけていた。

映画の題を書くのを忘れた。『ノースダラス40』渋谷パンテオン。

宙吊りの骨壺……わからない

地下鉄の後楽園駅へ電車がとまる。降りたのは私だけだった。遊園地入口への矢印通り、遊園地の金網沿いに歩いて行く。東京にずいぶん長く住んでいるけれど、この道歩くのは生れてはじめてだな、とふと思う。いまごろは早春というのだろうか。陽春だろうか。金網の中の植込みの奥の遊園地には人影がない。いろいろな遊戯機械も動いていない。植込みのつつじと金網との間の、枯葉が吹き溜った狭いところに、茶と白のぶち猫が横坐りしていた。三時を過ぎた陽射しを浴びて、眼をじっとつぶっている。「こんにちは」しゃがんで声をかけてみる。猫は黄色く澱んだ眼を片方あけ、口の端を「に」と剝いた。起されたついでに、痩せて汚れた白い左足を、舐めたくもなんともない風に舐める。背中と太腿が赤剝けている。舐めているつま先も、うじゃじゃけている。つばが出ないのか、すぐやめて、蛇に似た恰好のあごの裏側を見せて横たわってしまった。あごの裏も赤剝けていた。お腹が急にふくらみ、ぼろ布のようにしぼんだ。つぶれた右眼の眼やにの上に、こまかい虫が沢山、ずり落ちまいとしてしがみついている。つつじの向うを真横向きに、男の学生二人が脚を揃えてビックリハウスらしい建物の方へ歩いて行く。聞いたことのある行進曲が、ロック風に突然鳴りはじめた。宙にとまっていた遊戯機械が一台、ゆるゆると動きはじめた。今日は土曜でも日曜でも祭日でもない。

入口正面の柱に二枚のポスター。「アメリカ生れの絶叫マシーン。二つ揃って三月初登場。エンタープライズとバイキング」「ヤングのハートをとりこにするエキサイティングの日々。今度の絶叫もでっかいぞ!!」海賊船にぎっしり乗った青少年男女が、髪の毛を逆立て、歯を出して笑っている。入場券売場の前のご案内板に、本日スカイフラワー強風注意、お化け屋敷整備中、と白墨で書いてある。帽子も上衣もズボンも蜜柑色の制服の男たちが、ふざけながら改札口から出てきた。

「後楽園キネマはこの中ですか」「知らないなあ。俺、ここにつとめてんだけど。こん中にゃないよ」「映画やってるところ」「ああ、シネマのこと? シネマなら、この野球場をぐーっと回っていって、裏手の食堂が並んでる中にある。すき焼食堂の隣り」

横腹に白く、マッドマウスと書いた真黒い二人乗りの箱が、カッチャカッチャ、カッチャカッチャ、うねるレールを登ってきては、U字の角で振りたくられている。誰も乗らない箱が二つ来たあと、二十歳位の男女が乗った箱が登ってきて、振りたくられている。ちっとも楽しそうな顔でない。柵に沿って並べた白い大鉢には、三色すみれがぎゅうぎゅう植込まれている。広場を吹きぬける突風にちぎられそうである。切符自動販売機を使っている映画館の従業員は、たいてい無口だ。シネマの売店係兼モギリ嬢は、混んでますか、と訊いても返事をしない。

暗い水色っぽい画面に真赤なお稲荷さんの鳥居、ごま塩髪を垂らした清川虹子がぬっと出てきて、供えてある花をぱっぱとぬき捨てて、菊の花をつきさして拝む。(『事件』をやってるのかな、『復讐するは我にあり』かな、と思って見ている）清川虹子が家の中へ入る。すると茶の間のこたつに緒形拳がいた。（『復讐するは……』の方だ、この人が稀代の殺人鬼なのだ、と思う。）

おすし屋が三人前おすしを届けてくる。清川虹子は二階に寝ているという娘（本当は、少し前に殺されてしまって押入れにいる）の様子を見に、おすしを持って二階へ上って行く。緒形拳が立上り、二階への上り口で、上を見すかしながら、ズボンのポケットから紐をするりとひきぬき、右手で握りしめる。

そのあと、すぐ電話をかける。河原崎長一郎の質屋がやってくる。三人前のおすしを自分も食べ、質屋にもすすめる。ビールもついでやる。お宅の家財道具はしめて四万六千円にしかならない、と質屋にいわれると、ハンパだな、と二階へ行き、眠ったような清川虹子の指から指輪をぬきとり、五万円にする。そのあと、捕まる…………。

明るくなる。五十人位入っている。大学生風、不動産屋風、ほとんどの男たちから煙草の煙が上っている。私の足許にはアイスクリームの汁が拡がっている。一番前の席から、会社員風の男が立上って、もう帰るぞ、という。なんだ、もう帰っちゃうの、と私のうしろの方で男がいう。お前たち、見てくなら見てけよ、俺疲れたから帰る、前の席の男はそんなことをいいながら歩いてきて、うしろの仲間たちのところへ坐り込んだ。結構長いよなあ、捕まってからがまた長かったよなあ、と坐ったあとも大きな声でしゃべっている。

『事件』が終ると、その会社員風のグループは出て行った。十人位になった。緑がかった長めのレインコートのリーゼントのおにいさんが、颯爽と最前列まで行ってから、颯爽とひき返してきて、私の奥隣りへ入った。ポマードの匂い。

『復讐するは我にあり』がはじまる。

霏々《ひひ》と雪の走る暗い峠に、泥水をはねあげて、サイレンを鳴らしながら、五、六台の車がやってくる。その中の一台に、主人公榎津（緒形拳）が刑事に囲まれて乗っている。薄笑いを浮べて鼻歌を歌っている。とがめられて歌うのをやめた榎津は、刑事に向って、年はいくつか、と訊く。五十いくつ、仏頂面の刑事が答える。あんたはいいな、まだこれから生きていて××××が出来ると、榎津がいう。（よく聞きとれなかったが、女の××××といったのではないかと思う。）

サギと殺人と女性関係を重ねながら、七十八日間強気で逃げまわった男をとりまく人たち——父親（三国連太郎）、母親（ミヤコ蝶々）、嫁つまり榎津の妻（倍賞美津子）。出会ったために殺される人たち——専売公社の集金人（殿山泰司、垂水悟朗）、老弁護士（加藤嘉）、貸席の女将（小川真由美）、その母親（清川虹子）。出てくる人出てくる人、しがない暮しだが体力十分の人ばかり。それに扮する役者も、こってりした役者ばかり。

胃がんを患う母親、ミヤコ蝶々が、とりわけ、いい。泣いているのだか、笑っているのだか、蛾のような顔をして、影みたいにいる。出奔した息子に秘かによび出されて、いそいそとパチンコ屋まで会いにくる蝶々。一本どっこの唄が流れている。買物籠を提げ、安物の夏ブラウスを着た蝶々は、パチンコをしながら元気よく嘘をつく息子の隣りに腰かけて、この間、占ってもらったら、あんたは将来どえらいことをすると出たよ、と、いとおしそうに顔を眺める。小さながま口をひらいて、四つ折り紙幣を手に握らせて笑う。平凡な場面が蝶々故に、強烈濃厚なほかの場面より、忘れられない。

別府温泉坊主地獄でゆで卵売りをする妻は、毎日、きまった時間になると、別府港の桟橋に自転車を漕いでやってくる。連絡船を佇って見ている。張り込みの刑事に、どういうつもりで来るのかと訊かれると、間を置いて「ちょっと、言いようのない気持だ」と答える。ぶっきらぼうで豊かな体、けげんそうな眼をした犬のような表情をいつも漂わせている倍賞美津子もいい。浜松に逃げた榎津が、タクシーを下りて貸席「あさの」までの塀に囲まれた薄暗い路地を——入るにしたがって狭くなって行く——少し靴音をたてて歩いていくところが、長々とうつる。奇妙に印象に残る。

京大教授に化けた榎津は、女をよんでもらえないか、と女将に頼む。「大学教授が女を買ってはいけないかな? 〝学問の前後左右に女あり〟ハハハ」という。サギ、殺人、女のほかに、すぐ一句浮んでくる才能もある。九州でも酒場のマダムと情事のあと「喰うか」と握り飯をすすめ、男のしつこさにうんざりしている女が「あとで」と断わると、自分だけ握り飯を頰ばりながら、〝お握りをもひとつ喰うか、あとでまた〟と詠んでいた。のちに、一人暮しの老弁護士を殺したときも、一句浮んだ。老弁護士の体を洋服ダンスにしまい、家探しするが金はみあたらない。〝大金はどこにあっとか教えてよ〟

榎津に惚れ込んだ女将は、よばれて東京に出かけた。兎の白い首巻に赤い格子の外套、野暮ったい子供じみた着馴れぬ洋装の年増の女が、嬉しくって嬉しくって、燥ぎながら男に凭れかかって、池袋の上等でない映画館へ入って行く。愛らしい。（私は殺人犯と知っているから）哀切でもある。その小川真由美も、男の好物の漬物を漬けているときに、白く長いのどを絞められてしまった。

熱心なカトリック信者の父親三国連太郎が、これでもか、これでもか、と、しょっちゅう出てくる。凶悪なこの息子の源はこの父親です、と出てくる。日本のマーロン・ブランドといいたい位うまくて、でもあまりうますぎてか、わざとらしい。ミヤコ蝶々の勝ち。

五年後、丘を登って行くケーブルカーに、死刑となった息子の骨箱を抱いた父親と嫁が乗っている。海を見下す丘の展望台から、息子の骨を撒く。骨は曇天の空に放られて、ぴたりと宙吊りになる。放っても放っても宙吊りになる。（一体全体どういうことなんだろう、土に還れない、ということなんだろうか、と私は思う）父親は最後に骨壺もエイヤッと放る。（それなら骨壺だけは、息子の骨ではないのだから落下して行くのだろう、と思っていると）骨壺も、画面いっぱいの空の右端に、ぴたりと宙吊りになった。わからない。終り。

リーゼントのおにいさんが隣りにきたとき、痴漢ではないか、と思ったのだ。封切館でない映画館で、隣りに男が坐ると、一瞬そう思ってしまう。手や指のありかを、ちらちら見てしまう。しかし、そうではなかった。

榎津と女将、女将と旦那、女将とヒモ、父親と嫁、嫁と駅の助役、中老年男女のポルノ場面になると、リーゼントのおにいさんは、イカサネエナアといいた気な吐息をついて顎を埋めた。

おにいさんが靴の先で前の椅子の背を蹴ったとき、ダーンと思いがけない大きな音がしたので、私はびっくりした。映画をやっているときでも、くしゃくしゃとしゃべり続けていた前の椅子の二人の娘は、もっとびっくりして黙った。おにいさんは、わざとしたのではなく、長い脚を組み替えようとしたら椅子の背の下の方にあたったのだ。そこに太鼓のようにブリキの板が貼ってあったのだ。

映画が終る少し前、さっと、おにいさんは出て行った。何だか、棄てられたような気分に、私はちょっとなった。

蠟細工のカキフライやトンカツ、赤身の牛肉やねぎ、親子丼や天ぷらそば、陳列窓に弱い照明を残して、食堂街はほとんど店を閉じてしまっている。九時半過ぎていた。映画館からも、ぱらぱら人は出てきたはずなのに、駅へ向う道を歩いているのは私だけだ。歩道橋を渡るのも私だけだ。遊園地の遊戯機械にとりつけられた電飾が、赤い大きな星や金の縄となって浮いている。

雨の日の三本立、四百円

朝から雨。昨夜から雨。アパートの排水管を水が落ちて行く音がしている。裏の林の若葉は、蛍光塗料を浴びせたような黄緑。桜は花をつけた房のままうなだれて、間断なく散り続けている。鳩ぐらいの大きさの、頭のてっぺんが平らの黒い鳥が一羽、房と房の間をよじ上りよじ降りて、花芯を食べている。雨の音が大きくなると飛び立つが、またやってきて食べている。今朝から、うちの電話はヂリリ、ヂリリ、むずがゆい音がしている。受話器をとれば、イーンという音だけである。じゃ、こんな日は映画見に行こう、と思う。

体温と同じくらい（と思える）なまあたたかい外だ。

地下鉄の神宮前で山手線に乗り換える。原宿駅の植込みに山吹が咲いている。

正午近いのに、きた電車は混んでいて、髪の毛の匂い、息の匂い、雨を吸った傘やレインコートや靴の匂いが満ちている。私の顎の下に、若い女の丸々とした分厚い肩があって、その晒し鯨に似た織り方のピンク色のカーデガンから、生温い湿った体温とナフタリンの匂いがくる。渋谷で真先に乗り込んできた若い男が「お、めずらしいな。奇遇だな」と、こっちの方に向っていう。「うん、奇遇」と、私の連れがいった。五反田駅に着くまで、二人はときどき笑声をあげて、しゃべっていた。

五反田東映シネマは三本立である。売店には弁当類は売っていない。朝食をぬいてきたので、喫茶店に入って、ハムとまぐろと野菜の取合せサンドイッチを注文した。一皿五百八十円。連れは朝食が遅かったから、コーヒーフロートだけでいい、という。コーヒーフロートというのは、アイスクリームコーヒーのことだという。私はそれもとった。コーヒーフロート二杯七百六十円。電車の中で会った男、Nさんの話を、連れはする。

——Nさんは、近々、フランスのパリに行くんで、あれこれと忙しい。折角、苦心して仲よくなったU子さんを東京に置いて行かなくちゃならないのが、一番の心配事らしい。結婚の約束をしたのかしないのか、そこのところまで聞いちゃいないけど、一年行っている間に、彼女がほかの男と仲よくなって捨てられるんじゃないかと、心配らしい。せめて、別れぎわに、いい印象を鮮かに植えつけておけばいいかと思って、せっせとU子さんのアパートへ通っているらしい。今も昨夜からアパートへ泊り込んでいた帰り。何だか、ぼーっとした、ふくらんだ顔になっちゃって——。

「Nさんにお餞別やらなくちゃ。役に立つもの、何がいいかなあ」

「結局、現金。でなかったら、鞄なんか。サムソナイト」

「あれは高いものね。Nさんの荷物はパンツ二枚だけだというから、サムソナイトはいらないんじゃないかな。やっぱり現金かなあ。何しろ、金のない男だから、貰ったらその日のうちに飲み食いして使っちゃうだろうなあ」

山盛りのクリームを舐め、コーヒーをストローで吸い終ってから、サンドイッチを食べる。最後の一片を一と口噛みちぎると、急に満腹になっているのが分った。

三本立五百円。『愛のメモリー』『キャリー』『ファントム・オブ・パラダイス』。

「一人は普通。一人はこれ」『ぴあ』を見せると、窓口の男は硝子越しにちらっと見ただけで、判こも押さず「二人とも四百円でいい」という。

狭い廊下のベンチに五、六人大学生風の男たちが煙草を吸っている。いまや映画は、もうじき終るところらしく、盛り上ってきている雰囲気の画面。鞄を持った中年男が、駅のようでもあり、病院のようでもある広い廊下を、こっちに向って歩いてくる。眼が見開きっ放しである。角を曲る。コートをかけて隠した左手に拳銃が握られている。反対側の廊下から車椅子に乗った若い女が介添の男女に押されてやってくる。両方が近づきつつある。中年男の足が速くなる。途中から出てきた男とすれちがうとき、ぶつかって鞄が開き、札束が散乱する。札束なんかに見向きもせず、中年男は拳銃を剝き出しにして車椅子に向って突進してくる。女は車椅子から立上り、中年男によろめき近寄って行きながら「パパ⁉」という。音楽が流れて、二人は抱き合ったまま、ゆっくりと回り、ダンスをはじめる。そこで終る。

明るくなると、後の席の三人連れの男たちがしゃべりだす。「カメラワークに圧倒されたなあ」「すごい映画だったな」「何しろ最後になって父娘と判るんだからな」いまのは『愛のメモリー』らしい。男たちの話を聞いていると、何だかすごい映画であるらしい。三人のうち黄色いジャンパーが、売店でアンパンを買ってきた。紺のセーターが一番よくしゃべる。アンパンを口一杯頬張って「このアンパン……なんとかかんとか」と、アンパンについてもしゃべっている。三人とも大学に入りたてぐらいの若さだ。アンパンを食べてしまった紺のセーターは、カサカサと紙の音をさせて「君たちも食わない」といった。あとの二人もカサカサ紙の音をさせた。折詰弁当に小さな塩鮭の切身やたくわんや昆布が入っているのが見えた。

『キャリー』

学校のシャワー室。しゃぼんを摑んで不器用に体を撫でまわし、シャワーを浴びる金髪の少女。ざらついたピンク色がかった白い肌。太腿にも背中にも腕にもソバカスがびっしり浮いている。あさりのむき身みたいなおへそ。シャワーの音の中で、ゆっくり舐めまわすように写ってゆく。太腿の大写しとなったとき、腿のつけ根の内側を、たらたらと血が滴り、にじみ流れ落ちて、足の間のタイルに拡がる。驚いた少女（キャリー）は、しゃがんで泣き叫ぶ。おくて、ドジ、間抜け、無知、集まってきた同級生たちは、節をつけて口々にからかい、自分たちの持っている生理用品を、シャワー室の隅に素裸でうずくまるキャリーめがけて投げつけて笑う。おびただしい種類の生理用品が乱れ飛ぶ（後の男の子たちは、こそとも身動きしない。息もそーっとしている）。

キャリーは十六歳。血の気の少ない痩せてとがった顔はかまきりに似ている。母親と二人暮し。母親は伝道師をしている。同級生は大人びた派手な服装なのに、キャリーだけは古風な水兵服で通学している。同級生に馬鹿にされ、早退したキャリーは「どうして女にこういうことがあるのを教えてくれなかったの」と、母親に訴えて泣く。母親はまったく平気。聖書にこう書いてあるよ、と高らかに朗読し、お前もとうとう罪深い女というものになったか、この罪のかたまりめ、と分厚い大きな聖書を開いたまま振り上げて、娘の顔のまん中を張り倒す。

心やさしい女先生と、一人の同級生のおかげで男友達も出来、学園祭のパーティーに、自分で縫ったピンク色のロングドレスを着、はじめて口紅をつけ、怖《お》ず怖《お》ずと出かける。さなぎから蝶となったキャリーは、パーティーの席上で、学園祭の女王に選ばれる。喜びに震える壇上のキャリーに、天井から血が降ってくる。意地悪の同級生たちが企んで、豚の血を入れたバケツを梁《はり》にのせて置いたのだ。空になったバケツまで降ってきて、隣りに寄り添っていた男友達は死んでしまう。全身に血を浴びて茫然と立ちすくむキャリーに奇跡が起る。キャリーの眼差しが赴くところ、崩壊がはじまる。窓を見れば硝子が破れ、天井を見れば天井が落ち、人を視れば人が卒倒する。キャリーはあちこち視るので、広い体育館は、たちまち大混乱、火災が発生、満員のパーティーの客も梁の下敷となったり、扉に挟まれたり、全員死んでしまう。わが身の念力の強さに呆気にとられたキャリーが、火のうねり渦巻く体育館を後にして、しいんとした広い校庭にさまよい出て、夢遊病者の如くわが家へ帰ってくる。闇の中で、キャリーの家はどの窓にも灯がゆらゆらと揺れている。ありったけのろうそくを灯して待ち構えていた母親に殺されそうになったキャリーが、思いつめた眼差しをしたため、家中の刃物が飛んできて母親に刺さってしまう。母親は自分の一番大切にしていた磔刑のキリスト像と同じ姿態で死ぬ。母親の眼が、ぱっちりと見開いて、何ともいえない安らかなやさしい眼つきでキャリーの方を見つめたまま。突然、家が崩れて火事が起る。梁の下となって、キャリーも死ぬ。心やさしい友達は、ショックで寝込む。キャリーの家の焼跡に建つ粗末な十字架に花を供えに出かける。十字架の前に跪くと焦土の中から、血に染まった手が出て摑まれそうになる――彼女だけは助かったが、そういう夢を見る人になってしまって。終り。

怪奇少女マンガ学園篇といった筋の映画だけれど、ところどころ、妙に生々しい場面があって、どきっとする。男女の間柄は罪、ことに女は罪深い、と祈りに祈りまくって暮している狂信的な母親が面白い。湯気が立つほど肉感に溢れていながら、ふとしたとき少年のようなのだ。有名な役者ではないらしいが、よほどうまい人なのだと思う。

紺のセーターが感想を述べる。「偽善みたいのを斬ってるみたいで、こっちも傍観者でいらんなくなる」二人は黙って聞いている。

「本当に」と、紺のセーターはいってから、ライターの音をさせて煙草に火をつける。二人も煙草を出して、ライターの音をさせて火をつける。「本当になあ。あの親切な女の先生も死んじゃったんだよなあ。あの、女の子に一番やさしくて、自分のボーイフレンドまで提供したのになあ」

「地面から手が出たとき、びっくりしたなあ」小さな声で黄色いジャンパーがいう。

「技巧的なことだけど、夢と現実がつながっているということなんだ」。紺のセーターは、そういったあと、また「本当になあ」と、つけ足した。三人とも三十秒ほど黙った。紺のセーターは映画にくわしいらしい。「カメラが転回する場面があったろう。あれで心理が変化して行くことをあらわしてるんだ」二人は熱心に聞いている。「まだ、雨降ってるかな？　トイレに行ってくるよ」紺のセーターが立上った。どんな顔をしてるのかな、と斜めうしろを見上げる。銀ぶち眼鏡をかけている。ナルちゃんそっくりの男の子である。

十二単衣のような王朝風衣裳の女たちが、脚を剝き出して、転げまわり、のけぞる。洞窟を背に、お盆にのせた頭蓋骨を捧げ持って出てくる丹波哲郎扮する祈禱師風の男。丹波哲郎製作演出主演、いまひらく幽玄のロマン『砂の小舟』という日本映画の予告篇をやる。

『ファントム・オブ・パラダイス』

仰向けにひっくり返って死んでいる小鳥がマークのデス・レコード会社の社長（スワン）は、業界の権力者である。自作を弾き語りする若い男（リーチ）の作曲したロック風ファウストを認めるが、リーチの声と容姿に魅力がないので、曲だけとり上げて追払う。愚直で純情なリーチは、自分の歌だ、と抗議しに行くが、何度出かけても、ひどい目に合わされて門前払いを喰わされる。シンシン刑務所に放り込まれ、歯をすっかり抜かれ、声が出なくなる。顔半面大火傷をする。リーチは黒いマント、鳥の仮面に醜い顔を隠した怪人となって、声を失った自分の代りに自分の歌をうたう巡り合せとなった幸運の娘（フェニクス）を蔭から見守るが、娘はスワンに憧れる。冷徹なスワンは娘との結婚式の日、娘を殺して、もっと人気を盛り上げようと計画する。怪人が乗り込んで活躍、娘は助かるが、スワンと怪人は相討ちとなる。――という筋のロック・ミュージカル喜劇。

『サウンド・オブ・ミュージック』の、ハンカチかチョコレートの函《はこ》にあるいい景色と、やたらに響きわたる美声と、筋とに退屈して、ミュージカル映画は、もうもう見たくない、と思っていたが、これは、はじめから終りまで面白い。傑作だ。歌もいい。『美女と野獣』という歌もあった。スワンになったポール・ウィリアムズという人がうたっているらしかった。

スワンは、いつも白手袋をはめて、キンキラキンの衣裳であらわれる。城を持っていて、歌手志望の美女たちに囲まれて、電気仕掛の回転ベッドに横たわったりするが、あまり楽しそうでもない。スワンは、かつて美少年花形歌手であったとき、永遠の若さとひきかえに、悪魔に魂を渡してしまったのだ。西洋人としては至極小造りな体つきに怜悧そうな顔をのせたスワンから、少年と中年と老年の奇妙な性的魅力が漂ってくる。澁澤龍彦と歌手はしだのりひこを合せて割ったような、といったらいいか。

『愛のメモリー』

アメリカの少壮実業家の妻子が誘拐され、犯人と妻子の乗った車が事故で川へ転落。実業家は、広大な所有地を公園にして妻子の墓碑を建てる。十何年後、ローマに出かけた夫は、妻とはじめて会った教会で、妻と似た娘を見、惹かれ、アメリカへ連れ帰る。淋しく暮していた実業家は、娘に結婚を申し込み、十何年ぶりに朗らかとなる。周囲の友人が心配する。「君、本当にあの若い娘と結婚するなんて。気はたしかか」「ぼくのことは放っといてくれ」（ここまで見る）

帰ろう。さっき、後の男たちがすごいといっていたから見ていたが。いまにすごくなってくるんだから、そう思って我慢して見ていたが、もう帰ろう。

映画館の前を流れる川は、一段と水嵩を増していた。雨が激しくなっていた。夜になりかかっていた。のろのろと橋を渡る私を、傘を傾けて勢よく男が追越して行く。追越しざまに川へペッと唾を吐いた。コンクリートの欄干に、桜の花びらが貼りついている。橋げたの蔭の澱みに、膜のような皺が寄って、その上にあぶくがいくつも浮いている。あぶくがつぶれるとき、立ち昇ってくるのか、雨の中に、ガスの臭いがある。自分が魚になったような気分だ。

「この川、往きに通ったときと、逆の方へ流れているんじゃない？　眼の加減だろうか？」

雨の音と車の疾走音で、連れには聞えないらしく、先を歩いて行く。

眼が熱っつい、眼が減った

十一時半に五反田シネマの前に着けばいい。ケン・ラッセル監督三本立大会だ。門を出たところの塀に真紅なバラが咲き乱れている。少し行ったところの塀から、クリーム色ととき色のバラが溢れて垂れさがっている。神社の木立でできた日蔭の石垣沿いに、トラックや乗用車やタクシーが、すき間なく一列に駐り、半分あけた運転席の窓から、靴下をとった素足の先をつき出して昼寝中だ。青葉のかげりでか、どの足の裏もひらひらと、いやに白い。

五反田ビル街のサンドイッチ屋で、パイサンドイッチというのを二つと、コッペパンサンドイッチを二つ買う。七百五十円。快晴。道も空も眩しい。少し風があって、髪の中が汗ばんでいるのがわかる。もう夏だ。減水した目黒川は、川底の杭と杭のまわりのコールタール色の泥を陽光に一部分晒《さら》している。いつもは見えなかった丸い穴が二つ、地下鉄地下水80、地下鉄地下水81と札が貼りつけてある。80の穴から、普通の色の水がシャバシャバとはねちらかって落ちてくる。今日の目黒川はひどく臭い。

映画館の前にきたとき、開場ベルが鳴った。五反田シネマは、いつも三本立、いつも一人五百円。『ぴあ』を持ってくれば四百円。『ぴあ』を持ってこなくても、この前ここでもらった

「しねまっぷ」を出せば四百円。「しねまっぷ」というのは、三ヶ月間ずつの五反田シネマ上映映画の題名が細かい字で刷ってある、三ツ折りにすると手帳くらいの大きさの紙で、プログラムがないかわりに、それをくれるのだ。モギリの男は、「しねまっぷNO．21」を新たにくれ、隣りの五反田東映の『徳川一族の崩壊』特別割引券（これを持って行くと、二名様まで千三百円が千百円になる）もくれた。

一列に一人ずつくらい、坐っている。一番見やすそうな真ん中にいる男の右隣りへ横ずっていって腰かけると、男は右腕と右脚を、ぴくっと引き寄せて、こんなに空いてるのに隣りへ来なくてもいいじゃないかといわんばかりの眼で、腰かけてしまった私の左半身を見る。大学生風、女子大生風が、一人二人と入ってくる。見まわして、女は女の隣りへ行って坐る。男も女の隣りへ行かないように無理して坐る。隣りの男は左隣りの男と一緒にきたらしい。「あんなに飲んだのははじめてだ」「ぼくはビール五杯でしょ、日本酒二杯でしょ、あとウイスキー」大学新入生で歓迎パーティかなんかの話をしているのだ。男の子という年恰好である。「これとこれ見たしさ。今日、これ見るでしょ。それからッと、これ見るつもり。これも見るつもり」と、「しねまっぷ」をひらいて顔をくっつけている。つい私も覗く。男の子は右肩をぴくっと硬くして、「しねまっぷ」を隠し、膝に乗せたラクダ皮の大きな手提袋がずり落ちるのを押える。左の友達の方へ体を寄せる。おばさんのチカンに会ったことがあるのかもしれない。なかなかはじまらないので、パイサンドイッチの方だけ食べる。

『恋する女たち』

一九二〇年代のイギリスの小さな炭鉱町。二人の姉妹（姉は小学教師、妹は彫刻家修行中）は、澱んだ暗い貧しい暮しの人たちの中では、派手な容姿と身なり、上等な職業の、目立つ存在である。姉は視学官のルバート、妹は町一番の炭鉱主の息子ジェラルドと親しくなる。金持でないルバートは文学青年で、自分のことも人のことも、すぐ分析して、たちどころに上手に言いあらわすことが出来る。前々から関係があるらしい芸術好きの金持ちの女の主催するパーティで、女がいちじくを口に入れようとしているとき、いちじくの真の食べ方というのを居並ぶ人たちに説明したのち「いちじくの紫色の割れ目の内部にピンク色をしたヒダがあり、さらにその奥にはうす紅の核心がある。これは心身をとろかす甘美さを持ち、その味わいは何ともいえない」と、しゃべったりする。ジェラルドは、ほんとだなあ、という表情と、そんなことしゃべったりしてイヤだなあ、といった表情を浮べて黙っている。田舎の大金持の複雑な家庭の事情を背負っているジェラルドは、口下手で沈鬱。ルバートは姉も好きだが、ジェラルドも大好きで「好き合っているなら男と男の間でも肉体が結ばれるのが本当だ」と、思いつめて真面目に言い寄る。ジェラルドも真面目に「感じない」と、やさしく断わる。男ばかりでなく、女も真面目である（映画に出てくる人は、みんな真面目だ。ギャングだって凝縮したように真面目だ）。いろいろなことがありながら、ルバートは姉と結婚、ジェラルドも妹と結ばれる。四人でスイスの雪山へ遊びに行く。寒さに閉口した姉夫婦が南へ出かけたあと、同宿のドイツ人彫刻家（キザな振舞や芸術の話をする）とウマが合って仲よくする妹とジェラルドの間はこじれる。嫉妬に苦しみ疲れたジェラルドは雪山の奥へ歩いて行く。

雪で凍った遺骸を囲んで、ルバートと姉妹は泣く。一番悲嘆にくれているのはルバートである。あのとき、ぼくが求めたものを受け入れていたら、こんなことにはならなかったのに、と涙ながらに呟く。あたしがいるじゃないの、あたしだけじゃダメなの？　と姉が慰める。ルバートは顔をあげて、そんなもんじゃあないよ。女と愛し合うだけじゃイヤなんだ、と当然のように言う。姉はキョトンとして首をかしげて夫を見つめる。涙が一粒、鼻のわきについている、画面一杯大写しの姉の顔。終り。

姉の組は、真昼、光、屋外、妹の組は、夜、影、寝室、の恋愛をする。四人とも体格ががっしりしていて丈夫そうなので、気持がいい。

ルバートが金持の前の恋人に、立派な文鎮で頭を殴られてふらふらになり、戸外に出てきて羊歯《しだ》の群生する原っぱをさまよう場面がある。一人で気分が昂揚してきて、順ぐりに衣服を脱ぎすてて、靴も脱いで、毛むくじゃらの下半身で腰丈の羊歯をなぶり分けながら、ますます興奮してきて、大樹に凭《もた》れる。羊歯の原っぱから金色に輝くつんつんした草の密生する原っぱまでくると、頭から流れる血をその草でこすり、頸や胸の汗と混ぜてこすりつけ、赤まだらになって酔ったように草の中へ沈み倒れる。

ルバートとジェラルドが、ジェラルドの邸の豪奢な居間のじゅうたんに寝そべって話をしているうちに、ジェラルドが、レスリングしようか、というと、ルバートはすっかり喜んでしまう。灯りを消し、全裸になった二人が、じゅうたんの上を転がる。首をしめたり、腋の下に顔をつっこんだり、顔と顔がくっついてひしゃげたり、ぬるりと滑って姿勢が変ったり。う、しゅっ、くうう、ぺちゃり、ぱちゃ、しゅうう、どた、ぐ。大暖炉に燃える焔に、オレンジ色と赤と黒色に照らし出される。

この二場面が圧巻だ。敏感で荒々しくて、うねるようで、不思議な感じだ。原作『恋する女たち』にはレスリングの場面はどんな風に書いてあるのかしらん。「レスリングしようか。うん、しよう。二人はレスリングをした」とだけ書いてあるのを、ケン・ラッセルが心をこめて、こんな風に撮ったのかしらん。

男二人のうち、ジェラルド役のオリバー・リードが好きだから、オリバー・リードのお尻や眼が出てくると見惚れていた。ケン・ラッセルの映画のオリバー・リードはことに好きだ。「家」という、ほかの監督の怪奇もので、背広を着た現代風の夫になったが、誰がなってもいいような役のときは、まるで精彩を失ってしまう人だ。

休憩で、残りのコッペパンサンドを食べる。あちこちで紙袋をいじる音と噛む音がする。今日はめずらしく女が多い。連れの隣りの、もしゃもしゃに髪を縮れ上らせた娘は、自分で作ってきたらしい弁当を『ぴあ』の上にのせて、ひっそりと開いている。うつ向いたまま食べ終ると、床に置いた紙袋にしまって、今度は紙袋の中から小さい魔法瓶を出して、お茶をする。

『ヴァレンチノ』

貧しい家に生れたヴァレンチノは農学校を卒業してニューヨークで働いている。金を貯めて、カリフォルニアに農園を買って、オレンジ栽培をするのが夢だ。クラブのダンサー（女客のダンスのお相手もする）だが、天稟の美貌でナンバーワンである。ギャングの女房に惚れられたため、ニューヨークにいられなくなり、アル中の年増女と組んで、場末のクラブで踊りを見せているところを、ハリウッドの女脚本家に見出され、大女優ナジモヴァと共演し、あっという間に大スターとなる。アメリカ中の女の憧れの的となる。出会う女は、みんな世話を焼きたがる。男は憎たらしそうに蔑みの横眼で眺めている。根が質朴で単純なヴァレンチノは、ホモだという噂をたてられるとムキになって怒り、男らしさを認めさせるために新聞記者と拳闘試合をして、やっと勝つ。もっと男らしさを認めさせたくて、その直後に酒のみ競争もする。それもやっと勝つが、大量の酒が入った体はめちゃめちゃになり急死する。魅力があんまりありすぎたため、女と人気と業界にもみくちゃにされた不仕合せな男。

酒のみ競争に勝って、自宅にたどりついたヴァレンチノは、出迎える人もいない豪華な居間で、卓上のオレンジを摑もうとする。摑み損ねて転がっていったオレンジを、酔眼を見開いて憧れるように見つめながら息絶える。終り。

ヴァレンチノにヌレイエフが扮する。ケン・ラッセルは、わざとというか、意地悪というか、面白がってというか、ヌレイエフにバレエのような踊りをさせない。給仕の服を着せて、酒場でタンゴを踊らせる。レスリイ・キャロン扮する大女優ナジモヴァと女友達(のちにヴァレンチノの女房となる)が同棲する東洋風の館で、二人の女がヴァレンチノと『牧神の午後』ごっこをして写真を撮ったりして喜んでいる場面だけ、全裸のお尻や腿や背中を黒い丸い斑に染めたヌレイエフが、半獣神の恰好でバレエのしぐさをちょこっとする。

留置場に放り込まれれば、看守や変態男やならず者に辱められるところを、拳闘試合では失神寸前に陥って相手から嬲《なぶ》られるところを、長々と写す。

ヌレイエフは、役者としては一本調子でうまいとは思えない。だけど、いい。

映画の冒頭、まだ客の入ってこない時間の、森閑としたニューヨークのクラブで、黒と白のタキシードを着た無名のヴァレンチノと無名のニジンスキーが、男同士でタンゴを踊っている。そのあとニジンスキーが一人でくるくると旋回して踊る。ヴァレンチノがじっと見て拍手する。この場面がいい。

『トミー』

ロックミュージカル映画。

戦死したはずの父親が突然帰ってきたため、母親と情夫は慌てて殺してしまう。それを見ていたトミー少年は、ショックで眼が見えなくなり、唖でつんぼになる。トミーがひどい目に会いながら（呆れ返る位ひどい目に会う）大人になって行く間の、心の中の、頭の中の、話。やがて奇跡が起って機能が回復し、トミーは新興宗教の教祖になる。

私にはわからない個所がところどころあって、見終ってへんな中途はんぱな気分になる。回復したトミーが新興宗教の教祖となるところあたりから、いやになってきた。

「トミー」が終ったとき、座席は満員で、立見客もほぼ一杯だった。廊下に出ると、狭い廊下にもごちゃごちゃと人が待っていた。

陽が長くなった。まだ暗くなっていない。東急の地下で肉まん四個買う。連れはうしろに立って、売場の人ごみでかくれんぼをする子供を、ぼんやりと眺めている。原宿で乗り換えて、地下鉄の赤坂の駅を上る。暗くなっていた。真正面の空の東京タワーに灯がついていた。

「三本立まるまる見ると、やっぱり疲れる」連れがもうろうと口を開いた。

「ケン・ラッセル大会だものね。昼間から来てる若い女は女子大生なんだろうか」

「学生と、ＯＬだったけど、いま失職中の人……」

　連れと別れる。アパートの裏の林に何本かある、いぬぶな科の大樹から、花の匂いが降ってきて、木下闇に帯状に漂って動かない。アパートの外廊下を歩くと、くらくらする。息がつまる。雨かと思う、しめやかな音をたてて、しべらしいものが散り続けている。ときどき、懐紙ほどの大きさの葉が、まちがって落したような速度で落ちてくる。この匂い、いつも、毎年、何日位続くんだったろうか。

　家の中にも匂いが入り込んでいた。三本立六時間半、眼があっつい。眼が減ったようだ。つぶると眼の裏に、赤と緑の光った砂が集まっては散らばる。

犬のような突然のアクビが出て

午前中のラジオの天気予報では、こんな風にいっていた。「午後になると、少しずつ雲が出てきて……ことによると……」雨だと庭仕事が出来ないからムダだが、車に荷物を積んだことだし、富士の山小屋へ出かける。中央道の相模湖を過ぎたころ、薄陽が弱まって、進行方向の西空の低いところに、形のある雲が浮いていた。しばらく走っていると、雲の数は、西の空の高みにまでふえていた。真鍮の粉をうすく溶かし入れたような色に染った空に、ぽつら、ぽつら、と、一つずつ異った形の雲が、見本展示会みたいに浮いているのだった。天気予報にしては頼りない「少しずつ、雲が出てきて……」は絶妙ないい回しなのだ。

談合坂の売店で、奴幕《やっこ》の内弁当を買って車の中で食べる。

山小屋に着いて、家の中に風を通し、一服してから、店が閉らないうちに富士吉田へ買出しに下る。大鳥居下のマルヤス（建築材料店）はシャッターが下りていた。裁縫用品と化粧品の店にシャンプーを買いに入る。四十がらみのおかみさんは、新入荷の最新式フランス化粧品をガラス棚からとり出して、美容の薀蓄《うんちく》を傾ける。話のきれめをねらって「シャンプーだけ欲しいのですが」と私はいってみるが、おかみさんは、さらに薀蓄を傾ける。「シャンプーだけ欲しいのです」おかみさんは、私の頭と顔をじろりと見て「リンスも使わねばダメだね」という。「頭に栄養をくれてやってるかね。頭に栄養うんとくれてやらねば、結局はダメちゅうこんで」血色のいい女相撲みたいな人なので、畑の話をきかされている感じだった。

ペンキ屋で、ペーパー（さび落し）二枚と、さび落しブラシを買う。折り畳み式のジュラルミン製梯子《はしご》が天井から吊り下っている。値段を訊くと、安くして五万円、といったから買わない。伸ばすと二階建の屋根まで届くよ、というが、やめておく。

ノコギリ屋に入る。間口の広い店先の半分が畳敷きの仕事場で、宮本某、梶原某、とか、油屋とか、持主の姓名や屋号を書いた手垢で汚れた柄のいろんな形の大小のノコギリが、重なって散らかっている。そのまん中にあぐらをかいて、ここの主人が目立てをしている。目立てが終ると反り身になり、日本刀のめききをする恰好で表裏を返して何度も眺め、左手に柄、右手を刃先にかって、へかへかと刃を反らせる。目立てをはじめるときも、同じことをする。主人は私の方を見ないし、口もきかない。奥から顔の小さな息子らしい若い男が出てくる。「うちでは新品のノコギリも具合をみて、一々目立てをし直して売ってるから、ほかで売ってるノコギリとはちがう」といった。いままで十五、六年使っていたノコギリの倍くらいギザギザが深くて、ギザギザについている刃もはっきりとしている、荒いノコギリを買う。息子は両手で輪を作り、こんぐらい太い雑木も一息で挽ける、といった。鞘の方はいらないかね、というから鞘も買う。腰に下げられるように白い丸紐を結んでくれる。若い男が入ってきて、ナタやノコギリやノミやナイフをとり上げて、匂いでも嗅ぐように顔をくっつけて、銀色に光る刃の部分を、まむし指に曲げた親指の腹で、そろそろと撫で上げ撫で下ろしては、元の場所に戻している。何にも買わないで出て行った。ノコギリのほかに砥石を買った。鎌も欲しくなって買った。七ツ道具の出るナイフも買う。

左から柳が、右から青桐がつき出ている川の景色を、橋から眺めていると、駐めてある小型トラックの下から、びっくりするほど大きな白兎が桃色にすけた大きな耳をふなふなさせて出てきて、ワニのように這いつくばって道を横切り、柳の下の草の中に潜って行った。肉と大きく一字書いてある赤い大提灯が、精肉店の軒先に下っている。提灯のそばの電柱に結わえられた立看板「邦画洋画とりまぜ四本立ポルノ大会。舌と指。変態ラブホテル。私は犯されたい。搾る。」これをやっている、いなりずしとお赤飯を売る店の向いのT館は、五、六年前までは時代劇映画をやっていた。昼の部には、川ふちや通りの裏手にある二階建の水商売の家のおねえさんが、一人二人、頭にタオルを巻いて必ずいた。青黄色い顔ですやすやと眠っていた。あとは近所の年寄りが、埃臭《ほこり》い重たい黒い幕をかきわけて、一寸見ては出て行き、また入ってきたりしていた。原田芳雄主演の『御子神《みこがみ》の丈吉《じょうきち》』もここで見た。石原裕次郎主演の時代物と二本立だった。『御子神の丈吉』シリーズの第一作で、何故いつも丈吉が腰に女の赤いしごきを巻いているか、――その由来が筋だった。御子神の丈吉の奥さんが強姦されるとき、脚を出したり、裸に近くなったりする。その度に後の席で、吐き出すように呟く男がいた。「キッタネエナア」「キッタネエナア」と呟いているのだった。いわれてみれば、そうかもしれない。下心なく見たときは、女の裸ってそれほどきれいでないかもしれない。横腹など、きれいでない。キッタネエナア、と、つくづく男が洩らす度に、私はだんだん恥ずかしくなり、どうもすいません、という気持だった。

しばらく来ない間に、T館はポルノ上映館になったようだ。『搾る』だって？――それはトルコ拷問シリーズ激痛篇なんだって。どんな筋なんだろう。一枚の立看板に四本分の写真が重なり合って貼ってあるので、どれがどれやら見当もつかない。

K座の空地に車が七台駐っていて、あと一台分空いている。車を入れてポスターを念入りに見る。『オフサイド7』『ザ・ショック』『猿拳』三本立。こんな映画あったのかしら。東京でやったのかしら。『オフサイド7』は戦争活劇ものらしい。『ザ・ショック』には青白い手なんか大きく描いてある。怪奇ものらしい。「立ち直るスキも与えてくれない。九十三分に三十九回の連続ショック!!」

切符売場の窓口は、中から汚れた白布で塞いであり、左を指す矢印のボール紙が立てかけてある。左の方に、サロン前掛をしたおばさんが折り畳み椅子に脚を投げ出している。眼が合うと立ってきて「これから三本見れますよ。千三百円」という。七時半過ぎている。いつもなら割引き料金の時間だ。おばさんは、今日は土曜ナイトだから、いまは前の回の三本目をやっていて、最終回は八時半から『オフサイド7』がはじまり、三本目の『猿拳』が終るのが一時四十分だ、という。

手と脚で探って戸の近くの隅に腰かけて、暗がりに眼を凝らすと、一番うしろに一つ、前の方に一つ、男の頭と椅子の背に上げた足先がある。

原っぱで、武術者（?）たちが二組に別れて、それはもうめまぐるしく、入り乱れて格闘している。香港映画『猿拳』。ハゲの武術者は負けて、頭に赤い丸いコブがいくつも出来る。暗がりの二カ所位から、ひほひほと、笑声がたつ。二人のほかに、ねころんだ恰好で見ている客がいるらしい。車が七台あったから、少なくとも七人はいるはずだ。そう思いたい。二人や三人じゃ、館主と映写技師にわるいような気がする。八時過ぎに二人入ってきた。

拳法修行中の兄弟。兄が殺された仇討をするため、弟はさらに修行を重ねて、ついに殺人鬼を倒すという筋。途中から見ても、よくわかる筋である。山梨県か、相模湖あたりにそっくりな山間の風景。二昔よりもっと前の東映時代劇映画を思い出す。お金をかけてない映画だけれど、立ち廻りは見事な軽業曲芸で、二人組んで闘う場面、拳法修得の場面などは、ほんとに面白くて飽きない。

八時半、『オフサイド7』がはじまる。右の前の方に頭が見えていた人が、足を下ろして、下駄をひきずって出て行った。

ギリシャに進駐したドイツ軍が、古代の遺跡に捕虜収容所を設け、捕虜に古代の宝物を発掘させている。町のレジスタンスの人たちが、捕虜の中のいくたりかと呼応して、収容所をのっとり、山上の僧院に秘かに作られていたミサイル基地を爆破し、海岸のドイツ海軍基地も粉砕して、めでたしという筋。主役のプレイボーイ風レジスタンスの頭目に、コジャック刑事のテリー・サバラスがなる。コジャック刑事のときより、顔もお腹も一まわり太っている。娼家にかくまわれて、黒いシャツにペンダントなどして、いうことなすことキザのかたまりなのである。スーパーマンのようにバカ強い。衣裳も出てくるたびにちがう。旗本退屈男なのだ。エリオット・グールドも『マッシュ』のときより太っちゃって、ジェリー・ルイスのようなアメリカの陽気な芸人になる。エリオット・グールドがこんなお人好しな男になるはずがない、きっと化けているんだろう、と思っていたが、最後までお人好しの男だった。画面がずれていて、字幕の上の二字分が見えない。

十時ごろ、扉をバタンとさせて男が入ってくると、すぐ軽いいびきをかいて眠りはじめた。レジスタンスが、いよいよ僧院へのり込むところで、いびきがやんで「おっかねーなあ」といった。少しして、また、いびきが聞えてきた。

肩のあたりも顔も脚も寒くなってきた。十時半近い。さっき「おっかねーなあ」といった声が「さみいなあ」という。チリチリ、チリチリ、と鈴の音をさせて女が出て行く。十時半に二本目が終る。休みなしで『ザ・ショック』がはじまる。鈴の音をさせて女が入ってきた。便所に行ったらしい。

イタリヤ映画。前夫が自殺したあと、再婚した女主人公が、次から次と怖い目に会い、ついに新しい夫も女主人公も死に、前夫との間に生れた男の子（六歳位）だけ生き残るという筋。実は、前夫は自殺したのではなく、女主人公が殺したのだということが、後半でわかってくる。前夫の霊は男の子にのりうつって復讐をとげたのち（男の子にだけ姿が見える透明人間）男の子と楽しくコーヒーを飲んだり、ブランコを漕いだりするのである。へんてこな映画だ。怖くなりそうになると、片手をひろげて指の間から、うっすらと見ている。画面がずれていて、下の二字分が見えなかった。男の子が、ぬいぐるみ人形のお腹を切り裂いているとき、「金鳥居の何とかトメヨさーん」と、サロン前掛のおばさんの声が、いきなりした。ものすごい突然のナマの声に、ぎょっとした。おばさんは首だけ入れて三回叫ぶと、扉を閉めた。十分ほどして、鈴の音をさせて女が出て行った。十一時半になる。人の出入りがなくなる。ますます寒くなる。休憩所へ出る。売店にも入口にも誰もいない。黄色と灰色の市松柄のタイルの床に、蛍光灯がやたらと射している。人のいない銭湯に迷い込んだみたいだ。

サロン前掛のおばさんが、緑色のカーディガンを羽織って、どこからか出てきて、私の前を通り、サンダルの音をさせて、つき当りの便所へ入る。出てくると、休憩所の壁からつき出ている蛇口にぶら下っているアルミのコップで水を飲み、蛇口の下のバケツに水をため、雑巾を絞ってどこかに行ってしまう。手拭いを首に巻き、ズボンのバンドに両手を差し入れて、ふらふらと現われた角刈りの男が、便所の扉を頭と肩で押す。出てくると男はガーッとあくびをして、ふらふらと壁の向うの階段を上って行く。映写技師らしい。

今日の一日は、長かったなあ。体があたたまったから、また暗がりへ入って腰かける。『猿拳』がはじまっている。見たところまで見て立ち上る。

サロン前掛のおばさんは、売店ケースの向うで、アンカに手足をつっ込み、目の前に小型黒白テレビを置いて、音を消して見ていたが、私に顔を向けて、またどうぞ、といった。来週は、桃井かおり主演の女子大生もの文芸映画と『悪魔の棲む家』である。見たくない。次の次の週には、一カ月続けて『地獄の黙示録』と美女もの映画がくる。

車に乗ったとたんに、大粒の雨が降ってきた。前の車に、入口から男が走り込んで、すぐエンジンをふかし、ライトをつけ、先に出て行く。

川ふちに並ぶ飲み屋の中で、一軒だけ、のれんと赤提灯が出ている。あとは川も道路も家も真暗ら。富士急の線路の踏み切りは、はね上ったきり。信号はどこもだいだい色の点滅。闇色にてらてらしているあたりは、田植を終えたばかりの水田である。ハンドルを切ると、ライトに照らし出されて、夜光塗料のような緑色の楕円形が浮び上る。自動販売機の青白い矩形の灯りが二個三個、はるか前方に二個三個、きちんと宙に並んでいる。

一時半、山へ戻る。空腹で眠れそうもない。東京から持ってきた肉まんをふかす。お茶を飲む。まだ眠くない。買ってきたものを出して眺める。ノコギリ屋で見た男の指つきをして撫でてみる。吹きつけていた風と一緒に雨が急にやんだ。家の中で水の垂れ落ちる音が、間を置いて規則正しく聞える。冬の間に凍《し》みた、湯沸し器の水抜栓かららしい。水がたまっていく。じくじくたまっていく。ぎゅうっとたまっていく。いま落ちる。落ちた。頭の中でくり返しているうちに、犬のような突然のあくびが出て眠くなる。

暑苦しい日は、ギャング映画が見たい

朝刊にはさまってきたチラシ。「強烈ダイナマイトバーゲン、産地直売会開幕のお知らせ」仏壇の代表品四十種ほどの写真がのっている。その間や上に「資金繰り投げ売り品、生産過剰仏壇、出物仏壇、仏壇激安ムチャクチャ市、早い者勝ちわんさか掘り出し物タタキ売り、トラック五十台分大処分、常識価格完全破壊」などの文字が踊り、血がほとばしる赤いギザギザ形で囲んだりしてある。六千円から五百万円までの仏壇があるらしい。八十万円以上の仏壇は「電動式」というのらしい。「お買い上げの方には仏壇産地の地酒も進呈」してくれるらしい。七月九日から後楽園卓球センターで、全仏連が主催する。全仏連とは全国仏壇製造仏師連合会のこと。仏壇業界も不況なのだ。ついこの間、元日だったのに、今年もお盆が近い。

もう一枚は、仏壇のチラシよりざらついた紙、うすぼけたセピア色一色の印刷である。仏壇の方が、赤、黒なども使って元気である。「底ぬけとんでもない市、第三弾」血圧計、磁気ネックレス、赤まむしドリンク、竹ざる、乾電池、七福神の置物「金融流れ倒産品バッタバッタ大投げ売り」端の方に老眼鏡の写真が出ていて「ついに出ました老眼鏡、前回まで千八百円、今回は千円」とある。「裏面もごらん下さい」裏返す。「特上ワニ皮一匹取り!!　ハンドバッグ」「カメ皮ハンドバッグ」「オーストリッチハンドバッグ」「カンガルーハンドバッグ」「牛皮ハンドバッグ」「牛皮男子集金カバン」「牛皮男子手提カバン」「牛皮キーホルダー」「免許証入」「トカゲ皮印鑑入」「牛皮グローブ」「本皮ベルト」「野牛皮、ワニ皮、ヘビ皮、トカゲ皮ベルト」「トカゲ皮ゾーリ」「カメ皮ゾーリ」「ワニ皮ゾーリ」「大青海ガメハクセイ」「鹿の頭（角付き）ハクセイ壁掛」の大投げ売り。立てたり横倒したりして、べったりと並べられた皮製品の写真をつくづく眺めていると、何だか人間という生きものが、気味わるく思われてくる。自分だって皮のもの使っているのだけれど。

——昨夜、私はビールを少し飲みすぎた。少しではない、中程度飲みすぎた。そのあと、西瓜も食べた。胃の中や頸に水分がつまっている。指先にも水分がつまっている。で、却《かえっ》て、こんなに早く眼が覚めてしまった。猫がうしろにきていて、足をととのえて伏眼のまま「に」と鳴いた。胃の中の水を便所へ行って吐いた。二度目に眼が覚めると、今度はふだんより遅い朝になっていた。気分はよくなっていた。

暑苦しい日は、ギャング映画が見たい。渋谷ジョイシネマというところでやっている『掘った奪った逃げた』は、どんなんだろう。パルコへ上って行く通りへ曲ってすぐの地下映画館の前までくると「ここ」と、連れは言った。ここなら十年位前、ときどき来た。真珠のついた首飾りや指輪が当るという三角くじ屋が、あちこちの映画館の廊下にいたころだ。

切符をちぎってもらって廊下を歩き出すと、真面目そうな大人しやかな地味作りの女が寄ってきて、まん中に穴のあいた黒いビロードの箱を見せた。少し先を歩いていた夫は、せかせかと戻ってきて、女から見えないように、私の肘の裏を摑んでひねり上げ、怖い眼をした。暗がりに入ると「あんなもん、やっちゃいかんぞ。くだらん」といった。「見てただけ」というと「見てもいかん」といった。映画館を出て入った中華料理屋でだったか、家に帰ってからだったか、夫はのろのろと説明をした。「当りました。おめでとうございます。真珠の首飾りを特別に二千円で差し上げます、というんだ。話がちがう、二千円出すんならいらない、なんていってみろ。うしろのカーテンから男が出て凄むんだ。無理矢理に買わせられるんだ。あの箱の中の三角くじは全部当りばかり入ってるらしい」それからしばらく経って、夫が死んだあとになって、娘が思い出していった。「ずっと前、おとうさんがどこからか帰ってきて、首飾りくれたことがあったなあ。あのときは、急にそんないいものくれたんで、びっくりして、どきどきしちゃった。よーく見ると、何だかへーんな首飾りだったけど」

入場係の女に五千円両替してもらって、入場券自動販売機の切符の出し方を読んでいると、小柄のアロハシャツの男がすり寄ってきて並んだ。「はいはい。千円札二枚入れてね。一般一枚でしょ？　このボタンを押す。いいです、いいです。あたしがやってあげます。こっちからお釣りが出ますからね。いいですよ。あたしがとっといてあげます」愛想よくて馴れ馴れしい。お釣りとって逃げるんじゃないか。「もう一枚？　はいはい。じゃ、そこの二枚入れて……」男が販売機の棚にのせた残りの千円札の方を覗いたから、私は右掌でパタッと三枚の千円札を押え、左掌でお釣りの七百円を催促する。二回目も、男はボタンを押してくれる。出てきた切符と釣銭を私に渡して、ふらふらといなくなった。

白シャツの学生風の男が三人、つとめ人風の中年男が一人。一人ずつ、ぱらり、ぱらり、腰かけて、両足を前の椅子の背にあげている。眼がねをかけた学生風の一人は、うす暗い中で、紙カバーのかかった文庫本を、顔にくっつけて読んでいる。もう一人は、白い小さな紙、レシートかなんかを出して見ている。連れが買ってきた紙コップのコーラを受けとるとき、私は半分も膝にこぼしてしまった。

『掘った奪った逃げた』フランス映画

一九七六年、四月七日（水）地下水道下調べ

五月七日（金）ドブネズミ作戦開始

五月二十七日（木）銀行の外壁にぶつかる

六月二十六日（土）銀行の壁に穴を開ける

七月十七日（土）強奪開始

七月十九日（月）午前一時四十五分銀行撤退

十月二十七日（水）スパジアリ逮捕

一九七七年三月九日（水）裁判所二階、予審判事の部屋の窓から飛び下り、逃亡

一九八〇年四月現在、スパジアリ行方不明中

ニース、ソシエテ・ジェネラル銀行の地下貸金庫室へ、下水道からトンネルを掘って侵入、五十億円相当の金品を奪って逃走した怪盗アルベール・スパジアリ一味の実話。

一味は十人。元革命闘士スパジアリと、主義主張はちがうが同じような経歴を持つ友だち四

人、トンネル掘りの器材を調達したついでに、お金欲しさに労力を提供するマルセイユのギャング五人である。

革命闘士好きの元公爵老婦人や、首に拷問の傷跡がある美女革命闘士も、色どりに出てくるが、いかにもいいそうなセリフ、しそうな仕草が少女劇画調で、いなくてもかまわない。

男たちは下水溝の汚水（浄化槽からの汚物が形を保ってぷかぷかと浮く茶色の水）にまみれ、浸り（ひどいときは頭まで浸り）、二ケ月間、ひたすら掘り進めて貸金庫室に到達、貸金庫の扉を焼き切る。名画、金の燭台、銀食器、金貨、札束、ダイヤ、宝石、新式銃、シチューの缶詰、象牙の仏像、エロ写真、有名人の手紙、いろいろなものが出てくる。純金のなまこ板でラグビーしたりして男たちは燥ぐ。レーザー光線が手に入っていたら、四千の貸金庫が難なく開けられたのに、三百しか開けられないで時間がくる。それでも五十億円に相当する金品である。引揚げるとき「武器も暴力も憎しみも一切ない」と、スパジアリは壁に書き残す。要らなくなった鉄挺《かなてこ》、たがね、ドリル、ジャッキ、斧、削岩機、酸素ボンベ、懐中電灯など、二トンの器材を貸金庫室に残し、指紋を消すための消火剤が室中に真白く撒かれる。男たちは分け前の札束をポケットにねじこみ、いざこざもなく、晴れやかにさっと別れる。殺さないし、殺されもしない。怪我もしなかった。題名の通り（これは日本でつけた題らしいが）「掘った奪った逃げた」に尽きる。

現在にいたるまで所在不明中の（ブラジルにいるらしい）スパジアリが発表した本をもとにして脚本を作り、実際の犯行現場の下水道の中で、役者を汚水につけて撮影したのである。監督も撮影機も撮影係も汚水まみれになっただろう。スパジアリ役にアラン・ドロンかベルモントを予定していたが、敢えて監督は、フランシス・ユステールを抜擢したのだそうだ。きっと、アラン・ドロンとベルモントが断わったにちがいない。そういえば、この役者はアラン・ドロンにもベルモントにも、どことなく似ている。似ているが、二人にある精気がない。

映画が終って立上ると、ほかの四人も立上った。いつのまにか一人、うしろの隅に簡単服の老婆がふえていた。黒い傘を隣りの席に立てかけて、紙袋を抱え、白足袋の足許を揃えて眠っていた。

中華料理屋で、私は五目焼きそばを食べた。連れは五目かた焼きそばを食べた。

スパジアリには奥さんと二匹の犬がいる。二匹の犬は、スパジアリに頭を撫でてもらったり、水を飲ませてもらったりしていたが、奥さんは顔も見せないし、声も出さない。一度、家のそばに一人で樹を植えている姿が、遠景で出てくるだけだ。あいつ、樹なんか植えて、どういうつもりなんだろう、とスパジアリは遠くから見ていた。スパジアリが逃亡したから、二匹の犬は奥さんが飼うのだろう。

「自分のとか、自分の家のうんことかなら納得がいくけど、どこの誰とも分らない、うんこ一般って、怖くて……。凄いねえ。病気にならないんだもの」

「十人で五十億。一人五億。二ヶ月で。やっぱり、いやなこと位しなくちゃ」連れは、これから面接試験に行く。きまれば、四、五年の間は仕事がまわってくるのだそうだ。私はSデパートへ入り、日傘を買って出てくる。

Tデパート一階、地下鉄への上り口がある。広々した構内の一角に人だかりがしていた。デパート総決算市の水色と銀色の旗が万国旗のように下り、その間に赤と白の風船玉が束になって、あちらこちらに浮いている下に、てらてらしたやに色の大砲が据えてある。大砲の筒は、太く短かく上を向いているので、巨きな黒犬がかしこまっている感じである。大砲のまわりに土嚢、五発の砲弾が尖った先を上にして立ててある。「二百三高地攻防戦を勝利に導いた二十八サンチ榴弾砲原寸大の模型、砲弾は一発三百キロ」大砲を背にした大型テレビが、何かやっている。人だかりはそれを見ているのだ。テレビの前には、十畳位のうす汚れた緑色のシートが何枚か敷いてある。五、六歳の女の子がねころんで、脚をちぢめて掻いたり、そりくり返ったり、顔や頭を撫でまわしたりしている。人だかりの中の誰かが連れてきている子供らしい。丹波哲郎の顔が大きく写って、眼光鋭く、口角に泡をためて「いまこそ決断のときですぞ」（そのように聞えた）と叫んだ。コードを長く曳いているテレビは工合がわるく、丹波哲郎の顔は青光りがして、頭髪が緑色になったり、唇が緑色になったりする。画面が変り、黒い軍服、黄色や赤の帯を巻いた軍帽の兵隊たちが、軍帽のあご紐をあごにかけた横顔を見せ、樹の一本もない、ボタ山のような斜面を、剣付鉄砲をしっかり抱えて、うわああ、があああ、と泣いているような声をあげて突っ走り、前かがみにばたばたと、或いは、のけぞって倒れて行く。激しい雨がやってきて、山の斜面を埋めた夥《おびただ》しい兵隊たちの屍体（折り重なっている）をうつ。敵だか味方だか、どっちだかわからない大砲が思い出したように煙を吐いてとどろく。全体に夜の稲光りみたいな画面が、休みなしにくり返され、真紅な「二百三高地」という文字が、ときどき入る。さだまさしが作詞作曲、自分で歌っているという国民歌謡風の主題歌が、絶叫や怒号や砲声にかぶさって流れる。越路吹雪に似た声だ。テレビのうしろの柱の蔭に退屈そうに腰かけているアロハシャツの青年が、前へまわって映り工合を覗いたり、コードの曲りを直したりして、柱の蔭に戻った。「おれ、これ見たいんだよなあ……」実に機嫌よさそうに、連れと話しながら、角刈り、ゴム草履のおにいさんが通り過ぎて行った。次には何が映るか、わかってしまうだけ、くり返し見てから、人だかりを離れた。

海水浴に二度位はもう行っているらしい日焼けした肩と腕を見せて、黄色い服の若い女が、黄色いシャツを着た若い男と手を組んで、私の前を歩いていたが、交差点で立止った。私もすぐうしろに立止って、女の二の腕に生えている薄い毛を、見えるものだから見ている。青になって渡る。渡り終ろうとしたとき、すれちがった桃色ワンピースの女がひき返してきて「失礼ですが」と顔を覗きこんだ。眼がねをのせた鼻に脂が光っている。顔をすり寄せて「あなたは、人生とか運命とかに興味をお持ちでしょうか」といった。首を振る。「では、何かお悩みでもおありでしょうか」首を振る。今日は早朝からぼんやりして、それから映画を見て、二百三高地の予告篇を長いこと見て、あまり口をきかないでいたので、うまく声が出ないのだ。痰がからんでいるようなのだ。女はまた「人生とか運命とかに興味を……あの、本当に差しでがましいのですが……」と、同じことをいう。「ナイ」声を出したら、ごろごろした声が出た。「はえ？……」「ナイ。マッタクナイ」号令みたいな声が出た。自分の声がひどくいやらしい音質なので驚いた。録音テープで聞く自分の声も、ぞっとするほど下品だけれど、もっと下品な声だった。あの人や、あの人や、あの人、日頃好かれていたいと思ってる人には聞かれたくない声だった。桃色ワンピースの女は、急におどおどして離れて行った。道の端を俯向き加減に歩いて行く。角まで行くと、くるりとひき返し、ひき返しながら、すっと女の通行人に近寄って行って、斜に頭を傾けている。

音にやられてお腹が痛い……

今朝、庭の薄の中に、突然、あかあかと、山百合が二輪ひらいていた。暗いうちに咲いたらしい。汗ばんでいるように見える。毎年、庭のここに百合が咲くと、夏が終りだ。山を下って映画を見に行きたくなるのだ。

ガソリンスタンドのおじさんは、顔色はいいが、少し元気のない顔つきで、孫の相手をしていた。三歳の女の子は、細かいプラスチックの笛やら箱やら汽車やらの形の玩具を、テーブルと椅子にぶちまけて、その中からプラスチックの玩具の鋏《はさみ》を探し出し、小さいしなしなした指で新聞や包み紙を切ろうとする。おじさんは、逆さに鋏を持つのを一々直してやっている。

「今年のお盆はお客が多かった？」「そうさなあ」おじさんは、スタンドの向うの、太々しく育ちきったもろこし畑の方を見るような眼をする。「こう涼しくちゃ。……けんど、うちは、あんまし、そういうもんとは関係ねえだよ。ほかの商売の店が、えらく景気わりいだよ」といった。

くる途中の電信柱や銹《さ》びたトタン塀に、一枚あるいは二枚続きで貼ってある真紅のポスターは「女子プロレス、ビッグサマーシリーズ」である。「八月二十一日午後六時三十分試合開始、リングサイド三千円、一般立見二千円、小中学生立見千円、河口湖町谷村信用組合隣りの広場、小雨も決行」野天で、少しぐらいの雨でもやるのだ。客は傘をさして見るのだろう。豹の水着と赤青の縞の水着の二人のチャンピオンも、奄美大島の星の何とかミヨ子も、空手二段も、なかなか美人で可愛らしい。落ちついた鋭い眼をして写っていた。信用組合隣りの広場というのは、たしか町外れの雑草の茂った空地のことだ。

「うちが山小屋建てたころ、河口湖にも映画館があったでしょう」一度行ったことがある。十七年前だ。湖へ下りて行く通りの裏にあった。黄色い房をひきずった黒い汚れたビロードの幕をくぐって入った。『隠密剣士』と、坂本九ちゃんの『上を向いて歩こう』を見た。

「船津座だな。ずーっと前にやめただよ。この辺じゃ映画見るもんがいなくなって、やってけなくなっただ。もう十何年前になるかな。長らく空家で置いたけんど事故があっちゃいけねえだで、取りこわしになった。それが五年か、まっと前かな。いまはパチンコしにくる衆が車駐めるら」

船津座には芝居も浪花節もかかった、小さいとき芝居見に行ったの覚えてる、ミヤコ蝶々がきたときだ、と、おじさんの娘がいう。「いや、ミヤコ蝶々でねえだ。ミヤコ八重子だ。蝶々でねえだ」と、おじさんはいう。「あ、そうだ。ミヤコ八重子だ」と、娘がいう。「女剣劇？」「まあ、そういったものもやるし。物語もやるだね。主に物語。だいたい一時間半くらいの」もう一人いる客にアイスクリームをくれてやりながら娘は答える。

「今年は六十年に一ぺんくる縁起のいい年だで、七月も八月も登山の客は、うんときていたんよ。この間、七合目で石が落ちてからは、ぴったしダメだ。五合目から上の小屋は、十四日以降、ぴったし元気ねえだ。下は愚図ついた天気が続いていたけんど、五合目から上は、ふしぎと今年は天気続きで――それもわるかっただな。乾いてくずれただ」テレビニュースでいっていたことと同じことを、おじさんはいう。「あんまり登りすぎただよ。あんなにうんと登りゃ、富士山もくたびれるら」と、娘はいった。

「夏の富士山は、大事故がなかったのにね」私もテレビニュースでいっていたようにいう。

「ちょくちょくはあるだよ。こんなにまとまったのはないけんど。富士山は毎日毎時、形が変っていくですから。石は年中落ちていくですから。去年、地元の吉田の衆が登ってぶちあたっただな。一服しているところへ、一抱えもある石が転げてきて、背中へぶちあたっただ。驚きもし、また、怪我もしただ。けんど、その人は個人で処理したです。黙って、そーっと帰ってきて、自分の金で医者にかかって、こっそり治したです。自分がわるいだから恥ずかしいちゅうわけ」アイスクリームをなめていた男が、内緒事のようにいった。

吉田の金鳥居の上の、機屋と機屋の間のもろこし畑に添って車を置く。坂を下って信号三つめにある映画館まで歩く。少々遠くに駐めすぎた気もする。

二階が『二百三高地』一階がポルノ三本立である。『二百三高地』は東京同時封切、お盆映画だ。「東映SSS立体音響で攻撃する二百三高地。この音響システムは世界で三十六台め。甲信越第一号機で当館だけです」と看板が出ている。二つのうちの右の穴へ、一般一枚、と二千円出すと、くわえ煙草のおばさんの窓口係は「上？　下？」と苛々した眼をする。「『二百三高地』です」「じゃ、こっち。こっちから」と厳然と左の穴を顎で示して、受けつけない。千四百円である。右の穴のポルノ三本立は千三百円である。「混んでますか」と訊いたら、聞えなかったようだ。体をねじって、ひっこんでしまった。

男便所と女便所が並んで扉を開け放し、中の一枚一枚の扉も開け放し、水洗タンクの水洩れの音がシャーシャーしている。前回が終ったらしく、急な階段を薄茶色の半袖の制服の若い男たちが下りてくる。便所の前に下り溜ると制帽をかぶった。薄荷《はっか》と靴下と皮革の混った匂いがした。ゴクローサンでした、アリガトーございました、といい合って、狭い出入り口から、少しずつ出て行く。四十人ほどいた。表に駐めてある幌のついたトラックに乗り込んだ。須走の自衛隊だ。

狭い急傾斜の場内のまん中に、二人、自衛隊員が残っていた。あとは下の方の右に男が一人。私は最上段のまん中に腰かける。休憩が終ると、朝焼けの富士山が写る。松竹映画『男はつらいよ 寅次郎ハイビスカスの花』『思えば遠くへきたもんだ』の予告篇がはじまる。自衛隊員が一人、足音をさせないで入ってきて、二人のうしろにかがみ、くしゃくしゃと、息で何か報告した。残っていた二人は、入ってきた人より階級が上、二人のうちの左側は、右側より上らしい様子だった。伝令は「は。そのように伝えます」と、声で答えて、足音をさせないで立ち去った。

階段を上ってくる足音がやたらとして、若そうな男と、おじいさんとおばあさんが入ってきた。若そうな男は、おじいさんとおばあさんを、私の並びに腰かけさせ、自分は一段下の席で足を組んだ。板前風で、素足に人造蛇皮鼻緒の雪駄をつっかけて揺らせている。

怒濤が岩に砕ける。東映のマークが遠くからやってきて大きくなる。夕焼に染る満州の荒野で日本人の横川と沖が、ロシア軍に銃殺される。昔、少年倶楽部で泣いた話だ。しんみりする。ロシア兵が並んで構えた銃から一斉に発砲。一寸、のけぞったほどだ。ぎくりとして、顔や耳がびりびりした。そして真紅の地に墨「二百三高地」の字が現われる。それからは音がどんどん鳴りだす。語り手の声の音は大きすぎて、よく聞きとれない。森繁が伊藤博文、神山繁が山県有朋。「伊藤さん」「山県さん」とよび合う二人の声も、そのほか出てくる人出てくる人、すべてオペラ歌手のような鼻にかかった大音声で響きわたり、どの声がどの人やら、皆同じ。声の趣きなどない。

高級料亭の奥まった座敷で、伊藤博文と児玉源太郎(丹波哲郎)が、開戦の是否を密談する。庭の泉水に設けたシシオドシの跳ねる音に、伊藤博文と児玉源太郎は驚かないが、見ている私たちは、ぶちのめされたように驚いてしまう。伊藤博文が盃をとり上げて日本酒を含むとじゅるじゅるぴちゃっと場内をワイセツな妙な音が駈けずりまわって谺《こだま》する。

いましがた入ってきた、パーマ頭の若い男二人は、紙袋を破って盛大に何か食べはじめた。しんとした音のない場面でも、さっきの暴音の名残りや、これから出るであろう暴音を用意しつつ、SSS装置がまわっている気配に充ちている。だから、客席でたてる雑音は、洗濯機に一緒くたに放り込んだようで気にならない。私も咳が出はじめてとまらなくなって、思いきりゴンゴンと咳込む。誰も振り返って、イヤな顔などしない。

明治天皇は三船敏郎である。立派である。セリフが少ししかないから、うまいような気がする。軍服のほかに、真白な着物に真白な帯をしめて出てくる。㊙大奥物で、将軍様のこういう姿は見たことがあるが、天皇の着物姿ははじめて見た。

大きな軍艦が進んできて向きを変える。砲身が揃うと、砲声が轟いた。いままでのいろいろな音も絶えず驚くばかりだったが、今度のはすごい。がくがくっときた。椅子が震え、お腹に響いた。左の隅で食べていた男二人は、ジュース缶と紙袋を摑んで、横ずりに右の隅へ移ったが、右の壁にも音がとび出てくる装置があるかもしれないと気づいて、まん中まで戻って腰かけた。

乃木さんは仲代達矢である。お洒落で話下手で淋しそうな乃木さんが考え込んでいる場面は音があまりない。しかし、乃木さんが窓を開けると、SSS装置の吹雪や木枯しの異様な音がある。

決断力に欠ける乃木さんに代って指揮をとり、さっさと砲兵陣地を移動して、二百三高地の戦に勝つ児玉源太郎は、無二の親友の乃木さんとは正反対の性格である。丹波哲郎は、ムフハハハハハ、グハハハハ、とSSS装置で、大豪胆家の笑声をあげる。(戦争が終ったあと間もなく、児玉さんは、突然、病気で死んでしまったのだそうだ。)

乃木さんの第三軍の下、ロシア文学に憧れる小学校教師、予備少尉(あおい輝彦。戦死する)の小隊に、刺青のヤクザ男(佐藤允)、友禅染め職人(長谷川明男。戦死する)、幇間(湯原昌幸。戦死する)、豆腐屋の小僧(新沼謙治)が召集兵として入ってくる。友禅染め職人は、入隊の前日に女房が死んだので、幼ない二人の子供に綿入れのはんてんを着せ、飴をしゃぶらせて、寺の本堂の軒下に捨てて入隊する。

無傷で登ってくるのは鳥以外にはない、といわれるロシア軍要塞のある山。樹が一本も生えていない、黒い巨きな獣の背のような山の裾を、明治時代の軍服軍帽、背のうを背負って鉄砲をかついだ、脚の短い子供じみた弱々しい体格の日本兵が、うつ向いてぞろぞろと行く。

日本兵は総攻撃のとき、ワラジを穿く。突撃ラッパが鳴る。突撃い。前え前ええ。突っ込めえ。キサマラナニヲシテルンダ。進めえ。号令も喊声も泣いているみたいだ。雷が鳴って雨がくる。あちこちに燃えていた火が消える。沛然と降る雨にうたれて、日本兵の屍体もロシア兵の屍体も、地面の石ころと同じ色に変って行く。五分間休憩の字幕が出た。出ただけで休憩せず、下巻がはじまる。

下巻では、二百三高地攻撃を勝利に導いた、とっておきの三十八サンチ榴弾砲が轟いた。肩から縄をかけた兵隊たちが必死になって曳いて運んだ大砲の筒先は、中空を向いている。兵隊たちは弾をよろよろと運んで詰め、蓋をすると耳を塞いで大急ぎで伏せる。途方もない音がして、煙が噴き出る。大砲の下の方からも台座からも煙が噴き出た。さっき、軍艦の大砲の音に驚いて、これが一番と思ったが、今度こそ、いままでした音の中の最大の音だ。このためのSSS装置だったのだ。

隣りのおばあさんは、最初から見ていたはずなのに、何度めかの総攻撃のとき「何で日本兵ばかり山へ登ってばかりいるんかね」と、夢から覚めたように大きな声を出した。おじいさんは「バカ。山の上に要塞があるじゃあ」と大きな声で教えた。しばらくすると「じいちゃんは、日露戦争に行ったずら」と訊いた。「俺ら、この年に生れたによお」正面を向いたまま、おじいさんは、うるさそうに答えた。おばあさんは下を向いて、手提袋から袋菓子をとり出し、はじをそろそろと用心深くはがし、一口カステラのようなものを口に入れ、袋の糊づけの部分を丁寧にしごいて封をした。新品のようにして手提袋にしまった。

何だか、お腹が痛くなってきた。みぞおちも痛い。マンドリンでロシアの歌「バイカル湖の畔り」が流れ、ロシア兵の屍体が写っているとき、一階の便所へ立った。裸電球が灯っている。中には錠もなく、手提を掛ける釘もない。手提ともう一つの布袋を口にくわえる。布袋の提げ紐は幅広い。四本の提げ紐をくわえると、くわえでがあって吐きそうだ。しかし、あの、二百三高地の兵隊さんを思えば、これぐらいのこと、何でもない。壁の向うの、ポルノ映画の音が、かすかに伝わってくる。手を洗っていると「乃木の人殺しい」「天皇陛下におわびしろ」という声と、物を叩きこわす音が、二階から降ってきた。

山県有朋と伊藤博文は、はじめの方に出てきた高級料亭で酒を飲んでいる。「この伊藤、数十年前の貧書生の身に立戻って御奉公いたす覚悟……」が、伊藤博文の口癖だ。

お腹がますます痛い。もう帰ることにする。表は風を伴った雨になっていた。

世界で三十六台めのＳＳＳ装置は、この映画館には耐えられなかったのだ。すごい音の暴力だった。夏風邪のせいもあるが、音にやられてお腹が痛くなったみたい。でも、大砲の音は立派でよかった。大砲が主役なのだな。主役は、それと屍体だな。日本兵とロシア兵の沢山の屍体。佇ったまま死んでいる兵隊たちに、とりすがるような中腰の恰好で死んでいる兵隊たち、その兵隊たちの脚にとりすがるような恰好で死んでいる兵隊たち。

暮れかける前の雨の商店街は、蛍光灯とネオンに閉じ込められて、ふしぎに眩しい。人も車も、ほとんど通らない。次の次の信号機の色が見えている。自転車に相乗りした少年が、濡れて漕ぎ抜けて行く。美容院にも床屋にも釣具屋にも人影がない。玩具屋の店先に、電気仕掛のぬいぐるみの猿が一匹、でんぐり返しをうっている。誰もいない。ぶどう直売店のおかみさんは、通りに背を向けて、ぶどうの房を選っている。店の奥にちらっと見える茶の間には、まだ灯りがついていない。つけ放しのテレビが青光りしている。

金鳥居の信号で立ち止っているとき、急に暗くなっているのに気がつく。

今年の夏は、富士五湖一帯の町に印度綿が大流行して、女は主婦も娘も印度綿の服を着たのだそうだ。

じゅっと蟬が鳴き、一声で止んだ

出がけには薄ぐもっていたのに、町へ出ると晴れ間があった。ビルの硝子窓や自動車の屋根に、かっと陽が照りわたると、交差点を渡って行く首すじや腕に沁みとおる。すると、樹も見当らないのに、どこかで、じゅっと蟬が鳴き、一声で止んだ。もう夏じゃない、と思う。

F屋に入って、天然色の見本写真入りの大判メニューをひろげて、私は氷宇治金時というのを注文する。ついぞ一度も食べたことがなかったのだ。氷宇治金時の見本写真は、三角型のかき氷の下層があんこ色に、中層が抹茶色に染まっている。そして上に、半円のアイスクリームがのっている。アイスクリームは食べたくないのだけれど、そういう風に組み込まれている場合は、その通りにとらなくてはいけないのだ、と思う。しかし、運ばれてきた氷宇治金時には、アイスクリームがのっていなかった。アイスクリームは食べたくないのだから幸いだが、値段が同じで、のっていないのはおかしい、写真を撮るときだけのせたのだろうか、店の人にいおうか、と思う。上がわを指の腹で固めてから、緑（抹茶）色のにじんだ部分をすくう。甘渋い。少しずつすくって食べてゆくと、緑色が濃くなってきて、半ばとろけたアイスクリームが現われた。店の人にいわないでおいてよかった、と思う。緑の部分とクリームの部分を、しゃこしゃこと混ぜ合わせて食べてゆくと、ねっとりとした白い丸ものが匙にかかる。白玉団子が三つ入っている。白玉を食べて、金時の部分にかかる。氷が水っぽくなってきて、全体が万遍なく混ぜられるようになる。種々な系統の甘さが絡まって妙な味になってきた。くどーい。氷は、クリームと宇治（緑）と金時の色が溶け合って、カレーの色になった。何だか、ぼんやりしてしまう。

男が三人入ってきて、奥の席についた。「……だからさ。俺、そんとき、あいつにいってやったのよ。過去を忘れろ、とね」いままで表でしていた話の続きを、そこまでしてから、こちら向きに腰かけた体格のいい、サンダル履きの男が「氷宇治金時三つ」と、太い指を三本立て、それから珊瑚礁の置物と、ナントカ鷹の剝製の置物の話をはじめた。そういった飾り物を売る商売の人たちらしかった。珊瑚礁だけの置物は流行遅れで、珊瑚礁のそばに首をもたげた亀の剝製がついている置物の方が売れ行きがいい、という話をしていた。一万とか二万とか三万とか、値段のことも話していた。

新宿歌舞伎町東映。F屋を出てから、開店前の水撒きをしている板前さんと、キャバレーの入口の前にホステス大募集の受付机を出して、白い尖った靴を履いて腰かけているおにいさんと、交番のおまわりさんに道を訊いた。ロの字形に迷っていたのだった。

『狂い咲きサンダーロード』は『聖獣学園』と二本立である。大学生が二人で、地下のこれにしようか、一階にしようか、窓口へ寄ったり離れたりして相談している。一階も同じ千五百円。『愛の白昼夢』『スケバンマフィア・恥辱』『変態SEX・私とろける』の三本立。

『狂い咲きサンダーロード』がいま終ったところだ。養老の滝とスーパー宮殿（養老の滝に似た商売らしい）の広告写真のあと、予告篇をやる。松田優作、泉谷しげる、室田日出男出演『野獣死すべし』、ちょっと見たい。中村雅俊、勝野洋出演『刑事珍道中』これは見たくない。新人真田ナントカ主演『忍者武芸帖 百地三太夫』千葉真一も出る。これは見たい。

『聖獣学園』

『ぴあ』のあらすじ欄には「神と悪魔を背負って生きる運命の子多岐川マヤは、修道女だった母親の死因をつきとめるべく、修道院の戒律に挑み、助修女となった。そこで彼女は、聖なる館に棲む獣たちの性のいけにえとなっていくのだった――。」と書いてある。

マヤは、いけにえなんかに一度もならない。修道院の中で行なわれている、拷問だの、同性愛だの、異性愛だのの現場にいきあわせても、平気。驚かない。憎たらしい相手と摑み合い、蹴おとし、着々とのし上る。母親は司祭との間に出来た子供（マヤ）を生み落し、自殺したのであると判ると、父親の司祭をだまし、近親相姦の罪に陥し入れて復讐を遂げる。修道院を出たマヤが、赤いコートをひるがえして、明るく東京の町を散歩するところで、幕となる。

尼様が肌ぬぎとなって、自分の体をムチではたいたり（心がくず折れそうになると、そうする。各部屋に一本ずつムチが備えてある）、一斉にお風呂に入ったりする。白い透ける肌襦袢を着ている。（本当は、やっぱり裸で入浴するのだと思うけれど、これはポルノ映画だから、却て、うすものをまとっているのだろう）尼様は浴槽の中でも合掌している。階級が低い尼様が二人（二人とも、ぽちゃぽちゃ肥っている。一人は眼帯などかけている）、食物を盗み喰いする。告げ口されてお仕置される。お仕置は裸にされてムチでぶたれる。石田さんという元気のいい不良少女上りの尼様もいる。

いよいよ、タダモノでない司祭様がローマから帰ってくる。尼様が整列して最敬礼する前に、黒いぴかぴかの高級車がとまって、黒いマントの裾と黒靴、上等の杖が降り立つ。顔が大写しになる。渡辺文雄が司祭様である。映画を見ている人は、皆どっと笑った。毛が多すぎる。役者がわるいのではない、かつらがわるいのだ。眼のまわりと鼻と、ほんの少しの頬を除いて、毛で埋まっている。盛り上って収拾がつかない。毛が、肩までひろがっている。鼻の下のひげも一緒に肩までのびている。怪僧ラスプーチンには見えない。満月が上る刻がきて、いや応なく変身させられてしまった狼男のようだ。渡辺文雄は、どうやっていいのか途方に暮れた眼つきをしている。

司祭様は、若い尼様を、また手ごめにする。身ごもった尼様は魔女裁判にかけられる。「えい。白状しないか。しぶとい魔女め。では次に十三段階の刑罰を!!」と古株の司祭様の毒牙にもかけてもらえない、裸にもなれない年配の尼様が、中でもいそいそと勇む。その役は菅井きんが扮している。(あたしも、あの役だな、と思う)

塩水を沢山飲ませられ、椅子にゆわえられた若い尼様は、苦悶の果て、足許に置かれた踏絵のエス様を濡らしてしまう。ちょろん、ちょろん、音が怖ず怖ずとして、青銅の踏絵の四角い隅に滴がまわり、澄んだ、いい音が止まらなくなり、青銅色のまん中に朧気に浮ぶ金色のエス様が、溺れるように水浸しになってゆく。この若い尼様は誰よりも信仰心が厚い尼様なのだ。

尼様は全部してしまうと絶望して死ぬ。（ずっと経ってからも、この映画のこの場面は思い出すだろうな、と思う）ムチでぴしぴし、が何度も出てくるが、おどろおどろしくはない。少女劇画を見ているようだ。

休憩。「くちなしの花」のレコードがかかる。真赤なジャンパー、格子縞や黒の木綿シャツの男たちばかりだ。櫛を出して髪をとかしつけている男。オートバイにまたがった暴走族の絵を背中に刷り込んだ白いTシャツの男は、連れの白Yシャツの男と顔を見合って、のり巻を食べている。ほとんどが眼がねをかけて、銀色バンドの腕時計をはめている。本と折り畳み傘を持っている。皆、静かだ。

私の列には、私のほか、三席ほど離れて、手に繃帯を巻いたおじさんが腰かけている。おじさんは大きな紙袋を三つ持ってきていて、左右の席に一つずつ、足の間の床に一つ置いている。ポルノ場面になると「ありゃりゃ」とか「あららら」とかいう。ポルノ場面でなくても「ウハハ」と笑ったり「きび悪いなあ」「うまくいったぞ」「そうか、そういうことだったか」「しまったあ」などと、ごく単純な感想を大きな声でいう。思わず口から出てしまうらしかった。私とおじさんは、面白がる場面が同じで、私がそう思ったとき、丁度おじさんがいうのだった。おじさんは左の席の紙袋から、パンを出したり、袋菓子を出したりして、ちょっと食べてはまたしまった。ときどき「これはドウトカだから、こっちを着るかな」などといって、床に置いた紙袋と右の席の紙袋をがさがさささせて衣類をひきずり出し、着替えを何回もした。

『狂い咲きサンダーロード』

風が吹いている。木が一本もない火山灰地帯の山の窪みに、ぽんと放り出されている銀色に光ったオートバイの屍がい。オートバイは死にたてらしい。音も立てずにタイヤが回っている。誰もいない。(転がっているオートバイに眼が吸いついてしまう。何故だか一生けん命見つめてしまう。そしてぞくぞくとする。)

幻想の街、といっても、どこかで見たことのある街、サンダーロードを走りまわっている暴走族少年たちの話。親兄弟や先生は出てこない。愛される暴走族になろうと考えはじめた暴走族集団の中で、マボロシ隊のジンとその仲間数人が、いうことをきかないで暴れ続ける。ジンは、全く誰のいうこともきかない。呆れるほど向う気がつよい。右翼国防挺身隊に気に入られるが、ジンの方では気に入らない。「人にはよ。ムキ不ムキつうのがあるわな」と軍服を脱ぎ捨てて出て行ってしまう。全く誰のいうこともきかない。右翼と暴走族は手を結んで、ジンと仲間を闇討ちして叩きのめす。右手首と右足首を失くしたジンは、オートバイに乗れない軀になる。ジンは、それでも気がつよい。狂ったように気がつよい。奇妙な浮浪少年と老人に助けられて、たった一人、右翼と暴走族連合軍を相手に闘い、全滅させる。瀕死のジンはオートバイに、やっとまたがる。ブレーキの踏めないジンが、最後の力をふりしぼって、街を走りぬける。粘りついて身動きしないジンを乗せたオートバイが、噴煙をあげる火山へ続く道を走って行く。オートバイだけが走っているように見える。終る。

主人公ジンがいい。三浦友和顔でない、ボーイスカウト顔でないところがいい。一昔もっと前のロカビリー歌手山下敬二郎に似ている。あんちゃん顔である。

ふしぎな映画だ。どの、場面にも、おや何だろう、と眼を吸い寄せられる。夜の街も、黒い皮ジャンパーも、走るオートバイも、見たことはあるのに、はじめて見たようなのだ。じいっと見つめてしまう。黒くてつやつやしたものが、風に乗って私のまわりを一まわりして通っていってくれたような――そういう嬉しかったような気持と、主人公の少年が可哀想で仕方がないような気持とで、あてどなくなって映画館の階段を上る。映画を見ている間に雨が降ったらしい。レンガの舗道のあちこちに水溜りが出来ている。ネオンがべったりと輝やいている頭の上の方は見ないようにして歩いて行く。果物屋の前で立止まっていたら、髪を金茶色に染めた小柄の娘がおじぎをした。誰だか思い出せない。

赤坂二丁目から、暗い狭い坂を上ってくると、若そうな男女が先を歩いていた。女はぴったりしたジーンズをはいて、妙にしっかりと踏みしめる歩き方をしている。酔っているからだ。Eアパートの前で体の幅に足をひろげて踏みとどまった。肩から下げた袋を覗いて、鍵らしいものを音をさせてとり出すと、眼に近づけて確かめてから握りしめた。上半身が揺れている。握りしめた右手をつき出すようにして外階段を上って行った。通りに面した二階の小部屋に電灯がともった。階段の下でうずくまっていた男が上って行った。部屋の中のうす黒い影が横にずれ動いて消え、バサリと布を投げ出すような音がした。硝子窓が開いて、ピンク色の壁紙と貼った写真が見え、二人が話す声が聞えてきた。中国語とは何となくちがう。東南アジアの方の国の言葉らしく思えた。

眠るとき、果物屋の前でおじぎをした娘が誰か、思い出そうとしても思い出せなかった。

その時、トランペットの音が弾けた

渋谷東宝。前の回が終っていない。右脇の廊下に四、五人待っている。中から気持のいい静かな音楽が洩れてくる。きっと、この映画は静かで厳かなのだ。そして寂しい感じもあるのだ。覗いてみたいがやめておく。途中から映画を見るのは、本をゆきあたりばったりひらいて、そこから読みはじめるのと同じだと、この頃になって気がついたのである。

長椅子に腰かけている若い二人連れの女の方が詰めてくれたので、三人連れのようになって坐る。二人とも黄色の箱と青色の箱を膝に置いて、丸くて平らなパンを食べかけていたところだ。入る前に何か買っておけばよかった、と、おひるを抜いてきた私は思う。ここの売店には、こういったもの（食べたな食べたした感じになるもの）は売っていないのだ。丸パンには横に切れめが入って、そこにまた油で揚げたパン状のものが挟まっている。「マヨネーズが……」と、嚙みながら、女が味の感想をいった。蓋つき紙コップにストローがつきささった飲物を、じる じる吸い上げては丸パンを嚙み、嚙み口を眺めて、飲物を吸う。それぞれ別種の飲物を買ったらしく、とりかえて吸ってみている。油っぽい髪の色白の男は、こめかみと咽喉をよく動かして食べている。男が指を動かすと、女はコップをとりかえたり、ハンカチを渡したりする。男は丸パンの最後を口に入れて、青色の箱を開ける。同じ丸パンなので、二人は顔を見合わせる。(でも今度のには白ゴマがかかっているじゃないか)と隣りで私は思う。すぐに男も気がついたらしく、表面の白ゴマを指して、女に肯いている。男が白ゴマパンを噛むと、黒茶色のソースにまみれたハムが入っていた。女は首を振って、自分の青色の箱は開けずに袋へ入れてしまった。そして、ちり紙を出して、口と指を丁寧に拭った。それから、封筒ぐらいの大きさの赤い箱をとり出して、端を破って覗いてから中身を振り出した。パイのような春巻のようなものが出てきた。一口噛って「まずい」といった。二つめの丸パンを食べ終っていた男は、赤い箱をうけとって食べだした。二人の食事が済むと、私はおだやかな平静な気持に戻った。

音楽が大きく洩れてきた。扉を押して、光った眩しそうな眼をして、若い男女が出てきた。右手のつき当りの便所へ、男は大股に入って行く。女は扉のそばの柱に寄りかかって待っている。小さくたたんだハンカチと人さし指で、右眼をほじくり、左眼をほじくっている。少しすると一番前の扉から、若い男女が出てくる。両手をズボンのポケットにつっこんだまま、うしろにそり返ってから、その男も急いで便所へ行く。女は眼をこすっている。今日の映画は泣く映画らしい。

「三時間目からカツドウがあるんだって。シンパが二つもついてるんだって」すじがあって泣く映画のことをシンパといって、小学生の私たちは期待に震えた。小学校には、ごくたまに巡回映画がやってきた。泣きも笑いもしないで、ただ見ているだけの文化教育もののほかに、涙の出る映画もつけて見せてくれた。藁ござを敷きつめた雨天体操場の高いところの窓まで、小使さんが長い竿を持ってきて、黒い布をひく。正面の映写幕の脇に、青黄色い顔色のF先生が黙って佇つと、頭髪と靴下の匂いと咳で充満した体操場がしいんとなった。口語読本の朗読に力を入れ、自身も声がよくとおるF先生が弁士である。あの頃は無声映画だった。F先生は、ときどき映写幕の裏にひっこんで、蓄音機のネジを巻き、伴奏のレコードをかけかえた。レコードは、いつもきまっていた。嬉しさや喜びを表わす場面にかける朗らかな一曲と、涙が出てくる場面にかけるバイオリンの一曲を、くり返してかけかえた。両方ともメンデルスゾーン作曲だった。(ということは、大きくなってから知った。)

音楽がひときわ大きく続いて、扉が全部開いた。客がぱらぱら出てきた。思ったより、中には客がいなかった。『未知との遭遇』は二年前に封切られて、宇宙ものの好きな人は、そのとき見てしまっているのだ。それでも休憩の間に、三分の一位の席が埋まった。格子縞のシャツ、めがねをかけた若い男が、向うの通路から椅子の間を横ずってきて、隣りに腰を下す。横ずってくる間も、腰かけてからも、首をのばしてキョロキョロしていたが、やがて膝の紙包の輪ゴムを外すと手首にはめて、注意深く紙包をひろげた。追分け団子が三本入っている。うぐいすあんと、白あんと、小豆あんの三本で、醬油あんのは入っていない。口中へ串をタテに差し入れて、一口ひきぬき、嚙む。その串は置いて、色のちがう串をとり上げ、一口ひきぬいて嚙む。

カゴメトマトレモンと、ニッカウイスキーと、渋谷のズボン店の広告のあと、五本の映画の予告篇。

隣りの人が団子を食べ終って、紙包を押しつぶした。私はおだやかな平静な気持に戻る。

『未知との遭遇』

赤茶けた煙幕をへだてて、向うの隅から小さな二つの白色光が揺れて近づいてくる。画面のまん中へきてとまる。車から砂嵐の中に降り立った男たち、UFO研究家のフランス人、ラコーム博士と調査団である。メキシコのソノラ砂漠に、無人の三台のプロペラ戦闘機が忽然と現われたのだ。操縦席をあけると、一九四五年五月の汚れのついていないカレンダー、フロリダで撮った家族の写真。エンジンをかけるとプロペラが調子よく回る。燃料も充分入ったままである。第二次大戦時、バーミューダ三角海域で消息を絶った三台の戦闘機だった。調査団の質問に「ゆうべ、いきなり太陽がやってきた。そして太陽が歌った……」目撃者の地元の老人は、うっとりと放心状態で呟く。（操縦席から、古い日附の、真新しいカレンダーが出てきたとき、映画がはじまったばかりなのに、私はもう泣いた。）

ゴビの砂漠にも、バーミューダ海域で行方を絶ったタンカーが忽然と置いてある。何千人という印度のヒンズー教信者が奇妙な五音階の旋律を口ずさみ、音はあすこからやってきた、と天を指さす。（五音階の旋律は厳かでない。あっけらかんとしている。緊急自動車の警笛と石焼芋屋を合わせたといったらいいか。）インディアナ州の町では、原因不明の大停電の夜、見たこともない光の玉や輪（UFO）が、連れ立って星空を通過する。UFOを見た老若男女は、五音階を口にしたり、奇妙な山の形を絵に描いたり粘土で作ったりするようになる。（その人たちは選ばれたとしかいいようがない。だらりと手を垂れて、ながいこと空をぽかんと見上げていたりするような人たち。）電気技師のロイは、そのため勤め先をクビにされ、妻子に逃げられる。寡婦ジリアンの家では、だいだい色の強烈な光線に家が包まれ、光に誘われて五歳の一人息子がいなくなる。

これらの超常現象は、異星人の宇宙船が地球に着陸したがっていて、その着陸地点を知らせるための挨拶信号だった。謎を解いたラコーム博士は、アメリカの研究機関や軍隊に協力して、着陸地点と推定されるワイオミングのデビルズ・タワー（UFO体験者が夢想に描く山と同じ形をした山なのである）の麓に基地を準備し、宇宙船の到着を待つ。一人息子を探すジリアンを連れて、ロイも基地内に紛れ込む。

基地の上の澄みきった星空に、流れ星が二つ尾を曳く。流れた星は消えずに大きくなって近づいてくる。流れ星ではなかった。赤と青とだいだい色の三つの宇宙船だ。背広や白衣や軍服や作業衣の、数えきれない基地の地球人たちは表に出て、足を少し開き、肩の力を抜いて、両手をだらりと垂れて、佇ちつくしている。同じ方角の空を見上げて、ひたすら待っている。三つの宇宙船は一列に並び、基地の上空に浮んで、五音階を交信して立ち去る。怪雲が湧き起り、みるみる光を含んだかと思うと、大小無数の光の円盤が飛び出て乱舞する。そのあとで、大きな地響きとともに、真黒なデビルズ・タワーの向うから、皆が待っていた宇宙母船が姿を現わす。徐々に、徐々に、月が昇るよりも時間をかけて、巨大な阿弥陀様の光背のような光り輝く輪が昇ってくる。山の頂上に全体の姿を現わしきると、ゆっくりと傾いて向きを変え、基地の真上にやってくる。シャンデリアで出来た天蓋となって、基地を掩い、静々と着地する。（それから、その船が浮上して去って行くまで、——映画が終るまで——ぼーっとしてしまう。）

宇宙船の下部が徐かに開き、白色の眩《まば》ゆい光の奥から、黒い朧気なものが人影となって地面に降りる。夢遊病者のように近づいてきて、姓名、軍隊階級、認識番号を告げる。砂漠で発見された戦闘機の乗組員たちである。四十年前の行方不明当時の若さのままだ。そのあとから、或る日突然いなくなって死んだものと思われていた人たちが降りてくる。インディアンの少女も（いたような気がする）老人もいる。犬もいる。ジリアンの一人息子もいる。

いったん閉じられた扉が、再び開く。子供の背丈ほどの異星人たちが、ふわふわと踊るように降りてきた。頭が大きく、手足や頸が異様に細く、胎児に似た形の人たち。幻影のように透きとおって、ゆらめきながら、寄り添い合って、はじめての地球人の視線の前で羞《は》ずかしがっているようだ。小さな人たちはロイをとり囲んで、懐しげにまつわる。茫然としているロイに「君が羨ましい」と、ラコーム博士がいう。新しい客として招かれたロイと異星人たちが船へ引き揚げて行くとき、一人が（異星人たちは皆、両性具有のように見えたのだけれど、この人には若い母親のような媚《なま》めかしさがあった）、ふっと、ものいいたげに博士の前へ戻ってくる。博士は、この上ない微笑を湛えて、右手をあげて短い手話をする。ゴムがとろけたような色と形の顔に、ぽっかりとあいている穴のような真黒な眼で見上げていた小さな人は、ゴムをひっぱりのばして裂いたような手を上げて、同じ動作をして答える。そして、絶えずゆらゆらと揺れている顔を、いくぶん仰向けて嬉しそうに笑う。（この人の住む星では、笑うという表情は、もう必要なくなっていて、したことがないのかもしれない。博士の真似をして、はじめてやってみたのかもしれない。怖ず怖ずとひきつって、上手に出来ないようにも見えるし、最高の微笑にも見える。私は泣いた。）博士も基地の人たちも涙をためて、手をだらんと垂れて、宇宙母船が浮上して遠くなるのを見送った。

「あーあ。何だか知らないけど、涙が出ちゃった」前の方の席で、若い女がのびをしながら、具合わるそうにいった。明るくなると、皆いつもより椅子の音を立てて、急いで出て行った。


鯨屋に入って、さらし鯨と鯨のから揚げで、御飯を食べた。隣りの初老の男女は肉鍋をとって商談をしていた。窓ぎわの男の一人客は、ビールを勢いよく飲んで、肉鍋をつついていた。

今日の午前中のこと、青い大海原に水しぶきをあげて、ひとり跳ね上って遊んでいる鯨の写真を見て、鯨を食べるのはやめよう、と私は思っていたのである。ついている味噌汁の中にも、縁に黒いすじがある切手位の大きさの白身が二片浮んでいる。これも鯨のどこかだ。

私は、宇宙人に選ばれて招かれることなどないだろう。私の知り合いで、宇宙人に招かれる人は誰だろう。

「こないだの朝、あっちの空に見たこともねえ長《なげ》え長《なげ》え雲があって、それがいつまで経っても動かねえ。一体全体、どんな案配になってるだか、その雲の下まで行ってみたくてよ。急いで弁当持って、どんどんどん歩いて行っただ。いくら歩いても、なかなかその下まじゃ行きつけねえ。それでも、どんどんどんどん歩いて行っただ。とうとう、その雲の下まで行っただ。（と当人がいうのだ。）草っ原でよ。じいさんが一人で草笛吹いてただ。しばらくそばで聞いてたけんど、汚ねえじいさんで、別に面白くもねえ。可哀そうになって百円玉一つ呉れてやって帰ってきただ」こんなことして、一人で暮しているTのお婆さんは、ひょっとしたら選ばれるかもしれない。でも、あの人は「やんだ。行きたくねえ」というかもしれない……。

地下鉄の赤坂駅を上ったとき、トランペットの音が弾けて聞えた。二つ並べて造っていた高層ビルの落成祝をやっているのだった。二つのビルの間の広場にかけた野外舞台に、黒いラメ入りドレスの女歌手が上って歌っていた。二曲歌うと、マイクの具合を直しながら挨拶した。「町内の皆さん、おめでとうございます。テレビ局に仕事にきたとき、いつもここを通ってました。通るたびに汚ないな、と思ってたんです。ここ、前は、この辺で一番キッタナイところだったですね。今度は、こんな立派な綺麗な建物が出来て、ほんとによかったですね」と、しわがれた声でいった。皆、少し笑った。女歌手は一息つくと、つけ根から剝き出しの、たっぷり肉のついた腕を振って拍子をとり、前より太い声で歌いだした。頭上に吊された十個ほどのミラーボールが、照明で紫色やだいだい色や赤色に輝いてまわった。この建物と広場が出来る前のここには何があったのか、ついこの間のことが、おかしいほど全く思い出せない。舞台の上には風があるのか、女歌手の縮れた沢山の髪の毛が逆立ってしまう。逆立った髪の毛先が、照明で金色に光ると、ライオンのようだった。照明が紫になると、かげが出来て急に老けた顔となり、頸すじもたるんだ。照明が変って仰向くと、頰が白く光って、唇が濡れて、若く見えた。最後の歌を丁寧に、白い腕を空へ向けて伸ばして歌っているとき、つられて赤紫色の夜空を見上げたら、何だか涙が出た。

家へ着くまでに、もう一回ぐらい泣くのかな、と思いながら歩いてきたら、家へ着く少し前の路地で、つながれた黒犬が、じいっと此方を見てから眼をつぶった。そうしたら、また涙が出た。

映画館Ⅱ

『楢山節考』のこと

『ガンジー』を観ようか、『楢山節考』を観ようか、迷った。二十分ぐらい、いろいろ考えた。そして今日は『楢山節考』を観に行き、次に『ガンジー』を観に行けばいいのだ、と決まった。

油を流したように雨で黒く光っている数寄屋橋の交叉点を斜めに渡って行くとき、生まあたたかい突風が吹いた。東京には今夜、豪雨注意報が出ている。さっき家を出てくるとき、テレビでそういっていた。車や人が気持わるいほど少ない。

通りをへだてて向う側の工事現場の囲いの中から、ネオンに染まった赤紫色の雨空に向って、温泉場の湯煙みたいな白い蒸気が、ゆっくりと大量に立ち昇っている。ついこの間まで朝日新聞社と日劇があった場所だ。大きな穴でも掘ってるのだろうか。

数寄屋橋東映。前の回が終っていない。平べったい白いリュックサックを背負ったおじさんが、顔をしきりに掻きながら廊下のポスターを眺めている。『日本海大海戦・海ゆかば』笠原和夫脚本、三船敏郎扮する海軍司令長官。これもよさそう。いまやっている。大学生らしい二人連れが立ち止って、山本五十六か、そうだな、と肯く。(「二百三高地の海版!!」と、ちゃんと書いてあるではないか。日露戦争、日本海大海戦の東郷元帥だよ)私は教えてやりたいのだが我慢している。

　夜の部がはじまるまで、まだ間がある。真紅の座席に高い天井、立派なところだ。渋谷に行かなくてよかった。十五、六人しか入っていない。会社帰りの若い男、大学生、真面目なOL風。二人連れのOL風は鮨折りをひろげている。前の方のまん中に、一人だけぽつんといるセールスマン風の男も折詰を食べているらしく、肩のところに箸が見え隠れしている。

　小柄で華奢なおじいさんと、ごちゃごちゃした模様のワンピースに白い透けたカーデガンを羽織った、年寄り寸前の肥ったおばさんが、私の右隣りへ並んで腰掛ける。夫婦者らしい。「勉強してるかなんか知らないけど、とにかくえばってんだから」おばさんは話の続きを勢よくしゃべり出す。「あの人ぁ、コンサルタントだから、読み書きはやると思ってたんだ」と、おじいさんがうけ答えしている。おじいさんは埴輪の飾りの紐ネクタイを垂らして、へちま衿の上衣を着ている。夫婦者ではなく、同じ趣味の友達同士なのかもしれない。映画がはじまっても、おばさんは「とにかくえばってんだから。センスあるかなんか知らないけど」と、話をやめなかったが、蛇が登場したら「あ」と話をやめた。それからは「石臼。石臼で豆ひいてるの」「タネイモ」「かまどの火もしはむずかしいからね」「あんな煙ったもしい木、どうにもなりゃしない」などと、場面々々で湧き起る感想を一人呟いたり、町ッ子らしいおじいさんに言ってきかせたりしている。やっぱり夫婦者なのかもしれない。

　山と山の間にある僻村。猫の額ほどの傾斜地に、虫籠を置いたように茅葺屋根の小さな家が寄りかたまっている。天地四方に、春夏秋冬、総天然色の自然が、ただただだいっぱい。家のまわりには昼も夜も動物がうようよいる。とかげ、みみずく、かけす、蛙、魚、むささび、蛇、ねずみ、狸、にわとり、からす、鷹、とんぼ、犬、つばめ、鹿、兎、――。家の中にも、蛇、ねずみ、蜘蛛、馬。

かまきりが交尾して、雌が雄を喰う。蛇が交尾する。とんぼがする。蛙がする。かまきりが蛙を喰う。蛇がねずみを喰う。ねずみが蛇を喰う。辰平が兎を射つ。その兎を鷹がさらう。辰平の息子けさ吉と松やんが交尾する（人間のときは交尾とはいわないのだと思うが、ほかの言葉では、何だかぴったりしないので）。辰平と玉やんが交尾する。おえいと村のズンムたち大勢が。辰平の弟のくされとシロという犬が。くされとおかね婆さんが。人も鳥獣虫魚も同じように生きて暮している。辰平の家の黒馬は、ハルマツという人間の名前だ。

どんな事も簡単に済んでしまう。嫁入りも簡単。玉やんは亭主の四十九日を済ませると、荷物を背負って辰平の家にやってきて、嬉しそうに、うまそうに御飯を食べる。松やんは、ちょいちょい泊りにきたりするうちに、いつのまにか辰平の家に入りこみ、すました顔して囲炉裏端にけさ吉と並んで御飯を食べている。

食糧盗人の雨屋一家に加える生き埋めのリンチも簡単だ。殺気立った村の男たちが雪崩れ込み、さっさっさと裏山の墓場へ運び、またたく間に大きな穴を掘り、土の下に消してしまう。雨屋の娘であるから松やんも生き埋めにされる。けさ吉は泣きわめくが、すぐけろりとして別の娘を家につれてくる。

性行為も差別も人殺しも、いいこともわるいことも、御飯を食べるようにやっている。村中の女に相手にして貰えない嫌われ者のくされは、犬のシロのところに通っていたが、母親のおりんが楢山まいりに行く前の晩、おりんに頼まれたおかね婆さんが「しばらく使ってねえが、使って出来ねえこともねえじえ」とやってきて、めでたく花ムコにしてくれた。差別する方もされる方も、元気でひねこびれていない。明るいのだ。

　おりんをしっかり背負った辰平が、嶮しい道のない道を上りに上り、白骨が散らばる頂上近くまで辿りついたころ、右隣りからぐしょぐしょに濡れた傘がばさりと倒れてきて、私の靴の上に横倒しになった。おばさんは、ちらっと私の足許を見ただけで拾わない。真正面向いて知らん顔している。おばさんの鼻より高く前方に盛り出た口のあたりを横眼でにらみつけても、平気の顔をしている。横眼をやめて、はっきりした眼で視線をずらしてみると、おじいさんとおばさんの間の肱掛の上に、おばさん、おじいさん、おばさん、と四本の手が重ねられ、一番上のおじいさんの右手は、おばさんの膨らんだ手の甲をぎゅっと握ろうとして力を入れているので、鳥の肢のようになっている。やっぱり夫婦者ではないのかもしれない。

『フィツカラルド』

まだ夕方にならない炎暑の表に出ると、自分だけしか歩いていない。着ているものに体がくっつかないように、手足やお腹の力をぬいて、そろそろ歩いて行く。昨日、旧のお盆に入った。赤坂の商店は、軒並みにお盆休みの挨拶を書いた白い紙を貼り、戸をたてている。めったに人も通らない。声もしない。車の音もしない。蟬が鳴いている。

地下鉄の段々を下りて行くとき、若い女が一人、大きな旅行鞄を提げて上ってくるのにすれちがった。プラットホームには五、六人いた。みんな、ぐったりとベンチに腰かけていた。電車がきて乗ると、目の前に喪服の中年婦人が二人、きちんと並んで腰かけていた。二人とも真珠の首飾りをして、じっとしていた。ずっと向うに、男の子二人と眠っているらしい父親が一組腰かけていた。がらんどうの電車は、二番目のハコも三番目のハコもがらんどうで、なまあたたかい風が吹き通り、蛍光灯の眩しい中で、白い吊革がいっせいに揺れているのが遠くの方まで見えた。国会議事堂前駅で降りると人影がなく、どこかに大量に撒いたらしい強烈な消毒薬の匂いが、長いホームから地下道一帯に漂っていた。エスカレーターで上って行くとき、顔の小さな背広の男が一人、人形のように直立して下って行った。新宿行きの電車に乗り換えると、座席がふさがる程度の人たちが、じっと腰かけていた。新宿三丁目の駅から地下道を通って、百貨店の地下食品売場の前までくると、ふだんと同じぐらい、人が出たり入ったりして動いていた。中に入ると、いかずしだとか、カリフォルニヤからきた珍しいぶどうだとか、鹿児島名産の本当に炭火で焼いた黒豚の焼豚だとかの前に、若い主婦や年とった主婦が群がって買っていた。田舎のある人は、旧のお盆で東京からいなくなる。田舎のない人や、あっても帰らない人は、どこにどうやっているのだろう、と思っていたら、ここにいたのだ。

歌舞伎町へ渡る信号を待っているとき、このクソ暑いのによお……と、若い男が腹立たし気に言いながら、うしろを通って行った。このクソ暑いのに、私も家から出てきて、これから映画を観に行く。シネマスクエアとうきゅうという聞き馴れない映画館は、コマ劇場のそばにある見当だ。この間、本屋で買っておいた『フィツカラルド』の二割引き前売券は十八日までで、あるこの頃までに大型台風が上陸するらしい。台風は三つかたまって進んでいるらしいから、今日観ておかないと前売券がフイになってしまうかもしれないのだ。

夏になる前『アギーレ』という映画を観た。十六世紀、黄金郷を探しにアマゾン川を筏で下る不屈の精神力（大欲張り。黄金郷をみつけたあかつきには、その土地の王となり、神話の中の王のように、最愛の自分の娘と結婚するぞ、と思っている）の持主、スペイン軍人アギーレの物語で、観たあと二週間ぐらいは、道を歩いているときや、ふとんの中で眠る前など、気に入った場面場面を額縁に入った絵を見るように思い出していた。たいていは次にほかの映画を観れば忘れるのだが、忘れないのだった。もう一回観たいと思っているうちに『アギーレ』は終ってしまい『フィツカラルド』がやってきた。同じ主演男優、同じ監督のアマゾン川映画である。

村田英雄ショーの大きな看板がかかっているコマ劇場のまん前まできたら、大粒の雨が落ちてきて、噴水のある広場を横切ってシネマスクエアの建物の軒に駆け込むまでに、雨脚が跳ね返って地面が霞む大降りになった。

試写室の椅子のような座席。じゅうたんがふかふかしている。濡れた傘は持ち込まないで傘立てに収めるように、と従業員が出てきて、もの静かに言う。おとなしそうな顔をした若い男女二人連れ。そうでなければ、キャリアウーマン風二人連れ。ひげを生やした日本人の若い男が、いまにも生れそうに大きなお腹をした西洋人の奥さんの濡れた髪の毛を拭いてやっている。隣りの若い男は、紙コップに山盛りのポプコーンを買ってきて、連れの若い女と一粒ずつ口に入れているが、二人とも音を立てないように、しゃぶってのみこんでいる。格調高いふんい気は『アギーレ』を観に行った岩波ホールのようである。痴漢はいないと思う。

『フィツカラルド』

十九世紀末、ゴムブームに沸くペルーの町イキトスで製氷会社を営むアイルランド人フィツカラルドは、極端なオペラ好きで、自分の町にオペラハウスを建てて、大歌手カルーソーを招ぶのが夢である。その資金を作るため、アマゾン川上流の奥地を買い、ゴム園で一儲けしようと考える。まるごと食べてしまいたいくらいフィツカラルドに惚れ込んでいる、お女郎屋さんの女主人モリーに出して貰ったお金で、土地と一隻の古蒸気船を買い、アマゾン上流パチテヤ川を遡って行く。

あまり椅子が上等なのと、雨に濡れたのとで、だるくなり、うとうとしていたが、ここのところで眼がぱっちりした。船の蛇行にしたがって、緑茶色の川の水は、ふくれ上ったり、あぶく立ったり、ささくれ立ったりする。私は胸のへんまで川に浸っているような気がして、ギラギラしてくる。

船は、六年前にフィツカラルドが鉄道を敷こうとして失敗し、放り出した場所に寄る。そこには、解雇されているのに機関車と線路を一人守り続けて暮していた黒人が、六年前も昨日のことであるかのように「お待ち申しておりました」と、制服を着て出迎える。

ジャングルの草茫々の中に、六年の間、一日も休まず整備し磨き上げていた、ぴかぴかの機関車が置いてある。私は呆れる。フィツカラルドは製氷会社もうまくいってなさそうだったが、その前に鉄道でも失敗していたのか。二百メートル、レールを敷いただけでやめたのだ。やり方が下手なのか、お金が足りなかったのか、とに角、次から次へやりたいことが出てくると、結構あっさり諦めて、次の事業に手を出す人らしい。鉄道再開か、と大喜びして出迎えた黒人の気持など眼中になく、レールを取外して船に積み、再び川を遡る。レールは、奥地のゴムを運び出すさい、最も有利な方法としてフィツカラルドが思いついた奇想天外な計画、船の山越えに使うつもりなのである。

ジャングルの中から、首狩族の太鼓が、突然、高らかに鳴り出す。私は驚いた。拍子のとり方も音も、日本の盆踊りやお祭りの太鼓とそっくりだ。恥ずかしいような、おかしいような気持になる。

いつのまにか、船は首狩族インディオのカヌーにとり囲まれている。フィツカラルドが金髪であるからか、白い服を着ているからか、やたらと船の屋上でカルーソーのレコードを鳴らしてみせるからか、何だかわからないが、インディオたちはフィツカラルドを気に入ったみたいだ。ハナバエジヤ。ハンタマノカナベテンテベロ。――インディオたちの話は私にはこんな風に聞こえた。インディオは無鉄砲な船の山越えを手伝ってくれる。——インディオが日本人に顔立ちも体格もそっくりなこと。テレビのドキュメンタリーなどで、前からうすうすは知ってはいたけれど、感心するような、がっかりするような、われに返ったような気持がする。つい、フィツカラルド側の人のつもりでいたが、私は地元側の人だったのだ。

煙突から煙を吐きながら、蒸気船が山を登って行く異様な場面は圧巻だった。また、この蒸気船が、それはいい恰好をしているのだ。舌もつりそうな辛苦（インディオは二人死ぬ）の末、山を越え、やっと山の向うに流れる川に下りたと思ったら、急流に翻弄され、船はボロボロになって、あっという間に元の港に押し流されてくる。あんなに大騒ぎして出かけて行ったのに、——あっという間だ。私はぽかんとしてしまった。さすがのフィツカラルドも、ぽかんとしているみたいに見えた。

しかし、フィツカラルドは、すぐ次にやりたいことを思いつく。近くの町にきているイタリーのオペラ団を買いきり、蒸気船上で歌わせながら自分の町へつれてくる。オペラハウスを建ててカルーソーを招ぶ夢は破れたが、そんなこと忘れてしまったような顔して、くよくよしない。燕尾服を着用、最上段の甲板に置いた赤いビロードの椅子に凭れ、川風に金髪をむしられそうになびかせながら、しがないドサ回りのオペラ団が熱唱熱演するオペラを、得意満面、王の如くそりくり返って聴いている。

アギーレに扮したキンスキーは、中世の重い鎧の下に一枚着ている紫色のシャツが、始終はだけて、畸型のように歪んだ背中をのぞかせていた。キンスキーの、その肩から背中にかけてを長々と撮した場面があった。ほくろが一つあった。いかついのに、妙に女性的で、大へん色気があって気になるのだった。それから、歩くとき、びっこをひいていた。それも気になることだった。フィツカラルドに扮したキンスキーは、びっこをひいていなかった。あれは名優の演技だったのだ。

書いていて、いま、ふっと思い出したのだけれど、フィツカラルドは左ぎっちょだったのではないかしらん。地図を書いてみせるときと、食事をするとき、左手をぎこちない風に使っていたような気がする。クラウス・キンスキーという役者は、体つきや仕草が、妙に気になる男だ。

『青い恋人たち』

快晴の午過ぎ。夏の間しようと思いながら、ずっと出来なかった門扉のペンキ塗りを始めたら、半分も塗らないうちにペンキがなくなってしまったので、富士吉田へ買いに下る。錆び止め入り黒ペンキと、うすめ液と、軍手を買い、ついでに道ばたのよしず張りのタネ苗屋で、蕾の沢山ついているハチスを二鉢買った。二鉢で六百円だった。塗り上った門の脇に植えたら、いい気持がするだろう。

北に屏風のように並ぶ山が紺色に霞んで、山のうしろから入道雲が三つ揃って湧き上っているが、底光りした勢がなく、輪郭もぼやけている。夏の盛りのようではない。茶がかってきたいちめんのもろこし畑の向うに、床屋の看板印がまき上って動いているのが小さく見える。もっと向うに観覧車がゆっくり回っている。去年はいま頃、あの遊園地にやってきていた、びっくり人間大集合（サーカス）を見に行ったのだ。千秋楽の日で、蛍の光を何回も歌って大サービスだった。

今日は映画を観て帰ろうと思う。K座の入口の空地には、白い四輪車一台と赤いバイクが二台、いい加減な駐め方で駐っている。切符売場の窓口にも入口にも人がいないので「ごめん下さい」と、大声を出すと、小柄なおばさんが前掛で手を拭き拭き現われた。「映画観たいんですけど、車あの辺でいいですか。もっとつめて駐めますか」「あの辺でいいですよ」車の鍵を預けようとすると「持ってっていいですよ。昨日混んだから、今日はもう来ないですよ」と言う。おばさんは窓口から切符を差出し、すぐさま入口へまわってきて、その切符をもぎり「左側に坐ると涼しいですよ」と、教えてくれた。

黒い垂れ布をくぐって、手探り足探りで入る。白い靴を履いた女が一人腰かけている。左の端に、白靴白ズボン白シャツの男が股を一直線にひろげて腰かけているのがわかった。

ビートたけしが兵隊靴下を重ねて正座して、お経をあげている。『戦場のメリークリスマス』の終りの方、ハラ軍曹読経の場面である。ビートたけしとジョニー大倉とデビッド・ボウイ、好きな人が三人も出るので、嬉しがって出かけて行って、もう観てしまった映画だ。ビートたけしがテレビで、妻子持ちの課長級会社員をやると、怖いくらいうまい。読経場面も同じ位すご味がある。

眼が馴れてきたら、もう一人、黒い野球帽をかぶった年寄りらしい男が、左手のまんなかへんに腰かけているのがわかった。私をまぜて四人いる。白ずくめの男は立上ると背が高い。出たり入ったりしている。入ってくると股をひろげて腰かけ、タバコに火をつけて吸う。『戦場のメリークリスマス』が終ると、続けて予告篇がある。白靴の女が出て行った。すると、同じ列に黒い服の男が、もう一人いたのがわかった。

売店でジュースを買う。白ずくめの男が出てきてアイスクリームを買う。休憩所の床いっぱいに、戸板四枚分の大きさの立看板を二つねかせて、古いポスターの上に下地の白い紙を貼り、その上に新しいポスターを貼る仕事を、小さな男が四つん這いになってしている。白ずくめの男と私は、買ったものを嘗めすすりながら見物している。新しいポスターは『細雪』と『もどり川心中』である。

「今日は空いてるのね」と言うと、切符係兼もぎり兼売店係のおばさんは「ふだんの日はどうしてもねえ。でも昨日はこんだ。サイショの日はうんとこんだですよ」と言った。

次の映画がはじまると、ばたばたとOL風の娘が二人入ってきた。

『青い恋人たち』、こんな映画あったのかなあ。東京でもやってたのかなあ。ランダル・クレイザーという人が作ったのである。聞いたことのない名前である。アメリカ映画。

真青な海、真青な空。小さな船着場に船が着き、大きな旅行荷物を持った若い白人男女が桟橋に吐き出され、その群が乱痴気騒ぎの有様で町へくり出す。歌が流れる。歌の題が下の方に日本文字で出る。有名な歌らしい。歌入り映画かもしれない。一組の男女を出迎えた肥った中年女（地元の不動産屋らしい）が、町を案内しながら「ここはロマンスの島よ。芸術家の多い村なのよ」と説明すると「楽しい夏になりそう」と男女が喜ぶ。何だか、つまらない映画なんじゃないかと心配になってくる。どこなんだろう。ロバがいて、ぶどうがなっている。風車小屋がある。七曲り八曲りの石段が山腹の斜面をめぐっている。熱海のようなところだ。家が全部真白なのが熱海とちがう。

恋人同士のアメリカ人大学生男女が、長い夏休みを島（少し経って、ギリシャのサントリニ島というところだとわかった）の白い家を借りて過そうとやってきたのである。

男は古代の遺蹟を眺めて、やがてわれわれも百年の後は砂塵となるのだ、と感慨に耽る性質なのだが、カメラマン志望の女は風車や夕焼を撮しまくってとび回り、そういうことはあまり感じない性質なのである。

ぷわんぷわんした大きな寝台で、ねそべった裸の男の背中に、裸の女がろうそくを垂らす場面が、ちらっと出てきた。サドマゾかもしれない。これから沢山出てくるかもしれない。面白い映画かもしれない、と安心する。

やがて男は、一人で避暑にきている考古学専攻の神秘的なことをしゃべるフランス娘と話が合い、仲よくなる。暗い恋愛をした過去があるらしいフランス娘は、人間は何ものにもとらわれないで生きるべきだ、三人で暮しましょう、と二人の家にすぐ引越してくる。ぷわんぷわんの寝台で、右のアメリカ娘と男のポルノ場面が終ると、左のフランス娘と男の、少しちがうポルノ場面がある。

〝あり余る時間の中で〟という歌や〝夢みてる毎日〟という歌が流れ、各国白人青年男女が全裸で日光浴している昼の海浜風景や、野外映画を観ながら酒盛りしている夜の風景がうつる。占いに凝ってる女優や紅白粉をつけた男や詩人らしい男女たち、派手な交際グループの帆船パーティ風景もうつる。

はじめ渋っていたアメリカ娘が三人暮しをすっかり気に入ってくるにつれて、フランス娘は滅入ってくる。黙って姿をくらまし、洞穴に鍋釜を持ち込んで避暑生活を送っている哲学者風金髪ヒッピー青年と仲よくする。アメリカ人男女はがっかりして夏休みをきりあげ、飛行機で帰国しようとする。

そのとき、――（ヒッピー青年は案外と下品でへんな人だったらしい）いやになったフランス娘が、オートバイにまたがって二人を追い駈けてきたので、三人は飛行場で手をとり合って喜び、白い家に戻って行く。終り。

はじめ、意味あり気に出てきた、ろうそくの場面は一度きりだった。ろうそくはやめたが、三人暮しの複雑で困った関係になるのかと思っていたら、ならない。性質がちがう二人の娘がいるのだ、と思っていたら、似たような娘二人になった。男も一緒くたに、三人とも同じような性質になった。二人の娘が見ている前で、男が断崖から海へとび込んだから何か異変が起きるのかと思っていると、浮び上ってすいすい泳ぎ、三人で家に帰って御飯を食べている。

おかしくも、怖くも、すごくもない。可哀そうでもない。

二人の娘に好かれる男には、『サタデーナイト・フィーバー』のトラボルタに似た顔の役者がなっていたけれど、トラボルタからアクと色気をとったあとの脱け殻みたいな役者なので、ポルノ場面も、ただうつっているというだけだった。

ああ、ああ、駄作を観てしまった。つながったように真青な海と空、眩しく輝く白い家のギリシャの島は、ハンカチの函にあるようないい景色だが、私は飽きてしまいそうで行きたくなんかなくなった。

女便所の水飲場の蛇口から、少しずつ水が出放しになっていて、鎖でとりつけてあるコップで飲むと、冷たくておいしい。富士吉田は水がいいのだ。窓枠に、ピンポン玉が一つと赤いお守り袋がのせてある。窓の外に夕焼けがしている。

　野球帽の男がサンダルの音をさせて出てきた。「帰って、濡れ畳とり込まにゃあよお」と、売店のおばさんに言い、バイクに乗っていなくなった。河口湖畔で水に浸った家の人らしい。

　パチンコ屋が並ぶ通りの菓子屋で、おこわのお握りを三個買ってから、車に乗った。その店の奥の暗い部屋で、テレビが大韓航空のニュースをやっているのを、おばあさんが一人で見ていた。ガソリンスタンドに寄ると、おじさんが「今年はこれでもろこしも終りだから持ってってくりょお」と言って、車庫の柱の蔭に転がしてあるなかから選んで、袋に入れてくれた。「きゅうりも終りで、うんととったから持ってってくりょお」と言った。きゅうりは、もうタネが苦いから、タネのところは、こうへぎとって、白い身を刻んで食べるといい、と言いながら、へちまのようなきゅうりを三本入れてくれた。

陽のあたらない名画祭

撫で肩、壜のような体型の小男が、紙袋一つ小脇に抱えて刑務所を出てきた。少年院を混ぜて合計三回、刑務所を出たり入ったりしたマックス（ダスティン・ホフマン）は、牢屋の生活にうんざりしている。職業紹介所で仕事を世話してくれた女事務員とも仲よくなれたし、今度こそ、と地道な暮しをはじめたがいく日も経たないうちに、あらぬ疑いをかけられ、警察で散々な目にあう。点数稼ぎの保護観察官には、おためごかしに脅されたり嬲られたりする。もうイヤだ、と泥棒の生活に舞い戻る。

時代劇にもよくある。島帰りの入墨者が、まっとうな暮しをしているのに、意地悪な役人がやってきていたぶるので、ついに悪の道に、——という話。

景色の撮り方も筋もとろとろしている。さすがのダスティン・ホフマンも、やりどころがないように見える。

池袋文芸座「陽のあたらない名画祭」の、今日は何日目かで、一本はダスティン・ホフマン、もう一本はジャック・ニコルソン主演の二本立て上映の日だから、カレンダーにしるしをつけて忘れずにやってきたのだけれど。これでは「陽のあたらない」のも無理もないことかな、と思いはじめる。隣りのおじさんが寄りかかってくる。押し返すと反対側へ倒れて、そのままいびきをかいている。まん中へんで、アーアォーッと野太い音声入りの大あくびを遠慮なくしている人は、あくびのほかに長々とした溜息もする。表は雨。ほとんど満席の客は濡れた傘の柄を前の椅子の背にかけたり、股の間に挟んだりして観ている。立見も両側に十人ぐらいずついる。

ところが、ここから、ここいら辺から面白くなってきた。マックスは泥棒の生活に入ったとたん、急に生き生きしてくる。歩き方から顔つきまでちがってくる。朝起きて顔を洗って御飯を食べるように、すいすいと車を盗み、スーパーマーケットで金を奪い、鉄砲店の壁をぶちこわしてショットガンを盗む。物静かな小男なのだが、ふとした拍子に力んだり、体の一部を露わにしたりすると、びっくりするほど見事な体格なのがわかってくる。ダスティン・ホフマンが、うまーいのだ。

昔の仲間と組んで、白昼、銀行に押入って成功。そして最後の仕事場所となる宝石店では、並居る金持の客と店員の眼の前で、分厚い硝子の飾り戸棚を次々と微塵に叩きこわし、破片に埋まった宝石を強引に摑みとる。野蛮さが剝き出しとなる。野蛮さではなくて、ベテラン強盗の作戦と技術なのかもしれない。

結婚してかたぎの生活をしていたのに、片棒かつぐ昔の仲間がいい。コバルト色に照り輝く小さなプールだけでいっぱいな狭苦しい庭で、刑務所を出てきたマックスを迎え、女房と三人で酒を飲む。化粧の濃い肥って大柄な女房は底抜けに陽気で「牢屋にドンていう男いなかった？　前の亭主なの」なんて言いながら、大きなハンバーガーを作ってはマックスにすすめ、自分もかぶりつく。大分年のいってる仲間は「家も舟もプールも手に入れた。あとは車だけだ」と、さも満足気に現在の身のまわりを語るが、女房が席を外すと早速乗り出して「退屈で腐りそうなんだ。頼むよ」と囁やく。子供みたいなところのあるマックスを危ながりながらも大好きなこの男は、宝石強盗をして逃げるときに、マックスをかばったかたちになって死ぬ。

　マックスは愛人の女事務員をつれて車で逃げるが、途中立ち寄ったドライブインで、盗んだ宝石の中から女物の金時計をとり出して女に渡す。いつか客を装って、宝石屋へ強盗の下検分に出かけたとき、一目見て女に買ってやりたいなあ、と無性に思った時計なのである。ここから長距離バスに乗って元の町へ帰れ、と女をドライブインに残して、砂漠の一本道を車で走り去る。『ストレート・タイム』という題の映画。

　いびきをかいてねていた隣りのおじさん（おじさんだかおじいさんだか、よくわからない。栄養がとれていないので老けてみえるように思う）は、映画が終ると眼を覚し、靴を脱いで、何枚も重ねばきした靴下の足を前の椅子の背に上げ、頁のめくれたマンガ本を見ている。毛玉がいっぱいくっついた毛糸靴下の足。もう毛糸の靴下をはいているのだ。おじさんが動くと匂いがする。こんな風な匂い、前はよくかいでいたのだ。夫の酒と煙草と歯の匂い。おじさんのには靴下の匂いが加わっているから、ちょっとちがうが。

　カップ酒を片手に持った、線入りトレーナーズボンのおじいさんが、まん中の通路をのろのろと通り、最前列へ行って腰かけると足を舞台のふちに上げた。最前列に腰かけている人たちは、ほとんどの人が足を上げている。ハンカチでくるんだ菓子パンを食べている若い男。文庫本に眼をすれすれに近づけて読んでいる学生。名札を背広の胸につけたままの中年会社員。筆箱かなんか落して、ア、と言って拾っている女学生。ふつうの日の午後、こんなに沢山人のいる映画館に入ったのは久しぶりだ。二人連れは少ない。皆、一人一人できているらしい。二階席も満席である。二階の左袖に、若いのだか年寄りなのだか定かでない、髪の毛を背中まで伸ばし、顔に生えている黒い毛も伸ばし、毛という毛を全部伸ばせるだけ伸ばした男が、手摺りに足を上げ、悠然と腰かけている。眠ってるらしい。そのまわりだけ席が空いている。

『ボーダー』

ロスアンゼルスの警官チャーリーは、派手好きで軽薄な女房を満足させるため、国境警備隊員を志願し、エル・パソのタウンハウスへ引越した。引越しても女房の浪費癖は止まるところを知らず、通信販売ローンで水ベッドを買い、家具を買い、プールを作る。チャーリーの方は、不法入国を企てては失敗をくり返している、子持ちのメキシコ少女と知り合い、大好きになる。ローン返済の金が欲しさに、不法入国者たちを食いものにして金をまき上げている一味（警備隊の上司と同僚のいく人かも加わっていた）の仲間に入るが、メキシコ少女の赤ん坊をさらったり、少女の弟を射殺したのが一味の仕業とわかるや、俄然、大活躍の末、赤ん坊を取り返す。少女の喜ぶ顔を見て、チャーリーも少し気が晴れる、という物語。

女房のいやなところも、仕事の裏も、歯をくいしばって我慢し、穏便に適当に暮してきて、先行きもこうして暮して行くほかはないと思いあきらめていた中年おまわりさんが、赤ん坊を抱えて懸命に国境線の川を渡るメキシコ少女を双眼鏡で見て、一目惚れしてしまい、以来会うたびに好きになるばかり、しかも手さえ触らないままだったために、当人だってそれほどあるとは思ってもいなかった正義感が、ムオーッと噴出してしまった。

異常者、強姦男を演ったら絶品の、男の中の男、ジャック・ニコルソンが、悪にも善にもつよくない、平凡で真面目でやさしい、しがないおまわりさんになって、うまーい。濃いサングラスで鋭く動く光る眼を隠し、地味に徹して演っているけれど、いつもチューインガムを嚙んでいる口髭を生やした口元からも、寝起きでそそけ立った薄い頭髪からも、むくむく中年肥りした胴体や腕からも、性的魅力が湯気のように立ち昇っている。

男臭いジャック・ニコルソンのおまわりさんが、つくづくと警察の仕事が自分には向いていないような気がし「(以前の職業である)公園管理人に戻りたいが」と、遠慮しいしい女房に申出ると、女房は「あんなアヒルの世話したりするのなんか」と、わかってくれない。エル・パソでのタウンハウスの生活を想像して燥いでいる。一言の下にはねのけられたおまわりさんが憮然とした面持ちで「アヒルは可愛い。アヒルが好きだ」と呟く、――おかしくて、可哀そうで、この場面が好きだ。

外はすっかり暗くなって、雨が上っていた。ありったけのネオンがついていた。油を流したように濡れた舗道にも、ネオンがうつって明滅している。トタン塀にも。「二千円ぽっきり、二千円ぽっきり、女子大生だよ」と、声をからして手を叩いている覗き部屋の呼びこみ係の前は、何か言われると困るから、眼が合わないようにして急いで通る。氷屋の車がとまり、一人が荷台に上って氷を切り、一人が軒並み、酒場や鮨屋ややき鳥屋に配り歩いている。豆腐屋も自転車をとめて配り歩いている。「そこ曲ったとこ。狭いんだけどさあ」ががら声の顔の大きな和服の女が、小さな年寄りの男と並んですれちがって行った。救急車のサイレンが、遠くから近づいてくる気配があったが、また、もっと遠くの別の方角へ消えていった。

閉店まぎわの西武百貨店の食料品売場に入ったら、人参の束一把百円を、二把百円にしてくれた。ゆでた蛸など、おいしそうな色をしたのが、どんと置いてあった。

中学生ぐらいの少年の両脇をしっかり抱え込んで、二人の背広の男が連絡通路の向うからやってきた。イヤダイヤダイヤダヨオ、オレ、イヤダヨオ、と運動靴の脚をばたばたさせてもがく少年を、吊し上げたり、ひきずったりして通り過ぎて行った。

『氷壁の女』

一九三二年夏、寝台車の中。眠れないでいた女が、眠っている男の枕元のタバコを一本そっと抜きとり通路に出るが、タバコは吸わないで、窓外の暗闇を眺めて泣いている。何かある、これから何か起りそうだ、と私はわくわくしてくる。

翌朝、小さな駅に二人はいる。昨夜の雷雨が上った駅の外には、烏帽子形の雪山が、眼の前にそそり立っている。空気が澄んで、磨き上げた鏡に写したような景色。ドクター、スイスにようこそ、と駅長が挨拶する。年とった上品な大男は、迎えの馬車がくると、ベンチに横になっていた女を起こす。朝の光りの中で見る女は、体操選手のように体格がよく、若くて初々しい。馬車に揺られて男は居眠りをはじめる。

ホテルの部屋の窓からも、さっきの雪山が見える。いい景色ばかりで息が詰まるようだ。仕合せか？　と男が訊くと、女は、ええ、いまはね、でも次の瞬間悲しくなる、と答えた。女は楽しそうにしているかと思うと急に泣き出したりする。男は大変気を使っている。すまなそうにしている。何とかならんもんかなあと、暗澹とした表情で呟いたりする。

ここから、ときどき挿まれる回想場面で、父娘ほども年のちがう二人の関係が、順ぐりにわかってくる。宿帳には夫婦と書いたが、実は叔父と姪。女はイギリスの造船所の娘。男は娘の父親の弟。早くに父親を亡くした娘は、叔父さんがずっと大好きだった。娘が子供の時分、医師として印度に赴任した叔父さんが、奥さんを連れて十年ぶりに娘の屋敷へ帰ってきた。自分以外のよその女と結婚するなんて、と娘は裏切られた気持になった。

或る日、屋敷に二人きりになったとき、叔父さんを誘惑してしまう。幽かな物音に叔父さんが一階からふと見上げると、三階の廊下の暗がりにひそんでいた娘が、真白な絹のブラウスをふわふわさせて、わざと見せつけるように走って自分の部屋に消える。それを見ると叔父さんの顔の筋肉がむずむずとちぐはぐに動き、小鼻がひろがって唇がしまり、叔父さんでない顔になり階段を駈け上って娘の部屋へ押入った。ショーン・コネリーがこの叔父さんになっている。ショーン・コネリーの顔は、こういうとき、一種独得に動く。

雷雨がくる前の鉄鋼のような山頂と走る雲。晴れ渡った山頂の左にかかった月。やがて右に移った月。朝の山頂と日輪。青空は黒いほど青く、雪は匂いがしてきそうに厚ぼったく白い。そういったアルプスの景色と、二人のいままでの関係が、代る代る較べるように出てくる。

そこへもってきて、もう一人、地元の山男も出てくる。小学校の教師で、夏場は山の案内人をしている。生れ故郷を一度も出たことのない若い男。唇が赤く、まつげが長く、眼が輝いている。村の真面目な美男である。

ホテルに着いた日、二人は村の美男を案内人として雇う。（本当は、青年と書いたっていいのだが、いかにも出てきそうな、村の美男美男した美男なので、私はやっぱり村の美男と書きたい。）男は村の美男をはじめて見たとき、少し心配そうな顔になる。

二日目、最初の山登り。女は、村の美男に手とり足とりされて、初めて岩登りを経験した。ヒマラヤも登ったことのある男は、年とっているのに垂直の岩壁を颯爽と登って、村の美男を感心させた。得意になった男が、仕合せか？　といつものように女に訊くと「とっても!!」と、いつもとちがった燥ぎぶりなので、男はまた心配になった。

三日目、二度めの山行き。風の音、息の音、ピッケルの音、リュックサックを投げた音、スパイクの音、金具の触れ合う音。天に近いような、しーんとした輝く雪原。クレバスをとびこえるとき、男だけ落ちかかり、ピッケルを落してしまった。美男が拾いに降りて行くと、氷壁に黒靴をはいた足首が一本つき出ているのを見つけた。美男は二人を雪原に残して、村へ知らせに行った。四十年前、婚礼の前夜に山に出かけたきり、消えた男の足首である。氷漬けされて青年のままの顔をした遺体が、山の麓で四十年間待ちつづけ、老婆の顔となった、よぼよぼの婚約者の許に運ばれた。この出来事で、女は動揺し興奮する。夕方、ホテルの近くの岩に腰かけて物思いに耽っている美男を見かけた女は、わざわざやってきて、「わたしたちは夫婦ではない。あの人には奥さんがいる」と打明ける。美男は悲しそうに「お嬢さん、あの人と一緒にいちゃダメです」といった。

四日目、三度目の山行き。三人は、ホテルを出て、別の山小屋に行く。女は、先客のフランス人学生たちに歓迎された。人気者となった女は、トランプをしたり、シチューを御馳走されたりして、同い年位の人たちといると、こんなにも陽気で楽しいものかと、しんみりした。ふざけ合いに混じれない男は、よく似合う高そうなセーターを着て、淋しそうにしていた。夜、美男と女が小屋の外に出て行った。眠ったふりをして、男はじっと待っていた。

五日目。空は淡い水色をしている。真白な山の背を、男二人が登って行くのが黒い点となって見える。陽がかげると、山は淡い水色になる。飛んできた大きな鳥の黒い影がそこに映った。山小屋に残った女は、男と別れる置手紙を書いている。やっと辿り着いた山のてっぺんで「あなたは御主人ではないそうですね」と、美男がいい出したので、男二人は摑みかからんばかりの口論となり、気まずくなる。そのあと、誰も降りたことのない、目も眩むような絶壁を降りて行くとき、落石にあって美男は転落死してしまった。

六日目、美男の葬式から戻ってきて「査問会が終るまで待っていてくれるね」と当然のごとく男がいう。女は馬車の上から、男の頭を抱えて一寸泣き、さよなら、といって行ってしまった。終り。

女の方は、憑きものがおちたみたいにさっぱりして行ってしまった。男の方は、もう二度とこんな恋愛はすることはないだろうから、勿体ないような淋しいような気持だ。でも、この年になって若いきれいな姪にまで惚れられたのだから、仕合せだ。淋しくったって我慢しなくてはいけない。結局、村の美男がひとりで憤慨して、ひとりで石にぶつかって損をした。

原題は『夏の五日間』、監督はフレッド・ジンネマン。山の景色が、どきどきするように映っていた。七十六歳の人が撮ったとは、とても思えない。

二十人ぐらいの客のほとんどが若い女で、七、八人男が混じっている。戦争映画だと男が多いが、平日の午前中、恋愛映画に七、八人も男がきているなんて、めずらしい。そのうちの五人ぐらい、頭がはげている。西洋人が一人いる。その人もはげている。007でかぶっていたかつらを、今回、思いきってとって出てきたショーン・コネリーが、かつらのときより素晴らしい、という評判をきいて、どんな風かと様子を見にきたらしい。

自動販売機から湯気のたつ汁をコップに受け、こぼさないように用心して歩いてきた小柄なおじさんが「あー、どうもすいません」と、長椅子にいる私の隣りへ腰かけると、ねずみ色の肩下げ袋とコップを運動靴の間の床に置き、袋からポケットウイスキーをとり出し、湯気の立つコップに垂らした。ウイスキーとコーヒーの混じり合った、嗅いだことのない気持わるい匂いが立ち昇る。ポケットウイスキーを一気に口のみして舌を鳴らし、透かして残りを調べ、瓶を逆さにして掌に滴をふり出して舐め、指の間も舐めくり、空になった瓶を袋にしまうと、今度はウイスキーコーヒーのコップをとり上げてすする。すすりながら「ねえさん、お一人ですか」とお愛想をいう。ベルが鳴ると、半分ぐらいすすったコップを片手に、ふらふらと場内へ戻って行った。エレベーターが開いて、食べ物の入っているらしい紙袋をめいめいに持った若い女が五、六人、笑い声をあげて出てきた。はじめはニュースと予告篇だからね、といいながら、小走りに場内へ入って行った。

便所へ行く廊下の窓から、大きな古い瓦屋根が真下に見える。とろけそうになった雑巾が一枚へばりついて乾いている。パンツのようにも見える。瓦屋根の隣りは銹びたトタン屋根の家で、くずれた物干台に放り出してある発泡スチロールの大きな箱に、ねぎが伸びている。そばにタヌキの置物が仰向けに転がっている。この辺は銀座四丁目の和光の裏通りなのだが、いま、どっちから陽が射しているのか、曇りなのか、お天気なのか、わからない。二回目がはじまりますよ、と係員の男がやってきて、私が見ている窓にも、オレンジ色のカーテンを引いた。

年寄りの男が若い女と山登りなどに行くと、いろいろな目にあい、淋しい思いをするのだ。海水浴もダメだ。熱海温泉みたいなところなら大丈夫だろうか。いや、人のいるところはやめた方がいいかもしれない。何が起るかわからないから、こそ、こそ、と二人きりで仲よくした方がいいのだ。

『里見八犬伝』

忠の玉の持主、犬山道節は千葉真一。行者の姿。諸国を行脚し、玉の持主に出会うと、伏姫縁起絵巻なる一巻をとり出し、八犬士の宿命悲願を説く。

仁の玉、犬江親兵衛は真田広之。木こり姿の若者。鎌の名手。薬師丸ひろ子の静姫と恋愛する。

義の玉、犬村大角は寺田農。山伏姿で爆薬を使う。母親を敵の妖怪船虫（大ムカデの精）にとり殺される。特殊メーキャップが精巧で、この場面、怖かった。老婆が指を眼と口と鼻につっ込み、われとわが顔をめりめりと破いた。

礼の玉、犬坂毛野は志穂美悦子。生まれつき蛇に好かれる体質故に、人に疎まれ、一人ぼっちで暮している女田楽師。陰の稼業は殺し屋。敵方の妖怪妖之介（大蛇の精）にも好かれてしまい、つきまとわれる。

悌の玉、犬田小文吾は僧形の怪力男（大きな役者がやっていたが、もっと強そうなお相撲さんかプロレスラーにやってもらいたかった）。

孝の玉、犬塚信乃は女装の美剣士。

信の玉、犬飼現八は赤い甲冑の武者。槍を使う。

智の玉、犬川荘助は、子供の体、大人の声、闇に見える眼を持つ。

これら八犬士が、玉に導かれてめぐり会い、里見家生き残りの静姫を奉じて、館山城を奪った蟇田一味を滅ぼし、お家を再興するという物語になっている。新解釈八犬伝だから、ずいぶんとちがう。蟇田一味は、ただの人間ではない。悪霊の支配する冥府妖怪軍団である。館山城の地下に洞窟宮殿をこしらえて住みついているのである。

首領、蟇田素藤には目黒祐樹がなっている。若い女の顔の皮膚を剝ぎとって、自分の顔に移植するという整形美容手術を行なっている。まだ手術のすまない右眼のまわりだけ青あざが残っている。その部分には、是非とも静姫の皮を欲しがっている。吸血鬼の母親玉梓と近親相姦の間柄らしい。

悪霊であるから、とにかく派手の極み、和洋折衷の化粧といでたちだ。キンキラキンの大きな円衿を後光のように立てた陣羽織を裾までひきずり、コバルト色と金色の鎧をあて、足もとをよく見れば、踵の高い黒皮ブーツを履いている。石川五右衛門と桃太郎と紫式部を合わせたような複雑な髪型の大きな頭。目黒祐樹は白塗りの大きな顔を傾げ、流し目で笑ったりして、一所懸命やっている。はっきりした目鼻立ちが災いして、いままでどんな役をやっても、くどくて仕様がなかった。はじめてぴったりした役がまわってきたのだ。

元旦の夕方、満席の日比谷映画劇場は、暖房が効き過ぎて少し暑い。朝からいいお天気で、お雑煮を食べたあと、暫くじーっとしていたら、あまり静かなので、そわそわしてきた。みんなの行っていそうなところへ行ってみたくなった。

百日咳みたいな咳が右の方ではじまる。すると、左の前の方でも、まん中あたりでも、百日咳みたいな咳が起る。子供が大勢来ているのだ。左隣りは小学生の姉弟をつれているとうさんである。白いガーゼのマスクをかけたとうさんは、子供たちの羽毛ジャンパーと自分の羽毛ジャンパーをまとめて膝に抱え、その上にプログラムと手を重ねている。うしろは、三畳分ほどが、小さな頭で低く埋まっていて、そのへんからは、キャラメル臭い藁臭い匂いがしている。子供ばかりがつれだって来ているらしい。そのうちの二人が、ああ、暑くて気持わるくなっちゃう、と通路に出てきて、床に足を投げ出し、ぐったりしている。少しすると、おれも吐きそう、ともう一人出てきて、寝そべってみたりして、体を冷やしている。六犬士がたてこもる鍾乳洞に、犬飼現八が到着すると「これで七人目だ。あと一人くればいいのか。早くくればいいのに」「八人目は親兵衛にきまってるよね」「おれ、暑くて眠たい」「おれも眠たい」などと、這いつくばったまま、しゃべっている。

八人目の犬江親兵衛も鍾乳洞にやってきたが、悪霊にとりつかれている。銀灰色のラメ入り衣裳の片袖をぬぎ、両手に鎌をかざし、半分病人、半分女のような化粧の顔をひきつらせ、岩天井に舞上り、岩棚を右に左にとび移って、七犬士に襲いかかり、互角に闘うが、稲光りにあたって気絶する。

真田広之はいくつぐらいなのだろう。二十五、六にはなっているのだろうか。忍者映画に出るたびに、どんどんどんどん、よくなって行く。

呪いがとけた親兵衛と静姫の大写しの顔が近づいて接吻しそうになった途端、英語の主題歌が流れ、二人のまわりを煙がとりまき、仏像の額から光線が出る。それから二つの顔が上になったり下になったり、回ったりして、首から上だけのラブシーンが長々と写る。長い。「終り？もうこれで終りかな？」隣りの弟の方が、とうさんに訊く。とうさんもわからないから返事をしない。うしろの小学生が口を出す。「終らないもん。へんな音がして黒いケムがきて、いまにでかい蛇が出てくるんだもん。おれ、センデンで見たもん、少し」

やがて、八犬士が馬にまたがり、館山城めざして荒野を駈けぬけてきた。城内の地下宮殿の大広間には、大蛇にさらわれてきた静姫が捕らわれているのである。静姫を救おうと、その大広間へ辿りつくまでに、犬士が一人一人立回りの末、合討ちとなって死んで行く。「みんな死んじゃうの？　誰が辿りつくの？　親兵衛かな。きっとそうだね」とうさんは、じっと正面を向いて返事をしない。

生き残った親兵衛と静姫が乗った二頭の馬が緑の丘を駈けて行くところで終りである。「おとうさん。さいしょの方、見てくでしょ。どこまで見てくの。人が死んだとこまで？」二人と馬と丘がまだ写っている。長い。とうさんは、それに見入って返事しない。少し離れた席で、バカなこと言うんじゃない、と、別のとうさんが別の子供を叱っている声が聞える。

休憩になると、あちこちで財布の口金の音がした。ぞろぞろと子供が売店や便所へ立って行く。ジュースを買いに行った姉弟が戻ってくる。「おとうさん、小ちゃいのでも百五十円なの」プログラムをひろげていたとうさんは、お金を出してやり、またプログラムに顔をくっつけて見ている。姉弟はまた引き返してくる。「二百円の大きいの買っていい？　おとうさんのはキリンジュースでいい？」

四百五十円のプログラムには、真田広之のことを大好きな男性日本舞踊家の文章が「空高く飛べ、隼」という題で載っている。なるほど、なるほど、と私は読みながら、恋愛場面などいらないから、鍾乳洞の立回りのような凄い場面を、次から次へと、カンフー映画式に見せてほしかったのに、と思っている。

姉弟が、ちょっとずつ、ジュースを吸いながら、しゃべっている。「どこまで見ていたい？」「死んでたとこまで」「誰が死んでたとこまで？」「だから誰だかわかんないけど、死んでたとこがあったでしょ。いっぱい」

弟の方が、とうさんに向って言う。「蛇が出てきて桜が散るところ。ミナゴロシじゃのところまで見て帰る？」

『ファイヤーフォックス』と『アニマル・ラブ』

クリント・イーストウッドの映画は、映画館で観たい。テレビだと、クリント・イーストウッドの声になる声（声になる人の声）が、鼻にかかった安っぽい声なので、ちぐはぐな納得のいかない気分になる。制作も主演も監督もクリント・イーストウッドがやっている『ファイヤーフォックス』を観たくて、浅草の東京クラブまで、今日は来た。

音の六倍の速さ、レーダーに影すらとどめない装置を持つ謎の最新鋭ジェット戦闘機（暗号名ファイヤーフォックス）が、ソ連で完成したという情報を入手したアメリカはあわてる。これに対抗出来る飛行機を作るには十年以上かかる。この遅れを取り戻すにはどうしたらいいか。アメリカ情報部は切羽詰まって、強引なすごいことを考えた。盗んでアメリカへ持ってきてしまえばいいのだ。ソ連の宝物を盗ってくるという、空前絶後の冒険をやってのけられるのは誰か。――（それはきまっている。ジョン・ウェインもスティーヴ・マックイーンも死んで、たった一人頑張っているクリント・イーストウッドしかいないのである）。クリント・イーストウッドはモスクワへ潜入、たった二日間でファイヤーフォックスを盗んで、途中、空中戦まで交えながら、アメリカへ持ち帰ってきてしまう。ろくに眠らず、あまり食べもせず、危機一髪の目に何度も会いながら追手を振りきり、やっとファイヤーフォックスの操縦席に乗り込むまでの前半が、ことに面白い。クリント・イーストウッドはもう五十過ぎただろう。だから全体に脂気が失せ、お腹のあたりもたるい。眼のまわりなど、しわしわである。もの静かでゆっくりとした大股の独特な歩き方も、ややくたびれた風情である。ふとしたときに、げそっとした表情をみせる。そこがいい。不敵の男とはこういうものかな、と思わせる。

『殺しのドレス』と『アニマル・ラブ』との三本立で七百円。『ファイヤーフォックス』が終って三分の一ぐらい腰掛が空いたが、家族連れ（とうさん、かあさん、男の子二人、女の子一人、おじいさん）だの、くわえ煙草の毛皮襟巻のおばさんだの、男三人連れだのが、どんどん入ってきて、すぐ席は埋まってしまった。今日は日曜日である。お昼ぬきで家を出てきたので、新仲見世通りで買ってきた折りをひろげて、おいなりさんとのり巻をのみ込むように食べる。冷たい。そのあと、紙コップのミルクコーヒーを買ってきて飲む。甘くて熱い。隣りの男は、グリコアーモンドとミルクコーヒーを買ってきた。太い丈夫そうな指で、函ごとへし折り、口に放り込んでは、ミルクコーヒーをすすっている。おじいさんも、ずいぶんと来ている。煙草の煙が立ち昇っている席には、たいてい、おじいさんが腰かけているのだ。髪の毛を赤く染めたり、ベレー帽をかぶったり、派手な人造皮の黄色いジャンパーを着たりして、じっと煙草を吸っている。

『アニマル・ラブ』

「人間をはじめとし、この地上に生をうけたものは……」どんな生きものも性行為をするのです、と厳粛な男の声が聞え、ひとりでしているみたいなアミーバの性行為から、映画がはじまる。そうして、次から次へと動物の性行為が、どしどしとうつる。ときどき植物のもうつる。また、途中に、ワニが水鳥を食べたり、鼠が蛆に食いつくされたりする、弱肉強食のくだりも挿まる。

公園にいる孔雀。蜜蜂。馬。キリン。てんとう虫。蛾。歌が入る。「蜜蜂がそれをする、ナントカもそれをする」というような歌詞で、この映画の主題歌らしい。ひらめ。金魚。ライオン。蟹。とんぼ。ばった。緑色した蜘蛛。かまきり。鱒の夫婦。蛙。かたつむり。とかげ。軍艦鳥。はたおり鳥。バイソン。カンガルー。チンパンジー。オランウータン。ゴリラ。にわとり。牛。パンダ。ぞう亀。象。犀。地蜂。トド。動物ポルノ映画なのだと思うが、動物はネグリジェを着たり脱いだり、寝台に横たわったりしないから、人間ポルノ映画とは、何だかちがう。そーっと紙袋の音など立てないようにして、もくもくもくもく、あんぱんを食べたり、みかんをチュッと吸ったりしながら、みんな真面目に観ている。『ファイヤーフォックス』を観ていたときよりも、気のせいか、みんな固くなって観ている。

交尾中に、雌のかまきりが雄のかまきりの頭をばりばりと食べつくす。話にはきいていたけれど、実さいに観るとものすごい。「しかし、必ず食べるというわけではないのです。雄の交尾の仕方が気に入らないと食べてしまうのです」と解説の声が入る。このとき、隣りの男は、くっと苦笑した。

ライオンの雄と雌は、大へん上品であった。明らかに雌は喜んでいる風にみえた。楽しそうであった。雄は大真面目な顔をして、ちょっと面倒臭そうな風である。ときどきやめて、遠くの方を見たりなんかしてぼんやりしていると、雌がじゃれついて、雄の脛やのど元に嚙みつく。すると雄は、やれやれと、また足踏みしてはじめる。陽が照りわたり、風のそよぐ草原で、二十四時間もの間、こうして過すそうだ。隣りの男は、ライオンの場面では、さもおかしそうに笑った。

パンダの夫婦もふざけて楽しそうであった。

チンパンジーの雌には驚いた。一匹の雄に、よってたかって雌たちが、まっかなお尻を見せにくる。雄の鼻先にお尻をこすりつけるようにする見せ方である。事務的に大へん短い交尾を終えると、何故か雄はあぐらをかいて下を向いている。休むまもなく、次の雌がやってきてお尻を見せる。雄がくたびれて樹の上で休憩していても、次の次の雌が樹の上へ上ってきてお尻を見せる。みんな笑ってしまった。雄が急にうつむいている恰好が、人間の男にそっくりなのだ。

昆虫の雌は喜んでいるかどうか、わからなかった。雄の方は、ぷるぷる羽ばたいたり、にじり寄ったりするので、喜んでいるのかもしれなかった。ひらめもわからなかった。

ある大きな水鳥は、好き合った同士二羽で立上り、しぶきを上げて羽ばたきながら、水上でダンスをする。そのとき、つい釣られて一緒になって立上り、三羽でダンスしてしまう雄がいた。その雄は、どこかお人好しで元気のない性質が、体つきにも踊り方にもあらわれていた。

コンクリートのかたまりのような、カチンカチンの顔と巨体の犀は、置物の犀に置き物の犀をたてかけたようになっているだけだ。全く微動だにしない。表情もない。ライオンよりも長く、何日間とか、そうしているそうだ。さっき、私はライオンの雌雄の関係が、一番好きだと思った。さすがはライオン、と感心した。しかし、こうも微動だにしないと、べつに扉の方がえらいとは思わないが、これはこれで、反省の気持が湧いてくる。それに、外にはにじみ出てこないけれど、扉は心の中では、雌ライオンのように喜んでいるのかもしれないのだ。

『殺しのドレス』は三度観ている。もったいない気もしたが、売店でみかんやあんぱんを買う人たちと、壁の競馬成績表を仔細に見ている人たちと、便所の板戸の前から一列につながって、用足しの順番を待っている人たちをかきわけて、暗くなりはじめた表の広い道へ出た。

炒めたものが食べたい。仁丹塔へ向う通りを歩きながら、お好み焼屋をみつけて入る。やきそばといか玉天というのをとった。少しすると、高校生らしい男の子と女の子の二人連れが入ってきて、ラムネを一本ずつと、もんじゃやきをとった。それからは、客がなかった。「お好み焼きとりゃよかったなあ」と、男の子の方が言ったぐらいで、あとは二人とも鉄板をみつめて黙々と焼いた。

お好み焼屋を出ると、雪が降っているのだった。今朝、テレビの天気予報が「朝鮮半島の方から白い雲が長くのびています。夕方から夜にかけて東京は雪になるでしょう」と、いやに自信をもって言っていたのだ。斜め向いの大きな家の閉め切った二階の硝子戸全体に、ぱっと灯りがついて、廊下を走る音と大勢の女の笑い声がした。ふん囲気がいっぱい。こういうとき、俳句を作る人は一句浮べるのだろうと私はしんみりとした。裏通りには、この間降った雪がそっくり消えていない空地があり、汚れた雪の上に今晩の雪が、もう一面に積っている。空地を吹き通ってくる風は水のように冷たくて、戦後まもなくの東京の町を歩いている気がした。

思い出すこと

芹沢銈介先生「十三妹挿絵集」に寄せて

昭和四十年七月より十二月まで、百四十五回にわたって朝日新聞夕刊に連載された小説、中国忍者伝『十三妹《シイサンメイ》』（武田泰淳作）の挿絵集である。型絵染に使う型紙を切る手法で作られた挿絵の、原型百四十五枚に着彩したものが収められている。原型は芹沢先生が七十歳の時の作品である。

「人が人を殺すとは、まことにむごたらしい話である。まして人の生首を切りとるなどとは……」という書きだしの小説第一回目の挿絵は、遠く雲の向うに起伏する山々を背景に、美女、貴公子、武将、老人など十個の首が、無造作にごろごろと、しかし微妙な強靭な釣合を保って浮んでいる。連載がはじまった七月十二日の夕刊をひらいて、その絵がまっすぐに眼にとび込んできたときの、新鮮な驚きは忘れられない。「いいなあ」と、夫は呟いた。嬉しく、そして少し羨ましかったのだろう。

血なまぐささと百花の香り。鮮烈で美しい人物が登場する波瀾万丈の筋だてが、とぼけたおかしさをもって、おっとりゆったりと繰りひろげられる中国特有の昔物語と、肉筆の絵とはちがう、どきどきするような、或るぎこちなさと鋭さをもって作られる、先生の挿絵は、水と魚みたいにぴったりしていた。

百四十五図の中の、とりわけ私の好きな絵をはさんで、小説のあら筋を辿る。

中国忍者伝『十三妹』

第一章　首のはなし

粉雪のちらつく晩、北京、安家の奥座敷で、花にも月にもたとうべき二人の美女が語り合っている。安公子（安家の若だんな）の第一夫人張金鳳と第二夫人何玉鳳。第一夫人は第二夫人の武勇談「首を切った話」を聞きたくてたまらないが、第二夫人は気が進まぬ。過ぎ去った些細な出来事など、語りたがらぬ性分である。彼女はときどき、ぼんやりした顔つきで、千里も離れた針の音に耳をすまし、雲や霞、山や河にへだてられたどこか彼方を見つめているようなことがある。実は第二夫人は、またの名を十三妹《シイサンメイ》、かつては勇名をとどろかせた女忍者である。旅先で安公子の危難を救った縁で、乞われるままに第二夫人となり、安家の主婦におさまっているのだ。『一図　首のはなし』

そんなところへ三人の盗賊が忍び込む。家内の者の気づかぬうちに、十三妹はひとり、白蝶が舞う如く戦い、賊一人の首を切り、二人を捕えてしまう。何も知らぬ安公子は、書斎から新婚早々の十三妹の寝室へ、浮き浮きとわたってくる。『八図　新婚の間に入る安公子』

学問一途の夫を驚かさぬよう、今しがたの出来事を控えめに報告したが、夫はやっぱり慌てふためき、家内一同を呼び集めた。二人の賊は安老爺（安家の大だんな）の情深さにつけ入って、哀訴したり凄んだり騒ぎ立てたが、十三妹が愛用の日本刀の鞘をはらって、二人の首のつけ根を撫でると、ピタリと静まった。さらに十三妹は刀をゆるりと頭上にかざし、声もなく一振り。賊の二本の大刀は白い雪の上で見事に断ち切られた。『十二図　賊の大刀を断ち切る第二夫人』

噂の女俠十三妹の強さ頼母《たのも》しさを、目のあたり見た安家の者たちは、感服する一方、少々怖ろしく不気味にもなってくる。

この騒ぎにまぎれて白玉堂（忍者五匹の鼠の中の一人。またの名を錦毛鼠）も安家に忍び込み、銀三百両を盗む。『十六図　五匹の鼠』

幸福な主婦におさまっている好敵手十三妹をアッといわせたかったのである。どうだ、俺の名を忘れるなよ、と十三妹宛に置手紙をして立ち去る。その文章と内容の狎れ狎れしさに、安公子は不機嫌。「（白玉堂とは）口をきいたことも、手をふれあったこともありませんの。星と星、雲と雲がすれちがったようで、あとに残るものは一つもないのよ」と十三妹はやさしく宥めるが、石鹼でこしらえたような美青年、坊ちゃん育ちの安公子は、ますます不安な思いにおち込む。

第二章　ややこしい話

いま、安家をあげて祈り願っていることは、若だんなの国家試験合格だ。その希望の星である若だんなを守ってくれた十三妹に感謝し、昨夜の騒動の無事落着を祝おうと、宴会の支度に安家の厨房はお祭り騒ぎである。

祝宴の席上、不時の災難に備えて参考になる話を、と全員にせがまれた十三妹は、しばらくためらった後に、また首の話なのですが、と、「首のややこしい話」を語る。

——韓少年が豚の頭を買いに行ったのに、女の生首をわたされたことからはじまる難事件を、名裁判官包公が取り調べたところ、イモヅル式に多数の屍体が引きずり出され、多数の犯人が挙げられた。『二十七図　役人現地を調べる』——という、祝宴の話題としては風変りな話。

この地面の下には、いたるところに殺された男女の首や胴が埋められていて足の踏場もないくらいなのですよ、と、世間知らずの安家の者たちに、十三妹はいいきかせたかったのだろうか。

第三章　旅の話

安老爺にめでたい出世昇進の知らせ。河川工事総監督として地方へ赴任せよとの命令である。水路陸路、僻地への危険な道中も、運送業自衛組織に属する「忍者」である十三妹の細心の手配によって恙無《つつがな》く、老爺夫婦の一行は任地へ到着する。しかし、それから三ヵ月後、安老爺失脚軟禁の悲報が北京に届く。父の大難を救うため、安公子は十四歳の金満を供にして長旅に出立。目から鼻に抜ける利口者で、十三妹ばかりを尊敬し、ことあるごとに安公子を批判、生意気な口をきく金満少年。

途中、怪しい旅人金儒人と同宿することになった安公子は、類稀れなこの美青年をすっかり気に入ってしまう。鉄片が磁石に吸いつけられる如く、美青年は美青年に心惹かれるものなのか。

金儒人は勝手に御馳走を注文、江湖大俠中の紅一点、十三妹なる女傑について論じたりして大飲大食、翌朝は勘定を押しつけて立ち去る。金満少年は一人、憤懣やる方なし。『四十九図　金満少年』（寄り眼がピカピカ光っている、この金満少年の実に生き生きと可愛らしいこと!!　体格や仕草、ことに人の顔の年齢や表情が、簡単なすじや輪郭があるだけのように見えていて、一人一人見事に描きわけられている。）

第四章　放浪の話

次の旅館でもまた、金儒人と一緒になった安公子は、旅先の感傷から、老父の災難を歎き、少女の如く涙を流す。『五十二図　安公子旅先の感傷』

金儒人は、実は白玉堂なのである。十三妹の「夫」である安公子をひそかに尾けてきていたのである。安公子主従が、馬や路銀を盗賊にたてつづけに盗まれ、途方に暮れているとき、忽然と現われ、銀をくれて走り去ったりもする。

主従の旅は、やがて水路に移る。船に寄ってきた小舟の美少女の誘惑に乗った安公子は、ヒモの男に、またまた革袋の銀を盗まれた。船頭が美少女を捕えていたぶり、ヒモの男の耳をそぎ落す。弱い不幸な美少女は、憧れの女英雄十三妹の名を唱え、世界中の男を呪う言葉を吐いて、河へ身を投げる。『六十九図　船客の騒ぎ』

自分の遊び心がひき起したこと、——と、反省にうち沈む安公子。それを励ましながらも、お人好しの若だんなの考えの甘さに、つくづくと腹が立ってならない金満少年。耳をそがれた男は復讐に船を焼打ちする。主従は河に落ちて行方不明。『七十一図　焼打ち成功』

第五章　ねずみの話

「五匹の鼠」とよばれる忍者五人の義兄弟中、もっとも若いのが白玉堂、すなわち錦毛鼠である。兄鼠四人は、権力者包公の配下につこうとしているが、白玉堂だけは、包公にも、そうかといって対立する（謀叛を企てているとの噂がある）襄王の配下にも加わろうとしない。『七十二図　鼠の話』、『七十三図　五匹の鼠』

三匹の兄鼠たちは、西湖霊隠寺で包公が催す御前試合（腕くらべ大会）へ出場することにした。連絡を断ったまま、放浪を続けている無類の暴れん坊、五番目の弟に、ことによったら、この大会で会えるかも知れない。

第一日目、長男鼠、鑽天鼠は旗竿登りの術、四男鼠、穿山鼠は穴もぐりの術を披露した。第二日目に持ち越された次男鼠、翻江鼠の水中武芸では、その秘術を試すため、皇太子が御座船から珍宝「金蟾《きんせん》」（黄金のひきがえる）を河中に投ずることになっている。第一日目の夜、僧房に泊った三匹の兄鼠たちは「金蟾」を必ず盗みにくるであろう弟鼠、錦毛鼠を待ち、危ういときは手を貸してやろうと、しめし合う。

その通り、すでに白玉堂は霊隠寺境内に潜入していた。それを追って十三妹も。二人の忍者は別々に耳房（両脇の小部屋）に火を放つ。『八十図　耳房の怪火』
まんまと「金蟾」を盗みとり、大殿へ逃げ込む白玉堂を追う十三妹。大仏の腹、背中、肩、渦巻く頭髪の蔭、鉄製の大蓮の葉やツボミに、這い上り、滑り下り、とび移り、追いつ追われつする二人。『八十一図　大殿内の決闘』
やがて、包公お抱えの忍者「御猫」展昭と、三匹鼠も駆け込んでくる。騒がしくなった大殿から庭へ走り出た二人は、青黒い闇の中で、秘術の限りをつくし、わたり合う。
その夜の十三妹は、何故か、忍者の黒い夜行衣をまとっていない。繡花大紅小襖、素羅百摺単裙。大紅とはヒイロ、それに花模様の刺繡がある。襖《アオ》、すなわち上衣が燃えるような赤に花模様の刺繡で、下半身は白ぎぬのうすもの、ひだの多いひとえのスカート。五色の綾帕（アヤギヌ）まで頭に結んでいる。ことさら女丸だしの服装である。『八十五図　闇の中の打合い』、『八十六図　十三妹と白玉堂』
一組の美男美女、二人の超人は、小鳥がむつみ合う如く、ほんのかすかに空中で身体をふれ合い、女は男のポケットから「金蟾」を掠めとり、男は女の耳飾りを切り落し、こっそり懐にしまった。
十三妹は包公の寝所に忍び入り、「金蟾」を捧げ、ひきかえに、義父の赦免と、夫の道中の平安と、もう一つ、夫の国家試験合格へのとりはからいを、よろしく願い出た。『八十七図　包公の寝所に忍び入る十三妹』

第六章　受験前の話

それから半ヵ月後、西湖のほとりに安公子がやっと辿りついた。河に落ちて以来、金満少年とは離れ離れ、一人ぼっち無一文の放浪の旅で、食物と寝場所を得ることの難しさを、二十歳にしてはじめて知ったのだった。『九十二図　西湖のほとりに流れついた安公子』

よろめき歩いているところを俳優一座に拾われ、女と見まごう美貌に惚れ込まれて、女形にならないかと誘われたが断わる。出版社文海楼に身を寄せて受験参考書の編集者となった。ここで年老いてなお、国家試験の受験勉強に精根を傾けている貧乏学者馬老人と知り合うが、文海楼の裏商売である偽造文書やニセ印章の製作がばれ、巻きぞえを食って逃げ出した安公子は、杭州から南京へ。知る者もない南京では、仕方なく大地主柳家を頼る。柳夫婦は、かつて娘の金蟬を嫁に迎えてくれなかった安公子を歓迎しなかったが、金蟬は喜び、安公子をひきとめて、甲斐甲斐しく世話をするのだった。金蟬に懸想する従兄、低能醜男の陳は嫉妬で心がまっくら。仲を裂こうとして、誤って侍女を殺害してしまう。その罪をなすりつけられた安公子は、金蟬の名誉を守らねば、とばかり、拷問もされないのに嘘の白状をさっさとして、罪をひきうけてしまう。すると、悲しみにくれた金蟬は首をくくってしまう。

金蟬の棺の中の飾り物を盗みにやってきた柳家の下僕、牛驢子が棺の蓋をずらすと、死んだはずの娘は息をふき返した。『百十一図　花園の番人牛驢　棺をおそう』

牛驢子は慌てて、金蟬を殺そうと首に手をかけるが、潜入していた黒衣の十三妹に首を切られてしまう。

一部始終を金蟬の乳母から聞いた十三妹が、包公に訴状を送り、安公子は釈放される。「小義のために大義を忘れるな。ことに十三妹への義理を忘れては、ひとかどの男児にはなれぬ」善人だが軽はずみな性分の安公子を、包公はいましめた。

第七章　試験場の話

安家の父子は北京の邸へ戻ることが出来た。安公子は落ちついて受験勉強に励んでいる。再び、安穏な生活がはじまった。あれもこれも第二夫人十三妹のおかげ、安老爺は嬉し涙ながらに語る。

受験の前日、試験場の宿舎に入った安公子は、馬老人と再会した。その夜、安公子の不注意から宿舎にボヤが発生するが、試験場内にひそんで見守っていた十三妹によって、いち早く消された。

一回目、二回目の試験は無事に通過したが、三回目の試験官方博士が安公子の答案に落第の青丸を書きなぐる。すると博士の室に一陣の風が吹き入ってきた。――十三妹が博士にかけた金縛り、天地震動の術は効を奏し、安公子は第六位で合格、さらに天子の異例の裁決によって第三位へ昇格。第一位を状元、第二位を榜眼、第三位は探花と称する。一生の栄華が保証されたようなもの。とりわけ「探花」は、昔から才貌兼備、花にふさわしい美男子が選ばれる例が多い。これも十三妹が術を施したのか。

第八章　その後の話

うちの若だんな様が「探花」に選ばれようとは。――安家の女たちは大喜び。祝賀宴には、方博士と馬老人も招かれる。馬老人は第二位で合格していた。

天井裏にひそむ白玉堂は、食卓の二人の上に二匹のサソリを落す。方博士は目をまわしたが、馬老人はひねりつぶし、平然と御馳走を食べつづけた。第二夫人十三妹は、この老人が愚者をよそおう「忍者おろか」であると見破る。老人は世間話をするかのように大声で、襄王が洞庭湖に築いた八卦銅網陣という難攻不落の根拠地の物凄さを語る。十三妹と白玉堂なら、それを破ることが出来るだろうか、と、巧みに誘いかける。

忍者だけが聞きとれる「声なき声」で、十三妹が答える。「おしずかに。めでたいことは、しばらくめでたいままに。いずれは私も、洞庭湖へまいります。白玉堂も参上いたすでしょう。その節はよろしくと、襄王様におつたえ下さい」

宴席を抜け出た十三妹は、奥の一室で白玉堂と対面する。この世では滅多にお目にかかれない、かけがえのない素晴らしい男、価値ある美しい女、として眺め合う。ヒスイの耳輪を返そうか、と白玉堂が言うと、八卦銅網陣へは行かないで下さい、と十三妹が言う。お互いの好意を打ち明けるようにして別れる。

祝宴の席に再び仲間入りした十三妹は、明るい幸福に充ちた安家の人たちの中で、一人だけ安家の外のくらいくらい広大な世界を見つめている。その輝やく眼を、若い夫は淋しく不安な思いで見ている。その夜、安公子は、十三妹に首を切られるという不吉な夢を見る。人間以外の女としか思えない超能力の持主である十三妹は、夢の中でかなしげであった。

翌朝、彼女の姿は、どこにも見あたらなかった。安家の中庭に花びらが散り敷いている。

「もしかしたら、この泥の下に、切り落された男の首が埋まっているのではなかろうか……」

春の陽ざしをうなじにうけながら、安公子は立ちすくむ。

「男の首を切る女の話ですが、原典はこの通りではありません。清代の小説『児女英雄伝』の主人公十三妹に、『儒林外史』という試験制度を諷刺した小説をまぜ、それに『三俠五義』という喧嘩物の人気男白玉堂を組み合わせ、自分が以前に書いた短篇『女賊の哲学』をひきのばしたものなのです。十三妹は僕のぜひ残しておきたい女性のタイプなのです。自分がそういう強い女性と結婚したら弱い夫になるだろうという予感があるから、絶対の組み合せとして出したいわけです」と、この小説について、夫は語っている。

連載中、原稿の大部分は山梨県富士北麓にある山小屋で書いていた。二、三日に一度、ときには毎日、朝御飯を終えると車で山下り、河口湖駅から列車便で原稿を新聞社へ送るのが、私の役目だった。列車便（原稿積載車）は午前に一本、夕方に一本あった。料金は百円だった。あまりお天気がいい日には、俺も行きたい、と言って、夫も助手席に乗った。そんなときには、西湖や精進湖で泳いだり、富士三合目辺りまで上ったりして、遊び遊び山小屋へ戻ってきた。

そのあと管理所までできている新聞をとりに行く。夫は待っていて、すぐにひろげて、先ず挿絵を見る。

「十三妹は　私の三度目の　新聞挿絵です　打合せの時の　武田さんの中国譚が　誠に面白くて　聞くままに　いつか　私の脳裡に　かの中国影戯の美女、豪傑、怪物等が群り出没してゐるのでした。

はづんで仕事にかかつてからは　変化する筋を　追つて作る日々が愉しく　いつも乍らの諸方からの声援　又社の方の心添戴きながら　時々多少の難航があつても　前回の時より　気楽に続けるうちに終回を迎へたのですが　ほつとするどころか十三妹にもつと活躍して貰つて更に仕事の調子を上げ度思つた程でした……」

丹精こめられた作品を、先生は言葉少なく、こう語られるだけだが、文章で現わしきれないものを、挿絵にどれほど補われ、助けられたことだろう。夫にとって、挿絵は鎌倉の芹沢先生からの励ましの信号に思えただろう。夏から冬にかけて、そんな風に暮していた。「午前一時ごろより風。原稿が書けていないので心苦しい。停電と（仕事部屋の窓の修理に使った）接着剤の遺臭のため也」十一月に一度だけ、夫が記しているこんな日があるだけで、この仕事で難渋している夫の姿は憶えていない。

これが御縁となってか『十三妹』の単行本と『武田泰淳中国小説集』全五巻の装幀をして頂いた。そして、昭和四十二年に「十三妹挿絵集」として、五十図を自撰着彩、ギャラリー吾八より上梓されたとき、木箱に入ったその挿絵集を記念に頂いた。

ぽかんとして、そのくせ、どこか心が浮いているような時間、——例えば、正月の松の内や、庭の桜が満開のときなど、夫は柿渋色の紙箱から、朱塗りの縁どりのある木箱をとり出し、蓋をあけて一枚一枚、それは楽しそうに見ていた。客がきて、のんびりと上機嫌に酔ったときも、箱を持ち出してきて、まるで自分がこしらえた絵ででもあるかのように、得意になって説明していた。

夫がいなくなってからは、いまは木箱を私があけて見ている。こだわらない自由な眼と、おかしがり、驚きたがり、楽しがり、かなしがる、無邪気な心が、木箱の中にある。押しつけがましくなく。卵がそこに置いてあるように。

やわらかな朱色、黄土色、緑白色、小豆色、黄色などで鮮やかに彩色された原画は、黒揚羽、青揚羽、黄揚羽、朱揚羽（こんな名の蝶がいるかしら）が、しっとりと羽をひらいたまま憩んでいるような気がする。

物語の筋を辿って行けば（それは夫の声で聞えてくる）、終りの一枚は、十三妹が去ったあとの、金色の春の陽ざしに花が咲き乱れる安家の庭である。しんとして、夢を見ているようだ。

八《や》がしらのもの哭く声す夕焼けて
　遠里《とほさと》小《を》野《の》の桃咲きにける（山中智恵子）

そして、どうしてか、いつもこの歌が思い出される。

櫻の記

櫻の記

櫻上水の近くの、あの一本の大きな櫻の樹。

人も自転車も犬も通らない、ひっそりとしたところに、その櫻は満開だった。あてどなく花を探して高井戸のアパートを出てきた私たちは櫻の下まで駈けて行ってねころんでみた。櫻は水晶細工のように咲き静まっていた。透かしてその向うに真っ青な空。

私たちは持ってきたおにぎりと玉子焼と一口カツの重箱をひらき、一升瓶を傾けて赤ぶどう酒を飲んだ。お互いの声さえ聞き馴れぬ珍しい声に思われるほど静かだったから、櫻の花のことは、「きれいだ」などと口に出さないで、ひたすら食べ、ひたすら飲んだ。

私たちというのは、夫と私と娘。一升瓶を提げて櫻の下へ駈けて行くほど若かった。小学二年生になった娘はいつも顔色が蒼く無口で食欲がなかった。言われるままに玉子焼やおにぎりを口に押し込み、ぐんなりとしていた。父親が、「飲め」とすすめると、黙々とぶどう酒まで飲んでしまっていた。少々風邪気味で熱があったからか、いつもより一層浮かない顔をしていた。

真上から、やや傾いてきた太陽。ねころんだ夫は外した度の強い眼鏡を大切そうに胸に置き、鳩尾のところにやわらかく組んだ手をのせて眼をつぶり、その眼蓋に陽をあてている。人が眠るころ起きだして明け方まで原稿を書く仕事の夫は、生来ニス色の皮膚なのに眼蓋だけ蒼みがかって弱々しい。

私は一人、ぶどう酒をどんどん飲んでいるうちに酔払ってしまった。そうして傍らにぼんやりと坐っている無表情な子供に向って、ずいぶんと殺風景なことを言いはじめた。

あんたねえ。こんないいところにきて、そんなことじゃあ、この先、生きて行くのはむずかしいよ。嬉しいときは嬉しい顔しなくちゃあ、欲しいときは欲しいと言わなくちゃあ。いったいぜんたい、あんたはどんなこと思って生きているのかえ。どんな考えを持って生きてるのかえ。え、言ってごらん。——

無表情のまま、じいっと押し黙っていた娘は、やがて涙のたまってきた眼のふちを赤らめ、かぼそい声を出して言うのだった。「思おうとしても思えないよお。考えても考えがないよお。だけど、あたしは生きていたいよお。ただ生きていたいよお」

青い空の奥の奥で、かすかな爆音がしていた。見えないその飛行機が、金紙《きんがみ》のチラシを撒きつづけているような気がしていた。頭上の櫻は、ひとひらだって散ってこない。「ユリコのマケ」眼蓋の裏の眼の玉をぐりぐりと動かし、眼をつぶったままの夫が、おかしくてたまらぬ風にそう言うのだった。

靖国神社の櫻が咲く。引越した赤坂のアパートからは、すぐ近くであった。昼間みに行く。

晩御飯をすませてから、またみに行く。いまではあまり見かけなくなったが、少し前までは境内の櫻が咲くと、白衣の人が楽器を鳴らし、革製の義手や金属製の義足をつけた体を折って土下座し、物乞いをする姿があった。一兵卒として戦地に赴いたことのある夫は、白衣の人を見かければ、どのようなときでも必ず近寄って行って腰をかがめ、丁寧にお金を箱に入れた。

私たちは拍手《かしわで》をうっておまいりする。私たちとは夫と私。中学生の娘は寄宿舎で暮していた。

「何を祈った？　今日は沢山お賽銭あげたから、あたしは、わあっとすべてお願いしちゃった」

「俺はいつもなんにも祈らない」

そうかもしれない。祈ったってダメかもしれない。でも、こうも辺りに櫻が真っ盛りの真っ盛りだと、凶《わる》い事が潜んで待ち伏せしているような、とらえようもない不安で、ざわざわと胸が落ちつかない。で、私は、わあっとお願いしてしまう。

いつの年も櫻が咲くと私たちはお花見をした。昭和五十一年三月下旬の覚書より。――

某日。櫻が今年は十日ほど早く咲くといっているが、冷え込みがひどいので遅れそう。

某日。一泊の熱海行。峠を上りきったところで車をとめて海を眺める。主人、眩暈《めまい》す。タバコの吸いすぎだという。熱海の櫻三分咲。

某日。朝、富士の山小屋の管理所より電話あり。春になって地面がゆるみ、裏の石垣がついに崩れ落ちたとのこと。四月半ばから修理工事をはじめてもらうことにする。今度は石を積んだだけではなく、コンクリート付けにする。十五、六万かかるとのこと。石垣とともにダメになった富士櫻は三本。

某日。晴れ。櫻ほころぶ。明日から、また曇りのち雨、北東の風、だといっている。どこか東京の近くの山沿いでは雪になるかもしれないといっている。

櫻、咲かせてやるか、少し陽をあてて。……いや、やめとこうかな。どうしようかな。……ほれ、少し咲かせてやろう。ほれ、どうだ。……天に焦《じ》らされているような毎日。例年の如く、庭の櫻が見える食堂の窓ガラス磨いておく。花子（娘）、カブールより絵葉書の便り寄越す。

某日。庭の櫻、とうとう満開。草野心平さんの家、隣りからの火事で焼けたとの知らせ、朝のうちにあり。健康保険一年分支払う。午後、島尾敏雄さんから電話。これからミホと二人で行くとのこと。——


島尾敏雄、ミホ夫妻が訪ねてこられたとき、午前中にたっぷりと陽を吸い込んだ庭の櫻は、花芯まで露わにして、窓いっぱいに拡がっていた。ミホさんの体の不調が気がかりで上京して精密検査を受けていたが、今日その結果、至極健康無罪放免となったのだという。ミホさんが、宝物のように胸に抱いてこられたお土産は、大島紬と甘栗。びっくりするほど沢山の甘栗は、ほかほかとまだ熱いくらいだった。

鈍く光る、ごく淡い浅葱色の和服をミホさんは着ていた。能衣裳のようで、それが端正な立居振舞のミホさんによく似合っていた。平家物語なんぞに出てくる若武者のようだ、白い山櫻のようだ、と私は思った。遠慮がちの人をひきとめて、ビールを抜き、幕の内弁当をとった。暮れてくると、窓越しの櫻は白々と、水底に咲いているのを覗いているようであった。四人で何を話したのだろう、あらかたは忘れてしまった。可愛がっている長男の話をミホさんがしているとき、「子供は離れていくものですよ。風みたいなものですよ」と、夫が笑いながら言った。ミホさんは白い顔を一段と白くひきしめ、膝にきちんと手を重ねて、「ハイ。覚悟はしております」と、小学生のように肯いたっけ。

話がふっとと絶えると、肋骨のあたりに此の頃ある丸い玉が動きだし、のどを上ってきて口から出てしまいそうな気が私はしていた。

島尾夫妻を見送って門まで出ると暗くなっていた。二人の姿が見えなくなると私は庭へまわって、すっかり夜の花となった櫻の下を、音を立てないように砂利を踏みしめて通ってみた。肋骨のあたりの丸い玉、——「武田は痩せたでしょう？」というひと言。一人になると、その丸い玉はぐにゃぐにゃとやわらかくなって、櫻の下を通るとき、べそをかいた。花見酒に酔っていたせいかもしれない。部屋に戻ると夫はテレビをつけてねころんでいた。「明日、天気がよかったら千鳥ヶ淵に櫻をみに行くぞ」上機嫌で言った。

次の日、午前中、千鳥ヶ淵へ櫻をみに行った。「明日も来よう」と夫は言った。

その次の日も、午前中に千鳥ヶ淵へ櫻をみに行った。花傘のように掩《おお》いかぶさって咲いている下のベンチを選んで坐り、重たげな花房の間から、お堀をへだてて対岸の武道館に霞む花を眺めていると、ふらりと夫の体が傾いてきて、私の頸に片腕を捲き、顔を力なくこすりつけてきた。そうして、ふざけたように言った。「……うふふ。うふふ。死ぬ練習。………すぐなおる」

すぐなおるといった眩暈は、そのままじっとしていたら、すぐになおり、「明日、もう一度来よう」と夫は言った。

秋になり、半月ばかり床に就いたのち、夫は死んだ。

東京の櫻は今日が満開の極み、とテレビがいっている。夜になるのを待って、例年の如く私は千鳥ヶ淵と靖国神社へ出かける。ネオンと屋台とぼんぼり提灯の灯色に染って、動物臭く生臭く湿り気を帯びた花。その下の酒盛り。軍歌の放声。ひょろひょろと立上って野球拳をやっている。マイクを持って演歌を歌う男。犬を抱いたままコップ酒をあおるおばさん。ゆで玉子と焼きそばとおでん汁と焼きとりと日本酒、それらの混合した匂い。女子社員の悲鳴に似た嬌声。新入社員の青ざめた酔顔。

遠くで薄く稲光りがして、なまあたたかい風がうしろから花の下を低く吹きわたる。花びらが震え、枝先が左右に揺れ、やがて枝ごと上下にたわみ、それでも花は散ってこない。今年の花は長持ちするとテレビでいっていたが、ほんとうに。

「ねえ。ちょっと、ちょっと。おねえさん。お一人でお散歩ですか。一杯飲んでくれませんか。俺たち、野郎ばかりでつまらねえんだ」

「いそいでるからね。また今度」

櫻はあらん限りの精を尽して咲いている。この世は生きている人たちばかりで充ち充ちている。

櫻の夢　その一

座敷の一と間に私は片足を踏み入れた。背後を振り返ると、そこは庭。庭には雪がしんしんと降りつもっていた。次の一と間に片足踏み入れて振り返ると、そこは庭。庭にはぱあっと櫻が満開だった。次の一と間に片足踏み入れると庭は雪、次の一と間に踏み入れると庭は櫻。座敷はいくつも限りなくつながってあるようだった。どの座敷に入っても、必ずTさんが子供を二人つれてあとから入ってくる。すると何故かTさん母子はたちまち膨らんで、Tさん母子だけで座敷は満員になる。私はいつのまにか持っていた刀でTさん母子を斬り殺した。そうしてまた、いくつもの座敷を出たり入ったりする。何か探しているようでもあり、何か恐ろしいものに追いかけられているようでもある。そこは遊廓のようでもあり、見も知らぬ宿屋のようでもある。女学校の寄宿舎のようでもあり、昔、毎夏、家族三人で過した信州の山奥の湯治場のようでもある。ハダシの私は抜き身の刀をひっさげて、人の足脂で照りの出た廊下を走り（渡り廊下の左も右も櫻が満開だ）、分厚い梯子段をどろどろと上り下りし、髪ふり乱して座敷を巡る。振り返ると櫻が満開だ。或る座敷では三味線に合わせて一と踊りする。或る座敷ではばっさりと斬り殺されそうになる。ある座敷では、体全体から漿液が滲み出ている今にも死にそうな男を看とる。

櫻の夢　その二

NHK芸能百選の画面。バテレン坊が、夜、山伏姿で竹林を走り抜け、或る屋敷――土塀や門はさびれている――の庭に、こっそりと入って行く。庭に入ると、バテレン坊は、いい気持になって一と踊りはじめる。白い砂を敷きつめた、松などある庭を踊りながら大分行くと、櫻がものすごく満開。庭のまん中につゞらが置いてある。バテレン坊（実は私なのです）は、踊りながら近寄って行って、そっとそのつゞらの蓋を開け、中を覗いて、すぐ閉めてしまい、また蓋を開けて苦笑いをする。中には女の血のついた生理用品が詰まっている。

編者あとがき

母百合子が亡くなって、二十四年経ちました。その間、多くの出版社の方々から、単行本未収録のエッセイ集を出版したいという御依頼を受けましたが、その都度、お断りしてきました。母は雑誌等に書いた随筆を本にする際は、必ず細かく手を入れておりました。そうしなければ本にまとめたくないと、日頃、私にも言っていたからです。

でも、時が経つにつれ、いつかは本になるのなら、まだ私の体や頭がしっかりしているうちに一冊にまとめておこう、母の文章を読んでみようという気持ちに変わってきました。

最初に声をかけてくださったのが、中央公論社の当時の社長嶋中鵬二さんだったこともあり、『富士日記』以来、縁の深い同社で出版していただくこととなりました。

元となる掲載誌収集と、その編集という大変な仕事を担当してくださった編集部田辺美奈さんは、新たに見つかった随筆について、こんなメールをくださったことがあります。「……しばらく誰とも話をしたくなくなるような、いいエッセイでした」。

百合が咲いている頃に生まれたので百合子と命名されたこと、植物画の花の絵が好きだったことから、母らしい華やかな装幀をしてくださったのは、デザイン室の木島聡子さんです。お二人に心より感謝します。

また、資料収集にあたって、多くの方々にお力添えをいただきました。この場を借りて御礼申し上げます。

武田花

武田百合子略年譜

鈴木修 編

一九二五年（大正十四）
九月二十五日、神奈川県横浜市神奈川区栗田谷十二番地にて、鈴木精次、あさのの間に生まれる。異母兄姉に豊子、敏子（大正十二年七月二十四日死去）、新太郎。兄に謙次郎。

一九二八年（昭和三）　三歳
弟・進出生。

一九三一年（昭和六）　六歳
弟・修出生。

一九三二年（昭和七）　七歳
四月、神奈川県横浜市栗田谷尋常小学校入学。
七月十三日、母・あさの死去。以後、母方の大叔母・樫本みつが母代わりとして一家に入る。

一九三八年（昭和十三）　十三歳
四月　神奈川県立横浜第二高等女学校入学。

一九四二年（昭和十七）　十七歳

八月　長兄・新太郎結婚。この頃、樫本みつ、鈴木家を辞去。

一九四三年（昭和十八）　十八歳

三月、同女学校卒業。学校の紹介で横浜の図書館に勤務。この頃、父・精次、病に臥し、自宅療養。長兄・新太郎は陸軍戦車兵として、次兄・謙次郎は海軍予備学生として出征。新太郎の妻は実家に戻り、父の看護のため住込みの看護婦・村山を雇う。村山は百合子と終戦まで生活を共にすることとなる。

一九四四年（昭和十九）　十九歳

八月三日、父・精次死去。鈴木家は百合子、弟の進と修、看護婦・村山の四人となる。横浜市神奈川区旭が丘に居住する異母長姉・豊子の夫・山鹿浩が財産管理の後見人となる。

一九四五年（昭和二十）　二十歳

五月二十九日午前、B29の横浜絨毯爆撃により、家屋家財全焼。百合子は弟・修、看護婦・村山とともに逃げ遅れ、水深八十センチほどの庭の池の中で猛火に耐え、奇跡的に生き延びる。焼け残った山鹿家を一時頼るが、百合子、修、村山の三人は父・精次が買い置いた山梨県南都留郡田野倉村の札金温泉に疎開。麓から蝮の出没する山道を三十分ほども登った、石油ランプと渓流と薪に頼る一軒家の鉱泉宿であったが、麓の農家に管理を委託してともかく旅館の体裁は保っていたため、寝具や食器には事欠かず、家財一切を失った一家には幸いした。間もなく母方の祖母と叔父・臼井一家もここへ疎開、終戦まで同居。麓の尼寺に陸軍の小隊が駐屯、ガソリン代替の松根油採取を任として、毎日松の根を掘りに山へ分け入り、休憩にこの一軒家を訪ねるようになった。この小隊長が京大出身の温厚な人格者で、鈴木一家をそれとなく保護してくれた。この間、弟・進は山鹿家に寄宿。

八月十五日、終戦。兄たちが復員。全員、疎開先を引き上げる。百合子は山鹿浩が病臥していたため、手伝いとして横浜の山鹿家に寄宿。兄・謙次郎、弟・進と修は、長兄・新太郎が妻の実家から借りた東京世田谷区奥沢の家に寄宿。看護婦・村山は鈴木家を辞去。

一九四六年（昭和二十一）　二十一歳

二月二十五日、山鹿浩死去。しばらく後、百合子は山鹿家を辞して長兄のもとへ。鈴木家は新太郎のもとに百合子、次兄・謙次郎、弟・進と修が同居することとなったため、手狭となり、長兄は妻の実家の斡旋で新たに家を譲り受け、百合子はここで中学生の弟・修と六畳一間に起居する。

鈴木家は不在地主のため没落。札金温泉や横浜の土地を売り、長兄宅に寄食していたためその日の糧に困る状況ではなかったが、これ以後、百合子は出版社や作家の秘書などの仕事を転々とする。化粧品やチョコレートの行商、長姉・豊子が夫の死後二児を育てるため鈴木家菩提寺妙蓮寺の境内で始めた露天の食物屋を手伝ったりもする。特に当時人気のあったチョコレートの仕入先は浅草にあったので、屢々《しばしば》足を運び、この界隈が好きになった。この頃〃世代の会〃同人に参加するが、寄稿はしなかった。
この頃、神田の出版社昭森社に勤務、森谷均社長の経営する階下の喫茶店兼酒場「らんぼお」にも勤め、武田泰淳と知り合う。

一九四八年（昭和二十三）　二十三歳
五月、鈴木家を出て、神田で武田泰淳と同棲。小川町の不動産屋の階上や西武線沿線野方の商人宿などを転々とする。

一九五一年（昭和二十六）　二十六歳
前年より杉並区天沼に転居。十月三十一日、長女・花誕生。十一月、出生届とともに百合子も武田家に入籍。

一九五二年（昭和二十七）　二十七歳
神奈川県江ノ島に転居。東京外国語大学ロシア科を卒業して八丈島に隣接する八丈小島で教員をしていた弟・修を泰淳が訪問。

一九五三年（昭和二十八）　二十八歳
一月、目黒区中目黒の泰淳の実家・長泉院に転居し、泰淳の母と同居。能筆を買われ卒塔婆書きなど手伝う。

一九五六年（昭和三十一）　三十一歳
自動車運転免許を取得。

一九五七年（昭和三十二）　三十二歳
長女・花、立教女学院小学校入学。杉並区上高井戸に転居。

一九六〇年（昭和三十五）　三十五歳
港区赤坂氷川町に転居、自動車を購入して泰淳の送迎にあたる。

一九六三年（昭和三十八）　三十八歳
長女・花、立教女学院中学校入学。

一九六四年（昭和三十九）　三十九歳

八月、山梨県南都留郡鳴沢村富士桜高原に山荘が完成。以後、週の半分をここで過ごし、百合子運転の車で東京と往復する。

一九六六年（昭和四十一）　四十一歳

花、立教女学院高等学校入学。

一九六九年（昭和四十四）　四十四歳

六月十日から七月四日まで、泰淳、竹内好とともにロシア各地と北欧諸国を旅行。花、立教女学院高等学校を卒業。

一九七一年（昭和四十六）　四十六歳

十一月二十七日、泰淳、糖尿病に起因する脳血栓で入院。十二月九日に退院するが、右手に軽い障害が残り、以後百合子が原稿清書や一部口述筆記にあたるようになる。花、東洋大学文学部仏教学科入学。

十一月、長姉・山鹿豊子死去。

一九七三年（昭和四十八）　四十八歳

三月、長兄・新太郎死去。

一九七六年（昭和五十一）　五十一歳
九月十五日、自宅で病臥中の泰淳の容態について弟・修に相談。修の年長の友人舟橋四郎医学博士が往診、肝臓ガン末期との診断で総合病院での入院・精密検査を急ぐように勧められ、修の友人大畠襄教授の尽力で慈恵医大に入院。すでに外科手術の余地は無く、百合子の希望で本人には告知せずに病院で療養。この時、泰淳は舟橋博士が武装共産党時代の闘士であることを知って非常な関心を示し、快復後の再会を約す。
十月五日、泰淳、胃ガンおよび転移した肝臓ガンにより死去。享年六十四。
花、東洋大学卒業、以後写真専門学校、様々なアルバイトなどを経てカメラマンの道を歩む。

一九七七年（昭和五十二）　五十二歳
十月、『富士日記　上』を中央公論社より刊行。
十二月、『富士日記　下』を中央公論社より刊行（田村俊子賞受賞）。

一九七九年（昭和五十四）　五十四歳
二月、『犬が星見た　ロシア旅行』を中央公論社より刊行（読売文学賞受賞）。

一九八一年（昭和五十六）　五十六歳

二月、三月、四月、中公文庫版『富士日記』上中下巻刊行。表紙は泰淳の画帖より。

一九八二年（昭和五十七）　五十七歳

一月、中公文庫版『犬が星見た』刊行。

一九八四年（昭和五十九）　五十九歳

十二月、『ことばの食卓』を作品社より刊行。

一九八六年（昭和六十一）　六十一歳

六月十二日、本人の言葉によれば「還暦を迎えた自分を自分で祝ってやろうと思って」、三菱重工業の駐在員として西ドイツ（当時）・デュッセルドルフ市に滞在中の弟・修を訪問すべく、老猫のタマの世話で同行できない花を残して、単身成田を出発。かなり以前から考えながら単身外遊を恐れてためらった末の決断であったが、到着後はしばしば地図を片手に単独で近郊都市を歴訪、弟一家を驚かせた。オランダ、ベルギー、スイス、オーストリア、東ドイツ諸国を修夫妻とともに旅行し、動物園、猫博物館、野外市場、サーカス、古物商などに興じる。ベルリンの動物園では本物の虎の仔を抱いて記念撮影。七月十五日帰国。

一九八七年（昭和六十二）　六十二歳

四月、『遊覧日記』を作品社より刊行。

この頃、野良猫写真で知られ始めた花と取材をかねて頻繁に国内旅行。花の写真の個展開催に尽力。六月、次兄・謙次郎死去。三人の兄姉は年齢順に死去し、弟・進と修を残すのみとなったが、「私は年の順には死なないよ、次は飛んで進だよ」と言う。

一九九〇年（平成二）　六十五歳

この頃、痛風や肝臓の不調を訴える。弟・修の中国出張の度に、日本には偽物が多いからと、福建省漳州特産の肝臓薬の購入を依頼。痛風は食餌療法で克服したが、肝臓の慢性的不調は続き、通院や漢方で加療に努める。

一九九一年（平成三）　六十六歳

八月、ちくま文庫『ことばの食卓』刊行。

一九九二年（平成四）　六十七歳

七月、『日日雑記』を中央公論社より刊行。

一九九三年（平成五）

一月、ちくま文庫『遊覧日記』刊行。

五月七日、目黒白金の北里病院に入院。病状はすでに外科手術の余地無かったが、本人には告知せずに、本人の希望に沿い、花と、百合子も大いに気に入っていた許婚者、山本泰彦だけの看護のもとに病院で療養。
五月二十七日、肝硬変のため死去。享年六十七。

一九九四年（平成六）
九月、村松友視『百合子さんは何色　武田百合子への旅』が筑摩書房より刊行（九七年、ちくま文庫）。
九月三十日、「武田百合子さんを偲ぶ会」司会・安原顯。
十月、単行本のみを収録した『武田百合子全作品』七巻（中央公論社）の刊行開始（〜九五年四月）。

一九九七年（平成九）
二月、中公文庫『日日雑記』刊行。

武田百合子　作品リスト

☆は本書に収録
↓は収録先を示す

一九七六年（昭和五十一）

対談「武田泰淳　その存在」（×深沢七郎『文藝』十二月号、河出書房新社→『たったそれだけの人生　深沢七郎対談集』一九七八年、集英社）

「富士日記――今年の夏」（『海』十二月号、中央公論社）

談話「夫　武田泰淳の好きだった言葉」（『婦人公論』十二月号、中央公論社）

一九七七年（昭和五十二）

連載「不二小大居百花庵日記（富士日記）」（『海』一～十月号、中央公論社）→『富士日記』

☆「受賞の言葉」（『群像』一月号、講談社）

☆「あとがき」（武田泰淳『身心快楽』三月、創樹社）

インタビュー「人間登場　『富士日記』で第十七回田村俊子賞を受ける武田百合子さん」（『読売新聞』三月十七日）

インタビュー「ひと　『富士日記』で第十七回田村俊子賞を受ける武田百合子」（『毎日新聞』三月十七日）

☆「椎名さんのこと」（『椎名麟三全集　第二十巻』月報、四月、冬樹社）

☆「卒塔婆小町」（『婦人公論』六月号、中央公論社）

☆「今年の夏」（『毎日新聞』十月四日夕刊）

談話「がんばらなくちゃ映画論」（『映画芸術』三一八号）

単行本『富士日記　上』（十月、中央公論社）

単行本『富士日記　下』（十二月、中央公論社）

一九七八年（昭和五十三）

連載『ロシア旅行　犬が星見た』（『海』二～十二月号、中央公論社）→単行本『犬が星見た　ロシア旅行』
☆「私の住んでいる町」（『群像』二月号、講談社）
☆「絵葉書のように」（『週刊朝日』三月十七日号）→単行本　週刊朝日編『私の文章修業』（一九七九年三月、朝日新聞社）
☆「サム　サンデー　モーニング」（『すばる』六月号、集英社）
☆「櫻」（『花泉』六月号、専心池坊機関誌）→文庫『ＳＡＫＵＲＡから』
☆「開高さんと羊子さん」（『面白半分』十一月臨時増刊号）→『COLLECTION《コレクシオン》開高健』（潮出版社、一九八二年）
☆「二年目の夏」（『新潮』十一月号、新潮社）
「枇杷」（武田百合子監修『イメージの文学誌　物食う女』十二月、北宋社）→単行本『ことばの食卓』
談話「77年映画芸術第一三回ベスト10、ワースト5」（『映画芸術』三二一号）

一九七九年（昭和五十四）

単行本『犬が星見た　ロシア旅行』（二月、中央公論社）

☆「讃」（『面白半分』三月臨時増刊号）→「よしゆき賛江」として『吉行淳之介全集　別巻3』（一九八五年、講談社）、『群像日本の作家21』（一九九一年十一月、小学館）
☆「歯医者で読む」（『太陽』三月、平凡社）
☆「ギョッとする会話」（『朝日ジャーナル』三月九日号）
鼎談「マッドティーパーティー　メリイ・ウイドウのお話」（×金井久美子、金井美恵子）（『話の特集』三月号）
☆「晴れた日」（『潮』四月号、潮出版）
☆「子供のころ」（『思想の科学』四月号）
☆「あの頃」（『埴谷雄高作品集9』栞、五月、河出書房新社→『鳩よ！』（一九九一年九月号、マガジンハウス）に加筆再録
☆「思い出」（『墓一つづつたまはれと言へ　遠藤麟一朗　遺稿と追憶』一九七九年六月、青土社）
☆「暦　思い出——梅崎春生」（『新潮』八月号、新潮社）
☆「自然再発見　眼医者へ通う道」（『小説新潮』九月号、新潮社）
☆私の風土記「味」
豆餅／マスカット／買い食い／朝御飯／かき氷／苺／うな丼／正宗白鳥先生／正宗白鳥先生（続）／拾い食い／映画館のアイスクリーム／水／かまぼこ／鮨屋　／会食（『読売新聞』夕刊、十月二十日～十一月七日連載）
☆「〝物喰う男〟の巨きな繭——堀切直人『日本夢文学志』」（『海』十二月号、中央公論社）

一九八〇年（昭和五十五）

☆テレビ日記（『話の特集』一月号〜十二月号連載）
☆映画館
波と男のココロと体／こわぁい、くらぁい気持／映画暴力にやられた／凸は、やっぱり凄いなあ／宙吊りの骨壺……わからない／雨の日の三本立、四百円／眼が熱っつい、眼が減った／犬のような突然のアクビが出て／暑苦しい日は、ギャング映画が見たい／音にやられてお腹が痛い／じゅっと蟬が鳴き、一声で止んだ／その時、トランペットの音が弾けた（『海』一月号〜十二月号連載、中央公論社）
インタビュー「第31回読売文学賞受賞者をたずねて」（『読売新聞』夕刊、二月四日）
☆「私の買った本」（『朝日ジャーナル』三月臨時増刊号、朝日新聞社）
☆「ばんめし」（『食食食（あさめしひるめしばんめし）』四月号、みき書房）
談話「すぐ返事が書きたくなるようないただいてうれしかった手紙」（『主婦の友』四月号、主婦の友社）
☆「晩春のお寺」（『小説新潮』七月号、新潮社）
☆「私が最近買った本」（『読売新聞』十月三十日）
グラビア「雑談×赤瀬川原平」（『遊』十二月号、工作舎）

一九八一年（昭和五十六）年

文庫『富士日記』上中下巻（二月〜四月、中公文庫）
☆「解説」（尾辻克彦『少年とオブジェ』二月、角川文庫）
☆「夢、覚え書」（『草月』二月号）→単行本『ことばの食卓』、文庫『ＳＡＫＵＲＡから』
☆「思い出すこと」（『芹沢銈介全集　第四巻』四月、中央公論社）

☆「暦　無口な人――原民喜」（『新潮』四月号、新潮社）
☆「わが友　深沢七郎」（『日本読書新聞』四月六日）
☆「わが友　島尾ミホ」（『日本読書新聞』四月十三日）
☆「わが友　山福康政」（『日本読書新聞』四月二十七日）
「ことばの食卓」（『草月』六月号〜八三年四月号に隔月連載）→単行本『ことばの食卓』
牛乳／続牛乳／キャラメル／お弁当／雛祭りの頃／花の下／怖いこと／誠実亭／夏の終り／京都の秋
／後楽園元旦／上野の桜
☆「広がる歓楽街　港区赤坂六丁目」（『東京新聞』六月十六日夕刊）
アンケート「おいしくて手洗所で歌った『和田金』のすき焼き」（「24人の『私を変えた劇的味覚事件』」）（『遊』十月号、工作舎）
☆「青色の帙の本」（『図書』十一月号、岩波書店）
対談「男と女のまな板ショー」（×深沢七郎）（『日本読書新聞』十二月二十一日）

一九八二年（昭和五十七）

文庫『犬が星見た　ロシア旅行』（一月、中公文庫）
談話「『身内』と『他人』の意識落差」（『朝日ジャーナル』一月一、八日号、朝日新聞社）
談話「二つの意見　日記」（『クロワッサン』一月一〇日号、マガジンハウス）
対談「〝好色五人女〟のおもしろさ」（×吉行淳之介）（『婦人公論』五月号、中央公論社）
☆「『日本の作家』の横顔　色川武大　蔵前夏場所」（『小説新潮』五月号、新潮社）
☆「富士山麓の夏」（『大岡昇平集　5』月報、七月、岩波書店）

☆グラビア「直木賞の顔②『君はちっとも原稿を欲しそうな顔をしないな』と武田泰淳を苦笑させた編集者時代の〝さわやか〟村松友視」（『文藝春秋』、九月号）
☆「五年目の夏」（『新潮』九月号、新潮社）
☆「マイ・ドッグ」（『小説新潮スペシャル』冬号、新潮社）

一九八三年（昭和五十八）

☆「わが友を語る　矢牧一宏さんのこと」（『世界』二月号、岩波書店）→「思い出すこと」（『脱毛の秋　矢牧一宏遺稿・追悼集』十一月、社会理論社）
☆「お湯」（『ミセス』五月号、文化出版局）
☆「ニカウ氏のこと」（『海』七月号、中央公論社）
☆「映画館」（『海』八月号～一九八四年四月号連載、中央公論社）
『楢山節』考のこと／『フィッツカラルド』／『青い恋人たち』／陽のあたらない名画祭／『氷壁の女』／『里見八犬伝』／『ファイヤーフォックス』と『アニマル・ラブ』
☆「北麓の晩夏から秋」（『朝日旅の百科　伊豆・箱根』十月、朝日新聞社）→単行本『日本随筆紀行第十巻　仰ぎ見る富士は永遠《とこしえ》』（一九八八年十月、作品社）、『新編　日本の随筆紀行2　山に親しむ』（一九九八年四月、作品社）

一九八四年（昭和五十九）

☆「クリスマスケーキ」（『望星』三月号、東海教育研究所）

☆「夏の終り」(『バンガード』十月号、バンガード社)
☆「ズームアップ　色川武大」(『潮』十月号、潮出版社)
☆「冬の象」(『學鐙』十一月号、丸善出版)
単行本『ことばの食卓』(一九八四年十二月、作品社)

一九八五年(昭和六十)

インタビュー《招待席》『ことばの食卓』(『サンデー毎日』一月二十七日号)
☆「動物園の午後」(『潮』二月号、潮出版社)
「京都」(『文藝』三月号、河出書房新社)→単行本『遊覧日記』

一九八六年(昭和六十一)

「あの頃」(『東京人』一月号、都市出版)→単行本『遊覧日記』
☆「西京元旦」(『ミセス』一月号、文化出版局)
連載「遊覧日記」(『挿花』一月号～十二月号)→単行本『遊覧日記』
浅草花屋敷／浅草蚤の市／浅草観音温泉／青山／代々木公園／隅田川／上野東照宮／藪塚ヘビセンター／上野不忍池／富士山麓残暑／京都／世田谷忘年会
「玉と私」(『猫の棲み家』写真・武田花、『婦人公論』三月号、中央公論社)→『日日雑記』
☆「四季・私の――赤坂」(写真・武田花、『ミセス』六月号、文化出版局)
☆「すいとん」(『元気な食卓』七月号、文化出版局)

☆「Nさんへの手紙」（『風紋25年』十二月、「風紋二十五年」の本をつくる会）
☆「灰皿と猫枕」（『陶藝の美』第十二号「ルアン陶磁博物館とノルマンディの陶器」、京都書院）

一九八七年（昭和六十二）

☆「アメリカ人の手紙」（『中央公論』二月号、中央公論社）
単行本『遊覧日記』（四月、作品社）
「出版かわら版」（『遊覧日記』刊行について『読売新聞』夕刊、五月二十一日）
☆「七月の日記」（『辺境』季刊夏号、七月、辺境社）
☆「東京の町」（『読売新聞』七月十八日夕刊）
☆「切符自動販売機」（『かんぽ資金』九月号、簡保資金研究会）
☆「北麓初秋」（「山水鳥話」『朝日新聞』九月二十五日夕刊）
☆「日々雑記1　十一月」（『チャイム銀座』十一月号、和光）
☆「日々雑記2　十二月」（『チャイム銀座』十二月号、和光）

一九八八年（昭和六十三）

連載「日々雑記」（『チャイム銀座』一月号〜八八年四月号、和光）→単行本『日日雑記』
☆「眼が洗われたような気持になる本　小川徹『父のいる場所』」（『マリ・クレール』五月号、中央公論社）
連載「日日雑記」（『マリ・クレール』六月号〜一九九一年四月号、中央公論社）→単行本『日日雑記』

一九八九年（平成元）

☆「佐渡大遊覧」（写真・武田花、『旅』一月号、JTB日本交通公社出版事業局）
☆「著者に代わって読者へ　あの頃」（武田泰淳『風媒花』あとがき、三月、講談社文芸文庫）

一九九〇年（平成二）

☆「還暦旅行」（『ちくま哲学の森5』月報「森の栞」6、四月、筑摩書房）
☆「名刀で切りとったような景色　吉行淳之介『街の底で』」（『東京人』五月号、都市出版）
☆「私と筑摩書房　本郷台町」（『ちくま』十月号、筑摩書房）

一九九一年（平成三）

☆「櫻の記」（「櫻」に大幅加筆）、「櫻の夢　その一」（初出未詳）、「櫻の夢　その二」（「夢、覚え書」）→文庫『SAKURAから』（三月、イプサ文庫）
文庫『ことばの食卓』（八月、ちくま文庫）

一九九二年（平成四）

☆「病気のうわの空状態をのりきるための十冊」（『リテレール』二号、メタローグ）
☆「思い出――夫・武田泰淳と映画」（『シネマスクエアマガジン九六　ひかりごけ』、四月、シネマスクエアとうきゅう）
単行本『日日雑記』（七月、中央公論社）
インタビュー「『日日雑記』」（『クロワッサン』十月十日号、マガジンハウス）
インタビュー「私の書いた本　『日日雑記』」（『婦人公論』十一月号、中央公論社）
インタビュー「『日々雑記』五年ぶりの待望のエッセイ集」（『Pumpkin』十一月号、潮出版社）
☆「成田で」（『Ｐｏｅｔｉｃａ』十一・十二月号、小澤書店）

一九九三年（平成五）

文庫『遊覧日記』（一月、ちくま文庫）

一九九四年（平成六）

「武田百合子全作品」全七巻（十月～一九九五年四月、中央公論社）

一九九七年（平成九）

文庫『日日雑記』（二月、中公文庫）

『あの頃　単行本未収録エッセイ集』について

一、本書は、中央公論社刊『武田百合子全作品』全七巻に未収録のエッセイを収めた作品集である。ただし、収録作品は、本格的に文筆活動を始めた一九七七年以降の作品にかぎった。
二、収録作品は、本人執筆のエッセイのみとし、「談」と記されているもの、インタビュー、アンケートの回答などについては巻末の作品リストに記載した。
三、原則として、初出紙誌を底本とするが、書籍等に再録された作品に関しては、刊行年の新しいものを底本とした。
四、作品は年代順に収録したが、内容の関連を考慮し、章のなかで順番を組み替えた場合もある。また、内容に則しタイトルを変更した箇所もある。
五、執筆当時の著者の用字用語を尊重し、また著者が故人であることから、あえて統一は行わなかった。
六、明らかな誤植は訂正し、映画等の作品名は現行の表記にしたがった。
七、編者、編集部による注は〔　〕で記した。
八、四編の中で使用されていたひらがなを重ねる踊り字（ゝ、ゞ）に関しては、表記を改めた。
九、今日の歴史・人権意識に照らして不適切な語句や表現も見られるが、時代的背景と作品の価値とに鑑み、また著者他界により、原文のままとした。

（編者、編集部）

口絵写真　毎日新聞社提供／199頁写真『陶芸の美』（一九八六年第十二号、京都書院）より

著者　武田百合子

1925（大正14）年、神奈川県横浜市生まれ。旧制高女卒。50年、武田泰淳と結婚、夫の没後『富士日記』により、77年、田村俊子賞を受賞。竹内好と武田夫妻の三人での旅行記『犬が星見た——ロシア旅行』で79年、読売文学賞を受賞。他の単行本に『ことばの食卓』『遊覧日記』『日日雑記』、それらをまとめた『武田百合子全作品』（全七巻）がある。93年逝去。

編者　武田　花

1951（昭和26）年、東京生まれ。父は武田泰淳、母は武田百合子。写真家。90年、『眠そうな町』で、木村伊兵衛賞を受賞。写真集に『猫　TOKYO WILD CATS』『シーサイド　バウンド』『道端に光線』『猫・大通り』『猫光線』、フォトエッセイ集に『煙突やニワトリ』『季節のしっぽ』『猫のお化けは怖くない』他多数。

あの頃《ころ》
——単行本未収録《たんこうぼんみしゅうろく》エッセイ集《しゅう》

二〇一七年 三 月二五日　初版発行
二〇一七年 四 月二〇日　再版発行

著　者　武《たけ》田《だ》百合子《ゆりこ》
編　者　武《たけ》田《だ》　花《はな》
発行者　大橋　善光
発行所　中央公論新社
〒一〇〇-八一五二
東京都千代田区大手町一-七-一
電話　販売　〇三-五二九九-一七三〇
　　　編集　〇三-五二九九-一八九〇
URL http://www.chuko.co.jp/

ＤＴＰ　嵐下英治
印　刷　三晃印刷
製　本　大口製本印刷

Published by CHUOKORON-SHINSHA, INC.
Printed in Japan　ISBN978-4-12-004968-2 C0095

武田百合子の本

富士日記（上）（中）（下）

夫・泰淳と過ごした富士山麓での十三年間の日々を、澄明な目と天性の無垢な心で克明にとらえ天衣無縫な文体でうつし出した日記文学の傑作。田村俊子賞受賞作。

犬が星見た　ロシア旅行

生涯最後の旅を予感した夫・武田泰淳とその友、竹内好に同行し、旅中の出来事や風物を生き生きと捉え克明に描く。読売文学賞受賞作。

日日雑記

伸びやかな感性と奇抜な発想と簡潔な表現の絶妙なハーモニーによって、折々の想いと身辺風景を心のおもむくままにつづる〈天性の無垢な芸術者〉の天衣無縫のエッセイ。

中公文庫